Le Bien des miens

De la même auteure

Ma vie en trois actes, autobiographie, Libre Expression, 2004.
Les Recettes de Janette, Libre Expression, 2005.

JANETTE BERTRAND

Le Bien des miens

Libre Expression
QUEBECOR MEDIA

Catalogage avant publication de Bibliothèque et Archives Canada

Bertrand, Janette, 1925-

Le bien des miens

ISBN 978-2-7648-0313-4

I. Titre.

PS8553.E777B53 2007   C843'.54   C2007-940329-8
PS9553.E777B53 2007

Direction littéraire
MONIQUE H. MESSIER
Maquette de la couverture
FRANCE LAFOND
Infographie et mise en pages
LUC JACQUES
Illustration de la couverture
ISABELLE ARSENAULT/AGOODSON.COM
Photo de l'auteure
ROBERT ETCHEVERRY

Cet ouvrage est une œuvre de fiction, toute ressemblance avec des personnes
ou des faits réels n'est que pure coïncidence.

Remerciements

Les Éditions Libre Expression reconnaissent l'aide financière du gouvernement du Canada
par l'entremise du Programme d'aide au développement de l'industrie de l'édition (PADIÉ)
pour ses activités d'édition. Nous remercions le Conseil des Arts du Canada et la Société de
développement des entreprises culturelles du Québec (SODEC) du soutien accordé à notre
programme de publication. Gouvernement du Québec – Programme de crédit d'impôt
pour l'édition de livres – gestion SODEC.

Les Éditions Libre Expression
Groupe Librex
La Tourelle
1055, boul. René-Lévesque Est
Bureau 800
Montréal (Québec) H2L 4S5
Tél. : 514 849-5259
Téléc. : 514 849-1388

Distribution au Canada
Messageries ADP
2315, rue de la Province
Longueuil (Québec) J4G 1G4
Téléphone : 450 640-1234
Sans frais : 1 800 771-3022

Dépôt légal – Bibliothèque et Archives nationales du Québec, 2007

ISBN : 978-2-7648-0313-4

Les Maltais

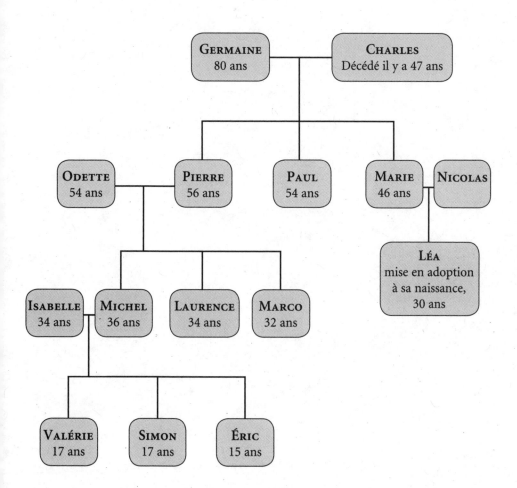

GERMAINE

Dans l'immense cuisine de sa superbe maison du boulevard Gouin, elle sirote un thé du Labrador. Elle a déjeuné de céréales granola et de petits fruits, et a engouffré vingt-deux pilules et granules naturels.

Chers enfants! Maudits enfants! Comme je les aime. J'ai beau être pleine aux as, tout ce que j'ai à moi, pour vrai, c'est ma progéniture. L'argent peut m'être enlevé mais mes enfants, je les ai à la vie à la mort. Pas une journée, pas une heure, pas une minute sans que je pense à eux, sans que je cherche par quel moyen les rendre heureux, leur donner ce qui m'a tant manqué à moi, l'affection, puis l'argent. Ma famille, mon amour, mon tourment! C'est pas facile d'être mère, chef de famille et chef d'entreprise. J'ai pas le droit à l'erreur. Jamais! Tu fais de ton mieux, Germaine! Je voudrais tellement qu'ils s'aiment comme je les aime, aveuglément, inconditionnellement. Ils ont pas l'air de comprendre que ce que je veux, c'est leur bien. Le bien des miens est ma préoccupation de tous les instants. Ils vont-tu finir par comprendre? Aujourd'hui, c'est ma fête, j'ai quatre-vingts ans, je veux que des belles pensées! Je m'aime quand je suis positive. Au lieu de m'apitoyer sur mon âge, je prends la résolution de... de jeter mes idées sur papier pour que Laurence, ma petite-fille qui a une belle plume, écrive mon histoire. Non, pas la mienne, non, l'histoire de Familia, mon entreprise de produits naturels, la plus grosse au Canada, comme dit notre publicité. Je veux que ce soit su par les miens que j'ai fondé et dirigé seule Familia pour le bien de ma descendance, ceux qui viennent de moi et les « rajoutées », c'est-à-dire les brus. J'ai l'air de faire mon apologie mais si je la fais pas, qui va la faire, hein ? Mes enfants me prennent pour acquise et, pour les hommes d'affaires, je suis juste une femme, et vieille en plus. Sérieusement, je veux que Laurence raconte mon histoire pour que mes enfants, mes petits-enfants et mes arrière-petits-enfants sachent, à ma mort, que tout ce que j'ai fait, c'était pour eux, juste pour eux. Ils sont pas toujours d'accord avec les moyens que je prends pour faire leur bonheur, ils comprennent pas toujours mes intentions, mais je sais ce que je fais et où je vais. Je suis la chef de la famille ! Si Dieu était une femme, je serais sa représentante sur terre. Je suis la matriarche d'une famille sans père. Veut, veut pas, mes enfants vont avoir du bonheur dans la vie ou je m'appelle pas Germaine Maltais ! Je me suis donnée à mes enfants comme on entre en religion. Ma mission sur terre ? Garder la paix familiale, donner à mes enfants et à leur descendance ce que j'ai pas eu. À moins que ma petite-fille Laurence écrive l'histoire de ma vie plutôt que celle de Familia ! Non, doux Jésus, il faudrait que ça commence par ma naissance : je sais même pas de qui je suis née… « Née de parents inconnus », comme c'est écrit sur mon baptistère. Comme si ma mère m'avait pas mise au monde, comme si mon père avait pas planté sa graine dans son ventre. Chaque fois que je pense à ma naissance, j'enrage. Mes enfants, eux, savent d'où ils viennent. De moi ! Je suis l'origine de ma famille. Je suis les racines de l'arbre de vie, mes enfants, petits et arrière-petits-enfants en sont les branches, les feuilles. Non, ça intéressera personne de tout savoir sur mon enfance. J'ai pas eu d'enfance, j'aimais personne, personne m'aimait. Je suis née quand j'ai eu des enfants, des enfants à aimer, à élever, à protéger d'eux-mêmes. Laurence pourrait écrire l'histoire d'une petite jeune fille de la campagne humble et timide – ça serait pas vrai, j'avais un front de bœuf et j'étais pas gentille – qui, à force de travail et de persévérance, a réussi à édifier une fortune colossale afin que ses enfants manquent de rien. Colossale, c'est peut-être un peu fort! Pour moi qui suis partie de rien, les quelques millions que vaut mon commerce – quatre-vingt-quatre exactement – c'est colossal! Je suis mieux de pas publier la valeur aux livres de Familia. Une femme, même présidente d'une des plus grosses entreprises de produits naturels au Canada, parle pas de son argent, c'est vulgaire. Comme disait feu mon mari: «Une femme est pas faite pour faire de l'argent, mais pour le dépenser.» Comment raconter les débuts de Familia sans parler de feu mon mari? Feu! Feu! Feu! Sans Charles, sans sa mort, jamais j'aurais eu l'audace de me lancer dans une entreprise si risquée. C'est sa mort qui m'a mise au monde. J'ai commencé à respirer quand le souffle l'a quitté. Tout est devenu possible, même l'impossible. Sans études, ni métier, enceinte avec deux enfants sur les bras, j'avais toutes les qualifications pour être une victime. Je l'avais été jusqu'à trente-trois ans. J'avais donné! J'ai arrêté de brailler et j'ai parti ma *business* en laquelle personne croyait. J'étais pas à la mode. Le monde était passé des remèdes de grand-mère aux pilules de la pharmacie. On avait mis les compagnies pharmaceutiques sur le marché de la Bourse. On s'extasiait sur chaque nouvelle pilule et on les avalait comme des bonbons sans trop se poser de questions. Ça vient de la pharmacie, c'est magique. Les compagnies pharmaceutiques s'enrichissaient et moi, innocente, je proposais au public des herbes de l'ancien temps, des remèdes de grand-mère… indienne! J'ai même dû lutter contre mes propres enfants qui juraient que par le sirop Lambert et l'aspirine. Pas folle, la Germaine. Quelque chose me disait qu'après s'être empoisonné avec le chimique, le monde reviendrait aux produits naturels. J'avais-tu raison? Que j'ai été intelligente, que j'ai eu le nez fin. Félicitations ma Germaine! Mon entreprise, en plus de tous nous faire vivre, a tenu la famille ensemble: ils travaillent presque tous pour moi. J'ai-tu le droit d'être contente de moi? J'aimerais mieux mourir que de voir Familia faire faillite ou passer dans d'autres mains que celles de ma famille. Familia, c'est le ciment qui tient ma famille. Sans ciment, la famille s'écroule. Et moi avec elle. J'ai pas travaillé quarante-sept ans pour rien. Je mourrai tranquille si je sais que chaque membre de ma famille connaît le bonheur et la prospérité, et qu'ils s'aiment entre eux comme je les aime, moi. C'est le seul but de ma vie. C'est ça que Laurence va écrire. Elle aura qu'à broder des beaux mots du dictionnaire autour des faits, des événements que je vais noter, mais surtout écrire mes idées sur Familia et ma famille. Je veux pas que ce livre soit publié, juste imprimé, pour que ce soit écrit noir sur blanc que ma vie, c'est eux, juste eux, et que le livre est pour eux, juste eux. Pour mon aîné, Pierre, mon pareil en pire; mon orgueil. Pour mon fils cadet, Paul, le portrait de son père; ma faiblesse. Pour Marie, ma seule fille, mon bébé. Marie que je destinais à me ressembler, mais que j'aime comme une forêt à défricher. Pour les enfants de Pierre. Michel, dont j'apprécie le silence, la patience, le sens des chiffres. Laurence, le côté homme de moi. Je l'aime comme je m'aime. Marco, que je supporte pas, mais que j'aime malgré sa déficience intellectuelle. En tout cas, c'est pas de mon côté de la famille que lui vient sa maladie. Et pour mes arrière-petits-enfants, les jumeaux de Michel, Valérie et Simon, qu'on a bien fait de séparer à la naissance et que j'aime en double. Éric, mon Éric, mon cadeau du ciel, mon arrière-petit-fils, le dernier-né de Michel, mon préféré. Non, les grands-parents ont pas de préférence et, pourtant, celui-là, c'est mon ourson en peluche, mon chaton, mon aimé; on a tout en commun, excepté l'âge. J'espère que tout mon monde a bien compris que, cette année, pour mon anniversaire, je veux ni fête, ni fleurs, ni chocolats, ni cadeaux. Surtout pas de *party* au chalet comme chaque année! C'est déjà pas agréable d'avoir quatre-vingts ans, on va pas le souligner en plus. Quatre-vingts!

Le *Titanic* qui coule ! Une chance, j'ai une santé de fer. Une chance, j'ai une famille à aimer. Une chance, mon entreprise roule sur l'or. Une chance... Voyons donc, Germaine, tu crois pas à la chance. Je crois que, si on décide d'être heureux, on l'est, et que si on décide de rendre les autres heureux, on les rend heureux. Le bonheur, c'est comme le manger : quand t'en veux, tu t'en fais, et quand tu t'en fais pour toi, il y en a pour les autres. Faut pas que j'oublie de demander à Laurence de souligner ce passage, c'est bon. Oh oui ! Elle devra aussi trouver quelques mots aimables pour les « rajoutées », Odette et Isabelle ! L'histoire de Familia, notre histoire, l'histoire d'un succès, mais aussi celle d'une famille heureuse. On est heureux : j'y vois. Assez songé pour aujourd'hui. À l'action !

🖋

PIERRE

Directeur général de Familia. À son bureau, dans la tour de l'entreprise, située au centre-ville.

« Maman, je t'aime. Je sais que tu veux pas fêter ton anniversaire. Je respecte ton désir, mais aujourd'hui, je sens le besoin de te dire que tu es la femme de ma vie. » Non, je peux pas écrire ça. Si ma femme voit mon courriel, je suis cuit, je passe mon temps à lui dire que c'est elle, la femme de ma vie.

Ça serait tellement plus simple de souhaiter bonne fête à ma mère en lui donnant un beau gros bec sur le bec. Ben non, cette année, elle veut pas qu'on la fête. Elle devient compliquée en vieillissant. Il va falloir que je trouve un moyen de marquer l'événement sans le marquer. Je lui envoie une carte avec un « Je t'aime maman », juste ça, signé « Pierre, ton fils ». Elle en a un autre fils, mais bon, c'est comme s'il existait pas ; il est jamais là. « Pierre, ton fils qui t'adore. » *Adore*, c'est pas assez fort.

Ce que je ressens pour elle, c'est plus que de l'adoration. C'est de la dévotion. Pas de carte, c'est trop impersonnel. Je lui laisse un message sur son répondeur : « Je t'aime maman. » Elle veut pas de marque d'affection pour sa fête, je le sais, mais je lui dis pas assez souvent en personne que je l'aime. Me semble que ça serait le temps pour ses quatre-vingts ans. Je le dis pas, mais je lui montre en crisse. J'en connais pas beaucoup des gars comme moi, au service de leur mère. J'espère qu'elle le sait que je l'aime, qu'elle apprécie ce que je fais et que, plus tard… Je m'aime pas quand je pense à sa mort, mais elle a quatre-vingts maman, et même si elle veut pas le voir qu'elle est vieille, elle l'est.

Aïe ! Qu'est-ce que je vais devenir sans elle ? Je suis *scotché* à elle comme le bébé kangourou est *scotché* dans la poche de sa mère, et ça, depuis que je suis né, et je vais avoir cinquante-six ans ! Quand mon père est mort, qui est-ce qui est devenu son homme de confiance, son petit mari ? Pas mon frère Paul. C'est bibi en personne. Ma mère fait partie de moi, je fais partie d'elle, je suis plus que son fils, je suis elle. Aimer ma mère comme ça, je sais pas comment ça se fait que je sois pas devenu tapette. « Maman, tu es la plus belle du monde ! » Je peux pas chanter ça sans brailler et j'haïs ça quand je braille. Maman, elle, je l'ai jamais vue pleurer. Jamais ! C'est tout un homme ma mère ! « Quand tu seras président… », j'ai pas rêvé ça, elle me l'a dit que c'est moi qui va la remplacer, plusieurs fois même. De toute façon, je suis l'aîné de la famille, et c'est moi qui travaille auprès d'elle depuis que j'ai dix ans. Ça serait normal. C'est pas Paul qui aurait les capacités. « Quand tu seras président… » Je m'endors tous les soirs avec cette phrase qu'elle m'a dite et qui clignote dans ma tête comme une affiche au néon : *Pierre Maltais, président.*

— Vanessa, voulez-vous me rendre un service ?

— Oui, monsieur Pierre.

— Voulez-vous envoyer quatre-vingts roses à ma mère. Non pas des roses! Elle trouve que ça sent le salon funéraire. C'est nouveau, avant elle aimait ça. Elle devient capricieuse en vieillissant… Non, laissez faire, pas de fleurs, rien, elle veut pas qu'on souligne sa fête cette année. C'est pas raisonnable, mais quand est-ce que ma mère est raisonnable?

— C'est comme monsieur Pierre veut. Non, comme Mme Germaine veut. Ça revient au même. Ce que l'un veut, l'autre le veut, et vice versa.

C'est bizarre, à l'intercom, elle se permet d'avoir une opinion.

— Vanessa, si vous aviez à recevoir de gros clients chinois de Chine, où est-ce que vous les amèneriez manger?

— Dans le quartier chinois.

— C'est ce que je pensais. En attendant, je suis là pour personne.

— Excepté pour votre mère?

— Excepté pour ma mère, bien entendu.

Ça va me manquer, faire un gros câlin à ma mère à sa fête. Durant l'année, maman veut pas de tripotage, comme elle dit, comme si elle était en porcelaine, comme si le moindre frôlement pouvait la casser en miettes, mais à sa fête, chaque année, je me bourre, je la lèche comme si elle était de la crème glacée. C'est ça ma mère, de la crème glacée. Elle est *sweet*, crémeuse et frette!

— Oui, Vanessa?

— C'est Mme Germaine…

— Passez-la-moi. Maman, comment ça va aujourd'hui? C'est un grand jour, aujourd'hui. Maman, tu vas avoir…

— Je comprends que c'est un grand jour, j'ouvre le marché de la Chine.

— On ouvre, maman…

— Où c'est qu'on amène manger les Chinois à midi?

— Ce sont tes Chinois, ton marché que t'ouvres, choisis le restaurant.

— Non. Toi, Pierre, choisis.

— Dans le quartier chinois ?

— Le glutamate, ça me donne des maux de tête, mais si tu veux le restaurant chinois… c'est toi qui décides.

Chère maman, comme si je m'apercevais pas qu'elle prend toutes les décisions à ma place, pensant bien faire, bien sûr. C'est pas l'enfer qui est pavé de bonnes intentions, c'est ma mère ! Elle veut pas de fête, il y aura pas de fête, on est des enfants obéissants. La *boss* a parlé, on écoute. Aussi, si elle avait dit son âge avant, on serait pas pris dans un paquet de menteries. Il y a pas une semaine sans qu'on me demande : «Quel âge elle a, Mme Maltais ?» Je réponds toujours que je connais pas l'âge de ma mère. Comme si c'était possible qu'un fils, aîné de surcroît, sache pas l'âge de sa mère. Paul, peut-être, qui se souvient même pas qu'il a une famille à Montréal, mais pas moi. Je voudrais qu'elle le dise son âge, ça ferait de la bonne publicité pour Familia. «Regardez comme nos produits naturels gardent en santé. Prenez ma mère…» Mais non, l'orgueil est plus fort. Je le sais son âge, ça fait depuis le lendemain de sa fête l'année dernière qu'elle me soupire à l'oreille : «Quand je vais avoir quatre-vingts…» Comme si avoir son âge c'était le bout de la route et qu'après, c'était le précipice. C'est vrai que c'est vieux quatre-vingts. C'est le double de quarante, c'est le commencement de la fin.

Au lieu de travailler comme une forcenée, elle devrait laisser la place aux autres. Pas aux autres, à moi. O.K., c'est elle qui a parti Familia, mais qui c'est qui l'a fait fructifier l'entreprise, qui est allé en Chine établir des contacts, qui va décrocher le contrat ce soir ? Pis, les trente-deux magasins ici et partout au Canada, qui est-ce qui les fait marcher ? Sans moi, pas de Familia. Si seulement maman se retirait. Il serait temps qu'elle se repose. J'ai beau lui dire : «Repose-toi, maman», elle me dit qu'elle est pas fatiguée. Je le vois bien, moi, qu'elle est au bout du rouleau. Elle qui était haute comme trois pommes, elle mesure maintenant deux pommes, pas plus. Si elle continue à rapetisser comme ça, on la verra plus. Elle marche comme une tortue, elle est maigre comme un clou. Pis sa peau, on dirait que sa peau se détache de son corps. Moins sur le visage, qu'elle soigne à l'huile d'émeu, mais ses bras et ses mains sont plissés comme des chanterelles séchées. L'été passé, au lac, en costume de bain, elle avait l'air d'une brochette de poulet. Le pire : elle perd la mémoire! Des fois, elle m'appelle Charles, comme son mari. Je lui dis : «Maman, moi, c'est Pierre.» Elle me dit : «Je le sais, j'ai pas dit Charles, t'as mal compris.» Avouer qu'elle se trompe, elle a jamais été capable! Une mère, ça se trompe pas. Pis, surtout, ses idées sont dépassées. Quand j'ai préparé avec ma fille Laurence une campagne de publicité basée sur le fait que les produits naturels ont pas d'effets secondaires comme les produits chimiques de nos compétiteurs, elle l'a refusée en me disant : «On peut pas mentir au monde. Les produits naturels ont des effets secondaires, et c'est pas parce qu'ils sont naturels qu'ils sont pas dangereux.» Pis là, elle m'a sorti que l'arsenic, le venin de serpent et certains champignons mortels étaient des produits naturels! Je peux pas discuter avec ma mère quand elle se drape dans son honnêteté. Comme si les campagnes de publicité des produits chimiques étaient honnêtes. Il a fallu faire comme elle voulait. Le marché de la Chine nous tend les bras. L'affaire est dans le sac. Ils sont prêts à signer. Elle? Non, elle veut rencontrer mes Chinois pour voir si c'est du bon monde, si elle s'entend bien avec eux. Crisse, on est pas au temps du régime français quand le commerce se concluait en fumant le calumet de paix. Arrive au XXIe siècle, sa mère! Son seul souci c'est où on amène manger les Chinois. Pour elle, une vente de plusieurs millions, c'est pas ça qui est important. Ce qui est important, c'est qu'est-ce qu'on va manger.

Je peux pas dire ça, je passerais pour un macho, mais une femme est pas bâtie pour conduire une entreprise. Elle m'en donne la preuve. On fait pas de *business* dans la dentelle. Moi, mes clients, je les amène aux danseuses. On peut dire que c'est entre les fesses et les seins que ça se signe les contrats. J'en peux plus, moi, là! Si je me ramasse avec une crise cardiaque, elle sera pas plus avancée. Il est vraiment temps qu'elle me laisse mener la barque tout seul. Je suis pas un débutant, j'ai cinquante-six ans, pis je travaille pour elle depuis que j'ai dix ans. Crisse, je la mérite la place de président-directeur général de Familia. Qui c'est qui l'a encouragée à utiliser ses talents d'herboriste pour nous faire vivre après la mort de papa? Qui c'est qui l'a incitée à ouvrir son premier magasin, qui c'est qui a senti venir la vague de la médecine parallèle, qui l'a poussée à laisser l'herboristerie pour les produits naturels?

En toute humilité, je peux dire que j'ai fait ma mère! Sans moi, elle vendrait encore ses herbes minables, pis on serait tous morts de faim. Je suis vraiment tanné de tout faire, et que ce soit pas reconnu ni par ma mère ni par le reste de la famille. Et cette idée qu'elle a eue d'engager tout le monde de la famille dans l'entreprise. Pas tous, mais presque. Un paquet de problèmes. «Il faut que la famille reste unie.» On est tellement unis qu'on est englués comme des mouches sur le serpentin collant. Qu'elle se retire, qu'elle me laisse la direction de l'entreprise, pis je fous tous les incompétents dehors. En commençant par mon frère, Paul. Plus fainéant que ça, ça se peut pas. Pis menteur, pis hypocrite, pis voleur. Un maudit parasite. Mais ma mère le voit dans sa soupe : c'est son petit chéri. Il est parfait! J'ai eu beau lui mettre sous le nez des comptes de dépenses fabriqués de toutes pièces par lui, elle m'accuse d'être jaloux. Je suis pas jaloux, je vois clair. C'est pas d'hier qu'il me fait chier, mon frère Paul. Il a jamais pleuré, il sourit. La morve lui coulait sur le menton tellement il avait le rhume, il souriait. Picoté mur à mur par la varicelle, il souriait. Je lui volais ses bonbons, il souriait. Je le battais, il souriait. Moi, je souriais pas, j'étais couvert d'eczéma des pieds à la tête. J'avais pas le temps de sourire, je me grattais. Lui, il avait la peau lisse comme du satin, il était blond et frisé comme le petit saint Jean-Baptiste. Moi, j'étais noiraud comme un pruneau, avec les cheveux raides sur la tête… Je m'en souviens pas, mais ç'a l'air que, quand je l'ai vu pour la première fois, deux jours après sa naissance, j'ai piqué ma première poussée d'eczéma. Il était trop beau! Je tenais de ma mère, un pruneau elle-même. Lui tenait de mon père qui était une beauté d'homme. Je me souviens pas trop de lui, mais ses portraits tapissent les murs chez maman, des photos pis des portraits à l'huile de quasiment un mètre de haut sur un demi-mètre de large. Chez maman, il y a pas de crucifix ni d'image du Sacré-Cœur, rien que des portraits de Charles, son défunt mari, avec qui elle a vécu le grand amour. Un grand, grand amour avec un homme modèle, un héros à qui je ressemble pas une miette. Quand j'étais jeune, il y avait Dieu le Père sur le portrait sur le mur, pis Ti-Dieu dans le berceau, mon frère Paul. Moi, elle m'a jamais appelé par un petit surnom, non, moi c'était Pierre, juste Pierre. J'étais l'aîné, pis un aîné, c'est sérieux, c'est lui qui porte la famille sur son dos. C'est lui le responsable, l'exemple. Paul a beau faire toutes les conneries, elle prend toujours pour lui, contre moi. Dire que j'aurais pu le *pitcher* en bas quand il prenait l'air dans son carrosse, au troisième étage, et qu'il me regardait avec son crisse de sourire pas de dents. Ç'aurait passé pour un accident. Je l'ai pas fait, mais des fois je le regrette.

— Vanessa. Venez dans mon bureau.

— Oui, monsieur.

— Est-ce que j'ai l'air d'un assassin?

Elle pouffe de rire. Je l'ai fait venir pour qu'elle pouffe de rire. Vanessa, quand elle rit, c'est comme si j'avais accès au paradis pendant quelques secondes.

— Vous êtes le meilleur homme du monde, monsieur Pierre.

J'ai besoin qu'elle me dise que je suis le meilleur homme du monde, parce que j'ai tellement honte de penser ce que je pense. Maman, c'est la femme que j'aime le plus au monde. Sans elle, je suis rien. Elle m'a pas juste fait avec sa chair, elle m'a formé. Elle a fait de moi ce que je suis. Je lui dois tout. Je vendrais mon âme pour elle. Je me ferais hara-kiri si elle me le demandait, mais crisse, je suis pas capable de l'endurer. Dans le fond, je suis rien qu'un carencé affectif, comme ils disent à Canal Vie, à l'émission que je commandite, ben c'est-à-dire que Familia commandite.

— Votre frère Paul a téléphoné.

— À frais virés, je suppose.

— Comme toujours. Il voulait savoir si c'était cette semaine ou la semaine prochaine la fête de Mme Germaine. Je lui ai dit que c'était aujourd'hui, mais qu'elle ne voulait pas qu'on lui souhaite son anniversaire. J'ai bien fait ?

— Vous auriez dû me le passer.

— Je lui ai proposé, il n'a pas voulu. J'aime pas ça vous voir triste, monsieur Pierre.

— Je suis pas triste, je suis en câlisse.

— Ça rime !

Et la voilà qui se remet à rire. Elle sait que j'aime l'entendre rire, mais des fois elle abuse, surtout quand elle vient de déjeuner et qu'il lui reste du muffin entre les dents.

— C'est bien, Vanessa, vous pouvez disposer.

— Je vous importune ?

— Non, Vanessa, je suis occupé.

— S'il y a quelque chose que je veux absolument pas, c'est vous importuner.

— Vous m'importunez pas, je suis débordé.

— Je vous importune, je le sais.

Ça tourne toujours comme ça avec elle. Je suis le bourreau, c'est la victime, on joue à ça depuis vingt ans. J'ai besoin de la bourrasser, elle a besoin d'être bourrassée. Non, j'ai besoin d'elle, de ses yeux amoureux sur moi. C'est un cas flagrant de dépendance! J'ai arrêté de fumer, je devrais être capable de me débarrasser de cette dépendance-là aussi.

— Appelez ma femme, dites-lui qu'elle se mette belle, je l'amène luncher au Ritz.

— Bien, monsieur.

C'est chien, je sais, de la remettre à sa place de secrétaire. Les femmes ont gâché ma vie, je peux bien en faire souffrir quelques-unes de temps en temps.

PAUL

À Cancún, sur la plage d'un hôtel chic.

Maudit soleil. Des fois, je m'ennuie du Québec. Au Mexique, tu te réveilles, il fait beau, tous les jours, à l'année. C'est énervant! Tu peux pas passer tes frustrations sur la température, il y en a pas de température, c'est le beau fixe. En tout cas, aujourd'hui, je me donnerais des claques dans face. Aïe! J'ai oublié l'anniversaire de maman, son quatre-vingtième. Puis j'apprends qu'elle veut pas entendre parler de sa fête. *What's going on?* C'est pas vieux quatre-vingts. Moi, j'ai cinquante-quatre et je me sens comme à trente ans… les matins où j'ai pas trop pris de tequila la veille! Elle est pas malade, puis elle a du sang indien. Ça meurt pas ce monde-là. On a eu beau les exterminer, il y en a encore. Non mais pas quatre-vingts ans? Pas elle? Pour moi, ma mère est jeune et belle, c'est la plus belle, c'est la femme de ma vie. C'est peut-être parce que j'aime trop maman que je suis pas capable de trouver le véritable amour. Qui peut me regarder comme elle me regarde, avec de l'admiration dans les yeux genre : « C'est moi qui ai fait ça, ce génie-là. » Je me suis toujours demandé si c'était moi qu'elle admirait ou si elle s'admirait de m'avoir conçu. Ma mère, elle m'a toujours vu comme son petit gars en culottes courtes. Ce qu'elle sait pas, c'est que moi je la vois jeune femme en sandales, les cheveux dans le dos, une jupe longue en terre cuite, des joues rouges, pas parce qu'elle se maquille, mais parce qu'on gèle dans son petit magasin d'herbes dans la ruelle derrière notre logement. Elle avait converti la *shed* en atelier où elle concoctait des mélanges d'herbes médicinales. Pour passer le temps, mon frère Pierre et moi, on se chamaillait comme deux coqs. Après, quand j'avais fait saigner mon frère et qu'il avait crié « Pardon, mon oncle », ma mère le chicanait.

— T'es le plus vieux, tu devrais être plus raisonnable que lui.

— C'est lui qui a commencé… Crisse !

J'ai l'impression que Pierre dit « crisse » depuis qu'il a lâché sa suce. Ma mère l'envoyait se coucher pour impolitesse, je restais veiller avec elle. Pour la consoler d'avoir un aîné si peu responsable, je lui donnais des becs sur les joues, je lui disais : « À quoi elles goûtent tes joues aujourd'hui, maman ? La cerise, la framboise, le chocolat ? » Je les mangeais et je faisais : « Pouah, ça goûte le *shellac*, la peinture, le ver de terre écrasé ! » Elle faisait semblant de s'insulter. On riait. Je pouvais pas supporter qu'elle soit triste. J'ai jamais pu supporter. C'est un peu pour ça que je vis au Mexique. Comme ça, elle le sait pas que je suis un vaurien. Elle s'en doute, mais de loin c'est plus facile pour elle de faire comme si elle le savait pas. Je l'aime trop pour lui enlever ses illusions. Mon problème, c'est qu'elle m'a mis sur un piédestal. C'est pas une bonne place pour un enfant, il roule, il tombe, il est pas capable de rester dessus. Elle m'a juré que son Ti-Dieu serait un jour président de Familia. Ti-Dieu! C'est dur à porter ce surnom-là! Elle attendait des miracles de son Ti-Dieu. J'étais rien qu'un petit garçon. Elle avait mis la barre trop haut, je me suis cassé la margoulette en essayant de l'attraper. Elle m'aime trop! Elle me voit pas comme je suis! De qui je tiens ça, cette paresse-là, cette allergie à tout ce qui est forçant, ce talent que j'ai pour mentir, pour exploiter les autres, cette violence, cette hypocrisie? Pas de ma mère! Elle pense juste à nous autres, la famille passe en premier, elle en dernier. Ç'a toujours été notre vie avant la sienne. Maman, c'est une sainte Vierge pas canonisée. Après notre père, elle a jamais eu d'homme dans sa vie. Elle aurait pu se remarier, non, elle s'est sacrifiée pour nous. J'aurais tant voulu lui ressembler. J'y arrive pas, ça fait que j'ai démissionné, je me contente d'être un maître menteur, maître manipulateur, maître écœurant. Je suis bon qu'à une chose : rien faire. Où c'est que j'ai pris toutes mes faiblesses? Pas de mon père certain, d'après maman, c'était la bonté faite homme : doux, fort, travaillant, la perfection sur deux pattes. À moins que je sois né mauvaise graine. Je suis né pomme pourrie. Il suffit qu'on me défende quelque chose pour que j'aie le goût de le faire. De qui je tiens ça? C'est comme là, maman veut pas qu'on la fête. Bien j'ai juste le goût de prendre l'avion et d'arriver les bras chargés de fleurs et de fruits tropicaux, rien que pour voir sa réaction. Je le fais-tu? Ça me tente! Je revois l'air qu'elle prend quand on lui obéit pas. Mais là, j'y donnerais un bec puis j'y dirais avec mon air innocent, je le réussis très bien mon air innocent, depuis le temps que je pratique : « Je le savais pas que tu voulais pas fêter ta fête, personne me l'a dit. » Puis là, elle serait aux prises avec le dilemme de me croire moi ou de croire les autres. Puis elle me croirait moi, parce que c'est moi, parce qu'à moi, elle peut me donner le Bon Dieu sans confession : je suis beau, j'ai une face d'ange et des cheveux blonds que je fais teindre, mais ça, seul mon coiffeur le sait. J'y vais-tu? Je peux pas y aller, j'ai un rendez-vous d'affaires… Je peux pas manquer une veuve pleine aux as. J'ai entendu dire qu'elle se morfond de libido refoulée. Pauvre elle! J'aime m'occuper des femmes à la libido refoulée. Tu fais rien pis elles sont reconnaissantes. N'empêche, je me sens coupable de pas souhaiter bonne fête à maman, mais si c'est ça qu'elle veut, je suis aussi bien de pas la contrarier, j'ai une demande de *cash* à lui faire… je me reprendrai. Il lui reste encore des centaines d'anniversaires, non, pas des centaines… mais ma mère mourra pas. Je veux la garder toute ma vie. Et moi, quand je veux quelque chose, je l'ai toujours. Et puis, qu'est-ce que je deviendrais sans elle? Qui va me donner mon allocation? Juste la pensée qu'un jour elle sera plus là… Ça y est, je braille!

ISABELLE

Elle déjeune avec son conjoint, Michel, dans leur maison à Saint-Lambert.

— Valérie déjeune pas avec nous autres?

— Elle dort.

— Éric, lui?

— Je sais pas, dans sa chambre.

— On a pas fait des enfants pour pas les voir.

— C'est peut-être eux autres qui veulent pas nous voir.

— J'ai du chevreuil, penses-tu venir souper?

— Ah! Qu'est-ce que Ti-Loup fait à Montréal? Il a peur de la ville.

— Non, il t'a envoyé du gibier par un *lift*. Il sait que t'aimes ça. Puis, au bureau, toi?

— Ça pourrait aller mieux, ça pourrait aller pire.

— Tu dis toujours ça…

— Écoute Isa, j'ai assez de vivre les problèmes du bureau, je veux pas en parler à la maison. Les enfants devraient…

— Écoute, Michel, j'ai assez de vivre leurs problèmes à la maison…

— Tu te penses drôle?

— Non, je sais que je le suis pas.

— Je vais prendre deux autres toasts.

— Tu vas engraisser…

— T'as tes pilules, j'ai la bouffe.

Neuf! C'est un record pour le chef comptable de Familia, neuf phrases! D'habitude, ça dépasse pas : « Passe-moi le beurre, passe-moi le pain. » Puis il arrête pas de mastiquer, une vraie vache dans le champ! Et ses yeux qui roulent. Il regarde tout et rien. Il voit même pas que je dépose la nourriture autour de mon assiette pour pas qu'il s'aperçoive que je mange pas. À quoi il pense? À quoi pense une vache? J'ai juste le goût de partir, de le sacrer là. Ça fait dix-huit ans que je suis mariée avec une vache que je regarde ruminer. Je suis injuste, c'est un bon mari, il me fait bien vivre. Jamais un mot plus haut que l'autre. Tout ce que je fais est parfait. Il me pose jamais de questions sur mes allées et venues. Il me laisse libre. Je pourrais le voler, il dirait pas un mot. Je pourrais le gifler, il me présenterait l'autre joue. Il m'aime!

❦

MICHEL
Toujours en compagnie d'Isabelle.

Qu'est-ce que je fais avec elle? Elle attend juste que j'aie fini de manger pour se lever de table et disparaître je sais pas trop où. Elle pense que je la vois pas cacher son bacon en dessous de ses toasts. Pourquoi elle mange comme un oiseau? Pourquoi elle prend tant de pilules ? J'aurais pas dû la marier. Je pensais que je serais capable de la rendre heureuse. Je fais tout pour ça. Ça compte pas. Elle le voit pas.

— C'est la fête du grand *boss* aujourd'hui.

— Isabelle, quand même, c'est ma grand-mère…

— Pas la mienne. Il paraît qu'elle veut pas qu'on mentionne sa fête. Faut-tu être orgueilleuse !

— C'est pas de l'orgueil, c'est la peur de vieillir et de mourir. Elle doit penser que si on parle pas de ses quatre-vingts ans, elle les aura pas.

— Tu prends toujours sa défense. J'ai jamais vu ça, vous êtes tous des petits chiens devant elle, vous en avez une peur bleue.

— Le courage de cette femme-là, si tu savais…

— Elle est pas la seule à être devenue veuve avec des jeunes enfants à charge, mais de là à contrôler tout le monde.

— Elle nous contrôle pas, elle nous aime, puis on le lui rend.

— Vous êtes tous là à attendre sa mort pour avoir son argent !

J'embarque pas là-dedans. Isabelle, son sport, c'est de m'attaquer pour que je réagisse. Je marche pas. Si je m'embarque, je sais que je vais aller trop loin, que je vais dire des affaires que je vais regretter. Je peux pas parler. J'ai jamais pu parler. Je me suis tellement tu que mes paroles la brûleraient comme la lave d'un volcan qui se réveille. Ça pourrait détruire la famille. La famille, pour moi, c'est sacré. Le mariage aussi. Isabelle, je l'ai peut-être pas aimée du grand amour des films, mais je l'ai aimée comme je suis capable d'aimer et jamais je me séparerai d'elle. J'ai des principes. Et puis, je me vois pas sur le marché des célibataires en train de *cruiser* une nouvelle épouse, j'arriverais pas à me décider. J'aurais trop peur de me tromper encore une fois. J'aime pas ça me tromper. J'aime pas ça avoir tort. Je le vois bien qu'elle est pas heureuse avec moi, mais elle l'a jamais été. Elle est confite dans le malheur comme des cuisses de canard dans leur gras. Des cuisses de canard confites ! Ça fait longtemps que j'en ai pas mangé. Je vais lui demander de m'en faire. Une chance, ma femme est bonne cuisinière ! Il s'en fait plus des bonnes cuisinières, les femmes achètent des mets congelés dégueulasses. Si elles savaient que cuisiner est un atout quasiment aussi sexé que de sucer. Au chalet, l'été, Isa arrive à être heureuse. Je sais pas si c'est le lac ou quoi, elle rit, elle mange, on arrive même parfois à faire l'acte. Tous nos enfants ont été conçus au lac, les jumeaux puis Éric, la surprise.

— Veux-tu me dire pourquoi ta grand-mère veut pas qu'on lui fête sa fête. Un nouveau caprice ?

— Elle a ses raisons.

— Elle a toujours raison. Je suis contente qu'il y ait pas de fête, j'aurai pas à lui souhaiter longue vie.

— Je préférerais que tu me parles pas de ma grand-mère.

— C'est ça, pas de vagues, hein, Michel ? On peut jamais se parler, s'expliquer nous deux.

— C'est ça, t'as bien compris.

Avoir le courage de me lever, de lui jeter mon assiette en pleine face, puis de partir, pour la vie. Mon fils Éric est dans l'âge ingrat de l'adolescence, je vais fermer ma gueule. C'est pas le temps de faire sauter la baraque. Me fermer la gueule, avoir l'air d'être heureux puisque j'ai une femme et des enfants, avoir l'air heureux puisque j'ai une bonne *job* et l'espoir d'être à la tête de l'entreprise un jour.

❦

LAURENCE

Dans son *loft* en bordure du canal Lachine.

C'est le bordel à matin. Comme si un ouragan était passé. Oh, j'ai un mal de bloc. C'est le champagne. Je digère pas les bulles, j'arrête pas de roter les sushis. Qu'est-ce que je dois pas faire à matin sans faute ? Voyons, mon BlackBerry : *Ne pas aller souhaiter bonne fête à grand-maman.* Une chance, elle verrait tout de suite la sorte de nuit que j'ai passée. Elle pose pas de questions, mais je sens qu'elle désapprouve la vie que je mène. Elle voudrait me voir mariée avec deux enfants. Moi, j'ai juste trente-quatre ans et j'ai pas fini de vivre ma vie de jeunesse. Puis je suis pas certaine que je veux d'un homme. D'ailleurs, je fais comme elle, elle a pas d'homme : ça la rend pas infirme pour autant. Au contraire, elle pète le feu. Mamitaine, c'est mon modèle. Je veux pas être une Odette comme ma mère qui se fait vivre par son Pierre. Mes parents sont pas conséquents, ils m'envoient faire des études de gars, puis après ils voudraient que je lâche tout pour un mari et des enfants. J'ai fait HEC pour quelque chose. Je veux devenir P.-D.G. de Familia. C'est mon ambition. Je vais pas lâcher mon objectif pour de la couchette routinière avec un mari qui va me prendre pour acquise et qui va m'emmerder jusqu'à ce que mort s'ensuive. J'ai d'autres ambitions que le mariage et la maternité. Je veux continuer l'œuvre de Mamitaine qui est la femme que j'admire le plus au monde. Ce serait injuste pour elle que Familia, fondée par une femme, passe aux mains des hommes. Je dois ça à grand-maman. Ça va me prendre le temps qu'il faudra, mais je vais réussir à prendre ta place, toute la place. Je te le jure grand-maman, sur ma nuit d'hier, que c'est moi qui vais te remplacer. Je jure de suivre tes traces. D'ailleurs, combien de fois tu m'as dit : «Laurence, t'es tellement comme moi que je te vois à la présidence.» Je veux être toi parce que moi, je vaux pas grand-chose. Quand j'ai pris un coup la veille, je deviens dépressive. Une chance, ça arrive pas souvent. Autant j'aime l'audace que m'apporte l'alcool, autant je déteste le ramollissement après la brosse. Où est mon réveil ? Je me souviens de l'avoir caché pour pas voir l'heure. Sous l'oreiller ! Pas onze heures ! Pourquoi il faut que je boive avant de faire l'amour. Je veux geler quoi? Peut-être que je veux pas voir avec qui je couche? Bon, je tomberai pas dans le panneau de la psychologie de salon. Un *drink* avant de faire l'amour, ça fait partie des préliminaires. Mais pourquoi c'est jamais juste un *drink*, mais trois, quatre? Je m'haïs quand je me mets à réfléchir sur les pourquoi, les comment. Je suis une fille d'action, j'agis. Je tiens de mon père pour ça, mais moi, à sa place, il y a longtemps que je serais divorcé de ma mère. C'est pas une méchante femme, mais c'est pas un cadeau, c'est de moins en moins un cadeau. Papa l'excuse tout le temps. Il dit qu'elle est gâtée, que c'est de sa faute dans le fond. Moi, je pense… Je sais pas quoi penser, elle a peut-être une psychose, je sais pas, moi. En tout cas, c'est pas faute d'avoir essayé toutes les tisanes de Familia contre les sautes d'humeur! Pauvre maman, je la vois plus tellement, elle est pas parlable. J'ai envie de la secouer des fois. Comment ça se fait que papa l'aime encore? Je comprends pas. C'est peut-être un ancien Saint-Bernard recyclé en mari. Bon, je prendrai un café au bureau! Qu'est-ce que je fais si je croise grand-maman au département de la publicité? Je fais mine de rien, ou je lui désobéis et je lui souhaite une bonne fête? C'est pas le temps de lui désobéir. Quand elle m'aura donné les rênes de l'entreprise, là je vais faire ce que je vais vouloir. C'est pas grave de pas faire mon lit, même que ça va être le *fun* ce soir de retrouver l'odeur de deux corps en chaleur. Ce soir, je sors pas, comme ça je ramènerai personne à coucher. Si je pouvais donc me passer de sexe. S'il y avait une pilule pour calmer les ardeurs du corps. Tiens, c'est pas bête ça, lancer un produit, naturel évidemment, pour tranquilliser ceux et celles qui pensent qu'à ça. L'anti-Viagra! Faudrait faire une étude de marché chez les célibataires. Le salpêtre! Mamitaine dit que pendant la guerre de 14, on donnait du salpêtre aux soldats pour calmer leurs ardeurs. Je vais mettre l'équipe de recherche là-dessus. Pas de sexe, pas de troubles! Je veux plus me retrouver avec des «spécimens» dans mon lit! Un jour, il va m'arriver un pépin, je le sais. S'il existait une pilule pour calmer ma libido, la nuit je dormirais seule dans mon grand lit de plumes d'oie biologiques. Seule et en paix! Je vais l'inventer cette drogue-là et calmer tous les célibataires en chaleur. Une pilule qui détourne toute l'énergie dépensée pour le sexe vers le sauvetage de la planète entre autres. On a bien inventé le Viagra, je peux inventer son contraire. Je suis en retard, j'ai la bouche comme le fond de la cage du serin, j'ai mal au bloc et, malgré tout ça, j'ai des idées de génie. T'es intelligente, ma Laurence. Une vraie Germaine!

VALÉRIE

Dans la maison de Saint-Lambert, où elle habite avec ses parents, Isabelle et Michel.

— Je suis contente, Simon. Je suis contente de te voir. C'est pas si souvent. Repousse-moi pas quand je t'embrasse! As-tu mal au cœur de moi?

— Je déteste les minoucheries. Je suis passé pour te dire de pas appeler Mamitaine pour sa fête, elle veut pas qu'on souligne le jour où elle vieillit…

— Avoue donc que t'es venu pour dîner avec ta jumelle chérie.

— C'est déjà fait, je me suis arrêté chez McDo. Isabelle m'a téléphoné…

— Appelle pas maman «Isabelle», elle aime pas ça.

— Maman m'a acheté des bas chez Costco, deux douzaines, ma laveuse les avale, je suis venu les chercher pis, en même temps, te dire pour Mamitaine. Comprends-tu ça, toi, pas vouloir fêter sa fête?

— Regarde-moi Simon. Mieux que ça. Baisse pas les yeux. Regarde-moi !

— Tu me fais crochir les yeux.

— Je m'ennuie de toi.

— C'est pas bon qu'on se voie trop.

— C'est grand-papa Pierre qui te met ça dans la tête ?

— J'ai dix-sept ans, je pense par moi-même.

— J'ai dix-sept ans, moi aussi, pis je sais que tu te laisses manipuler par lui.

— Il a raison. Chaque fois que je te vois, j'en ai pour des jours à être tout croche.

— Des fois, j'ai honte d'être ta jumelle, t'es tellement cave, pis mou, pis... pleutre.

— Je sais même pas ce que ça veut dire « pleutre ».

— Pissou... T'es rien qu'un pissou qui a peur de faire un avec sa jumelle.

— Parce qu'on a eu le malheur de naître le même jour, ça veut pas dire qu'on est un. Je suis différent de toi, tu es différente de moi... Je suis un gars, t'es une fille...

— Ensemble, on peut tout faire, séparés on est rien pantoute. On est jumeaux, et des jumeaux, ça se sépare pas...

— Arrête de répéter la même chanson. Isabelle est-tu ici ?...

— Maman ? C'est un courant d'air. Je te le dis, si elle savait que tu l'appelles « Isabelle »...

— Qu'elle se conduise en mère, je vais l'appeler « maman ». Salut !

— Attends !

— Je suis pressé...

— Des fois, je suis toi, j'ai ton visage, tes bras. J'ai ta voix grave. J'ai un pénis...

— Arrête ça !

— On est jumeaux !

— Je le sais, tu passes ton temps à me rappeler la malédiction qui pèse sur moi depuis ma naissance. Si je pouvais défaire ça…

— Tu peux pas! On est pognés pour le meilleur et pour le pire, et pour toute la vie. Simon, tu m'as pour toute la vie, je t'ai pour toute la vie, à moins que tu me tues ou que ce soit moi…

— Je te déteste.

— Tu m'aimes puisque moi je t'aime. Serre-moi comme quand on était dans le ventre de maman.

— Je te serrais pas, t'étais par-dessus moi qu'Isabelle dit, tu m'écrasais comme tu m'écrases là.

— Je voulais pas que tu sortes pour te garder pour moi, collé.

— J'ai besoin d'être… moi, tu comprends pas ça?

— Moi, pour être moi, il me faut toi.

— Tu me fais chier!

— C'est mieux que rien.

— Laisse-moi partir, enlève tes mains.

— Reste.

— Je reviendrai plus.

— O.K. d'abord, va-t'en! Oh, Simon, as-tu demandé à grand-papa pourquoi on avait été séparés à la naissance et que c'est lui qui t'a élevé? Les vraies raisons. Tu m'avais promis de lui demander.

— Je lui ai demandé cent fois. Toujours la même réponse. La bonne réponse. C'était pour notre bien!

— Pour le tien, pas le mien!

— Valérie, sacre-moi patience!

Ça finit toujours comme ça. Simon sort de la maison comme si j'étais en feu et qu'il avait peur que mes flammes le consument. Qu'est-ce que je ferais pour qu'on vive ensemble : on a jamais vécu ensemble! La grève de la faim a rien donné.

Une tentative de suicide? C'est fait, ça a pas marché non plus. Parler à Mamitaine? Je l'ai fait mille fois, elle me fait la même maudite réponse : «C'était pour votre bien.» Je me heurte à un mur de bonté! Je l'ai! Je vais laisser croire à la famille que je suis guérie de lui, qu'il me laisse indifférente, qu'au lieu de me morfondre à vouloir vivre avec lui, je vais me trouver un amoureux. Je vais faire semblant que je me détache de ma famille. Comme ça, ils auront plus peur que j'enlève Simon pis que je le dévore tout cru. Ils vont cesser de me guetter et moi, pendant ce temps-là... O.K., je vais devenir actrice, je vais devenir si populaire que je vais faire tout ce que je vais vouloir, je vais avoir tout ce que je veux. Ma grand-mère Germaine me le dit assez souvent : «Quand tu veux quelque chose, tous les moyens sont bons pour l'obtenir.» Elle, elle est partie de rien, de quelques herbes dont elle connaissait le secret, pis elle a construit un empire. Un jour – je suis pas pressée –, un jour que j'aurai atteint gloire et richesse, je vais tout laisser pour diriger Familia, mais ça s'appellera plus Familia, mais «Simon et Valérie». Associés en affaires, c'est presque être mariés. J'ai dix-sept ans. J'ai du temps devant moi. J'attends mon heure. Pauvre Simon, pauvre amour, tu as le cerveau lavé par ton grand-père. Je vais te sortir de ses griffes, que tu le veuilles ou non. C'est pour ton bien. Bonne fête quand même ma belle Mamitaine d'amour!

§

SIMON

À Outremont. De retour chez ses grands-parents, Pierre et Odette, avec qui il vit depuis sa naissance.

J'ai pas à souhaiter bonne fête à Mamitaine. Parfait! Comme ça, j'aurai pas besoin de lui parler, de l'appeler par ce surnom ridicule, Mamitaine. Croquemitaine, oui! Quand je vois mon père pis mon grand-père lui obéir, j'ai honte! En tout cas, qu'elle pense pas que je vais la téter comme le reste de la famille, que je vais me traîner à ses pieds pour avoir une *job*. Jamais je travaillerai pour elle. J'ai assez d'avoir ma sangsue de sœur sur mon dos. Ça m'écœure de voir la famille ramper devant Mamitaine. Ils rampent pas devant elle, ils rampent devant son argent, pis elle s'en aperçoit même pas. Elle aime sa famille! *Famille, je vous hais!* Je sais pas qui a écrit ça, mais il savait de quoi il parlait. Moi, j'haïs la famille, j'haïs le concept famille. J'ai pas d'identité, la famille l'a mangée, digérée, chiée. Je suis pas un individu, je suis un membre d'une bête qui s'autodévore. Je voudrais que toute la famille meure, je resterais seul, tout seul, unique en mon genre. Moi. Moi. Moi! Où est le moi quand on naît deux? Je lui envoie même pas de courriel, je sais ce qu'elle va me répondre : «Viens me voir.» Pis je veux pas la voir, elle sent le vieux. J'haïs tout ce qui est vieux, ce qui sent le ranci, le «prêt à pourrir». Quand je vais aller étudier le cinéma en Californie, je vais laisser derrière moi tous ces vieux qui m'entourent. J'en peux plus de vivre avec des vieux qui disent qu'ils m'aiment mais qui font tout pour m'écrapoutir. Comment trouver l'argent pour partir après le cégep? Grand-père Pierre est prêt à m'acheter une auto… avec une laisse; je dois rester à cent kilomètres de lui. Il me donnera sûrement pas d'argent pour que j'aille étudier si loin, il est vieux mais pas fou. Mon oncle Paul, il l'a, lui, la combine, il vit au Mexique. *Bye* la famille! Je l'admire d'avoir réussi à se sortir vivant des sables mouvants. Je l'admire, mais moi je me ferai pas vivre par le dragon aux cheveux blancs. À mes dix-huit ans, argent ou pas, je disparais. *Fuck* les études en marketing aux HEC! Je veux pas m'enchaîner à jamais à la famille! En attendant de sacrer mon camp, j'obéis à mon grand-père. Après tout, c'est lui qui a eu la riche idée de me séparer de ma jumelle la vampire. Ah! pis je pourrai toujours dire à Mamitaine que j'ai pas

voulu souligner un jour qu'elle-même veut passer sous silence.
Aïe! Quatre-vingts ans, c'est à deux pas de la mort! Moi, j'ai
dix-sept ans, dix-sept, je peux-tu en profiter?

❧

ÉRIC

À Saint-Lambert, dans sa chambre au sous-sol, dans la maison où il vit avec ses parents, Isabelle et Michel, et sa sœur, Valérie.

— Quoi? En plus de me montrer le cul, faut que j'aie l'air
d'aimer ça?

Si Taine savait ce que je fais avec la webcam qu'elle m'a
donnée à Noël, y a deux ans!

Si p'pa pis m'man savaient ce que je fais enfermé dans ma
chambre à journée longue. Si la famille savait! Y pensent que je fais
de la recherche sur Internet, que je *chat* avec des correspondants à
l'étranger. Des malades, y croient ce que je leur dis! Pourquoi j'ai
pas une mère qui fouille dans mes affaires, un père qui s'inquiète
de moi? Y découvriraient que je me prostitue avec des hommes
dégueulasses. Non, y exagère celui-là. Ça, je veux pas! On dirait que
ça l'excite que je veuille pas. Va retrouver ta femme et tes enfants,
espèce de pédophile! C'est assez la porno pour aujourd'hui. Je
ferme le magasin! Tous pareils. Y sont gentils, doux, des enjôleurs.
Y commencent par te dire ce que tu te meurs d'entendre, qu'ils
aiment ta personnalité, qu'ils te trouvent intelligent. Y rient de
tes bons mots. Y t'écoutent sans t'engueuler, ce que les parents
font jamais. Toi, t'es content, y a quelqu'un qui te trouve beau et
bon et qui te le dit. Pour quelqu'un qui manque d'assurance, c'est
un baume sur l'estime. Et pis, un jour, y disent qu'ils aimeraient
voir ce que t'as l'air, y te suggèrent de demander une webcam à
Noël pour mieux communiquer et pis… t'es pris au piège genre.
J'avais juste treize ans, je pouvais pas savoir que j'embarquais

dans un réseau de pédos. Je savais même pas ce que c'était.
J'avais entendu le mot, mais de là à savoir que c'est une bande
de *fuckés* qui aiment les petits gars comme moi… Le premier, y
a deux ans, un monsieur fin, un professeur ou quelque chose du
genre, marié. Y savait plein d'affaires le *fun*. Y m'encourageait
à étudier. Je faisais mes devoirs avec lui sur le Web, y avait le
tour avec moi. C'est pour lui que j'ai demandé une webcam à
Taine. Y voulait mieux me connaître. Y restait à Québec, on
pouvait pas se rencontrer, ça fait qu'on s'est vus à travers une
caméra. C'était un bel homme, l'air paternel au boutte, pis un
jour, ç'a pris du temps, le temps de m'amadouer, y m'a demandé
d'enlever ma chemise… Moi, je voulais juste lui faire plaisir.
Y était tellement fin pis doux avec moi. C'était rien enlever ma
chemise, que je pensais. Y m'a envoyé un vingt par la poste… la
poste restante. J'ai toujours détesté demander de l'argent à papa.
Pour chaque cenne qu'il me donne, y me fait un discours sur
l'argent-qui-pousse-pas-dans-les-arbres. Ça fait que… j'ai gardé
le vingt ! J'ai été super cave ! Je suis un super débile, mais là je suis
devenu accro genre. Je peux pas me déprendre de ça. Faut que
je le dise à Taine, qu'elle m'aide à me sortir de cette habitude de
montrer mon cul pour de l'argent. Je peux pas lui dire, elle va
plus m'aimer. Son Éric qui fait de la porno ! Je vais l'écœurer ben
raide. Si j'étais pas un gars, je m'assoirais dans un petit coin, pis
je braillerais comme un veau.

GERMAINE
**Allongée sur son récamier, dans le bureau de sa maison du
boulevard Gouin.**

Je voudrais être morte, ne pas vivre la journée. Je me
réveillerais demain matin, puis j'aurais sauté ma maudite

fête. Bonne fête, maman. Bonne fête, Mamitaine. Bonne fête, Germaine. Bonne fête, madame Maltais! J'ai quatre-vingts ans, il y a pas de quoi fêter, torpinouche! Je suis en colère. Me faire ça à moi! J'ai pas mérité d'avoir cet âge-là, me semble. Je me suis levée avec le goût de mordre! Il y a pas de justice! Quand je vois des petits jeunes qui savent pas quoi faire de leur corps, qui perdent leur temps à se chercher, qui trouvent que la vie est ennuyante, j'ai envie de leur crier : «Gaspillez pas la vie, le temps passe, il revient pas!» Le temps, c'est précieux, je le sais, il m'en reste pas! Mon temps s'émiette. Je sens venir le jour où j'en aurai plus. Faut que je me calme. Surtout, je veux pas entendre des conneries comme : «T'es bien conservée pour ton âge.» Je suis pas un cornichon.

Je pensais être capable d'aller passer quelques jours au Mexique avec mon Ti-Paul pour m'épargner le *Happy Birthday to You* puis le *C'est à ton tour de te laisser parler d'amour*, mais la Chine est après moi, ils veulent des succursales Familia chez eux. Je veux pas m'embarquer dans si gros, mais Pierre dit que les Chinois sont friands de potions magiques, que ce sont de gros acheteurs de cornes de chevreuil, de vessies d'ours, de pénis de phoque et autres conneries pour faire bander, qu'on devrait être capables de leur vendre nos produits naturels. Et puis, juste le fait que l'entreprise appartienne à une famille leur plaît. Ils sont très *famille* là-bas. Il paraît même qu'ils aiment leurs vieux, qu'ils les considèrent comme des bibliothèques vivantes. Ils ont besoin des vieux pour leur apprendre leurs métiers, ça fait qu'ils veulent les conserver le plus longtemps possible pour que le patrimoine du savoir puisse se transmettre. Ici, les vieux, on les met à l'écart en attendant qu'ils débarrassent le plancher. Je sais ce que je dis. Si je regardais dans le cœur de chacun de mes descendants, je verrais qu'ils attendent tous, pour une raison ou une autre, que je sois plus là pour vivre enfin leur vie. Je peux les comprendre, moi-même j'ai commencé à vivre quand mon mari est mort. Cher Charles! Dans le fond, je suis contente de souper avec les Chinois, ça va me faire oublier que je vieillis d'une décennie aujourd'hui. J'ai averti tout mon monde, pas de *party* de fête. C'était pas une demande, c'était un ordre. Puis je leur ai dit : «Pas de cadeaux!» J'ai plus de place où les mettre. Je suis tout de même pas pour me faire percer le nez et le nombril pour que ma famille m'offre des pendants de nez et de nombril. J'ai déjà assez de bijoux pour ouvrir une bijouterie. La maison est remplie de cadeaux des enfants, petits-enfants, arrière-petits-enfants et autres dont je peux pas me débarrasser parce qu'ils viennent me visiter. J'ai des crèmes de beauté pour beurrer l'Himalaya, des parfums pour polluer le Saint-Laurent pour cent ans. Je leur ai bien dit : «Surtout pas de fleurs, je suis pas encore morte et pas de chocolats non plus, quand j'en ai, je passe à travers la boîte. Je veux rien!» Une chance, j'ai des bons enfants. J'ai réussi ça, tenir ma progéniture ensemble et garder Familia dans la famille, quoi qu'il arrive. Mission accomplie! Torpinouche, il y a rien, rien que j'aie pas fait pour que mes enfants, leurs enfants et les enfants de leurs enfants soient forts comme des chênes. Toutes les décisions que j'ai prises, c'était pour leur avenir. Je me suis sacrifiée. J'ai tout sacrifié pour eux. Non, il faut pas que je m'apitoie sur moi-même. Faut que je sois forte : je suis une femme forte. Je tiens ça de ma mère. Il fallait qu'elle soit forte pour m'abandonner à la crèche à deux semaines. Elle pouvait pas me garder, j'aurais été la preuve de son péché avec un Blanc, le pire des crimes à cette époque. Elle a pensé à moi plutôt qu'à elle. C'est pour mon bien qu'elle m'a abandonnée. Je fais aux miens ce qu'elle a fait pour moi. Mon père, je sais pas qui il est. Il était blanc puisque, à part mon teint bazané à l'année, j'ai les traits d'une Blanche. J'ai eu beau poser des questions aux religieuses de l'orphelinat qui m'avaient recueillie après la crèche, elles ont respecté la promesse de confidentialité faite à ma mère. Une promesse, c'est une promesse. On avait beau m'appeler la sauvagesse, jamais les sœurs auraient divulgué le secret de ma naissance. Un secret, c'est un secret. Mais il y a eu sœur Rhéal... Quand je pense que les religieuses portaient des noms d'hommes pour effacer tout ce qu'il y avait de féminin en elles. Chère sœur Rhéal. Un soir, au dortoir, je la vois-tu pas qui s'approche de mon lit. Les sœurs étaient aussi privées d'amour que les orphelines. Elle m'a pas embrassée, même si je voyais bien que ça lui tentait, mais elle m'a remis un cahier en me disant qu'il était dans le panier dans lequel on m'avait trouvée. C'était un cahier où ma mère ou quelqu'un d'autre, j'aime mieux penser que c'est ma mère, avait écrit à la main des recettes indiennes pour guérir les maladies. Elle m'a fait jurer de rien dire, sinon la mère supérieure lui ferait payer cher, elle était orpheline elle aussi. Ce petit cahier-là, je l'ai lu chaque fois que j'allais aux toilettes; ailleurs, je pouvais pas, on était guettées jour et nuit comme si on était des criminelles. Je le cachais dans ma poche de sœur. Mes enfants rient quand je leur dis que j'avais une poche en coton sur le ventre pour cacher mes avoirs. Et puis j'ai commencé à cueillir des plantes dans le jardin des sœurs et à leur faire des tisanes pour digérer, pour aller aux toilettes, pour dormir. Je savais pas encore que j'en ferais un métier. Je savais pas encore que la mode des médecines parallèles allait déferler sur le Québec, que le public délaisserait le chimique pour le naturel. Moi, tout ce que je voulais en sortant de l'orphelinat, c'était avoir des enfants. Avoir un enfant, c'était l'assurance que je serais aimée. J'avais besoin d'amour comme une plante a besoin d'eau! La plupart des filles veulent fuir leur famille; moi, j'en voulais une à tout prix. L'autre choix, c'était de rentrer chez les sœurs, et ça, ça m'intéressait pas du tout. L'obéissance, j'avais donné. La famille, c'était ce que tout le monde avait, excepté moi. Et puis, j'ai découvert la sexualité. Je suis devenue une accro de la masturbation. Je me caressais puisque personne, personne me caressait. Ouf! Je sais pas ce que j'ai depuis quelque temps, un rien et je retourne dans le passé : j'haïs ça! La nostalgie, c'est une perte de temps. C'est du passé, et le passé est passé, il y a rien qu'on puisse y faire. Moi, seul l'avenir m'intéresse. Je vais retéléphoner à Pierre pour lui demander où finalement il va amener les Chinois manger. «Dans le quartier chinois c't'affaire!» qu'il m'a répondu sur son ton de Ti-Jos Connaissant. Des fois, lui, il me décourage. Puis, ça veut me remplacer... On amène pas des Chinois manger du chinois, pas plus qu'on amène des Français manger des pâtisseries françaises, on est sûrs de perdre à la comparaison. Pauvre Pierre, il a un cerveau d'oiseau-mouche. On devrait les amener dans un *steak house* manger un seize-onces saignant, qu'ils en fassent une indigestion dont ils vont pouvoir parler de retour chez eux. Ça c'est du bon marketing. Un restaurant chinois! Pierre, c'est mon plus vieux, mais c'est pas le plus intelligent. C'est pas parce qu'on aime ses enfants qu'on les voit pas. C'est pas vrai que l'amour rend aveugle. Moi, mes enfants, je les connais par cœur. Il était intelligent jeune, mais il s'est marié, puis je sais pas trop ce qui lui est arrivé, le cerveau lui a rétréci. C'est fréquent, je trouve, ce rétrécissement du cerveau quand un homme se marie. Je reconnais plus mon garçon. Odette me l'a changé. Les femmes, quand elles disent «oui» à un homme au pied de l'autel, elles ont rien qu'un but : le changer au plus sacrant. Comme si, le lendemain des noces, les qualités tant appréciées pendant les fréquentations devenaient des défauts, le prince charmant se transforme en grenouille. L'homme idéal d'hier devient un chantier de démolition. Trop de ci, pas assez de ça, on coupe là, on rajoute, quand on transforme pas le tout. Odette a pas attendu le jour du mariage pour changer Pierre, elle a commencé la veille : «Arrête de demander conseil à ta mère, t'as l'air d'une moumoune.» Odette m'a changé mon Pierre, ma pierre sur qui je voulais bâtir mon empire, en qui j'avais une confiance totale. Il est devenu en trente-sept ans une carpette dont elle se sert pour s'essuyer les pieds : il s'en aperçoit même pas. Je sais pas ce qu'il lui trouve. Son Odette, elle est grosse, pas grosse comme une torche, mais grosse comme une vache, une taure pour être aimable. Elle est pas belle, un nez retroussé qu'on lui voit dans les narines, comme les cochons. Le pire, elle est poilue, elle vit pratiquement chez son épileuse. Elle s'habille comme une putain, des décolletés à en plus finir, des robes si collantes qu'elle a l'air de sortir de la fontaine de Trevi, comme la fille dans le film avec Marcello Mastroianni : on y voyait toutte, son linge était collé sur elle, puis c'était plus cochon que si elle avait été toute nue. Odette, c'est un ti-boutte, elle fait pas cinq pieds. Moi aussi, je mesure cinq pieds, mais c'est un grand cinq pieds. Enfin, je veux dire que cinq pieds et cent livres c'est plus grand que cinq pieds et deux cents livres. Puis elle se fait teindre en rouge, pas en auburn, en rouge, rouge sang, avec des cheveux comme des pics de porc-épic passés dans la graisse à moteur. C'est ridicule à son âge ! Une chance qu'elle a de l'argent de sa famille, parce que sans ça… Pour m'amadouer, elle a acheté des parts dans Familia. Ça, c'est une qualité que je vais ajouter à ses autres qualités quand je vais lui en trouver la semaine des quatre jeudis. Elle a sûrement des qualités, comme… Aïe ! Je vais pas me casser la tête à trouver des qualités à ma bru, d'autant plus que je me suis levée avec un mal de tête carabiné. Moi qui ai jamais ça ! Comment ça se fait que Ti-Dieu m'a pas encore appelée ? Il doit être sur son voilier… avec un client. Ça, le voilier, j'hésitais à lui acheter, mais c'est vrai que pour recevoir les gros clients… Ça s'appelle faire de *l'entertainment*, puis je dois dire que Paul est passé maître de la section *entertainment* à Familia. Voyons donc, Germaine, compte-toi pas d'histoire, tu le fais vivre à rien faire depuis… Pauvre Ti-Paul. Une chance que je suis là pour prendre sa défense. Pierre arrête pas de le rabaisser. Paul est deux ans plus jeune que Pierre. Quand ils étaient enfants, une fois, si j'avais pas été là… Ils savent pas mesurer leur force, ils commencent par caresser, puis ils serrent, serrent. Pauvre Ti-Paul, cette fois-là, il était violet. Pierre, c'est ça son problème, il connaît pas sa force. Faut que je sois juste, il en voulait pas de petit frère. Il a jamais accepté de perdre sa place d'enfant unique, ça fait qu'il est jaloux de son frère, il l'a toujours été. Il voulait le retourner à l'hôpital, puis quand il a bien vu qu'il resterait, il a commencé à le tourmenter. Je voulais tant qu'ils s'entendent, qu'ils s'aiment, qu'ils s'épaulent ces deux-là. Je les trouvais chanceux d'être deux, moi qui avais toujours été seule. Mais non, ils ont jamais pu se blairer. Adolescents, pour pas qu'ils s'entretuent en se battant, j'ai été obligée de protéger Paul, sans ça je sais pas ce qui serait arrivé. Puis là, Pierre m'accuse de le préférer à lui, de l'entretenir à rien faire, de lui payer des vacances à l'année. Paul est pas en vacances, il est le représentant officiel de Familia au Mexique. Il va pas m'appeler, j'ai dit aux autres de lui dire de pas m'appeler, et lui, il respecte mes volontés. Cré Ti-Dieu à sa maman! Je vais aller voir mes courriels. Depuis qu'Éric m'a initiée à Internet, on s'envoie des messages tous les jours. Lui doit m'avoir glissé un mot pour ma fête, lui, il est pas obéissant, il rampe pas devant moi, il s'en fout de mon fric, lui! L'année passée, je m'en souviens comme si c'était hier :

— Si t'as besoin d'argent?

— Taine, j'en veux pas de ton argent.

— Un beau bicycle…

— J'en ai un.

— À gaz?

— Je trouve ça *wanabe* Hells.

— Une auto, une petite?

— Y a les transports en commun.

— T'as bien des désirs?

— Non.

— Comment non?

— J'ai des désirs, mais j'ai pas besoin de ton fric pour me les offrir.

— Comme quoi?

— Tu veux pas entendre ça.

— Tu peux tout me dire.

— Ben non.

Puis là, il m'embrasse sur les joues, deux becs retentissants, puis il se sauve retrouver son Internet qui lui apprend tant d'affaires. Mon gros chaton blond. Il pourrait me transformer en souris s'il le voulait, puis me manger! C'est vrai que c'est le petit dernier et qu'entre nous c'est le grand amour. On a soixante-cinq ans de différence, mais c'est comme si on était de la même génération. On rit des mêmes affaires, on se dit tout. Son père trouve que je le gâte pourri mais lui, il m'aime, lui, il me comprend. Puis c'est le seul qui veut rien savoir de mon argent. Hein? Pas de courriel? Pas de téléphone? Ma boîte vocale sur mon cellulaire? Vide! C'est parce qu'il est de bonne heure, ou bien ma famille me prépare un *surprise*. J'avais dit pas de *party*, mais un *surprise*, c'est pas pareil… Il me semblait bien qu'ils pouvaient pas laisser passer mes quatre-vingts ans sans fête. Je vais faire semblant que je le sais pas. Je vais appeler ma fille Marie pour lui tirer les vers du nez, elle a tellement pas d'allure, la pauvre. Non, j'appelle pas, j'ai trop peur de tomber sur son énergumène… comment il s'appelle déjà, je sais jamais son nom, Raynold? Qu'est-ce que je vais mettre pour mon *surprise*? C'est plate, quand j'étais jeune, j'avais rien pour m'acheter des robes, astheure que j'ai de l'argent, j'ai rien à mettre dans les robes.

MARIE

Dans son condo impersonnel d'une tour impersonnelle de la rue Sherbrooke Est.

— Allô!
— C'est maman. Il est-tu là?
— Il dort.
— Il est tard pour dormir.
— Qu'est-ce que tu veux maman?
— Moi? Rien! Juste te parler.
— Tu m'appelles jamais, c'est toujours moi qui appelle.
— Je voulais juste te demander...
— Tu me demandes jamais rien, c'est toujours moi. C'est pas vrai, je te demande jamais rien.
— Tu demandes tout le temps.
— Je demande rien que mon dû.
— Je te dois, moi?
— Tous les autres travaillent à Familia, pas moi. Tu me dois l'argent que je ferais si je travaillais pour toi.
— Tu veux pas travailler pour moi.
— C'est pas de ma faute si j'ai pas le talent du commerce, si j'ai le talent de...
— De quoi?
— De chanteuse.
— Depuis quand?
— Depuis toujours. Raynald dit que j'ai un talent méconnu.
— T'as quel âge?
— Tu sais pas l'âge de ta fille?
— Je sais que t'as quarante-six ans. Je te demandais ça parce que tu te conduis en adolescente.
— Tu m'as jamais aimée!

— Il s'agit pas d'amour, ça je t'en donne plus que tu penses, il s'agit d'argent. Pourquoi tu veux de l'argent cette fois-ci?

— Laisse faire.

— Je t'ai payé un cours de coiffure, je t'ai ouvert un salon de coiffure. Ç'a pas marché. Je t'ai payé un cours de masseuse, je t'ai ouvert un salon de massage que la police est venue fermer. Je t'ai payé une...

— C'est du passé tout ça.

— Tu voulais voyager, je t'ai payé un tour du monde, t'es revenue t'avais rien vu, t'étais trop gelée.

— Je te dis, c'est fini ce temps-là...

— Je t'ai payé un condo... je paye ton épicerie.

— Là, c'est pas pareil, maman.

— Qu'est-ce qui est pas pareil?

— Je suis en amour avec Raynald.

— T'es bien certaine de ça?

— Cette fois-là oui, oui, oui!

— Comment le sais-tu?

— Il va s'occuper de ma carrière. Il va être mon gérant et je vais être sa Céline Dion.

— Tu sais pas chanter.

— Justement, le cinq mille dollars, c'est pour partir ma carrière.

— On commence pas une carrière de chanteuse à quarante-six ans.

— Je suis une *late bloomer*, comme il dit. Maman, câline, t'es pleine aux as, qu'est-ce que c'est pour toi un petit cinq mille dollars?

— Les petits cinq mille dollars, je les ai gagnés, cenne par cenne, ma fille...

— Tu dis que tu m'aimes autant que les autres, tu me traites comme si j'étais le chien de la famille. C'est pas correct ce que tu fais là, maman. Je vais me prendre un avocat et je vais faire respecter mes droits. Je vais te traîner en cour.

— Fais donc ça!

— Je vais le faire!

Ben non, je le ferai pas. J'ai pas de personnalité. Raynald me dit quoi dire à ma mère, je le dis. Il me dirait de la tuer… Non! Jamais! Ma mère, c'est ma mère. Je rêve des fois que je m'entends ben avec elle, qu'on rit ensemble, qu'on va magasiner bras dessus, bras dessous, qu'on se donne des becs… Je me réveille et je pleure.

— On en reparlera à mon *surprise*. Il y a un *surprise* hein?

— Quel *surprise* maman? Il y a pas de *surprise* pour ta fête. T'es pas fine avec moi, alors que je te demande juste un peu d'amour.

— C'est de l'argent que tu me demandes. En tout cas, merci pour mon anniversaire.

— Mais maman, c'est toi-même…

— Depuis quand tu fais ce que je te demande?

Bon, je le savais qu'il aurait fallu la fêter de force pour qu'elle soit contente. Bordel qu'elle est compliquée. J'aurais pas pu avoir, comme tout le monde, une mère ordinaire qui serait en pâmoison devant sa fille. Non, il faut que j'aie une mère puissante et riche. Je suis pas chanceuse.

GERMAINE

Toujours au téléphone avec sa fille Marie.

Qu'est-ce qui marche pas entre elle et moi? On est jamais capables de se parler sans que ça vire au vinaigre! Pourquoi j'ai pas une fille ordinaire qui serait fière de moi, qui écouterait mes conseils? Qu'est-ce qui s'est passé pour qu'elle devienne enragée après moi? À moins que je lui donne sa part d'héritage tout de suite et que je m'en débarrasse. Mais je veux pas m'en débarrasser, c'est ma fille, j'en ai juste une et je l'aime. Quand elle est née, j'étais tellement contente, je venais de mettre au monde une fille, une autre moi-même. Je lui ai donné tout ce que j'ai pas eu. J'avais été sévère avec mes garçons, avec Pierre en tout cas, elle, je l'ai traitée comme une poupée. Ça a pas marché, ah non, ç'a vraiment pas marché... Je voudrais tant qu'on s'aime, elle et moi. Je voudrais donc que ce soit doux entre nous, qu'on soit des amies, qu'on se parle, qu'on se fasse des confidences, qu'on rie ensemble. On a jamais ri ensemble! Notre lien à nous deux, c'est la chicane.

— C'est pour quoi le cinq mille dollars Marie?

— Ça te regarde pas. Un cadeau, c'est un cadeau.

— Tu vas pas donner mon argent à ton... énergumène?

— Raynald!

— Tu vas pas donner mon argent à Raynold?

— Raynald!

— Tu vas pas donner mon argent à ce gars-là? Tu sais rien de lui. Il a peut-être un passé judiciaire.

— C'est pour moi l'argent.

— Tu comprends ma chérie que je veux pas que mon argent serve à te payer de la drogue?

— J'en prends plus de drogue!

— C'est pour quoi le cinq mille dollars?

— Tu voudras pas me le donner si je te le dis.

— Dis-le, tu vas l'avoir!

Je me mords la langue! Des fois, je trouve que je suis plus douée pour faire de l'argent que pour élever des enfants. Mais ce cinq mille dollars-là cache quelque chose. Quoi?

— Des seins.

— Des saints en plâtre?

— En silicone.

— Tu veux te faire poser des faux seins!

— Raynald me dit que c'est tout ce qui me manque pour être une chanteuse. Il dit que quand tu chantes, si t'es pas une beauté, il faut que les yeux des clients se posent sur autre chose que sur ta face. Moi, j'ai deux œufs au miroir. Qui veut regarder des œufs au miroir ailleurs que dans une assiette? Maman, me faire poser des seins, pour moi, c'est le début d'une carrière internationale, parce que Raynald pense pas juste au Québec, il pense au Canada, aux États. Le country, c'est plus populaire que tu penses.

— Le country?

— L'été passé, en Arizona, Raynald et moi on a fait la tournée des *saloons*. Il me voyait en cow-girl. Un soir, dans un concours d'amateurs, je suis montée sur le *stage* et j'ai chanté *Quand le soleil dit bonjour aux montagnes*. J'ai presque failli gagner le premier prix. Si j'avais eu des seins, je l'avais.

— Me semble que je le saurais si tu savais chanter. T'as d'autres talents que tu pourrais exploiter. Mon directeur du personnel pourrait t'aider…

— Tu veux ou tu veux pas?

— Je te vois pas avec des gros seins, c'est pas toi. T'as toujours été plate comme une galette. Tu tiens de ton père, t'as un corps de gars.

— Ça s'achète la féminité. Je veux être une vraie femme, pas une planche à repasser.

— Une vraie femme, pour moi, ça gagne sa vie, c'est pas dépendant d'un énergumène qui cherche juste à exploiter une héritière…

— O.K., donne-moi rien, je sais où le trouver, l'argent.

— Où?

— Je suis assise dessus!

Elle le sait qu'elle vient de me jeter en bas de ma chaise, que je vais la rappeler pour lui dire que je lui donne le cinq mille dollars, mais que c'est la dernière fois, que ses frères doivent pas savoir, qu'elle me force à mentir au reste de la famille… Je sais que je devrais être ferme avec elle, mais je veux qu'elle soit heureuse, et si son bonheur c'est du silicone, eh bien, vas-y Marie! Les seins, c'est pour ton bien! Je vais prendre une autre Tylenol extra forte, mon mal de tête passe pas. Je suis pas supposée avoir de produits chimiques dans la maison mais bon, faut pas être plus catholique que le pape. J'aurais pensé que Michel au moins m'aurait appelée pour me souhaiter une bonne fête… J'ai un faible pour lui. C'est mon premier petit-fils. Tous les grands-parents du monde savent que le premier petit-enfant, c'est le plus aimé. On a pas de préférence, les grands-parents, mais le premier, c'est le premier. Puis, il a bien fallu que je le gâte un peu, Pierre l'a dressé comme on dresse un chien. Il a été un père tellement présent, trop présent. Il s'enlevait pas de sur son dos. J'aurais aimé que Michel lui tienne tête des fois, mais non, il lui obéissait. Isabelle, elle, c'est une pâte molle avec les enfants. Elle a tellement peur que ses enfants l'aiment pas qu'elle fait tout ce qu'ils veulent. Elle veut être amie avec eux! Les enfants veulent pas être amis avec leurs parents, ils en ont des amis, ils veulent être encadrés, dirigés, conduits à la baguette… comme un chef d'orchestre conduit ses musiciens. Mais sans violence, je suis contre la violence, je déteste la violence. J'ai élevé mes gars sans lever la main sur eux, mais je levais le ton, ça, je m'en privais pas. Michel, faut que je l'admette, c'est un mou. J'ai beau l'adorer, je vois bien qu'il y a du mou dans sa nature profonde. Il est pas capable de prendre de décisions. Faut toujours lui pousser dans le dos. Si je l'avais pas poussé à marier Isabelle, il serait encore vieux garçon. Reste que, s'il est un mari mou et un père molasse, c'est un chef comptable extraordinaire. Autant il est pourri pour diriger sa femme et ses enfants, autant il est un excellent patron pour les comptables de l'entreprise. Je le vois très bien dans quelques années me remplacer chez Familia.

C'est ce qu'il veut, même s'il le dit pas. Faut se méfier des eaux dormantes. Les jumeaux, ça, c'est tout un problème! Quand ils sont nés, Isabelle a capoté, elle a fait un genre de dépression nerveuse. Deux d'un coup quand t'en voulais même pas un, puis elle avait pas vingt ans. Moi, j'ai suggéré que Pierre prenne Simon chez lui, comme ça Isabelle aurait juste Valérie à s'occuper. Cette séparation, c'était pour le bien du couple, et aussi pour le bien des jumeaux. Tout le monde sait qu'il faut séparer les jumeaux pour les empêcher de développer des complexes à n'en plus finir. À l'orphelinat, il y avait des jumelles, des vraies folles, elles pouvaient pas vivre l'une sans l'autre. Si l'une était malade, l'autre l'était, si l'une avait eu la strappe, l'autre avait les fesses rouges. Un jour, l'une a été adoptée, l'autre a cessé de manger et de boire. Je sais pas trop si elle est morte. Elle a dû, on l'a plus revue. C'est pour pas que mes jumeaux virent fous qu'ils ont été séparés à la naissance, pour qu'ils grandissent normalement chacun de leur bord. Je m'attendais à ce que Michel s'objecte, argumente au moins. Rien, il a laissé faire ça. J'en ai conclu que ça l'arrangeait. Qui ne dit mot consent. Isabelle a rien dit non plus, et même si elle avait dit quelque chose, le bien des enfants de mon petit-fils passait avant elle, qui est une étrangère après tout. Éric, lui, c'est un accident, il est arrivé comme un cheveu sur la soupe, deux ans après les jumeaux. Éric, c'est mon portrait tout craché. Je veux dire, si j'avais un jumeau, ça serait lui. Mieux, s'il était pas mon arrière-petit-fils, si on avait pas soixante-cinq ans de différence, ça serait l'homme de ma vie tant on se comprend nous deux. On se dit tout. Non, je lui dis pas tout mais lui est un livre ouvert avec moi. Je lis en lui. Il peut rien me cacher. Ça fait combien de temps que j'ai pris ma Tylenol? Ce mal de tête-là, c'est la contrariété. J'ai quatre-vingts ans aujourd'hui et personne prend la peine de me souhaiter bonne fête. Faudrait que j'appelle mon docteur pour qu'il me prescrive des pilules plus fortes que Tylenol extra forte. Elles ont plus d'effet sur moi depuis quelques mois. Je suis lucide, j'ai mal à la tête quand ça va pas à mon goût. Je peux pas l'appeler, il va vouloir me parler des résultats de mes derniers examens médicaux que je veux pas connaître. Ce qu'on sait pas nous fait pas mal. Surtout, surtout, je le connais, il va me prendre la main, je vais faiblir, je vais devenir toute molle et je veux plus ça. Je suis une femme forte, j'ai pas besoin d'un homme! Je suis trop vieille pour faire l'amour. Je veux plus faire l'amour, ni avec lui ni avec un autre. C'est fini ça! J'ai pourtant aimé ça faire l'amour avec lui. Surtout qu'on le faisait en cachette. Jamais personne a su, ne s'est même douté que j'avais quelqu'un dans ma vie. Fallait pas que ça se sache. Mais c'était pas ma priorité, le sexe. Ma priorité, c'était mes enfants, l'avenir de mes enfants. Quand je suis devenue veuve, j'avais trente-trois ans, deux enfants, un troisième à naître et trois mille piastres de dette. Tout ce que j'avais, c'était ma connaissance des plantes médicinales. J'ai mis de côté mon atelier où je préparais mes potions magiques et j'ai décidé de faire du porte-à-porte, comme pour les brosses Fuller. J'ai commencé dans Ahuntsic, parce qu'on habitait là, et après je suis allée dans les autres quartiers. Quand le monde me voyait arriver avec mes trois enfants puis ma valise de fioles, les portes s'ouvraient. Mes enfants étaient roses et gras, ils étaient mes échantillons de santé. Je vendais… Quatre ans plus tard, j'ouvrais un petit magasin que je baptisais Familia. Je soignais pas les parents d'un bord, les enfants de l'autre, je soignais la famille. Mon petit magasin était en concurrence directe avec la pharmacie du coin. Ça a pas pris de temps que Verdun voulait son Familia, ensuite Longueuil, puis Laval, après Montréal. C'était parti en grand. Moi qui savais pas compter, j'ai engagé un comptable, j'ai appris de lui. J'ai engagé un chimiste et j'ai appris de lui. Je me suis entourée de gens compétents. Ils m'ont tous volée, je les ai tous sacrés dehors! Pierre m'aidait comme un homme. Ti-Paul, lui, l'odeur des herbes le faisait moucher puis tousser. Il restait à la porte du magasin et il faisait des boniments pour faire entrer le monde : « Moi, quand j'étais bébé, je toussais, je mouchais, j'avais les poumons pourris, puis ma mère m'a fait prendre ses remèdes, puis voyez, je tousse plus. » Il se mettait à chanter des chansons de la Bolduc. Une fois, il a passé le chapeau, il était plein de sous. Là, j'étais fière de lui, mais pas contente. On est pas une famille de quêteux. Je lui ai défendu de recommencer, mais il pouvait continuer son petit numéro de chanson. C'est là qu'il m'a demandé un pourcentage sur les ventes qu'il m'apportait. Je lui ai donné... en cachette. Pierre, qui était mon commis après la classe et les fins de semaine, l'aurait pas pris. Je pense que je vais fermer les yeux pour me reposer les paupières. Enfin, le téléphone !

— Allô ?

— Content content content...

— Allô ?

— Content content content...

— Marco ?

— Content content content...

— Bien oui, bien oui. Passe-moi ta travailleuse sociale, Marco.

— Content content content...

— T'es bien fin d'avoir appelé. Mme Poitras est à côté de toi ? Grand-maman aimerait lui parler. Madame Poitras ?

— Bon anniversaire, madame Maltais !

— J'avais laissé le message que je voulais pas qu'on souligne ma fête cette année.

— Je m'excuse, je l'ai pas eu. J'ai pensé que ça vous ferait plaisir que votre petit-fils vous souhaite...

— Il sait juste dire « content content content ».

— Il y en a qui crient, qui frappent. Lui, il dit « content content content ». Vous devriez remercier le Bon Dieu...

— J'ai pas de leçon à recevoir de vous.

— Je pensais bien faire. Excusez-moi…

Comme si j'avais besoin de me faire rappeler que le dernier de Pierre et Odette est mongol. Je sais bien qu'il faut dire le syndrome de Down… Aïe! La tempe droite me fait mal. Il y a rien qui marche à mon goût aujourd'hui. Moi, quand j'ai pas le contrôle! C'est pas mal de vouloir le contrôle. C'est le contrôle qui fait les grands entrepreneurs. Le Québec est fait par les grands contrôlants. Ce qui est mauvais, c'est de perdre le contrôle… Elle a raccroché, elle a bien fait. Aïe, ma tête!

❧

PIERRE

À son bureau, le même jour.

Je le sais que maman peut plus blairer Odette, mais moi, Odette, elle fait mon affaire comme épouse. D'ailleurs, elle a pas à chialer, maman, c'est elle qui me l'a présentée sur un plateau d'argent, c'est le cas de le dire. Elle a pas regardé où le père d'Odette avait fait son argent, il avait de l'argent, c'est tout ce qui comptait. On peut dire que c'est son père à elle et ma mère à moi qui ont arrangé notre mariage. M. Cyr voulait pour sa fille un gendre héritier d'une fortune, ma mère voulait une pondeuse en moyens pour avoir des petits-enfants, pour continuer et sa famille et sa *business*. Familia était destinée à devenir un empire familial comme Dupuis et frères, Molson pis ben d'autres entreprises familiales. Moi, d'un autre côté, à dix-neuf ans, j'étais pressé de me caser, j'étais aux prises avec une sexualité que j'arrivais pas à contrôler. Je bandais pour un rien et n'importe où : dans l'autobus, en courant, en dormant. «Il faut que la chair exulte», comme disait Jacques Brel, la mienne, elle explosait. J'étais en érection du matin au soir, et comme c'était compliqué pour moi de trouver une femme qui couchait, vu mon acné pis ma timidité, la seule façon d'avoir du sexe à domicile, *steady* et gratuit, c'était de me marier. Je voyais pas d'autres façons que le mariage pour me soulager. C'est comme ça que je me suis retrouvé marié avec une fille que ma mère m'avait dénichée à Outremont. Une fille riche. Maman a toujours eu pour son dire : « Un homme a le choix. Tant qu'à faire, il est aussi bien de marier une belle fille riche qu'une belle fille pauvre. » C'était pas mon genre de fille mais bon, elle avait des grosses boules et le reste en abondance. Remarque que si une fille a des grosses boules, il y a des chances pour que le reste soit à l'avenant, mais bon, moi des boules, ça m'excite ; je suis de la génération des *Esquire* que je lisais, pas pour les articles mais pour les boules… Maman voulait une grosse noce. Son garçon mariait une fille riche, fallait que ça se sache. Mon beau-père avait invité tout Outremont. Comme ça, on s'est fait un bon magot en retournant les cadeaux aux magasins. Pauvre maman, je la revois à la réception dans les jardins des Cyr, elle avait l'air d'un pissenlit dans un gazon de golf. C'est pas les religieuses de l'orphelinat qui l'ont initiée à ce qu'il faut porter selon telle ou telle circonstance. Ma mère est grosse comme une punaise, elle avait une robe en laine qui pesait autant qu'elle, qu'elle s'était tricotée au crochet et on était en plein mois de juillet. À la fin de la journée, sa robe était étirée, son fond de teint Max Factor avait coulé, son chignon était tombé, ses cheveux pendaient sur son front et ses oreilles, mais elle se tenait droite comme la reine Victoria sur ses portraits, digne, hautaine, une vraie grande dame de cinq pieds. Quant à la nuit de noces… Crisse ! La nuit de noces… Le fiasco total ! J'avais marié un morceau de glace. Gosser un glaçon, ça refroidit son homme. Je me suis juré de le faire fondre. Bon, Vanessa qui veut me parler.

— Oui Vanessa ? Qu'est-ce qu'elle veut ? Dites à ma mère que je peux pas lui parler, que je vais la prendre à cinq heures et demie… Bon, bon, avec elle, c'est toujours urgent. Passez-la-moi.

— Quoi maman?

— J'ai mal à la tête.

— T'as jamais ça.

— Je sais, j'ai mal pareil. Je t'appelle pour décommander le souper avec les Chinois.

— Tu peux pas me faire ça. Ils veulent que tu sois là. T'es pas sérieuse! Il y a des fois, maman, t'exagères.

— Je me laisserai sûrement pas sermonner par un homme qui se fait mener par le bout du nez par sa femme. Ouf, je peux plus te parler, ma tête élance trop.

— Tu peux pas ne pas être là ce soir. Il s'agit de millions.

— Tu passes ton temps à me dire que tu peux très bien diriger Familia tout seul. C'est le temps de le prouver.

— Maman, mets du baume de tigre sur tes tempes, ça va aller mieux.

— Je prends des Tylenol. Salut!

Des Tylenol! Si notre téléphone est sous écoute et que les journaux s'emparent de cette déclaration, c'est la faillite. Mais non, il y a juste Vanessa qui écoute sur la ligne, mais commère comme elle est…

— Vanessa?

Ça y est, elle est allée apprendre la nouvelle au *Journal de Montréal*: «La présidente des produits naturels Familia prend des Tylenol quand elle a mal à la tête.»

— Vanessaaaa…! Où est-ce que vous étiez?

— À la toilette.

— Ah bon, euh… Quand vous êtes pas là, je panique.

— Dites pas des affaires de même vous là, je vais finir par vous croire.

— C'est vrai, vous m'êtes essentielle… Ça fait combien de temps que vous travaillez pour moi?

— Pour vous, vingt ans, pour Familia, un bon trente ans.

— J'ai envie de vous faire un petit cadeau.

— Non non non…

— Qu'est-ce qui vous ferait plaisir ?

— Rien, merci.

— On a toujours un petit désir caché.

— C'est sûr.

— Dites-le-moi, vous l'avez.

Qu'est-ce que je suis allé dire là ? Je vois poindre au-dessus de sa lèvre supérieure, dans sa moustache qu'elle teint au peroxyde, la rosée de la concupiscence.

— Qu'est-ce que vous voulez, Vanessa ?

Je sais ce qu'elle va me dire… des chocolats à la liqueur. C'est sa faiblesse…

— Un baiser.

Quoi ? Je veux pas l'embrasser… D'abord, c'est contre mes principes d'homme marié et pis, tant qu'à tromper ma femme, au moins que ce soit avec une super pitoune de Chez Parée.

— S'il fallait que quelqu'un nous voie, Vanessa. Pensez à votre réputation.

Je suis piégé. Si je lui dis non, je l'humilie, et une femme humiliée on sait pas ce que ça peut faire. Si je lui dis oui… Je suis pas capable. Pas Vanessa. Elle a autant de *sex-appeal* qu'une mâchée de gomme.

— Vanessa, je suis un homme marié.

— Je ne vous demande pas de coucher avec moi, juste un baiser. Si vous avez mal au cœur de moi…

Elle s'approche, se penche vers moi. Je peux pas reculer, ma chaise touche le mur. Je souris bêtement. Je veux ni l'embrasser ni la perdre comme secrétaire. La faire taire, m'en débarrasser, oui, mais comment ? Mon hésitation la vexe, elle comprend, se relève, me tourne le dos, s'arrête à la porte fermée. Elle doit s'attendre à ce que je me lève, que je la retourne, que je la prenne dans mes bras, que je l'embrasse et qu'on fasse l'amour debout comme à la télé. Ma fidélité me cloue au plancher, et il y a aussi qu'avec mon ventre, faire l'amour debout… Je reste cloué à ma chaise. Je l'ai vexée. Elle va sortir en courant. Elle va crier à tout le monde du bureau que je suis un homo. J'entends souvent les filles de l'étage classer «homosexuels» tous ceux qui veulent pas d'elles. Faut pas qu'elle sorte! Je vais lui prendre la main, la ramener à mon bureau, l'étendre dessus et lui donner ce qu'elle veut. Comme ça, elle bavassera pas. Hein? Quel synchronisme! Mme Valcourt, mon autre adjointe, entre sans frapper, comme à son habitude, pour me porter mon courrier. Ouf! Je l'ai échappé belle! Elle nous regarde avec ses yeux de fouine. On a l'air aussi coupables que si on venait de forniquer. Elle sort avec son sourire «je le savais!».

— Madame Valcourt!

Ça va mal à la *shop*, Mme Valcourt est mon ennemie intime. Depuis qu'elle est divorcée, elle tente de me faire succomber à ses charmes à coups de blouses transparentes, de décolletés jusqu'au nombril, de jupes ras le bonbon, de talons vertigineux. Elle s'asperge d'Opium et se maquille comme une *drag queen*. Je suis fidèle et je le lui ai dit. J'ai eu tort. Les femmes, dès que tu leur dis que t'es fidèle, tu deviens le gros lot à décrocher, l'obstacle à franchir, le défi ultime. Là, tout le bureau va savoir qu'il y a quelque chose entre Vanessa et moi, qu'elle nous a surpris en flagrant délit, avant le délit ou juste après. L'étage va le savoir, et la rumeur qui grimpe les étages plus vite que l'ascenseur va rejoindre le bureau de ma mère, qui va donc l'apprendre… Je vais passer au *cash*! Et plus je vais me défendre, plus je vais avoir l'air coupable. Maudites femmes!

〜 57 〜

GERMAINE

Au cabinet de son médecin, boulevard Saint-Joseph.

Comme si j'avais du temps à perdre à faire le pied de grue dans un bureau de médecin, le jour de ma fête, le jour où on va signer avec les Chinois une entente qui va nous lancer sur le marché international. J'aurais dû dire à Olivier que j'étais trop occupée pour venir à son bureau aujourd'hui. Faut que je me corrige d'accourir quand il m'appelle, j'ai l'air de quoi ? Il a mes résultats d'examens, bon. Il aurait pu me les donner au téléphone. Bien non, il a insisté pour que je vienne à son bureau, il rate pas une occasion pour me voir. D'ailleurs, j'ai rien, j'ai jamais rien, j'ai une santé de fer. C'est mon sang indien. Le mal de tête, c'est pas une maladie, c'est la preuve qu'on en a une. Olivier aime prendre soin de moi, laissons-lui ce plaisir-là. Je suis injuste avec lui. Si je l'avais pas connu, quand j'ai fait un genre de dépression après la naissance de Marie... Il m'a sauvé la vie avec ses médicaments. J'ai rien fait pour qu'il tombe en amour avec moi, rien du tout, c'est lui... Ça pouvait pas marcher nous deux, j'avais trois enfants, puis il avait sept ans de moins que moi, et c'était un docteur, l'ennemi juré de la médecine naturelle. Puis jamais, au grand jamais, j'aurais donné un autre père à mes enfants. Jamais ! Le bien de mes enfants, ça passe avant l'amour pour un homme. Mais j'étais tellement en manque d'affection, de tendresse, sois franche Germaine, de sexe, que je l'ai revu en cachette. Je buvais pas, je fumais pas, je m'empiffrais pas : je m'envoyais le docteur. Je l'ai toujours considéré comme un médicament... naturel contre la déprime. Avoir su qu'il était pour m'aimer. L'amour, je voulais pas ça. Moi, c'était du sexe, pas de sentiments. Lui, il se serait passé de sexe pour m'avoir à lui. Un moment donné, je l'ai même poussé à se marier. Je lui ai fait une liste de filles qui avaient de l'allure, avec qui il aurait pu fonder une famille. Mais non, c'était moi qu'il voulait. J'aurais dû changer de docteur aussi! Un médecin est pas censé avoir des rapports autres que professionnels avec ses patientes, mais j'avais un faible pour ses mains, ses bras, ses fesses, sa queue. Ça fait bien quarante-six ans qu'on... se voit. Personne le sait. Olivier, je le vois en cachette parce que ça serait mal vu que la présidente d'une chaîne de magasins de produits naturels se fasse soigner par un docteur. Moi, je dis qu'une vraie mère, ça a pas de sexe. Il m'a jamais vraiment soignée, à part les antidépresseurs, parce que j'ai jamais été malade. «Ce mal de tête-là, qu'il va me dire, c'est le stress.» Si je l'avais écouté, je serais à ma retraite depuis trente ans, puis je serais morte d'ennui. Je sais ce qu'il veut... qu'on vive ensemble, qu'on finisse nos jours ensemble. Je peux pas. J'ai d'autres priorités dans la vie : ma famille, et Familia. Il m'a demandée en mariage dix fois. Par fidélité à mes enfants, mes petits-enfants et mes arrière-petits-enfants, j'ai toujours dit non. Je sais bien que ça serait agréable de l'avoir dans ma vie, là que j'ai quatre-vingts ans et que je suis toute seule dans ma grande maison, mais je peux pas. Je m'appartiens pas, j'appartiens à ma famille. Je sais trop ce qui arriverait. Dès le premier jour du mariage, il ferait enlever le portrait de Charles dans le salon du chalet au lac Caché et ceux de ma maison du boulevard Gouin, puis ça, je veux pas. Charles, c'est la pierre angulaire de notre famille. C'est le père de mes enfants, le grand-père de mes petits-enfants, l'arrière-grand-père de mes arrière-petits-enfants. Olivier, c'est un vieux garçon, la famille n'existe pas pour lui. Dans le fond, j'haïs pas ça lui dire non, ça me fait un petit velours d'avoir un ascendant sur un docteur. Oups! Il l'a pas gardée longtemps dans son bureau celle-là, il a hâte de me voir. Cher Olivier.

— Madame Maltais?
— Docteur!

La porte fermée, il m'embrasse sur les joues. Je me laisse faire, il sent bon. Il sent toujours bon, c'est moi qui le fournis en parfums naturels. Une chance, j'ai pas perdu le sens de l'odorat. Mon Dieu, il me serre fort aujourd'hui, des plans pour me casser les côtes.

— Tu me fais mal !

— Je suis content de te voir.

— On s'est vus il y a un mois. D'ailleurs, j'avais-tu besoin de passer tous ces examens-là pour un simple mal de tête ?

— Assis-toi, mon amour.

Ce mot-là, sa façon de le prononcer, ça me chavire le cœur. J'ai quasiment le goût de penser que je l'aime.

— Je peux pas rester longtemps, je veux juste que tu me donnes la pilule qui va faire passer mon mal de tête… Les Tylenol agissent plus, faudrait que ce soit plus fort.

— Assis-toi.

— Je suis pressée.

— Les résultats de tes examens…

— Parle-moi pas de stress, tu sais que je vis pas sans stress, le stress, c'est le moteur de ma vie…

— On t'a découvert une tumeur au cerveau…

— Qui ça, « on » ?

— Les appareils sophistiqués qui t'ont dépecé le cerveau en fines tranches.

— Les machines peuvent se tromper. Puis il y a peut-être eu un mélange quelque part. Je me fie jamais à des machines, encore moins si elles coûtent un million de dollars. Les machines, plus elles sont coûteuses, plus elles se trompent…

Je m'enveloppe de paroles pour que le verdict d'Olivier entre pas dans ma tête. Je veux pas avoir une tumeur au cerveau. Je peux pas ! Il a beau m'expliquer à l'aide d'une tête en plastique comment est fait le cerveau et où se situe la tumeur, j'écoute pas. J'ai fermé mon intelligence comme on ferme une porte de coffre-fort. Je veux m'en aller. J'ai pas le temps d'être malade, je suis à la tête d'une famille et d'une entreprise commerciale, moi. Je peux pas me permettre d'avoir une tumeur au cerveau, j'ai pas le temps.

— Ça s'enlève une tumeur, qu'on me l'enlève!

— Là où elle est placée, on ne peut pas opérer.

— Bon, je vais la garder et m'en accommoder. Je me suis accommodée de bien des choses dans ma vie, même d'avoir un docteur, moi qui suis contre les docteurs...

Il me prend la main, il l'embrasse comme on embrasse une relique. Il met sa joue dans la paume de ma main. Ç'a l'air grave, ç'a l'air vrai.

— Je vais mourir?

Dis non, dis non, dis non!

— Non. On ne peut pas te l'enlever, mais là où elle est placée, elle est inoffensive. Par contre, tu auras des maux de tête...

— Je le savais. Je suis pas du genre qui meurt, moi!

— Et il se peut que tu fasses des crises d'épilepsie, je vais te prescrire des médicaments pour les prévenir.

— J'en ferai pas, j'ai pas besoin de tes pilules chimiques.

— Tu vas prendre ce que je te dis de prendre. Si tu n'es pas contente, change de docteur.

Il sait que je le ferai pas. Peut-être qu'un autre médecin se laisserait pas manipuler...

— Je m'intéresse beaucoup à la médecine chinoise ces temps-ci, tu vas pas rejeter d'un bloc une médecine vieille de millénaires...

— Tu vas faire ce que je te dis, Germaine.

— T'es pas mon mari!

— Je suis ton docteur. Tu vas m'obéir pour une fois. S'il y a quelqu'un qui veut ton bien, c'est moi...

Olivier a toujours pensé que ma famille m'aimait à cause de mon argent. Il m'en a tellement parlé que j'en suis venue à vouloir annoncer aux miens la faillite de Familia pour lui prouver que, même sans le sou, mes enfants m'aimaient. Il se trompe, mes enfants m'aiment, je le sais, je suis leur mère.

— Si tu étais raisonnable, tu me laisserais prendre soin de toi. On pourrait aller s'installer à ton lac tous les deux. Déjà que je pratique que deux jours par semaine. Prendre ma retraite pour prendre soin de toi ferait mon bonheur.

— J'ai pas besoin de toi, j'ai une famille !

— Bon ! As-tu des questions à me poser ?

— Ma tumeur est cancéreuse ?

— Non.

— Donc, j'en mourrai pas.

— Euh, non.

— Ç'a pas l'air de te faire plaisir.

— La vérité, c'est que j'aurais aimé ça te soigner, te gâter.

— J'ai besoin de personne.

— Je sais.

— Inquiète-toi pas pour moi, ma tumeur, je vais la faire fondre par la force de la volonté et de quelques herbes.

Il se tait. Comment il peut aimer quelqu'un qui passe son temps à le rabrouer ? Je sais, il espère qu'un jour je vais être assez faible pour m'abandonner à lui. Il attend ce jour-là comme un chat attend sa souris. Je m'aime pas de lui laisser de l'espoir, mais j'ai besoin de son désir, c'est mon élixir de jouvence. Si je pouvais mettre le désir en flacon…

— À quoi tu penses, ma chérie ?

— Tu viens de me donner une idée géniale.

❧

PIERRE

Toujours à son bureau.

— Allô, Michel ? C'est papa… As-tu vu maman, ben ta grand-mère ? Je pensais que tu pouvais l'avoir vue. Elle est pas au bureau, elle est pas chez elle, elle est pas chez le coiffeur, ni chez sa podiatre à faire soigner ses oignons… Hein? J'ai appelé sur son cellulaire, tu penses ben, il est pas ouvert. Je lui ai acheté un cellulaire pour la joindre quand je veux : elle le ferme! Si t'as de ses nouvelles, dis-lui de m'appeler au plus sacrant… C'est quoi le problème? Les Chinois veulent absolument rencontrer la patronne avant de signer. On doit souper avec eux. J'ai beau leur dire que j'ai plein pouvoir… J'ai pas plein pouvoir, je le sais, mais presque… Ils reprennent l'avion demain soir. Si elle nous fait manquer ce contrat-là, elle… Je me choque pas, je dis juste que j'ai autre chose à faire que de courir après ma mère… Merci quand même. Salut!

Maman est peut-être chez Marie… on sait jamais.

— Allô Marie! C'est ton grand frère Pierre! Quoi!? Ben voyons, je parle pas du tout comme Paul, lui il a un accent espagnol… Ben moi je trouve ça! Maman serait pas chez toi, par hasard? C'est pas ça que «par hasard» veut dire? Insulte-toi pas, je disais pas ça pour mal faire… Je dis pas que maman va jamais chez toi, même si c'est vrai qu'elle y va pas souvent, je dis juste… Crisse, Marie, tu changes pas, hein, t'es toujours susceptible… Quoi?… Euh, sais-tu, on se reparlera d'argent une autre fois… Ben oui, ben oui, passe à mon bureau. Prends rendez-vous avant… C'est comme ça, faut prendre rendez-vous pour me voir… T'oublie pas, si tu vois maman, si elle te téléphone, tu lui dis de m'appeler au plus sacrant et que…

Crisse qu'elle est bête! Elle me ferme la ligne au nez. Pis maman qui est nulle part! J'ai beau dire à tout le monde qu'elle est plus ce qu'elle était, je passe pour un sans-cœur. Il serait temps qu'elle accroche son tablier. Elle sait qu'on doit signer un contrat de plusieurs millions de dollars et elle disparaît dans la brume. Si c'est pas ça, la sénilité. Mais personne me croit dans la famille. Ils me prêtent tous des intentions. Elle serait tellement mieux à voyager. Ben non, il fallait que je tombe sur la seule personne âgée qui veut pas aller passer ses hivers à Miami.

Elle, ses voyages, elle les fait en visitant ses magasins. J'ai pas de chance! Je devrais pas penser de même, je l'aime ma mère, mais elle me complique l'existence.

— Allô! Odette, c'est moi, sais-tu où est maman? Je te trouve pas drôle, Odette. Ma mère, un amant?... N'empêche que ça serait comique si on découvrait qu'elle a un amant, comme tu viens de dire... Un petit vieux de quatre-vingt-dix ans! Odette, fais pas de farces! Arrête, tu vas me faire tousser, quand je ris, je tousse astheure, pis quand je tousse la vessie me *slacke*... En tout cas, si t'apprends où je peux trouver ma sainte mère, appelle-moi. Fais ça vite, c'est pressé... Ben oui, t'es fine quand tu veux, le problème, c'est que tu veux pas souvent. *Bye!*

— Allô Laurence! Où es-tu? Ah oui, c'est vrai, tu tournes la pub sur les bains de boue? Bon, ce sera pas long. Je cherche maman, sais-tu où elle est?... Où es-tu?... Ben oui, je parle fort. T'as pas ma mère avec toi?... Je t'entends plus!... Je te perds Laurence! Je t'entends pas. Laurence, m'entends-tu, Laurence? Si tu m'entends, dis à maman... Bon, je l'ai perdue. Maudit cellulaire!

Maman est pas allée voir Marco à son appartement supervisé, elle y va jamais. On aurait pensé qu'un enfant handicapé intellectuellement ça l'aurait touchée. Pas du tout! Ma mère, c'est une perfectionniste et comme mon fils Marco est pas parfait, le sera jamais... c'est comme s'il existait pas. Pas de faille dans la famille! Je chicane, mais dans le fond, je fais pareil. Je suis comme ma mère, j'ai réussi à remiser ma douleur au fond de moi, à vivre comme si Marco était pas là. Pauvre Michel qui s'acharne à s'en occuper, il pense qu'il est malheureux de sa condition. Il est pas malheureux, il dit «content content content» tout le temps. Il s'en occupe juste pour me mettre sous le nez que je le fais pas. Il connaît pas ça, lui, la déception quand t'apprends que ton enfant, un garçon surtout, est pas normal, le sera jamais. Ça se prend pas. Moi, j'avais rêvé d'un petit gars qui serait ma réplique et Michel, c'était mon contraire. Lui peut-être qu'il serait moi en peinture, que je me disais. Et quand le docteur a dit «syndrome de Down», mon rêve est tombé d'aplomb. Je l'ai pas pris. Je peux pas le prendre. Même si je me sens lâche. Je suis un lâche... Mais c'était lui ou moi. Une chance qu'Odette m'a choisi, moi, pas lui. Je veux pas penser à ça. J'ai eu assez d'épreuves dans ma vie.

— Oui, Vanessa?... Déjà cinq heures! Si jamais Mme Maltais mère appelle, vous lui dites de venir me retrouver... Vous lui direz que je l'ai cherchée partout. Vous lui direz... Laissez faire, elle a dû oublier. Votre mère, Vanessa, qui est Alzheimer, comment ç'a commencé?... Des pertes de mémoire?... C'est une dure épreuve pour les enfants, ça, c'est sûr... Pour elle surtout... Vanessa, je sors trente minutes. Si ma mère appelle, je suis au bout de mon cellulaire.

Pauvre maman. Il me semblait qu'elle était pas comme avant. L'Alzheimer! Je vais lui parler pis elle va la prendre, sa retraite. C'est pour son bien. Où c'est qu'elle peut bien être?

§.

ÉRIC

Le lendemain matin, au chalet de la famille Maltais au bord du lac Caché.

Oooooooooosh! Je veux pas me réveiller, y est trop de bonne heure. Je veux péter mon douze heures de sommeil. J'ai quinze ans, j'ai besoin de dormir, y paraît. Maudite chauve-souris, va te coucher, t'es un oiseau de nuit, *remember*. Va-t'en dans ton nid, t'apprendras à voler la nuit prochaine, là, moi, je veux finir mon mégarêve. J'vais te garrocher mes Nike! Reeeeeeeeer! Schlammm! Bon, va dans la chambre de Taine, elle aime ça, elle, les chauves-souris, elle dit que ça mange les insectes. Au nombre de bibittes qu'il y a au lac en plein été, y en faudrait une armée pour en venir à bout. Je dors, je veux dormir. Bon, je m'endors plus. Y est quelle heure ? Sept heures ! *Fuck !* Pour une fois que j'ai congé d'école. Bon, j'ai envie de pisser pis j'ai faim. Je dors ! Je veux dormir. Quand on dort, on pense pas. Quand on dort, on se sent pas coupable. Quand on dort, on est comme un petit enfant qui connaît pas le mal. Faut que je me lève, je vais pisser dans mon lit… C'est fini, ce temps-là ! Quand le docteur a dit à ma mère que ma vessie avait pas grandi au même rythme que mon corps, que c'était pour ça que je pissais au lit, je suis remonté dans mon estime… Taine, quand je passais des étés avec elle, elle me réveillait aux heures pis elle me demandait : « As-tu envie, Éric ? » Elle avait le pot de chambre en faïence à la main. Je me souviens du bruit de mon pipi dans le pot et de la voix de Taine : « Éric vise dans le pot ! » Comme j'ai jamais su viser, elle m'assoyait sur le pot. Elle m'a appris à pisser assis. Comme ça, t'asperges pas le plancher. Pas de traces, pas d'odeurs. C'était le bon temps, l'âge de l'innocence qu'ils disent, genre.

— Taiiiiiiiiine !

Elle est déjà levée, elle a fait son lit.

— Taiiiiiiiiine ?…

Elle est pas dans la cuisine. Voyons ? Aïe ! Ça fait un boutte que je viens au lac avec Taine. Depuis que je suis né. J'avais pas six ans que je faisais le feu dans la cheminée et dans le poêle à bois. Je conduisais la chaloupe à moteur à onze ans. Taine pis moi, c'est… Je le dirai pas, ça fait trop têteux mais je peux ben le penser. Taine et moi, c'est l'amour, le véritable amour. Pur et dur. Une chance que personne m'entend penser. C'est mon arrière-grand-mère, je suis son arrière-petit-fils, ç'a pas d'allure qu'elle et moi on soit « en amour » genre. Ben, je sais pas comment expliquer ça autrement, on est des vrais *chums*, on est bien ensemble. Ça a l'air fou, elle a quatre-vingts, j'en ai quinze. C'est peut-être que j'ai l'âme vieille et qu'elle a l'âme jeune pis que quelque part on se rejoint. Je le sais pas ce qui se passe, mais nous deux c'est «diguidou», comme dit mon grand-père Pierre. Lui, y est constipé. Grand *boss* des bécosses! Schlick! Schlack! je le zappe, y me fait trop chier. Mon père en a peur. Mon père, y a peur de tout, surtout de la chicane. Belle gang de parents à la tête de Familia. Moi, être le patron, je sacrerais toute la parenté à la porte pis je mettrais des jeunes à leur place, mettre du moderne dans la cabane. Taine est pas d'accord de sortir la parenté de Familia mais j'ai de l'influence sur elle. Elle m'écoute, moi. Où c'est qu'elle est? Je pense que je vais me jeter dans le lac, ça va me réveiller.

— Grand-m'man. Grand, grand… m'man!

Je l'appelle «arrière-grand-mère» juste quand je veux la faire fâcher. J'aime mieux l'appeler Taine, c'est le nom que je lui donnais quand j'étais bébé. Mamitaine, c'était trop long.

Se baigner en octobre. C'est bon pour l'énergie. C'est pas que j'aie pas d'énergie, c'est que je vois pas pourquoi je me forcerais à étudier quand tout ce que tu veux savoir est dans mon ordi.

— Taineeeeeeeeeeeeeeeeeee!

Un, deux, trois, go! C'est bon, c'est bon, c'est bon, c'est frette, mais c'est bon.

— Beuh!

— Taine tu m'as fait peur! Où t'étais cachée?

— Je te dis pas ma cachette, une folle!

On est comme deux chiens fous. On se lance de l'eau. C'est ça que j'aime de Taine, on joue ensemble. J'ai jamais joué avec ma mère…

— Je suis gelée.

— Moi je suis congelé. Qui c'est qui arrive le plus vite en haut de l'escalier?

— Toi!

J'aurais pas dû dire ça. J'oublie que Taine est vieille pis que l'escalier du chalet est à pic, soixante marches pour une femme qui a des jambes comme des cure-dents... J'ai de la misère à imaginer ce que c'est avoir son âge. C'est vieux, *man*! C'est comme regarder la planète Mars. Je sais ben qu'elle est là, mais c'est loin.

— Fais un feu dans la cheminée, mon grand. On va se coller sur le sofa. J'arrive.

— *Cool!*

Trente minutes plus tard.

Ça, c'est les meilleurs moments, on se cale dans le sofa en plumes, on boit du chocolat chaud et on jase.

— Mais Taine, c'est le soir d'habitude, le chocolat chaud...

— Les habitudes, c'est comme les règles, c'est fait pour être brisé.

J'ai beau avoir quinze ans, je suis pas fou, je vois ben que Taine, depuis quelque temps, est pas comme avant.

— Qu'est-ce qu'il y a, Taine?

Taine, je vois clair en elle, je le sais quand elle fait semblant d'avoir du *fun*.

— Ça sert à rien de me le cacher, tu sais que tu vas finir par me le dire.

— J'ai rien, laisse-moi tranquille avec tes questions. On va aux champignons.

— Si t'es si fine que ça, tire-toi toute seule du sofa.

— Éric, sors-moi de là!

— Tant que tu me diras pas ce qui te chicote, je te laisse dans le sofa.

— Bon, d'accord, tant qu'à faire je vais piquer un somme.

C'est ça que j'aime de Taine, si elle veut pas parler, elle parle pas.

— O.K., quand tu vas te réveiller, je vais continuer à t'achaler. J'ai hérité de ta tête de cochon.

Mais elle a le droit de me cacher des choses, je lui en cache ben, moi.

⚬

PIERRE

À son bureau, dans la tour Familia.

— Oui Vanessa?... Ben non, elle est pas au lac. Elle a plus son permis de conduire depuis ses cataractes. Pas en taxi, elle est ben trop... pingre. Je suis certain qu'elle est pas au lac... pas en semaine, pas en octobre, c'est trop froid... Bon, essayez le lac!

Si elle me signait une procuration aussi pour que je la remplace quand elle est pas là. Si je manque cette affaire-là! Dire que j'ai dû remettre les Chinois. Ce soir, faut pas manquer notre coup.

— Oui, Vanessa? Non! *Good!* Si la ligne est toujours occupée, c'est bon signe, c'est qu'elle est au lac et qu'elle a décroché... Je la connais, dès qu'elle arrive au lac, elle décroche le téléphone. Elle a le téléphone pour appeler, elle, pas pour être dérangée. Annulez mes rendez-vous, je vais aller la chercher, pis prenez rendez-vous avec les Chinois pour ce soir, sept heures! Vanessa, vous êtes un amour.

C'est un peu fort «vous êtes un amour». Je devrais peut-être pas l'encourager en lui disant des petits mots doux, mais ça lui fait tellement plaisir. Ça fait bien vingt ans qu'elle m'aime. Dès le premier jour, je pense. Elle avait les cheveux tire d'érable qu'elle portait en chignon. Elle avait des frisettes sur la nuque. Je lui ai dit que sa nuque, comment j'avais amené ça donc? En tout cas, elle a rougi, pis elle a plus jamais changé de

~ 69 ~

coiffure. Ses frisettes sont devenues grises, mais elle a continué de m'aimer. Ma secrétaire m'aime, je suis pas fou, mais elle a pas de chance avec moi et elle le sait. Jamais, jamais, je tromperai ma femme. Je flirte un peu, mais coucher avec quelqu'un d'autre qu'Odette, jamais, au grand jamais. Je suis fidèle. L'infidélité, c'est le boutte de la marde. Pour quelques minutes de *fun*, c'est le reste de ta vie hypothéqué. Les petits compliments, les petits cadeaux, c'est juste pour qu'elle reste à mon service. Non, c'est parce que ça me flatte d'être aimé. C'est une denrée rare, l'amour. C'est comme le foie gras. Quand t'en as, tu craches pas dessus. Pis elle fait pas de fautes d'orthographe. Moi, quelqu'un qui écrit avec zéro faute, ça m'épate. Tant qu'elle espère qu'un jour, peut-être, il pourrait y avoir quelque chose entre elle et moi, elle regarde pas le temps supplémentaire et me demande pas d'augmentation de salaire. Je suis pas un écœurant! C'est pas de ma faute si elle m'aime. J'ai rien fait pour, aussi ben en profiter. N'importe quel gars à ma place… Je suis fin avec elle comme avec toutes les autres filles qui travaillent à Familia, un peu plus peut-être. Elle a tant besoin d'amour. Je lui rends service. Non, entre nous, c'est un jeu de séduction. Elle me séduit avec ses yeux dans la graisse de bine, je lui dis des mots doux en retour. Ça coûte rien pis ça rapporte. C'est un jeu qu'on joue, il y a pas de mal à jouer… Je suis pas honnête, elle brûle pour moi et j'entretiens le feu, pour une seule raison, la vraie raison : son regard, le regard qu'elle a sur moi. J'ai pas ça, ni avec Odette ni avec ma mère. Vanessa me regarde, tiens, comme ma mère regarde mon frère Paul et comme je me meurs d'être regardé par elle. Je sais que maman et ma femme m'aiment. Elles m'aiment, mais je vois pas d'admiration dans leurs yeux.

— Vanessa, vous êtes un ange, merci. Je vous rappelle dès que j'ai mis la main sur ma mère. Un aller-retour.

🐌

ÉRIC

Dans le bois entourant le chalet du lac Caché.

On a assez de bois de cheminée, on ferme le chalet dans une semaine. Pis je suis pas venu ici pour me défoncer à travailler. Y a d'autres moyens de se défoncer. En parlant de défonce, je vais aller voir mes plants de *pot* derrière la cabane à bateau. Ça pousse encore ! Schlick ! Schlack ! Je vais m'en couper quelques feuilles. Oh, le petit écureuil ! Y est comique. Où tu cours ? Relaxe. Ben oui, tu vas en trouver de la bouffe, y en a toujours quelque part. Moi, je travaille pas, j'étudie pas, enfin pas vraiment, la bouffe vient à moi sans que je la cherche. Si t'aimes mieux courir, c'est ton problème ! On mâche bien les feuilles de coca en Amérique latine, pourquoi je mâcherais pas des feuilles de *pot*. Bon je rentre… Aïe ! C'est quoi ce bing-bang-boum-là ?

— Merde ! Taiiiiiine ?

Maudites marches ! Taine ?

Qu'est-ce qu'elle a ? Qu'est-ce qu'elle a à gigoter de même ?

— Arrête ça, Taine ! J'aime pas ça ! Arrêêête ! Fais pas ça, t'es pas belle, là ! Taine, stie !

Elle va se faire mal. Ouch ! Elle vient de se frapper la tête sur le coin de la table à café. Qu'est-ce que je fais ?

— Regarde-moi. Taine, tu me fais peur. Arrête ça tout de suite ! *Fuck ! Fuck ! Fuck !*

Si elle peut arrêter de frétiller, je vais l'attraper pis je vais la calmer.

— Taine, c'est moi. Fais-moi pas des peurs de même. Tu me joues pas un tour, toujours ?

Elle bouge plus, elle est morte. Non, elle respire. Qu'est-ce que je fais ? J'appelle le 911. Avant qu'ils arrivent au lac en chaloupe. La respiration artificielle ? Le cave, elle respire.

— Taine, t'es la seule personne qui compte pour moi, je veux dire qui s'occupe de moi. J'ai juste toi, Taine. Je veux pas que tu meures. Fais-moi pas ça, T'as pas le droit! Laisse-moi pas, j'ai besoin de toi. Si tu savais comme j'ai besoin de toi.

Ça y est, elle revient à elle pis elle va dire : «Où suis-je?» comme dans les films français de l'ancien temps.

— Pousse-toi!

— Je vais t'aider à te relever.

— Laisse-moi tranquille, je suis capable.

Fuck qu'elle est orgueilleuse. Des fois, elle me choque! Elle est tout croche…

— Pourquoi tu pleures, Éric?

— Je suis allergique aux feuilles mortes.

Désespoir, je pleure comme si j'avais deux ans. Je voudrais que mes larmes cessent de couler en bas de mes yeux, mais elles m'écoutent pas. J'ai jamais su faire obéir mes larmes.

— C'est pas des larmes que je vois sur tes joues, toujours?

— Non Taine.

— T'es mieux. Bon, aide-moi à me relever, t'es pas manchot.

C'est ben elle ça! L'armure! Mon arrière-grand-mère porte une armure en béton armé genre. Jamais fatiguée, jamais malade. Elle est à terre en plein milieu du salon, elle se relève comme si elle sortait de son fauteuil à oreilles. Elle va mourir, elle va dire : «Non, non, c'est rien.»

— Je vais aller lire dans ma chambre.

Elle s'endort, mais elle est pas capable de l'avouer, dormir, c'est une faiblesse.

— Fais un beau dodo, mémère!

Je pensais recevoir une réplique cinglante, mais elle s'arrête et me sourit. De l'amour, c'est ça qu'il y a entre mon arrière-grand-mère et moi. N'empêche, je me demande c'est quoi, ce gigotage-là.

GERMAINE

Dans sa chambre au chalet du lac Caché.

Voyons ! Qu'est-ce qui m'est arrivé ? Qu'est-ce que je faisais à terre ? J'ai dû tomber. J'ai perdu connaissance, puisque je suis revenue à moi. Qu'est-ce que j'ai fait pour qu'Éric pleure ? Pauvre chéri de mon cœur, j'ai dû lui faire peur. En tout cas, j'ai plus mal à la tête. Je suis poquée par exemple, j'ai mal partout. Je suis fatiguée, mais je veux pas dormir, faut que je parle à Éric. Je m'endors. Non, j'ai autre chose à faire qu'à perdre mon temps à faire la sieste, le matin en plus.

— Éric, mon chéri ?

— Repose-toi cinq minutes !

— Amène-toi, assis-toi sur le bord du lit. Quand t'étais petit, c'est moi qui m'assoyais sur le bord de ton lit pour te lire une histoire. Tu t'en rappelles ?

— Je me souviens de ton odeur surtout. Tu sentais le gâteau, la vanille pis le chocolat. T'avais une petite couette qui te tombait sur le front, tu soufflais dessus comme maintenant.

— Tu me disais tout. Tu te souviens ? Jamais, jamais, j'ai révélé à tes parents les secrets que tu me confiais, jamais. Tes secrets, c'était nos secrets. Un secret, quand on le dit, c'est plus un secret...

— Tu veux pas que j'en parle à personne de ce qui vient d'arriver ?

— Petit vlimeux. T'es trop intelligent...

— J'en parlerai pas... à une condition.

— Ça dépend de laquelle.

— Tu me dis ce que t'as.

— On va dîner, j'ai faim...

— Taine, change pas la conversation, j'ai plus cinq ans.

— T'es dur avec moi.

— Pis toi ? Me faire une crise.

— J'ai une tumeur au cerveau, ça peut causer des maux de tête, des tremblements… des crises d'épilepsie. Le docteur m'a donné des pilules, je les ai pas prises, mais là, je vais les prendre.

— Tu vas mourir?

— Quatre-vingts ans, c'est un bel âge pour mourir.

J'ai pas le choix. Si je veux savoir qui est digne de prendre ma relève, je dois faire semblant que je vais mourir bientôt de ma tumeur au cerveau. Pardon, Éric, de te choisir pour passer le message au reste de la famille.

— Éric, je veux que tu me promettes de garder ça pour toi. Tu connais la famille, ils vont s'énerver, me voir au salon funéraire, dans mon cercueil. Promets-moi de pas dire à personne que je suis… mourante, pas malade… juste mourante. On va aux champignons, c'est le temps des cèpes. Tu te souviens l'année qu'on en avait trouvé toute une talle… Tu promets de rien dire?

— Les promesses, pfuitt!

— Une petite Alfa-Roméo rouge pour tes seize ans, qu'est-ce que tu dirais de ça?

— Rrrrrrrrrrrr, tu me fais chier quand t'essaies de m'acheter. J'ai pas besoin de ton argent. Je vais aller faire le tour du lac en canot.

— Ériiiiiiic! Promets!

Je suis pas inquiète, il va parler… Il m'aime trop pour pas avertir la famille de ma mort prochaine. C'est là que je vais voir qui, dans la famille, mérite de me succéder quand je vais prendre ma retraite. Je me souviens à la télévision, du temps des téléthéâtres, j'avais vu *Volpone,* c'est l'histoire d'un homme riche qui fait semblant de mourir pour savoir à qui donner son argent. J'avais trouvé ça génial comme idée.

⚘

PIERRE

En route vers le chalet du lac Caché, dans sa Mercedes quatre roues motrices.

Comme si j'avais juste ça à faire! J'ai huit cents employés, quarante bâtisses à gérer, pis il faut que j'aille chercher ma mère qui fait un caprice, qui peut nous faire perdre des millions. Si j'étais à la tête d'une entreprise où il y a pas de mère, de frères, de sœurs, je serais pas sur la route à perdre un temps précieux... Pourquoi elle m'écoute pas? Crisse, j'ai cinquante-six ans, elle me traite en bébé lala. Fais ci, fais ça! Je connais l'entreprise comme le fond de ma poche : elle me fait pas confiance. Je courrais pas après elle si j'avais plein pouvoir. Elle va-tu la prendre sa crisse de retraite! Je suis tanné de la guerre. De toute façon, c'est pas nouveau, ma mère et moi, c'est la guerre depuis que papa est mort. On est trop pareils, elle et moi. On veut tous les deux commander. Je pensais qu'un jour elle serait fatiguée de travailler, ben non, elle est jamais, jamais fatiguée. Mes partenaires de golf, ils ont des mères usées qui attendent doucement la mort dans leurs résidences de luxe. La mienne est en forme! Je vais l'avoir dans les jambes encore vingt ans si ça continue. J'aimerais ça, comme tous les gars que je connais, aller le dimanche après-midi visiter ma mère. On sait jamais quoi faire le dimanche après-midi. Ça, ça serait le *fun*, on jaserait de choses et d'autres, on ferait le tour de la famille, on mangerait les chocolats que je lui aurais apportés. Pis, à quatre heures, je me trouverais un prétexte et je partirais le cœur content. J'aurais fait plaisir à ma mère. J'aime lui faire plaisir. Comme c'est là, je suis son employé et quand est-ce qu'un *boss* est content de son employé? Je l'aime, ma mère, mais vivre avec elle cinq jours par semaine dans la perspective que ça finisse jamais... Qu'est-ce que je ferais bien pour qu'elle prenne sa retraite et qu'elle me laisse diriger Familia tout seul? Lui parler dans le casque comme Odette me suggère depuis qu'on est mariés? J'ai essayé cent fois de lui dire ce que je pensais, c'est juste si elle m'envoie pas réfléchir dans ma chambre. J'en peux plus d'être l'esclave de Mme Mère. Le plus choquant, c'est quand je prends une décision pis qu'elle la renverse, devant tout le monde. J'ai l'air de quoi? Aïe! Quand est-ce qu'ils vont le faire réparer ce crisse de chemin-là? Ben oui, c'est un chemin de montagne. Et pis après? Si ma Mercedes pète, ça va leur coûter un bras, je vais les poursuivre. Je sais que je fais du transfert de colère, mais ça me fait du bien. Je suis certain que si mon père avait vécu, je me serais tellement mieux entendu avec lui qu'avec elle... Pourquoi t'es mort, papa? On aurait été des partenaires en or nous deux. Maman serait restée à la maison à faire des tartes. Nous deux, papa... Nous deux...

❦

PIERRE

Une heure plus tard, sur le chemin du retour.

— T'es attachée, maman? Je t'amène pas si tu t'attaches pas.

— Parfait, laisse-moi dans le chemin, je vais retourner au lac.

Elle est fâchée contre moi, je m'en sacre. Je fais ça pour son bien, elle me remerciera plus tard quand on aura ouvert une centaine de succursales Familia en Chine et ailleurs. Parce que je veux devenir international. Il me faut le monde. Mondialisation, *here I come*! Crisse de chemin plein de trous! Ils auraient l'air fin à la municipalité, recevoir une poursuite pour bris de Mercedes. Bande de concombres, pas capables d'entretenir une route de gravelle. Je suis mieux de chicaner après la municipalité qu'après ma mère. C'est pas l'envie qui me manquait de l'engueuler comme du poisson pourri quand je l'ai trouvée en train de cueillir des champignons avec Éric, comme si de rien n'était. Elle a pas son permis et elle conduit son auto. Si la police l'avait arrêtée, j'aurais eu l'air fin. Quand on est *big*, il faut pas se faire arrêter par la police : ça fait les manchettes des journaux. Je vois ça en première page : « Germaine Maltais, la présidente de Familia, enfreint les règles de la route. » J'aurais payé l'amende mais j'aurais pu dire aux journaux : « C'est pas de sa faute. Elle a quatre-vingts ans, vous comprenez ? » Non, finalement, il faut pas révéler l'âge de maman, c'est pas bon pour Familia d'avoir quelqu'un de si vieux à la direction. Même moi, à cinquante-six ans, je commence à être passé dû. Dans le commerce, c'est rendu comme à la télévision, il faut de la relève, et la relève ç'a l'âge de Simon, mon Simon ! Ça fait longtemps que je lui prédis qu'il va diriger Familia un jour. Il faut planter des graines si on veut récolter… Simon Maltais et moi… Un duo du tonnerre ! On va partir à la conquête du monde tous les deux. Il faudrait que maman me laisse sa place cette année si je veux avoir la chance de restructurer l'entreprise, pis d'initier Simon à la présidence. C'est sûr, il y a juste dix-sept ans, mais après ses études aux HEC.

— Dors-tu, maman ?

— Non. Je dors pas, je pense.

— *A penny for your thoughts ?*

— Je t'ai dit, je sais pas combien de fois, d'éviter d'employer des expressions anglaises, ça fait colonisé, et c'est pas les expressions du terroir qui manquent. On dit : « Une cenne pour ce que tu penses. »

— C'est aussi un anglicisme, maman.

— Regarde où tu vas. Tu conduis comme un pied quand tu parles.

— Je voudrais te dire pour le *meeting* avec les Chinois, tu viens, ils y tiennent, mais une fois au restaurant, laisse-moi parler. Je possède le dossier sur le bout de mes doigts…

— J'ai jamais eu de dossiers et Familia a fructifié pareil.

— Est-ce que je peux te poser une question?

— Tu peux, ça veut pas dire que je vais répondre.

— Qu'est-ce qui t'a pris de conduire ton auto, t'as failli écraser un monsieur l'année passée, t'as perdu ton permis.

— J'ai pas conduit mon auto.

— T'as pas fait conduire ton auto par Éric? Il sait pas conduire, il a pas de permis!

— Faut bien qu'il apprenne s'il veut l'avoir son permis!

— Maman, crisse…

— Regarde, regarde le fou. Il t'a coupé, tu l'as pas vu. Vois-tu ça dans les journaux: «Pierre Maltais, directeur général de Familia, tue sa mère, la présidente, dans un accident d'auto.»

Je me ferme… Pas moyen, jamais, jamais de parler avec elle. Si j'étais un homme, un vrai, je me trouverais une *job* chez un concurrent pis je la mettrais en faillite. Un jour, elle va s'apercevoir de ma valeur, elle va voir que je suis son meilleur, que je suis le seul qui l'aime pour vrai. Les autres la tètent, moi j'y tiens tête. Elle va arrêter de se mesurer à moi, de me *bosser* comme si j'étais un ti-pit insignifiant. Elle va m'aimer, juste moi, pis elle va me le prouver en me désignant comme son successeur. Je le sais qu'elle m'aime, qu'elle veut mon bien. Je veux qu'elle me choisisse, qu'elle me préfère. Je veux et j'exige! Elle m'a fait répéter cette phrase-là toute ma jeunesse, pas comme exercice de diction, mais pour me former le caractère. Je veux et j'exige que ma mère m'aime, moi seul! Elle m'aime pas. Personne m'aime. Il y a Simon, mon petit-fils dont j'ai fait mon fils, à qui je destine Familia quand je serai plus là. Lui, il m'aime-tu? Lui, l'amour, il le réserve à sa jumelle. De la façon dont il la regarde quand elle le voit pas. Jamais il me regarde de même. Michel? Il peut pas supporter que son père soit son patron. Faut pas que je me conte des menteries, j'avais trop d'ambition pour Michel, je voulais qu'il soit ma photocopie, qu'il soit volontaire, dur, actif.

C'est un mou, faut ben que je me rende à l'évidence, Michel a pas la trempe d'un chef comptable, mais d'un mollusque. Maman a fait une erreur en lui offrant la comptabilité. Moi, j'aurais voulu qu'il travaille ailleurs, pas pour m'en débarrasser, mais pour qu'il voie que je suis pas un ogre comme il le croit. Ma fille Laurence, elle, peut-être qu'elle m'aime. Elle me le dit pas, elle est comme moi, on est pas forts sur les démonstrations d'amour. On dirait que la nature s'est trompée : Laurence, c'est mon gars, Michel, c'est ma fille. Tiens la lionne ronronne. Elle a l'air inoffensive, mais réveille-la pas, elle griffe. Que je l'aime… quand elle dort. Si elle pouvait mourir… dormir, pas mourir, dormir tout le temps. Je veux pas que maman meure, jamais. Je sais pas ce que je ferais sans elle. Je prendrais sa place pis je serais content. Qu'est-ce qui me pousse à penser de telles monstruosités… je me déteste! Ma mère, ma famille passent avant tout! Avant Familia? Menteur! Je vendrais père et mère pour diriger l'entreprise. J'ai pas de père, je peux pas le vendre. Papa, toi, tu serais fier de moi, toi tu m'aimerais. Le nombre de fois par jour que je te parle, c'est comme si t'étais là. Une chance que je t'aie. C'est ton amour qui me donne la force d'endurer maman. Elle dort comme un bébé ratatiné! Je vais lui dire ça quand elle va se réveiller, ça va la mettre en beau crisse.

— Oh, je t'ai pas dit, Pierre, j'ai donné la permission à Éric de rapporter mon auto à Montréal.

— Crisse, maman, je lui ai dit de revenir en autobus ce soir. Des plans pour qu'il se fasse arrêter. Pourquoi il a pas voulu revenir avec nous aussi? Une vraie tête de cochon!

— Je m'expliquerai à la police s'il se fait arrêter. J'ai un bon argument. C'est lui ou moi qui ramenait l'auto.

— Crisse!

— Sacre pas devant moi, Pierre.

— Je m'excuse, maman. Rendors-toi.

— Je dormais pas.

— Tu ronflais.

— Je dormais pas.

— Tu ronflais.

— Obstine-toi pas avec ta mère, c'est pas poli. Je dors pas, je t'entends penser et c'est pas joli, mon garçon.

— Je m'excuse, maman.

— T'as besoin. Oh! Sais-tu, tes Chinois, je pense que je vais aller les rencontrer, j'ai le goût de manger dans le quartier chinois.

ISABELLE

En route vers le lac Caché, au volant de sa Volvo Cross Country.

— Michel, c'est moi, Isabelle. Je t'appelle de l'auto, je suis en route pour le lac. Je vais ramasser les girolles que t'aimes tant. Je reviens demain pour le souper. Il reste du rosbif et des patates pilées ou tu peux toujours aller manger à ton club, ou tu peux voir à ta fille Valérie. *Bye*.

C'est peut-être un peu froid comme message mais bon, moi, les répondeurs! Une autre soirée en tête à tête avec mon constipé de mari à nous demander pourquoi Éric passe son temps enfermé dans sa chambre, ou pourquoi Valérie est toujours sur la trotte, je peux pas, je vais m'asphyxier. Je vais prendre une Prozac pour que la route paraisse moins longue. Oups, il m'en reste juste huit. Je vais arrêter au village, la pharmacienne me connaît, je vais lui raconter une menterie, lui dire que j'ai oublié mon médicament en ville. Ça la fait rire, puis elle m'en donne des fois douze, des fois quatre, des fois deux, mais j'en ai toujours. Ça lui fait plaisir que la femme du petit-fils de Germaine Maltais, la prêtresse de la médecine naturelle, ait besoin d'une pilule chimique pour vivre. C'est pas vrai, je peux vivre sans Prozac. J'en suis pas dépendante! J'ai déjà été dépendante du Valium, mais le Prozac, c'est la pilule du bonheur. C'est bien d'être accro au bonheur. Je peux arrêter demain, mais je sais pas pourquoi je me priverais d'une petite pilule qui m'empêche de me suicider. Je veux pas me suicider, mais des fois… Le secret! Comme deux mains qui entourent mon cou. Si j'avais pas ma petite pilule de bonheur, peut-être que mes mains se resserreraient jusqu'à m'étouffer. Je pourrais toujours consulter les naturopathes de Familia pour qu'ils me suggèrent une concoction naturelle qui rend heureuse, mais ils sauraient que je suis malheureuse. De là à partir la rumeur que ça va pas entre mon mari et moi! Les employés seraient trop heureux de se mettre ce ragot-là sous la dent. Les employés sont toujours contents des malheurs des patrons. Ça les console d'être pauvres. «Les Maltais ont tout dans la vie. Leur avez-vous vu le nombre de magasins qu'ils ont, la grosseur de leurs maisons, la marque de leurs automobiles? Puis elle, la belle-petite-fille de Germaine, la femme de Michel, dire qu'elle doit prendre des tisanes pour être heureuse! C'est bien pour dire, l'argent fait pas le bonheur.» Ils ont raison, l'argent fait pas le bonheur. L'argent, j'en ai, mon mari en a, la famille de mon mari en a. On nage dans l'argent. Mais le bonheur? Je sais pas ce qu'est le bonheur. Je l'ai connu quand j'étais petite. Jeune, je riais tout le temps, j'étais le rayon de soleil de mes parents. J'avais plein d'amis. J'étais première de classe. J'apprenais le ballet. Je me destinais à une carrière en danse classique puis… il a suffi d'un soir, du soir où je suis tombée sur le clan Maltais. J'ai été prise comme une mouche dans une toile d'araignée. L'araignée-mère m'a dévorée toute crue… Elle a tout bouffé, elle a laissé la carapace. Je suis une carapace vide. Je connaissais rien. J'étais naïve, une bonne fille, pas trop futée. Je pensais que tout le monde était bon. J'étais une jeune fille heureuse et il y a rien comme le bonheur pour engourdir l'esprit critique. Je me suis fait piéger, enfirouaper, fourrer ! Les Maltais, c'est pire que la mafia, quand on est dedans, on peut pas s'en sortir. Il faut pas les trahir, jamais. On vit sous la loi du silence : l'omerta. Parler est impossible et inutile. Je suis rien, ils sont puissants, on les croit sur parole, eux. Moi, j'ai aucune crédibilité, je suis juste l'épouse du chef comptable de Familia, la bru de Pierre Maltais, la femme du petit-fils de la grande Germaine de cinq pieds. Je sais pas mettre mon poing sur la table. Je laisse faire. Je me suis laissé marier, je me suis laissé engrosser. J'ai laissé séparer les jumeaux ! Je laisse Éric s'enfermer dans le sous-sol des journées entières sans nous adresser la parole. Et je le laisse me délaisser pour son arrière-grand-mère. Il a raison de la préférer, je suis une mauvaise mère, la mauvaise femme de ce pauvre Michel qui est si doux, si fin, si gentil, si bon. Une chance que j'aie une petite pilule. Chère pilule.

MARIE
Dans son condo impersonnel de la rue Sherbrooke Est.

Maudit football ! Je pourrais pas, pour une fois, une seule fois, tomber sur un gars qui regarde pas les sports à la télévision. C'est-tu écrit dans ma face que je suis le genre de fille avec qui on baise, mais avec qui on parle pas ?

— Ray, trésor… ?

On prenait RDS, et là, il vient de se faire installer la soucoupe. On a tous les canaux du sport !

— Pis mes téléromans, moi ?

— Regarde-les dans la chambre.

Si j'avais un autre *chum* en vue, il prendrait le bord. C'est pas une vie de couple, le gars dans le salon, la fille dans la chambre. Ça fait pas des enfants forts. Des enfants… Mon enfant. Ma fille. Ça doit lui faire trente ans. J'avais quinze ans quand je suis tombée enceinte. Je veux pas penser à ça, ça me fait trop mal.

— Parle-moi, trésor.

— Aïe !

— Parle-moi un peu !

— T'es malade, en pleine partie.

— C'est le commercial !

— Ferme pas !

— On a quatre minutes. J'ai parlé à maman…

— Donne la zappette.

— Je lui ai parlé de toi, en bien…

— Ta famille m'aime pas pis ça me fait pas un pli sur la différence. La zappette, chose.

— C'est parce qu'ils te connaissent pas. Je lui ai dit…

— Ils veulent pas me connaître. Envoye la zappette !

— Sois patient…

— Ça fait un an que je suis avec toi, je les ai pas encore rencontrés.

— Ça va venir. Je leur parle de toi…

— Qu'est-ce qu'ils disent ?

— Rien.

— Tu vois. Ouvre la télé, ça va recommencer là.

— C'est bon signe, Ray. S'ils voulaient pas de toi dans la famille, ils diraient qu'ils veulent pas de toi, comme ça, aussi bête que ça. Qu'ils disent rien, il y a de l'espoir je trouve. En tout cas, ç'a pas été un « non » ferme pour les seins. Je vais achaler maman tant qu'elle acceptera pas. Ma mère, faut pas l'affronter, faut la contourner. C'est ce que mon frère Paul fait, pis regarde la belle vie qu'il mène aux frais de Familia. Ah, pis on parle pas de ma famille, ça me déprime. Fais-moi l'amour, Ray.

— J'ai pas le goût de m'occuper de la carrière d'une fille qui a honte de moi.

— Pour me calmer… Ça prendra pas de temps.

Je le retourne de bord et lui descends le boxer. Je passe mes mains sur ses fesses poilues et lui explore le ravin, ça le fait toujours bander. Pis Ray, quand il bande, il m'aime. C'est même les seuls moments où je sens qu'il m'aime bien, les seuls moments où il me caresse.

— Pousse! Comment veux-tu que j'aie le goût d'une fille qui a honte de son *chum*.

— Regarde, t'es bandé, aussi ben en profiter.

— Je suis pas juste une queue, j'ai mon orgueil.

— T'as l'orgueil plus grand que la queue. C'est pas ça que je veux dire, excuse-moi. Ça m'a échappé.

Faut dire qu'il a une toute petite queue. J'en ai vu des queues, mais des petites comme ça, jamais. Comique en plus, le bout tourne à gauche ou à droite selon la position. Ça marche pareil, mais ça me fait rire. Je peux pas la regarder, le fou rire me prend. Je lui ai dit que moi, quand je jouis, je ris. Il m'a crue. Faut dire que je suis une bonne actrice au lit. Faut ben, les gars, ça fait tellement plaisir à leur orgueil de penser que c'est leur queue qui nous fait grimper au septième ciel.

— Ce que tu comprends pas, c'est que je suis pas juste ton gérant, j'ai d'autres priorités que ta carrière.

— L'amour?

— Le mariage.

— T'as pris quelque chose?

— Je suis sérieux.

— C'est de la *dope* que t'es allé chercher quand t'es sorti tantôt? C'était pas d'air que t'avais besoin, mon cochon, c'était de coke.

— Il me fallait un petit *torque* pour demander ta main. Marie, veux-tu me marier?

— J'ai besoin d'une ligne pour te répondre.

Il est malade, lui. Le mariage! De quoi tuer maman. Qu'est-ce qu'ils ont tous à vouloir me marier? Innocente, ils veulent le magot. Pas la fille, l'argent que je vais avoir quand maman va partir. Calvaire! Il y a plus un homme qui veut se marier, ben mes *chums* à moi, c'est juste s'ils me proposent pas le mariage à la première baise. J'ai essayé de changer de nom, de me déguiser en fille distinguée, il y a toujours quelqu'un qui m'a vu la face sur un autobus : «Pour la famille : Familia!» J'aurais jamais dû accepter de poser pour la publicité de Laurence avec le reste de la tribu Maltais. J'avais besoin de cet argent-là pour me faire faire du linge de cow-girl. Ça coûte un bras ce linge-là. Pis j'y tiens, moi, à ma tribu. Ils peuvent pas me sentir, je leur fais honte, mais je les aime. C'est pas parce que je mène pas la même vie qu'eux autres que je les renie. J'accepte leur différence, moi! Chacun ses choix. Wow... C'est de la bonne! J'en ai tellement pris de la mauvaise que c'est rendu que je renifle sans arrêt. Je m'énerve moi-même.

— Qu'est-ce que t'en dis, Marie?

Ça doit être sérieux en calvaire pour qu'il allume pas sa maudite télé.

— Je te connais pas. Pis «coucher», c'est pas fréquenter.

— Je t'ai toutte raconté ma vie, la fois au bar, quand on s'est connus.

— J'étais gelée. Je sais pas qui t'es pis d'où tu sors...

— Le passé est passé, ce qui compte, c'est le futur... avec toi.

— Tu dis ces quétaineries-là parce que tu veux pas me dire la vraie vérité.

— Toi me dis-tu toutte?

— Raynald, quand je chanterai à la télévision, on en reparlera.

— Tu veux ou tu veux pas me marier? Dis-le parce que si tu veux pas me marier, moi, je *scram*.

— Je veux… Quand je serai une vedette pis que ma famille sera fière de moi.

— La zappette! Donne!

— Pour qui tu me prends? Je suis une Maltais. Je veux pas leur faire honte en mariant un *nobody*.

— Un *nobody* qui vaut mille fois ta famille de parvenus qu'on sait pas comment ils ont fait leur *cash*… Donne la zappette!

— Lâche-moi! Tiens, la v'là. Je te la donne.

Il y en a pas un calvaire qui va enlever un cheveu de dessus la tête de ma famille. Surtout pas un maudit profiteur qui me prend pour une dinde. Il y a longtemps qu'il aurait pris le bord si j'avais pas autant le goût de baiser. De qui je tiens ça? Pas de ma mère qui est veuve et redevenue vierge depuis que papa est mort. Pas de mon père, qui était un saint homme à entendre parler maman. Si saint qu'on se demande comment il a pu lui faire trois enfants. J'aimerais tant ça qu'il soit vivant. On dit que c'est le regard du père qui fait qu'une fille devient femme; je suis née, il était mort! Je passe mon temps à me chercher un père, mais je tombe toujours sur des épais que tout ce qu'ils ont du père, c'est l'âge. Maudit *pattern*! J'ai commencé à treize ans à me chercher un père, fallait que je tombe sur un gars qui procurait des jeunes à des petits vieux de cinquante ans qui étaient pas capables de *dealer* avec des blondes de leur âge. Maman l'a jamais su. Elle travaillait douze heures par jour pour ouvrir d'autres succursales. Elle dormait trop dur le soir pour m'entendre sortir pis rentrer à l'aube. Mes frères? Pierre, lui, était marié avec Odette. Paul, lui, était toujours sur le *party*. Il l'est encore. Je me suis sortie de la prostitution à cause d'un client. Il trouvait ça effrayant qu'une fille de bonne famille couche avec des tas d'hommes pour de l'argent. Il m'a proposé de me garder pour lui tout seul. Je faisais plus de la prostitution, j'étais pas payée. J'ai jamais couché pour de l'argent, je couchais pour avoir de l'amour. Moi, j'étais contente, j'avais enfin un papa qui s'occupait de moi. Il me parlait, me demandait comment ça allait à l'école. Je lui montrais mes bulletins, il était fier de moi. Je le sais pas si c'est mon frère Paul qui a découvert le pot aux roses, mais ma mère m'a mise pensionnaire dans le fond d'une campagne. J'y suis pas restée longtemps. J'ai fugué en laissant une lettre à ma mère l'avertissant que je la débarrassais pour toujours. C'était une belle lettre. Je lui disais que j'avais rien contre elle, mais que l'aventure m'attirait. Je lui disais que je l'aimais, mais que je pouvais plus rester au pensionnat, que jamais je serais l'esclave du travail comme elle. Je lui disais en post-scriptum que si, par hasard, elle voulait m'envoyer de l'argent, je lui dirais par carte postale où l'envoyer. Je voulais pas beaucoup d'argent, juste de quoi me débrouiller. Elle m'en a envoyé un char. Elle se sentait coupable. Moi, l'argent de la culpabilité, ça me brûlait les mains. J'en donnais à tout le monde. J'en avais des amis. C'est au Brésil, je venais d'avoir quinze ans, ben oui, je m'en souviens, c'était le soir de ma fête que j'ai goûté à la coke. C'est un gars plus vieux, évidemment, qui me l'a offerte gratuitement. J'ai appris plus tard que le truc de ce *pusher*-là, c'était de payer la traite aux jeunes en fugue. Après, ils étaient *hookés* et c'est là qu'il faisait son fric. C'est comme ça que je suis tombée dedans comme l'autre dans la potion magique. Quand je tirais une ligne, je devenais importante. J'étais un pied au-dessus de tout le monde. Moi qui suis paresseuse de nature, je bossais ici et là. Tout ça gelée ben dur. Pis j'ai rencontré mon Français de France, Nicolas, un gars plus vieux que moi *of course*. Je l'ai aimé ce gars-là. Tous les mots d'amour, il les savait, pis il me les disait. Moi, je capotais ben raide. Être caressée par des mots, c'est ce qu'il y a de plus sensuel. En tout cas, ça m'allumait de désir. Quand ses deux semaines de vacances ont été finies, il est reparti. J'étais enceinte… J'ai paniqué, je suis revenue à Montréal pis là… Non, je veux pas entrer là-dedans… Ça me fait pleurer… Des gars, j'en ai passé. Il y en a un qui m'a dit que j'étais nymphomane. Niaiseux, c'est pas du sexe que je voulais, c'était de la chaleur humaine, c'est pas de ma faute si j'en trouve pas en dehors du sexe. Quand tu fais l'amour, au moins, il y a des bras autour de toi. Des fois même, il y en a qui embrassent, qui disent des mots qui font plaisir. C'est rare, mais ces fois-là, moi, je tombe en amour à tout coup. Eux autres, l'amour, ils l'ont avec leur femme, c'est du sexe qu'ils veulent avec moi. Maudit cercle vicieux !

— Ma crotte ?

— Je suis pas ta crotte !

Des fois, je le renverrais d'où il vient… Gérant d'artistes sans artistes, c'est pas un métier. Mais tout à coup que c'est vrai qu'il peut m'aider ? J'aime chanter, je me sens importante quand je chante, surtout le country. Ça me ressemble. Des gens qui cherchent l'amour le trouvent jamais, pis quand ils l'ont, ils le perdent. Je sais que j'ai une belle voix. Au pensionnat, je chantais dans la chorale. Au Brésil, quand je manquais d'argent, je chantais dans les bars. Pas du country, mais le répertoire de Ginette Reno. On me comparait à elle. Pas la taille, je suis le portrait de maman. Shania Twain, mon idole, elle est pas plus grosse que moi, excepté qu'elle a des seins, elle. C'est ça qui me manque. Des seins !

— Ray, trésor, je vais aller voir ma mère.

— *Good girl.* Tu lui dis qu'on se marie…

— Achale-moi pas avec ça !

ISABELLE

Au lac Caché, dans la pente qui mène au *shack* de Ti-Loup.

— Silence, les chiens, c'est moi! Taisez-vous. Ti-Loup, fais taire les chiens! Ti-Loup!

S'il avait le téléphone aussi, j'aurais pu lui dire que j'arrivais. Vos gueules! Les chiens sont là, Ti-Loup doit être là.

— Couchés, c'est mamzelle Zabelle. Couchés les chiens.

— Je suis là.

— Je vois ben ça.

— T'es content?

— Oui. Entre.

Il y en a qui disent que ça pue, toutes ces peaux qui sèchent sur des cordes. Moi, j'ai appris à aimer cette odeur douce et âcre en même temps, l'odeur de la vie et de la mort.

— Regarde.

Je suis pas entrée dans le *shack* qu'il ouvre déjà le congélateur. Une rangée de bébés castors. Ils ont les yeux ouverts, à se demander ce qu'ils font là. Je trouve ça cruel. La senteur, on s'habitue, la cruauté, j'en suis pas là.

— Formidable, Ti-Loup. Belles prises!

— J'ai pas la mère.

— Tant mieux, ça va te faire d'autres petits à tuer.

Je peux pas m'empêcher d'être méchante avec lui. Je sais que c'est son gagne-pain, tuer des animaux sauvages, c'est un trappeur, mais je peux pas m'empêcher de le rendre coupable de tuer des animaux. Il le sait que je suis méchante, ça lui fait rien, il m'accepte comme je suis. Il comprend. C'est ça qui est merveilleux avec Ti-Loup, il est bon, tellement bon, qu'il me fait paraître pire que je suis. Je suis pas méchante, je suis une plaie ouverte. Ti-Loup, c'est mon pansement.

— Qu'est-ce qu'y a qui va pas, mamzelle Zabelle?

Il a des bras forts, des grosses mains, un corps en béton. Je l'ai vu creuser un puisard en une heure, transporter des bûches de bois comme si c'était des allumettes, soulever un coin de son *shack* d'une main et de l'autre y mettre un arbre en dessous, puis même se servir d'un orignal mort comme chapeau de pluie. Habillé en bûcheron comme il s'habille, on peut pas deviner que c'est le *David* de Michel-Ange en dessous. À Florence, en voyage avec Michel, j'ai eu un choc. David tout nu en marbre : c'était Ti-Loup. Je suis restée là en pâmoison, assez que Michel a dû me tirer par la manche pour que je revienne sur terre. Il était jaloux. Michel, lui, ses muscles sont comme lui, mous.

— Viens que je te berce, mamzelle Zabelle.

Le seul fauteuil du *shack*, c'est une immense berceuse, une chaise berçante comme il dit. Quand je vais pas bien, il me berce, il me chante *La Poulette grise*, bas, bas, bas, de sa belle grosse voix sucrée comme du beurre d'érable. Je me cale sous son aisselle, je suce mon pouce et je me laisse bercer.

— Ti-Loup ?

— Je suis là.

— Qu'est-ce que tu fais ?

— Je te regarde.

— Je suis laide.

— Tu sais, le coucher de soleil quand y a des gros nuages pis que le ciel est rose, ben t'es plus belle que ça. Tu sais, quand le lac est calme, que c'est comme de l'huile pis que les truites se mettent à sauter, ben t'es plus… excitante que ça.

Je peux pas m'empêcher de sourire. Il parle pas beaucoup Ti-Loup, mais il sait ce qui me fait du bien, ce qui me calme, ce qui me console. J'ai tant besoin d'être consolée…

— Pourquoi t'es fin ?

— Parce que… Tu sais pourquoi…

Il m'a jamais dit qu'il m'aimait, il m'a jamais proposé de vivre avec lui. Il me demande rien. Il est là quand j'ai besoin de lui. Toujours là, depuis quinze ans.

Sa grosse main me flatte la tête de la même manière qu'il flatte ses chiens, en me grattant derrière l'oreille. Je fais comme eux, j'en redemande.

— J'en peux plus, Ti-Loup.

— Je sais.

— Je vais dire la vérité.

— Pis tout le monde va savoir pour nous deux. Pis ça va être fini nous deux?

Il est pas allé à l'école, mais il sait trouver les mots pour me faire entendre raison.

— Je sais bien.

Il me prend la tête entre ses pattes rugueuses, il me regarde.

— T'es belle.

C'est lui qui est beau avec ses cheveux qui deviennent presque blancs l'été à force d'être blonds, avec ses longs cils recourbés comme s'il les avait frisés au bigoudi et ses yeux, ses yeux, couleur du lac, des fois gris, des fois bleus, des fois verts, selon la température de son humeur. Il a une bouche ourlée pour embrasser et un menton carré avec une fossette qui rit au milieu. Et son corps, juste assez ferme, juste assez tendre pour moi, mais qui fond quand il jouit.

— Qu'est-ce que tu fais?

Oui, oui, déboutonne ma blouse, découvre mon soutien-gorge pigeonnant, embrasse la chair qui dépasse, lèche l'épaule là où la bretelle du soutien-gorge a laissé un sillon. Ses doigts râpeux défont les nœuds de mes épaules. Il est avec moi comme il est avec ses abeilles, d'une délicatesse infinie, comme s'il avait peur de se faire piquer. Je suis bien. C'est ça, continue à me caresser en me massant et, en même temps, berce-moi, doucement, doucement.

Michel… Michel et moi, c'est nul dans le lit. On fait parfois l'amour, il le faut bien, on est mariés, mais c'est comme si tous les deux on avait hâte de s'en débarrasser, comme les gens qui se dépêchent de manger parce qu'il faut bien se nourrir.

— Si tu veux pas faire l'amour, je comprends.

— Lâche-moi avec ta compréhension!

J'ai tant de colère refoulée que je contrôle pas toujours le jet…

— Tu peux me frapper si ça te fait du bien.

— Je te demande pardon.

Il sait que je viens le voir quand j'étouffe de colère. Il m'enlève mes souliers, me masse les pieds, ses mains montent lentement sur mes chevilles, mes jambes, mes cuisses. Ma colère au fil des caresses se dégonfle et je me mets à pleurer.

— Pleure, oui, pleure.

Et je pleure pendant qu'on fait l'amour dans sa chaise berçante.

❧

PIERRE

Le lendemain matin. Au bureau de Germaine, dans la tour Familia.

Je suis en beau crisse. Ma mère a pas dit un mot aux Chinois… ben, à l'interprète. Les Chinois posaient des questions : «Mon fils va répondre.» Pis elle se replongeait dans ses pensées. Elle avait pas son air bête des mauvais jours, elle était ailleurs. Elle était pas comme ça avant. Le client avait toujours raison. Le sourire fendu jusqu'aux oreilles. Là, si ça continue, elle va me faire perdre des clients… Je sais pas si Jean Coutu a une mère qui lui met des bâtons dans les roues. S'il en a une, qu'est-ce qu'il fait avec? Je la regarde qui fait semblant d'être concentrée sur un dossier pour pas que je l'engueule. Elle sait que je suis fâché contre elle. Je comptais sur elle pour leur faire du charme, pour les persuader de donner leur réponse avant de repartir. Pantoute! Mme Mère avait décidé qu'elle pensait à autre chose, comme s'il pouvait y avoir autre chose qu'un contrat de huit millions de dollars. Crisse de crisse, de crisse…

— Sacre pas après moi!

— Moi, jamais de la vie.

— Je t'entends penser.

— «Mon petit doigt sait tout. Je lis dans ton cœur. Je t'entends penser.» Ça pogne plus, ça, maman. J'ai plus dix ans.

— Je m'excuse, j'étais ailleurs pendant le souper.

— T'étais où, crisse?

— Je me demandais ce que ça donnait d'exporter nos produits en Chine.

— Des millions maman.

— L'argent fait pas le bonheur.

— Qui c'est qui t'a mis ça dans la tête, une secte qui veut que tu lui donnes ton fric?

— Je vieillis…

— C'est toi qui dis que tu vieillis? C'est nouveau ça.

— Vous le pensez tous. Aussi bien en parler moi-même.

— Ben non, maman, tu vieillis pas, il y a juste que j'aurais aimé ça que tu collabores avec moi.

— Je vieillis pas, t'es sûr?

— Non, je te dis.

— J'ai toute ma tête à moi?

— Ben oui.

— Comme avant?

— Pareil!

— Je veux pas du marché de la Chine.

— Crisse!

— Pierre…

— Chrissostome maman, as-tu perdu la boule?

— Ça t'arrangerait, hein, que je sois folle, hein, tu pourrais me faire enfermer.

— Pourquoi tu veux plus du marché de la Chine? As-tu une seule bonne raison?

— Parce que la vie est courte et que j'ai pas besoin de soucis de plus.

— Les soucis, maman, je vais m'en occuper. T'as juste à me nommer président à ta place…

— T'es pas tout seul dans la famille.

— Non, mais je suis tout seul à mener la barque… avec toi. Ça ferait pas un gros changement. De toute façon, c'est moi le *boss*… en principe.

— Bien oui, la preuve : tu veux la Chine, je veux pas. Qui c'est qui va gagner d'après toi?

— On va en reparler. On peut pas laisser tomber la Chine…

— C'est non et c'est pas négociable.

C'est de l'abus de pouvoir. En cour, je sais pas ce que ça donnerait un fils qui accuse sa mère d'abus de pouvoir. Je la poursuis en justice pour qu'elle me donne les pouvoirs à moi. Non! Un procès, ça serait catastrophique. Si au moins elle perdait les pédales, je pourrais la faire destituer, pas l'enfermer, ça se fait plus, mais la destituer de son titre de présidente. Crisse d'ingrat. Tout ce que j'ai, tout ce que je suis, je lui dois. Je la revois à la mort de papa prendre le taureau par les cornes pis nous sortir du trou. Si elle avait pas été là! C'est elle qui m'a envoyé aux Hautes Études, qui m'a trouvé ma femme. Mais je suis plus un ti-cul. Qu'elle me donne un peu de lousse, crisse! Une chance, elle sera pas toujours là. Pourquoi j'ai des pensées aussi *cheap*? Parce que je suis *cheap*! C'est vrai que je pense qu'à l'argent mais j'ai pas appris ça tout seul. Pardon, maman. Je te demande pardon d'avoir des mauvaises pensées.

— Ah, oui, merci pour mes quatre-vingts ans.

— Euh…? Tu voulais pas qu'on te fête, on t'a obéi.

— Bien justement, fallait pas. Moi, je faisais ça pour voir lequel dans ma famille aurait la force de passer outre mes ordres. Je voulais voir qui avait du caractère. Vous êtes tous une bande de pissous. J'ai eu quatre-vingts ans, puis pas une fleur, pas un chocolat, pas un bec. Elle est belle ma famille! Un modèle. Leur vieille mère a quatre-vingts ans, on en parle pas, on téléphone pas, on fête pas, on fait comme si c'était un jour ordinaire. Tout ça sous prétexte que je voulais pas qu'on me fête. Pauvres vous autres, fallait me fêter de force. Pas de colonne la progéniture Maltais, rien que de la graisse molle. Claque pas la porte en sortant, ça fait mauvais genre.

Je vais la tuer, pis elle va avoir couru après. Qu'est-ce qu'ils ont tous à me regarder? Ils ont jamais vu ça un fils qui veut tuer sa mère?

— Vanessa, dans mon bureau, tout de suite!

— Qu'est-ce que je peux faire pour vous?

— Fermez la porte.

— Vous avez l'air découragé, monsieur Pierre.

— Je le suis.

— Je peux faire quelque chose?

— Oh! Vanessa, vous êtes pour moi… Vous connaissez l'expression «le repos du guerrier»?

— On dit ça des prostituées pendant les guerres.

— Bon. Je voulais vous faire un compliment, je me suis trompé. C'est pas ma journée.

— Je suis le repos de mon patron, c'est ce que vous vouliez dire?

— Ce que je voulais dire, c'est qu'il y a personne, à part vous, qui me demande ce qu'elle peut faire pour moi. C'est moi qui fais, qui donne, qui me fends en quatre pour que les autres soient heureux. Qui pense à moi?

— Moi.

— Je sais. Merci. C'est juste ça que je voulais vous dire. C'est tout.

— Le souper avec la Chine?

— Échec total.

— Ah, c'est dommage, vous aviez tant travaillé sur ce dossier-là. Pauvre vous...

Et pendant qu'elle me crème de ses condoléances, je rêve que je suis dans ses bras à l'ombre de ses seins et qu'elle me murmure que je suis fort et brave et beau et... je sens une érection poindre. Non, jamais! Je veux pas succomber, d'ailleurs, c'est pas Vanessa qui me fait bander mais l'adoration qu'elle a pour moi.

— Vanessa, j'ai des appels à faire, laissez-moi! Et merci pour l'ad... l'encouragement.

— Vous êtes certain que je peux rien faire pour vous?

— Non. C'est-à-dire oui. J'ai pas besoin de vous. Je suis capable de m'arranger tout seul. Non. C'est-à-dire... Quand j'aurai besoin de vous, je vous appellerai. Je veux dire... Crisse, Vanessa, je peux pas avoir la paix pour une fois?

ODETTE

Dans le salon de sa résidence à Outremont.

Zappe! Zappe! Zappe! Il y a rien de bon à la télévision. Plus j'ai de postes, moins je trouve. La télévision est plate, ma vie est plate, mon mari est plate, mes enfants sont plates. Même Simon, «l'adopté», est plate. Si au moins j'avais une famille avec qui m'engueuler. Mes parents sont décédés, mes sœurs sont parties vivre au loin, je suis toute seule comme un coton. Aussi, si je m'étais écoutée au lieu d'obéir à mon père puis marier Pierre, je serais célibataire et j'aurais des amants, des tas d'amants. Ils seraient fous de moi et moi je les laisserais poireauter. J'aurais dû naître princesse. Je serais une lady Diana. Ça, c'était une vraie princesse. Les princesses, aujourd'hui, elles ressemblent à Mme Tout-le-Monde. Pas de glamour, bordel, pas de classe! Moi, je serais mystérieuse, voluptueuse, capricieuse, énigmatique et cynique. Je rêve d'être une princesse et de faire souffrir les hommes. J'ai pas le physique. J'ai les joues comme des ballounes, des bras ronds, des mollets ronds, des pieds ronds sur le dessus, un ventre rond : une balloune. Dans *Cendrillon*, c'est moi la citrouille. Moi, on me porterait pas dans la chambre nuptiale, on me roulerait. Des yeux profonds et bleus comme la mer, j'ai pas ça. Mes yeux sont petits et bruns, un brun tirant sur l'eau de vaisselle. Il y a jamais un seul gars qui m'a réveillée en m'embrassant. Jamais! Faut dire que j'ai pas connu de gars avant Pierre. Pierre, c'est mon premier, le seul… jusqu'à ce jour… Quand t'es grosse, t'as besoin d'avoir des parents qui ont de l'argent si tu veux l'amour. Un jour, je vais maigrir. Quand je vais être mince, *watch out*, je vais croquer les hommes comme des chocolats! Quand je vais être maigre, qu'on va me voir les côtes et que mon ventre va être concave, je vais devenir une princesse puis je vais faire des crises de nerf. Tant qu'à être princesse, aussi bien en profiter. Je suis née princesse. J'ai des photos de moi, petite, j'étais une beauté! Une belle petite blonde avec de la belle grosse graisse de bébé. C'est pas moi qui le dis, mes parents étaient en extase devant moi. Ils m'aimaient pas, ils m'adoraient! Mes sœurs m'obéissaient au doigt et à l'œil. Mon père m'appelait Marilyn Monroe : c'était son idole. Un jour qu'il avait pris un petit coup, il m'a montré dans son portefeuille, coulissé entre ses piastres, un portrait de Marilyn dans une robe qui avait l'air d'un essuie-tout mouillé. Il m'a dit qu'elle m'arrivait pas à la cheville. J'en revenais pas. J'étais plus belle que la fille que mon père trouvait la plus belle du monde! Je me souviens le samedi soir quand j'étais petite, mon père m'habillait comme une poupée puis il me promenait sur la rue pour me montrer à ses *chums* de gars. «Elle est belle, hein, ma petite?» Quand j'ai eu douze ans, que je suis devenue grande fille, mon père a cessé de s'occuper de moi complètement. Moi, je savais pas ce que j'avais fait pour qu'il m'embrasse plus. Je grimpais sur ses genoux pour me faire bercer, il se levait, allait s'asseoir sur une chaise droite. Puis il s'est mis à vouloir se débarrasser de moi. C'était pressé. Il me répétait que, dix-sept ans, ce serait un bel âge pour me marier. Ma mère m'a dit avant de mourir que mon père avait hâte de me marier pour mon bien… Pour mon bien? «Faite comme t'es, belle comme t'es, si tu t'étais pas casée, tu serais devenue artiste.» Pour mon père, artiste et guidoune, c'était du pareil au même. Elle a toujours été jalouse de moi, parce que mon père m'aimait plus qu'elle. Il paraît que, grande fille, le sexe me sortait par les oreilles. Ça pouvait bien me sortir par les oreilles, j'avais pas le droit que ça sorte ailleurs. Une fois, mon père m'a présenté Pierre Maltais, un super bon parti, sa mère avait une *business* de produits miracles, elle faisait de l'argent comme de l'eau. C'est ça qu'il a dit. Moi, Pierre, je trouvais qu'il avait l'air d'un curé. *Straight* comme une barre! Il était beau mais avait l'air d'avoir avalé un manche à balai. C'était pas mon genre d'homme. Moi, mon genre, c'était le genre prince ou, faute de prince, le genre acteur de cinéma. Jean Coutu, pas le pharmacien, l'acteur, le Survenant, lui, je l'aurais aimé. Sa façon de marcher, sa façon de parler aux femmes. *Never mind*. Une voix à faire changer de bord le poil des bras, un vrai prince… de la télé! Pierre, lui, c'était un ti-pit, puis même s'il parlait fort, ça se sentait qu'il obéissait au doigt et à l'œil à sa «meman». Mon père avait décidé que je le marierais. Il était tellement bon vendeur que j'ai fini par acheter. Non, c'est Pierre qui m'a achetée avec des fleurs, des chocolats, des bijoux, des sorties dans les grands restaurants, la tournée des discothèques. Finalement, je me suis dit que mon prince, je l'aurais jamais et que, faute de pain, on mange de la galette. Pierre, il faisait l'affaire. L'affaire! C'est une affaire que j'ai fait. Un bon pourvoyeur, un homme travaillant, et en échange, je lui apportais du sexe à volonté et à domicile. Dans le fond, si je veux être honnête avec moi-même, je l'ai pas marié pour son argent, j'en avais *plenty*, mais parce qu'il me regardait comme mon père me regardait avant que les seins me poussent. C'est bien que trop vrai, c'est à ma première brassière que papa a arrêté de me prendre sur ses genoux, de m'embrasser. De quoi il avait peur? De lui! Ça se peut-tu qu'il m'ait poussée à me marier, pas pour mon bien mais pour le sien. J'ai marié mon père! Ce que je veux dire, c'est que j'ai retrouvé le regard de mon père que j'avais perdu. C'est *sick* en bordel ce que je pense mais je le pense… La nuit de noces, faut pas que je rie, c'est pas drôle, mais le gâteau a pas levé. Il a mis ça sur mon dos, j'allais trop vite, j'étais trop pressée, trop exigeante… c'était ma faute s'il avait fait un *flat*… La seule chose qu'il a été capable de lever ce soir-là, ç'a été le nez sur moi. Je l'ai jamais oublié. T'es jeune, t'es vierge, t'attends, comme dans les vues, que le gars te prenne, qu'il te pénètre pour te prouver qu'on fait un pour la vie, au moins ce jour-là : il bande pas! C'est pas une question de désir qu'il dit. Bien non, une cruche! Je lui pardonnerai jamais cet affront-là. Jamais! Je savais pas dans le temps que, pour que son gâteau lève, il lui fallait des ingrédients spéciaux… comme la chicane. Des fois, l'angoisse me pogne. C'est-tu ça l'amour? C'est-tu ça le mariage? C'est-tu ça le bonheur? Je peux pas me plaindre de mon couple à personne, je suis bien trop chanceuse d'avoir marié un Maltais, l'aîné des Maltais, l'héritier des Maltais, le futur président de Familia! Quand je ressasse ça dans ma tête, le goût d'une petite vodka me pogne. Puis, comme je ressasse tout le temps… Pierre veut pas que je boive trop. J'ai juste à lui dire que je bois juste du vin à table, il me croit. Pauvre cave, il est content que je me sois mise à l'eau en bouteille, il trouve que ça fait santé. Qu'il y goûte, il va trouver que l'eau minérale goûte fort. Je suis pas alcoolique. Je bois pas le matin. Jamais. Le matin, je suis occupée avec la femme de ménage qu'il faut que je surveille, sans ça elle fait rien, puis il y a l'épicerie, le magasinage. Mais l'après-midi… ça finit plus l'après-midi. C'est la mort l'après-midi. Moi, j'abolirais ça les après-midi. Je suis pas alcoolique! Il y a juste que boire ça me change les idées. Je bois une gorgée, puis deux, et je commence à voir les beautés de la vie, le garage à deux portes, la haie, la piscine, le sapin dehors avec des lumières de Noël encore dedans, la grosse maison de trois étages, sous-sol fini compris, le barbecue dernier modèle, le gazon plus vert que le vert d'un vert de golf, les fleurs, le petit jardin d'herbes de culture biologique, la boîte à compost, le *kit* quoi! Sans vodka, je vois que la maison vide, les pissenlits qui se frayent un chemin dans le gazon, la piscine pleine de cochonneries, la boîte à compost qui pue. Avec de la boisson, j'arrive même à trouver que je suis une «câline de chanceuse». C'est vrai que je suis chanceuse : j'ai un mari fidèle. Il passe son temps à me le dire comme si c'était un exploit. J'ai une BMW décapotable, un collier de perles, une montre Gucci, un sac Vuitton et, une fois par année, je vais magasiner à Paris avec le saint homme. Moi, j'achète, lui il paye. Il est pas à plaindre, il aime ça payer, ça le fait se sentir puissant. Mes garde-robes sont remplies à craquer. Je compte plus mes paires de souliers, j'en ai plus que Céline Dion, certain. De quoi je me plains? «De quoi tu te plains?» Si je l'entends pas trois cent soixante-cinq jours par année cette phrase de con-là. Il a bien raison, je suis chanceuse! C'est curieux, avant il me fallait deux verres pour commencer à me trouver chanceuse, là ça m'en prend trois, puis des fois plus! Faut juste pas que j'en prenne trop puis que je m'endorme. La semaine passée, quand il est rentré puis que je dormais dans le corridor, à plat ventre sur le tapis de Turquie, bordel que j'ai eu l'air bête. « Qu'est-ce que tu fous là ? » Une chance, je suis bonne dans les excuses rapides, j'ai joué la comédie des crampes au ventre qui m'avaient jetée par terre, pas moyen de me relever. Puis, lui, le niaiseux, il me posait des questions : « Qu'est-ce que t'as mangé ? T'es-tu empoisonnée ? » Il y aurait un diplôme de menteuse, je l'obtiendrais avec grande distinction. Il m'a frotté le ventre, m'a déshabillée, m'a couchée, m'a bordée, puis il est allé coucher dans la chambre d'amis. J'ai eu congé de ronflements pour un soir. Les maudits ronflements ! Si les femmes mettaient leur plan à exécution, il y aurait plus un seul ronfleur sur terre. Moi, en tout cas, je veux l'étouffer avec l'oreiller. Qu'ils aillent vérifier, les juges, quand il y a un meurtre commis par une femme, voir si la victime ronflait. Bien sûr, si le juge est un homme il fera pas d'enquête sur ce détail-là, mais si le juge est une femme et que son mari ronfle... Je pense trop. C'est parce que j'ai trop de temps pour penser. Je pourrais me trouver une *job* à Familia, je sais pas dans quoi, je sais rien faire, mais je sais que je l'aurais pareil. J'aurais juste à dire à la reine mère que je m'intéresse à Familia, l'affaire serait dans le sac, mais c'est forçant se lever le matin et travailler toute la journée. Je pourrais avoir un amant ! Si j'étais sûre de trouver mieux que Pierre, si j'étais sûre de trouver quelqu'un qui m'aime autant. Je vais pas risquer de perdre tous les avantages que j'ai pour un amant. Et Pierre m'a prévenue : il me trompe pas, je suis mieux de faire pareil, sans ça... Je suis pas si malheureuse. Je suis dans une cage dorée, comme ils disent. J'aime ma cage ! On est en sécurité dans une cage. Une lionne en cage. Une dernière gorgée puis je me lève, faut que je sois belle pour le maître. Cher maître que je fais marcher à la baguette. Faut pas que je rie, mon masque d'argile va craquer. Je suis chanceuse, chanceuse ! Juste un petit somme puis après je m'habille. Il m'amène souper au restaurant ce soir. Faut que je lise mon *Reader's Digest*, que je me trouve un sujet de conversation. Comment ça se fait que je m'endors tant ? Juste un petit somme de dix minutes.

ɕ

MARIE
Allongée sur son lit, chez elle.

— Parle-moi pas !
— *Honey.*
— Lâche-moi !
— *Baby…*
— Raynald Tremblay, tes mots d'anglais pognent pas avec moi. Dépassés les *honey* pis les *baby*, tu sais pas un maudit mot d'anglais. Je l'ai ben vu en Arizona. T'as jamais vécu aux États.
— Tu le sais pas ce que j'ai fait avant toi.
— Je sais où t'étais par exemple.
— Tu vas pas me faire un procès.
— Non, t'en as assez eu comme ça déjà.
— Je te demande-tu où t'étais, toi, avant moi ?
— Raynald, je sens la moutarde me…
— C'est bon ça, je vais commander des hot-dogs.
— De quel côté tu la veux, ta claque dans la face ?
— Toi ?
— Je te parle sérieusement Raynald.
— Moi aussi. C'est pas de ma faute si ton audition a foiré. C'était toujours ben pas moi qui chantais. Moi, je vends un produit, si le produit est pas bon.
— Je chante mal ?
— J'ai pas dit ça.

— Tu l'as dit.

— Le produit est bon, mais y est mal emballé.

— Mon jean design m'a coûté un bras.

— Je t'avais dit de t'acheter une brassière pigeonnante.

— J'ai deux jaunes d'œufs, tu peux pas faire pigeonner des jaunes d'œufs !

— Moi, je te dis, Marie, si tu te fais pas poser des seins, si tu changes pas de nom…

— Hein ? C'est nouveau ça, changer de nom ?

— Ben quoi, « Marie » c'est le nom de la Sainte Vierge, c'est pas le nom d'une chanteuse country.

— Je changerai jamais de nom, tu veux faire descendre mon père de son portrait ?

— Ton père, y est mort depuis un boutte.

— Il y a pas de génie méconnu. Si j'ai du talent, ça va finir par percer, seins ou pas seins, et quand même que je m'appellerais Anita de Panama…

— J'aime ça : *Anita de Panama, chanteuse country.*

— C'est une *joke.* Panama, c'est une ville de l'Amérique centrale. Il y a pas de country là.

— Ça sonne ben *Anita de Panama.* Je vois ça sur les devantures de clubs. *Anita…*

— Raynald, c'est non !

— Tu m'écoutes ou je me trouve une autre chanteuse. Des chanteuses, il y en a à la pochetée, mais des bons gérants, ça…

— Des femmes comme moi, il y en a-tu à tous les coins de rue ?

— Oui.

— Mais faut que tu payes pour coucher avec. Avec moi, le sexe est gratuit pis, en plus, je fournis l'appartement, la bouffe, l'auto, l'argent de poche.

— Ça c'est *bitch* de me remettre ça sur le nez. Tu vas me le payer.

— Je paye assez d'affaires comme c'est là.

Un homme, un vrai, il me planterait là. Lui, il accepte mon *bitchage*. Il a pas de place où aller. Je le sais qu'il sort de prison puisqu'il a pas une cenne, j'en ai eu des pareils avant lui. On dirait que j'attire les restants de prison. Puis il connaît ça, le country, c'est un ancien chanteur western de la rue Saint-Laurent qui pogne plus et qui a eu des problèmes de drogue. C'est pour ça qu'il a passé plus de temps en dedans que sur la scène…

— Veux-tu que j'y parle, moi, à ta mère?

— Sainte binne, non!

— As-tu honte de moi?

— Tu connais pas ma mère.

— Tu me connais pas.

Je le vois venir avec ses gros sabots. Il fait la conquête de ma mère et après il me marie, et après, il a une *job* de *boss* à Familia, et après il prend le contrôle de l'entreprise. Il est assez *crook* pour ça. Jamais dans cent ans! Il y a pas un homme qui va me marier, je sais trop que ça serait pour mon argent. Astheure, je choisis mes *chums*. Il faut qu'ils servent à ma carrière, sans ça ils prennent le champ. Je suis dure, mais un gars qui marie une fille parce qu'elle va être riche, c'est pas dur ça? Ma mère, ça l'achale que je sois sa fille, elle m'aurait voulue autrement mais je suis comme elle, quand je veux quelque chose… Là, je veux des seins, pis je vais les avoir! Je veux une carrière de chanteuse country, pis je vais l'avoir. Ma mère me le dit assez souvent: «Quand on veut quelque chose, on prend les moyens pour.»

— On baise-tu?

— Une chance que c'est pas pour tes mots doux que je t'aime.

— C'est pour quoi?

— Parce que t'es bon baiseur!

— Le meilleur?

— Le super meilleur.

— Pas plus que ça?

— Tais-toi pis baise, champion!

C'est pas vrai qu'il est le meilleur, mais je peux-tu lui dire qu'il est ben ordinaire, plus qu'ordinaire, super ordinaire? Il baise comme il mange sa soupe : il fait ben du bruit pis c'est toutte. Quand t'as passé ben des gars, tu désenchantes. Ce qui rend le sexe supportable, c'est quand t'aimes la personne avec qui tu baises, tu baises pas, tu fais l'amour. Tu te regardes, tu te touches, t'as beau être laid, gros, tu te trouves beau. T'as beau être niaiseux, tu te trouves intelligent. Ray pis moi… on fait pas l'amour, on fait le sexe pis ça finit par être d'une tristesse… Bon, je braille. Je veux pas que mes larmes coulent. Je vous défends, larmes, de sortir de mes yeux. Ça y est, j'ai pas pu retenir mes maudites larmes. Les hommes sont chanceux de pas brailler.

— C'est bon tant que ça *baby*?

MICHEL

En route vers le chalet du lac Caché, au volant de sa Jeep.

— Content content content!

— J'ai pensé que, tant qu'à passer la journée à tournoyer à Montréal, on pourrait faire un aller-retour au chalet. On va faire une belle surprise à Isa! Hier, elle m'a laissé un message qu'elle allait passer un jour ou deux au lac, on va aller voir ce qu'elle fait. Il fait beau. Hein, Marco, un grand tour de machine jusqu'au lac?

— Content content content!

— Tu l'aimes-tu ton grand frère?

— Content content content!

Je peux pas croire qu'on arrive pas à lui montrer d'autres mots. Non, mais c'est vrai. On le laisse à des spécialistes pour lui apprendre à être autonome, ils pourraient se forcer. «Content content content.» Il peut pas être content d'être né avec le syndrome de Down, quoique... j'aimerais être comme lui des fois, insouciant, inconscient, innocent. Il a pas à gagner sa vie, à se marier, à avoir des enfants, à être jaloux parce que sa femme... il a pas à être responsable du bonheur des siens.

— Content...

— Arrête!

Fatigant! Je comprends que le reste de la famille le sorte qu'aux grandes occasions. À un moment donné, ils se sont écœurés...

— Touche pas!

Ce qui les fatigue le plus, c'est qu'il passe son temps à se tenir la quéquette, comme s'il était en train de se noyer et que c'était sa bouée de sauvetage.

— Ôte tes mains de d'là!

Non, ce qui les fatigue pour vrai dans la famille, c'est qu'il soit déficient mentalement alors que Familia est supposée guérir tous les maux avec ses herbes, ses pilules et ses tisanes. Va falloir que j'y change les idées en parlant. Je sais même pas s'il comprend ce que je lui dis.

— Marco, regarde-moi, écoute-moi. Mets tes mains l'une dans l'autre puis serre fort. Bon! Quand t'es né, papa puis maman t'ont amené au lac pour te montrer à Mamitaine. T'as aimé ça le lac, tu riais tout le temps. T'étais un beau gros bébé, il y a juste que t'avais les yeux comme les esquimaux. Ils savaient pas encore que tu serais différent. Ils avaient eu moi, puis Laurence, puis ils pensaient qu'ils auraient pas d'autre enfant. Nos parents, c'est pas un couple qui s'aime. Bien, ils s'aiment peut-être à leur façon, on a chacun nos façons de s'aimer.

Je sais pas si je peux lui dire tout ça. C'est ça qui est énervant avec un mongol, on sait jamais ce qu'il comprend. Faut pas que j'emploie le mot « mongol ».

— Le mariage, tu sais Marco, c'est quelque chose de bien compliqué. Dans les contes, c'est simple, ils ont du trouble avant mais à la fin, ils sont heureux, se marient et ont beaucoup d'enfants. C'est pas comme ça, Marco, la vie. C'est comment? D'abord, on se marie pour les mauvaises raisons. On se marie parce qu'on a envie de coucher, on couche, puis après on se rend compte que la demi-heure passée, il reste vingt-trois heures et demie à vivre avec une pure étrangère qui beurre pas ses toasts comme toi, qui revisse pas le tube de pâte à dents après s'en être servi, qui élève les enfants à sa manière, qui est pas ta manière, qui voit pas la vie comme toi... Le pire, c'est qu'il y en a toujours un qui aime plus que l'autre. Ça fait que les deux souffrent : l'un d'être trop aimé, l'autre de pas l'être assez. Moi, Marco, j'avais décidé de jamais aimer personne, à part toi, mon petit frère abîmé. Toi, je t'aime, parce que je sais que tu vas m'aimer toujours, tandis qu'une femme... Je voulais pas aimer pour pas souffrir. Dès que tu possèdes quelque chose, t'as peur de le perdre. Tu le sais ou tu le sais pas, mais je vais te le dire moi, j'aime pas le trouble. J'ai peur du trouble, de la souffrance qu'amène le trouble. Quand t'aimes pas, tu souffres pas et t'as pas de troubles. Isabelle Lalonde, je l'ai mariée parce que c'était ma première blonde et qu'elle faisait l'affaire. Et puis, ça faisait plaisir à grand-maman. Tu comprends? Tu comprends pas, mais c'est ce qui est arrivé. Comme grand-maman me payait mes études aux HEC, qu'elle me faisait vivre en plus, je lui devais beaucoup. Et quand elle m'a fortement suggéré de me marier avec Isabelle, qu'elle payerait la réception et tout, en plus du reste... J'ai pas pu dire non, surtout qu'elle insistait. Moi, j'ai des problèmes avec les décisions, ça fait que j'étais bien content que grand-maman décide à ma place. Je sais pas si tu vois ça, la beauté des femmes, mais Isabelle, elle est plus que belle, elle est bandante. Le pire, Marco, le pire du pire, c'est que si j'aimais pas Isabelle en la mariant, petit à petit, je suis pas un gars vite, je suis devenu amoureux d'elle. Là, aujourd'hui que je te parle, je l'aime comme un fou, et plus je vieillis plus je l'aime et plus j'ai peur de me la faire voler. C'est sa fragilité que j'aime. Elle a besoin d'être protégée, puis j'aime ça être celui qui la protège. Le fort des deux dans mon couple, ç'a pas l'air de ça, mais c'est moi. La force de l'inertie. Dans la famille Maltais, il y a grand-maman, puis mon père, puis ma sœur Laurence qui se pensent forts parce qu'ils parlent fort. Moi, je parle pas beaucoup, mais quand je dis quelque chose, mes paroles comptent. C'est un pouvoir, le silence, Marco. Tu vois, toi, tu parles pas puis je me confie à toi. Quand je parle pas, les gens se demandent ce que je peux bien penser d'eux. Ils croient que je les juge, que je soupèse tout ce qu'ils disent. Mon silence les inquiète, les déstabilise. Si j'avais pas écouté grand-maman et que j'avais pas marié Isa, jamais, au grand jamais, j'aurais connu l'intensité de ma force silencieuse. Que mon père se tasse et qu'il me laisse la chance, je vais lui montrer que je suis pas ce que j'ai l'air d'être. Je vais lui montrer que, derrière l'indécis, le doux, le passif, le silencieux Michel, il y a un Hulk. Moi, Marco, j'ai une qualité qu'ils ont pas eux, je suis patient. Je prends pas de décisions souvent, mais quand j'en prends… Comme là, j'ai décidé que c'est moi qui va diriger Familia quand grand-maman va prendre sa retraite. Je suis le seul qui a les compétences pour être le chef d'une entreprise de cette envergure-là. Dis-le pas à personne, je sais que tu le diras pas, mais ça fait trois ans que je prends des cours du soir en direction d'entreprise. J'ai eu mon diplôme hier. C'est pour fêter ça que je t'amène au lac. Je devrais peut-être pas lui dire tout ce que je pense. Je lui dis pas tout ce que je pense puisque je l'amène pas pour fêter mon diplôme, mais pour voir si Isa est bien au chalet quand elle dit qu'elle va au chalet. N'empêche, ça me fait du bien de lui parler. C'est le seul dans la famille qui me laisse finir mes phrases. Ils vont voir ce qu'ils vont voir. Je peux pas tous les tuer pour prendre leur place, mais grand-maman a quatre-vingts. Elle veut pas qu'on en parle, mais elle les a pareil, jamais je croirai qu'elle va continuer à travailler. Elle achève. Son temps achève, je veux dire. Le temps de mon père aussi. Il a cinquante-six ans. Dans quatre ans, il va avoir soixante. C'est vieux, soixante ans. Admettons qu'il prenne sa retraite à soixante-cinq ans, qui est un âge parfait pour laisser la place aux autres, moi je viens d'avoir trente-six ans, je vais être mûr, mûr à la perfection pour prendre la direction de Familia...

Bon, Marco s'est endormi! Qu'il est beau lui quand il dort! Que je l'aime!

— Marco, si je deviens président de Familia, je vais t'entourer de personnel compétent et tu vas vivre au lac à l'année.

Il est fou du lac. Moi aussi. Tous, dans la famille, on est fous du lac. Le lac! Mes plus belles années, mes plus beaux étés, tout seul dans ma cabane perchée dans le merisier. Je suis chanceux. Isa aime le lac autant que moi, sinon plus. Hiver comme été, elle est toujours rendue au lac. On a de la chance d'avoir Ti-Loup qui tient le chalet ouvert toute l'année. Bien dévoué, notre Ti-Loup. Faudra que je pense à faire augmenter ses gages. Si on l'avait pas pour garder le chalet et pour faire toutes les sales *jobs* qu'on veut pas faire, je sais pas ce qu'on deviendrait, il y a personne d'habile de ses mains dans la famille. J'espère qu'il se trouvera pas une femme qui va vouloir l'amener vivre au village. Pas de danger, avec l'odeur qu'il dégage, l'odeur des peaux d'animaux dans sa maison, si on peut appeler ça une maison, il y a pas une fille... Il est bien beau, il paraît. Il est beau, mais il pue! C'est un rustaud, il est jamais sorti de sa cabane. C'est juste s'il est capable d'aligner trois mots de suite. Quelle folle pourrait aimer ce gorille-là! Ti-Loup avec une femme! Dans un lit! Faut pas que je rie trop fort, ça va réveiller Marco.

☙

ISABELLE

Au *shack* de Ti-Loup, au bord du lac Caché.

— Déshabille-toi Ti-Loup.

— Encore?

— Je veux te regarder avant de repartir pour Montréal.

— Pars pas Zabelle.

— Il le faut.

— Pourquoi?

— T'as des obligations ici, moi j'ai des obligations là-bas. Non pas tes bottines. Garde tes bottines.

— Je voudrais que tu sois toujours icitte avec moé. Qu'est-ce que tu fais, tu pries?

— Je t'imprime dans ma tête, tout nu, avec tes bottines de bûcheron.

— Imprime pas mes bottines, elles sont crottées.

— T'es le seul qui me fait rire.

— Je voulais pas te faire rire. C'est mes vieilles bottines pis y a mouillé…

— Tant de gens se forcent pour être drôles, toi, ça sort tout seul.

— As-tu fini d'imprimer?

— Maintenant, enlève tes bottines et tes bas.

— Bon.

— Je veux graver ton corps sur le mien.

— Debout ou couché?

— Viens.

Il s'étend lentement sur moi. Je sens son corps qui m'imbibe de sa force. Je m'accapare sa force. Je m'en pénètre. Je bois son essence à petits coups, comme on boit à petites gorgées pour goûter plus longtemps. Je le hume. Il sent la terre qui va geler, les feuilles qui pourrissent. Il sent l'homme. J'embrasse sa peau, la lappe. Je mets mes mains sur sa nuque. Je descends mes mains le long de son dos et j'empoigne ses fesses comme pour les mesurer, les soupeser, les sculpter. Je sens son pénis qui se dresse, qui glisse en moi tout doucement, si naturellement, comme on rentre chez soi. Il bouge pas. Il s'imprime lui aussi. Il éjacule pas. Je suis si petite, si petite dans ses grosses pattes râpées. Il me berce, me berce, me berce. Il est si fort et si doux. Si simple, si naïf, si pur, si sensuel et si sentimental à sa façon.

— Pars pas.

— Ça fait quinze ans que je pars et que je reviens.

— J'ai une cage d'ours qui fait rien…

— J'ai déjà une cage, merci.

— Je te veux avec moé tout le temps.

— J'ai une belle-famille, une énorme belle-famille, la famille Maltais.

— Je vais toutte les tuer! Un après l'autre!

— Les peaux des humains valent rien, ni leur viande. Ti-Loup…

Pourquoi faut-il que son pénis me quitte, que le lien qui nous tient ensemble glisse hors de moi quand on parle de ma belle-famille? Reste encore un peu en moi, un peu. Il me faut ta force pour affronter ma vie de mensonges, ma vie d'expiation, ma vie manquée. Débande pas tout de suite. Il m'entend penser. Son pénis se raidit, remplit mon vagin. Bouge pas! Je veux pas jouir, je veux juste t'avoir en moi, te sentir en moi. Toi en moi, je suis en sécurité. Mon garde du corps! Bouge pas. Que je suis bien, presque heureuse. Presque!

MICHEL

Au débarcadère du lac Caché.

— Content content content!

— Marco, attends, on va se faire traverser le lac jusqu'au chalet par Ti-Loup. Tu le connais, Ti-Loup. Il est gentil, Ti-Loup. Il tue des animaux, oui, mais c'est pour vivre. Il mange la chair puis il vend les peaux pour se faire des sous. Comprends-tu? On va demander à Ti-Loup de faire un gros feu dans la cheminée. Viens-tu? Il faut que tu viennes avec moi chez le gardien, je peux pas te laisser tout seul sur le bord du lac. Marco, cours pas, quand tu cours tu t'enfarges dans tes pieds puis tu te pètes la fraise. Marco, reviens ici tout de suite!

Bon, il est déjà sur la galerie du *shack* à regarder par la fenêtre. Puis on dit qu'il comprend rien. Il comprend tout. C'est l'auto d'Isabelle! Elle est donc au chalet? Toujours ça de vrai… Bon, voilà Marco qui revient, il a une drôle de face!

— Marco qu'est-ce que tu veux… Marco! Lâche-moi la main. Qu'est-ce que t'as? Bien non, on s'en retourne pas, on vient d'arriver. Aïe, lâche-moi Marco! On est pas venus au lac pour s'en retourner aussitôt arrivés. Marco, arrête de t'énerver comme ça. Qu'est-ce que t'as vu qui t'a fait peur? Dis à Michel! J'haïs ça quand tu te roules par terre. On va aller voir Isabelle au chalet, on va lui faire une belle surprise. Viens! Tu veux pas? O.K. c'est correct, calme-toi, on s'en retourne en ville. Panique pas comme ça. Viens, on s'en retourne en ville. Viens…

Qu'est-ce qu'il a pu voir dans le *shack* de Ti-Loup pour capoter de même? Un loup éventré, une tête d'orignal fraîchement coupée? N'empêche que j'aurais aimé ça faire un tour au chalet, voir ce que ma femme fait, avec qui elle est. Toute seule, elle est toute seule! Isabelle a pas d'amies de filles, encore moins d'amis de gars. Puis je vois pas qui pourrait endurer ses caprices à part moi. C'est comme son idée d'aller au chalet pour décompresser, décompresser de quoi? Elle travaille pas, elle a pas de pression. Il y a Valérie qui veut toujours être avec son jumeau, puis Éric qui est toujours enfermé dans sa chambre, à part ça, il y a rien pour l'énerver. Moi? Je fais tout ce qu'elle veut. Je devrais peut-être faire comme grand-maman me dit, mettre mon pied à terre.

— Enlève tes mains de tes culottes Marco ou je te la coupe!

Non, mais, il y a de quoi perdre patience. D'un autre côté, si elle est pas toute seule, est-ce que je veux le savoir? Si elle est seule, est-ce qu'elle serait heureuse de me voir arriver, est-ce qu'elle me soupçonnerait pas de l'espionner?

— O.K., on s'en retourne à Montréal. Bon! Arrête! Marco, j'ai apporté le dernier CD de Star Académie, on l'écoute?

— Content content content.

— Qu'est-ce que t'as vu chez Ti-Loup?

Il parle pas, il va pas se mettre à me dire de quoi il a eu peur. Il a eu peur. Il a dû voir Ti-Loup dépiauter un animal. J'aurais dû être plus ferme avec lui. Au lieu de fuir, entrer avec lui dans le *shack*, le forcer à regarder. Ça me tentait, moi, d'aller au chalet surprendre Isabelle. Je sais pas ce qu'elle aurait dit de nous voir arriver. Peut-être que je l'aurais surprise avec un homme, un amant? Je suis tanné de penser, je mets la musique au boutte.

— Content content content.

❧

PAUL

Le lendemain. Sur une plage de Cancún, allongé sur une serviette aux couleurs de coucher de soleil sur la mer.

Pourquoi Pierre répond pas à mes courriels? Depuis que mon cher frère aîné est en pourparlers pour ouvrir le marché de la Chine, il lève le nez sur le Mexique. J'ai fait des démarches, moi! Je suis pas le fainéant de la famille comme il le pense. Je travaille! Pas fort, mais c'est pas faute de volonté, c'est le climat. Mexico baigne dans une telle pollution, va donc essayer de leur vendre des produits naturels canadiens. La pollution! C'est bon ça, la pollution, j'ai jamais utilisé cet argument-là pour revenir à Montréal. Je vais envoyer un courriel à maman. Avec elle, la pollution, ça va marcher. Pour Pierre, tout ce que je dis, c'est des bêtises. Maman, elle... La pollution, c'est une idée de génie. J'ai du génie, je suis le génie de la famille. Méconnu comme tous les génies. Exploiter le côté écolo de ma mère, c'est génial. Où c'est que j'ai pris ça, ce génie-là? Je tiens ça de ma mère! Certain!

«Maman chérie, c'est ton fils malade qui t'écrit. Malade, le mot est un peu fort. Je suis pas mourant mais plutôt souffrant. Il est vrai que la tequila est un antipolluant puissant, sans ça il y aurait pas quatre-vingt-dix-neuf millions de Mexicains, mais comme je bois plus...» Je vais pas écrire ça, elle croira jamais que j'ai arrêté de boire. «La pollution m'a atteint de plein front.» La pollution, ça atteint pas le front, mais les poumons. «Je tousse, je crache, j'ai même vu du sang dans mon kleenex.» Non, c'est trop. Si elle m'envoie un billet de retour, va falloir que je crache le sang pour vrai puis ça, je sais pas comment on *fake* ça. Tousser, c'est facile, je fume. Quand tu fumes, t'as toujours de quoi cracher. Cracher le sang... Je pourrais faire comme à la télévision, avec une capsule de colorant alimentaire et la croquer au moment voulu... Je connais maman, elle va m'amener chez ses spécialistes de la santé et je vais être démasqué. Je serais mieux d'avoir, pas pour vrai, un virus mexicain inconnu au Canada. Ça, ça fourre tout le monde. C'est bon ça. Je laisse tomber l'idée de la pollution mais je la mets de côté, ça pourra toujours me servir un jour. Je cherche sur Internet une maladie tropicale rare! Si la maladie est sur Internet, maman est capable de la trouver. Elle passe des heures à surfer. S'il y a une bibitte rare qui donne une maladie rare, elle va pas juste la trouver, mais elle va trouver le remède naturel pour la guérir. Comment faire pour sortir de ce maudit soleil qui me tape sur le crâne et qui me donne soif? De ce tabarnac de beau temps! Je reste ici à me faire «barbecuer» pour pas emmerder son Pierre. «Tu lui arrives pas à la cheville.» Comment elle peut savoir que j'arrive pas à la cheville de son fils aîné, elle m'a jamais donné la chance de me mesurer à lui. Même petit, elle voulait pas que je me batte avec lui. «Lâche-le! Touches-y pas! Laisse-le tranquille! Agace-le pas. Fais-le pas choquer!» Pourquoi il est né le premier? Si ç'avait été moi l'aîné, j'aurais été fin avec mon petit frère moi, je l'aurais aidé au lieu de le caler. Il me cale, me renfonce la tête sous l'eau comme au lac quand on se baignait. Il me laissait plonger en premier, puis il plongeait sur moi et il me maintenait sous l'eau jusqu'à tant que je vienne à deux respirations de me noyer. Maman m'accusait de faire exprès de me mettre sous lui quand il plongeait. «Des plans pour qu'il s'assomme, pauvre petit Pierre.» Au début, j'allais pleurer dans ses jupes mais j'avais toujours tort, lui toujours raison. Maman voit que lui, j'ai été obligé de faire des mauvais coups pour qu'elle s'aperçoive que j'existais. J'en ai fait, j'en fais encore. J'ai pas fini d'en faire. Elle a beau m'exiler, me payer à rien faire, c'est pas ça que je veux. Je veux être Pierre. Je veux qu'elle me fasse confiance, qu'elle me parle comme elle lui parle. Qu'elle me respecte, moi aussi! Que je sois capable de lui vider mon cœur une fois, une seule petite fois. Pierre, elle l'écoute, moi elle m'écoute pas. Maman et moi, on peut pas se comprendre. Elle me répète toujours que je suis son préféré, mais c'est pour arriver à le croire elle-même. Menteuse! T'aimes juste Pierre. Tu le préfères, lui! Marie et moi on est de trop dans ta vie. Si t'étais une chatte, il y aurait longtemps que tu nous aurais étranglés avec tes dents. T'aurais gardé le plus fort : Pierre. Se choquer donne chaud, et la chaleur donne soif. Si je pouvais lui parler comme je pense. Tout ce qu'elle va me répondre, c'est son sempiternel : «C'est pour ton bien, mon petit garçon. Tout ce que je fais, c'est pour le bien de la famille.» C'est vrai que quand papa est mort, j'avais sept ans, j'ai bien mal pris ça, cette mort-là. C'est arrivé tellement vite, il était même pas malade. Je posais des questions à maman. Toujours la même réponse : «Vous êtes trop jeunes pour entendre parler de la mort.» Encore aujourd'hui, si on parle de la mort de papa, elle dit qu'il est pas mort, qu'il est en nous, qu'il vit dans notre cœur, qu'il veille sur nous. *Bullshit!* Il est pas là! C'est ça la réalité. Il est pas là! Pourquoi il est mort : j'étais trop méchant. Il est mort de peine d'avoir mis au monde une mauvaise graine, comme ma mère me dit des fois quand elle est fâchée contre moi. «Il a fait une crise de cœur», dit maman. Je lui ai fait mal au cœur en étant méchant. C'est moi qui l'ai tué. De toute façon, il est plus là. Plus là! Pierre, quand papa est mort, il avait deux ans de plus vieux que moi, il avait un gros neuf ans. Maman en a fait l'homme de la maison, «son petit mari», comme elle l'appelait quand elle pensait que je dormais. Maman lui a donné tous les pouvoirs : il en a profité. Marie et moi, on était ses esclaves. Si on se plaignait, elle nous traitait de porte-paniers. On s'est mis à faire des mauvais coups. Quand on se faisait prendre, on était contents. Pendant que notre mère nous chicanait, elle s'occupait de nous. Je me suis arrangé pour qu'elle s'occupe de moi beaucoup, beaucoup. Le passé est passé, je vais pas ressasser mon enfance, mais là, là, je suis tanné d'être mis de côté, d'être payé à rien faire, d'être obligé de mijoter au soleil jusqu'à ce que je colle au fond du chaudron. Maman dit que je travaille même si j'ai l'air de rien faire. Je dis comme elle pour être payé, mais je sais, moi, que je fous rien, c'est moi qui le fais le «rien». Le Mexique a pas besoin de Familia. Familia peut rien retirer du Mexique. Je suis peut-être paresseux de nature, mais rien faire me tue. Je veux retourner à Montréal et aller achaler mon charmant frère jusqu'à ce qu'il me redonne ma *job* de directeur des ventes. C'est pas parce que j'ai fait une erreur une fois, ou deux… J'avais besoin de *cash*, il a pas voulu m'en donner, j'ai fait un emprunt à la compagnie sans en parler à monsieur mon frère : il a bavassé à maman. Je me suis retrouvé au soleil du Mexique à sécher comme une morue! Je pense que j'aurais aimé mieux la prison, au moins la prison c'est à l'ombre. Je suis pas aussi tête brûlée que Pierre pense. Une autre idée de génie! Moi, les idées, ça manque pas. Je tiens de ma mère. J'envoie pas de courriel, pas de fax : j'arrive comme un poil sur la soupe. Salut la famille! Ti-Paul vient mettre la marde dans la belle petite entreprise exemplaire que le journal *Les Affaires* propose comme modèle d'entreprenariat familial. La tête qu'ils feraient! Il y a juste que j'ai brûlé mon allocation aux combats de coqs et que je dois pas mal de pesos au bar du Sol del Mar. Je peux toujours emprunter de l'argent à quelques gros «tabarnacos», mais faut que je passe la soirée avec eux autres et ça, c'est au-dessus de mes forces. Quand je vais hériter de Familia, d'une partie de Familia, d'un tiers de Familia… j'aurai pas besoin de demander de l'argent à personne. Ce que j'aime pas dans le fait d'hériter, c'est qu'il faut que maman meure. Elle mourra pas, je la connais, elle va s'arranger pour pas mourir. Elle sait que la chicane va pogner entre Pierre et moi si elle est pas là. Je veux pas penser à sa mort. Je veux pas qu'elle meure maman. D'ailleurs, je sais pas pourquoi je pense à sa mort : elle est pétante de santé. Je vais lui envoyer un petit courriel, juste pour qu'elle se souvienne que je suis son fils. Je veux pas d'argent, maman, juste que tu m'aimes. Que tu me regardes avec les mêmes yeux que tu le regardes, lui. Juste ça. Maman, mon amour. C'est pas une bonne idée. J'en ai une autre. Je me trouve une riche héritière, je me bouche le nez, je l'épouse et *goodbye* Familia! Une bonne idée sur trois, c'est un bon record!

❦

PIERRE

Chez lui, dans la salle à manger de sa luxueuse maison, à Outremont.

Odette, faut y donner ça, c'est une bonne cuisinière. Je connais bien des gars dont les femmes font pas la cuisine parce qu'elles travaillent. Odette, c'est sa grande qualité, la cuisine. À dix-neuf ans, la cuisine c'était le dernier de mes soucis. Un hamburger, un club, du moment que ça me remplissait. Avec Odette, j'ai découvert le plaisir de manger... Crisse que ses rognons sont bons! Ce que j'aime le plus: ses rognons à la moutarde. Depuis que j'ai enjambé la cinquantaine, on dirait que je préfère la bouffe à la baise. La baise, c'est toujours pareil, tandis que la bouffe: le choix... J'aime manger quand c'est calme comme ce soir. On mange, on fait des miam-miam, pis des *slurp*... On se parle pas, on a plus rien à se dire. En entrant, on a vite fait le tour. «Comment a été ta journée?» «Bien, toi?» «Très bien. T'as faim?» «Je dévorerais.» «Ça tombe bien, moi aussi.» Je passe aux toilettes, je pisse pis je laisse dans le fond du bol les soucis de Familia. Je *flushe* la chasse d'eau et je me lave lentement les mains. Je mange, je regarde la télévision, pis je me couche après les nouvelles de dix heures pis je dors. Si c'est pas ça le bonheur conjugal?

— Le souper est prêt.

— J'arrive! Où est Simon?

— Au collège, des travaux.

C'est ça que j'aime. Chaque chose à sa place : l'homme au bureau, la femme à la cuisine et l'enfant qui étudie. Odette connaît rien à mon travail et ce qu'elle fait de ses journées m'intéresse pas. Je veux pas savoir où elle a acheté sa viande, ni le prix de sa viande, je veux juste la manger. Maudit qu'on est ben.

— Le sel ?

— C'est pas assez salé ?

— Pas à mon goût !

— C'est pas bon pour ta pression, le sel.

— Des rognons pas salés, ça goûte rien.

— J'ai mis de la moutarde de Meaux et la moutarde, c'est salé.

— Pas assez.

— Tu sais ce que le naturopathe t'a dit.

— Moi je le sais. Toi, tu le sais pas, t'étais pas là.

— Ce que tu m'as dit qu'il avait dit…

— On peut pas parler d'autre chose que de la maladie quand je mange ?

— La pression, c'est pas une maladie, c'est une condition. J'ai regardé sur Internet…

— Odette, fous-moi la paix avec ton Internet. Je peux pas parler de quelque chose sans que t'ailles vérifier sur Internet si je dis vrai.

— J'aurais pas fait entrer Internet si t'avais pas dit toi-même que je devrais l'avoir pour me changer les idées.

— C'est ça ton problème, Odette. T'es une excessive. Tiens, le vin par exemple.

— Je bois pas.

— Vois-tu comment t'es ? Je te demande pas de pas boire du tout, je te demande de boire avec modération. Prends-moi…

— Tu bois avec modération, toi? Tu bois plus que moi, excepté que moi ça paraît tout de suite. J'ai vu sur Internet que les femmes supportent moins bien la boisson que…

— Tu dis Internet encore une fois, tu manges toute seule.

— Internet Internet Internet!

— Tu me provoques, Odette.

— Faut bien de temps en temps que je vérifie si j'ai marié un homme ou un poteau de téléphone.

— Odette, tu sais que la chicane m'empêche de digérer pis qu'après je dors pas.

— C'est ça que je veux!

— Que je dorme pas?

— Que tu te couches pas tous les soirs avant moi. Quand j'arrive dans le lit, tu ronfles!

— Quel âge t'as?

— Je suis dans ma maturité sexuelle. Je l'ai lu dans tu sais quoi? Internet!

— Tu me cherches, tu vas me trouver!

— T'as quel âge, cinquante-huit ans…

— Cinquante-six!

— Sexuellement tu devrais…

— On aborde pas ce sujet-là à table!

— Au lit? O.K.

— J'ai pas fini de souper.

— J'ai pas fini de souper, j'ai pas fini de regarder mes dossiers, j'ai pas fini mon émission, j'ai pas fini de me masturber…

— Ça là, ça là, je le prends pas!

— La vérité choque?

— T'as bu encore?

— Faut bien, avec un impuissant.

— Ma maudite garce, je vais te montrer. Tu vas y goûter.

— Impuissant!

Sacrée Odette, elle a le tour de mettre du piquant dans notre vie de couple. Elle a vite compris que la chicane m'excite et que je fais l'amour comme un tigre quand on se réconcilie. Moi, au départ, j'aime pas les conflits matrimoniaux, mais quand c'est la porte du paradis. Le paradis? Je donnerais tout au monde pour pas avoir le goût du paradis. Être débarrassé de cette faim-là. La vie avec Odette serait bonne et douce s'il y avait pas le sexe, maudit sexe. Tout le trouble qu'on se donne pour si peu, quelques minutes. Odette aime le sexe, je suis ben obligé de lui en donner. Je retire un plaisir, c'est certain, mais le prix à payer, le prix que j'ai payé… La nature qui fait si bien les choses y paraît devrait nous enlever le goût de baiser dès qu'on a fait nos enfants. Je suis tanné de m'engueuler pour arriver à satisfaire madame qui arrête pas de me dire depuis dix ans qu'elle est dans son *peak* sexuel. À quel âge elle va en redescendre de son *peak*? Crisse! Vivre tranquille avec une femme, ne plus chercher à la séduire, ne plus avoir recours à la chicane pour bander, ne plus avoir de queue, rien qu'un cœur. Une chance qu'on m'entend pas penser. Je passerais pour un malade. Je suis un homme échaudé qui craint l'eau chaude…

— Pardonne-moi, Pierre.

— Toi, pardonne-moi.

— C'est moi qui ai commencé.

— C'est moi qui me suis choqué pour rien.

— C'était pas pour rien, c'était pour faire l'amour. L'amour, c'est pas rien. À moins que tu m'aimes plus. C'est ça, tu m'aimes plus? Dis-le espèce de…

— Odette, deux fois d'affilée, c'est plus de mon âge.

— Deux fois d'affilée avec moi, tu veux dire. Si c'était avec Vanessa.

— Tu me prêtes des intentions que j'ai pas. Vanessa, j'y ai jamais touché.

— Un homme qui passe son temps à répéter qu'il est fidèle, qu'est-ce que ça veut dire?

— Qu'il est fidèle, crisse!

— Qu'il est infidèle et qu'il dit qu'il est fidèle pour brouiller les pistes.

— T'es malade!

— Tu me trompes, pis c'est moi qui suis malade!

— Je te trompe pas!

— Si tu me trompais pas, tu crierais pas si fort que tu me trompes pas.

— Crisse!

Elle a failli m'avoir une deuxième fois! J'ai plus vingt ans. Une deuxième fois, c'est trop long à repartir le moteur. Je me lève à six heures et demie, moi, demain.

— Odette, O.K., je te trompe!

— Tu joues plus?

— Je joue plus.

— T'es plate.

— J'ai cinquante-six ans.

— Je vais me trouver un petit jeune qui bande tout le temps...

— Fais donc ça!

— Tu serais pas jaloux?

— Si t'aimes le trouble...

— T'es comique toi, on peut baiser sans trouble.

— Impossible!

— Comment tu le sais?

Des fois, ça me prend de tout dire à Odette. Elle serait fâchée contre moi, elle m'assommerait de bêtises, mais là on se réconcilierait comme on s'est jamais réconciliés. Non, je peux pas parler, je suis pas tout seul. Faut que je pense aux autres. J'ai juré à maman de garder le secret.

— On va-tu se coucher?

— Pour quoi faire?

— Pour dormir!

— Vas-y, toi, je vais ranger. Pierre, je t'aime.

— Moi aussi.

Peut-être que c'est vrai qu'on s'aime, on se le dit tout le temps. Ou on prend peut-être le désir pour de l'amour? Je veux plus du désir, le désir tue le jugement et je suis un homme de jugement. Oui, on peut aimer sans désirer faire l'amour. J'aime maman… J'aime Simon, ah ça, lui je l'aime! C'est moi, Simon, c'est mon avenir, mon prolongement, pis j'aime Michel évidemment, c'est mon fils, pis Marie, ma sœur. Qu'elle est difficile à aimer celle-là! Quand est-ce qu'elle va se réveiller, se sortir de ses rêves de gloire pis joindre le rang. Joindre le rang, une, deux, une, deux. Marcher au pas. Je l'ai fait toute ma vie, pourquoi elle le ferait pas? Je suis mieux de me prendre un scotch, sans ça je dormirai pas encore. Un double! Une, deux, une, deux, une, deux… je suis dans l'armée conjugale. Une, deux, une, deux… Je suis dans l'armée familiale du général Maltais, Germaine. Maltais. Présent, mon général.

&

GERMAINE

Dans son jardin, où des feuilles mortes jonchent le sol.

Il faut que mon plan fonctionne, que ma famille pense que je suis sur le petit bord de la mort. Cette tumeur-là arrive à point. Je leur mens pas, j'exagère tout simplement. J'ai une tumeur bénigne, mais ça, seul mon docteur le sait, je fais que multiplier la gravité de mon cas. Et personne connaît Olivier, donc personne peut vérifier. Je peux pas rater l'occasion de savoir qui m'aime moi, et qui aime mon argent. J'ai honte de ma stratégie mais c'est pour le bien des miens. Toute ma vie, j'ai usé de stratégies pour élever mes enfants, pour faire prospérer ma *business*, ce sera la dernière, la plus importante, l'ultime. Je saurai enfin qui est digne de me remplacer. Je veux pas me tromper. Je veux diriger ma famille et Familia pour des années encore tout en sachant qui mérite de continuer mon œuvre. Je fais bien, tout ce que je fais pour le bien des miens est bien! Je connais Éric, il va révéler ma supposée maladie mortelle au reste de la famille. S'il le fait pas, c'est que je me suis trompée sur lui, qu'il comprend pas que le bien des siens passe avant le sien. Si j'avais pas d'enfants, la vie serait simple et… ennuyante. Quand même, vivre sans responsabilités, sans culpabilité, sans remords, ça doit être reposant. Si je pouvais cesser d'espérer que mes enfants changent, qu'ils deviennent tels que je les ai rêvés. Neuf mois à porter un enfant, on a le temps de s'inventer des histoires à l'eau de rose. J'ai été déçue à chaque enfant que j'ai eu. Ils étaient jamais, jamais comme je les avais rêvés. Je les ai aimés pareil, une mère aime ses enfants. Comment faire autrement, t'es pognée avec. Bien oui, veuve à trente-trois ans, enceinte, avec en plus deux enfants en bas âge, j'étais pognée, garrottée, étouffée. Moi, je devais les aimer, mais eux, est-ce qu'ils m'ont aimée? M'aiment-ils? En tout cas, j'ai tout fait pour qu'ils s'aiment entre eux, pour qu'ils restent unis. C'est pas toujours facile. Je dois poser des gestes qu'ils comprennent pas, pas encore, mais qui les sauveront de l'éclatement de la famille. Rien de pire qu'une famille qui éclate. Rien de pire! Charles disait toujours : «Qui veut la fin prend les moyens.» Je prends les grands moyens. Ils me remercieront plus tard, quand ils se souviendront de moi. Je récapitule. Je veux observer la réaction de chacun lorsqu'ils sauront par Éric que je vais mourir prochainement, je veux jauger l'amour qu'ils me portent, mesurer l'intérêt qu'ils portent à la famille et à Familia, découvrir par le fait même qui a le cœur et les reins assez solides pour me remplacer comme chef de famille et de Familia. Que je suis intelligente! Des fois je m'épate et je m'embrasserais sur les deux joues si je pouvais.

ÉRIC

Chez son arrière-grand-mère Germaine, devant le réfrigérateur ouvert.

Okeeeeee, j'ai juré de rien dire de la maladie de Taine. Mais c'est trop grave, y faut absolument que j'en parle à quelqu'un... Nooooooon, j'ai rien juré. Je suis libre! Aïe! Des fois, la liberté, c'est pas *cool*. Faut penser, pis moi, penser, j'évite ça le plus possible. On m'a pas habitué à penser par moi-même. Depuis que je suis né toute la famille me dit quoi penser, genre. Je fais mon brave, je dis à mes parents «faites-moi confiance», mais moi, je me fais pas confiance. Comme là, la maladie de Taine, est-ce que je suis mieux de la divulguer ou de me taire comme elle me l'a demandé? Y est où son bien? Moi, ce que je veux, c'est son bien. Pourquoi elle veut cacher ça aux autres? Moi, me semble que je voudrais le dire à tout le monde si j'avais une tumeur au cerveau. Je me sentirais différent des autres. Je travaille fort sur la différence. Je sens que ma force à moi, le dernier des Maltais, c'est de pas être dans le moule, d'être à côté du moule. Je porte pas de pantalon que le fond de culotte me traîne à terre, j'ai les cheveux longs, je me rase pis je me lave, je fais plus d'argent que la plupart des gars de quinze ans, d'une manière... nouvelle en tout cas, pis ma meilleure *chum*, c'est mon arrière-grand-mère. Plus différent que ça...! Taine veut pas que ça se sache qu'elle est malade, je le dirai pas. On pourra me torturer, m'arracher les ongles. D'un autre côté, si je me tais, je l'empêche de se faire soigner. J'empêche les autres de se préparer à sa mort. Sa mort! Le big bang! Y faut que je parle. Voyons, qu'est-ce qu'elle fait? Ça y

~ 125 ~

prend du temps pour se maquiller. Remplir chaque ride, c'est de la *job*! C'est elle qui le dit! Moi, je trouve pas qu'elle a des rides, je trouve qu'elle a de l'expression, de plus en plus d'expression. Taaaaine, dépêche! Valérie, ma sœur, elle me dit que ça fait téteux d'être toujours rendu chez elle, elle est certaine que j'y demande de l'argent. Si elle savait que de l'argent, j'en fais autant que j'en veux. Je suis bien moi avec Taine. Elle m'engueule jamais, me fait pas de reproches. Elle m'élève pas, elle passe son temps à me dire que je suis beau et intelligent. Pis jamais de conseils. J'y invente des histoires de fille : elle rit. Ma mère pis mon père, eux autres, y m'engueuleraient. C'est comme le *pot*. Mon père, s'il savait, *straight* comme y est, que je fume, y appellerait la police pis y m'enverrait en désintox pour un joint ici et là. C'est pas du *pot* que je suis dépendant, c'est de la porno. Ma mère, elle… J'ai-tu une mère, moi? Ma mère, elle se sacre ben de moi. J'aimerais ça pouvoir y parler de ce qui m'arrive. Impossible. Elle est jamais là, pis quand elle est là, elle est pas là. Qu'est-ce que je vais devenir si Taine part? L'idée que Taine pourrait un jour partir de ma vie, ne plus être là quand, quand j'ai honte de moi-même pis que j'en peux plus de moi. Elle peut pas partir, j'ai encore besoin d'elle, moi. Fais-moi pas ça, Taine!

Fuck, y a rien dans son frigo, rien que des affaires santé, c'est dégueulasse. Relaxe ton gros nerf, Éric. Relaxe… Regarde donc ce que je trouve dans ma poche. Je l'ai pas fumé hier, lui? Super…

— Tu fumes?

— En veux-tu?

— Le tabac, c'est contre la santé.

— C'est pas du tabac.

— Tu fumes ça, déjà?

— C'est pas pire qu'un verre de vin, tu m'en donnes à table.

— Le vin, il y a des antioxydants, c'est naturel.

— Le *pot*, y a du relaxant. Ça pousse dans les champs. Fume, on va rire.

— J'ai pas le goût de rire.

Moi, quand je m'ennuie, non, quand je me sens tout seul, non, quand j'en veux à la famille, non, au monde entier de m'avoir mis sur terre et de pas m'avoir dit ce que je fais là, je me roule un joint pis la terre devient comme une douillette en plumes. Je me cache dedans pis le monde est bon, la famille le *fun*, même ma mère m'apparaît pas si pire.

— Ton arrière-grand-père Charles, il fumait le cigare et des fois je lui en prenais une *puf*, je venais tout étourdie mais j'aimais ça. Je lui en redemandais une autre, il me disait : «Non non, mon amour, c'est trop fort pour toi.» Il me protégeait. Il prenait soin de moi. Il me gâtait. Il le savait ce qui était bon pour moi. Une chance que j'aie toi astheure pour me protéger.

Je le sais pas, moi, comment la protéger. En me taisant, ou en parlant ? J'haïs ça être entre deux chaises. Non, ce que j'haïs, c'est l'idée que Taine a une maladie et qu'elle va mourir et que je lui aurai caché qui je suis vraiment. Je vais lui dire, tout lui dire. Non, j'ai pas le droit de lui faire ça. Je vais garder ma saleté pour moi. C'est pour ton bien, Taine.

LAURENCE

À l'heure du lunch sur une terrasse, rue Laurier Ouest.

Au diable Familia ! On peut pas tous être comme papa et travailler jour et nuit. Je prends *off* cet après-midi, il fait trop beau, on se croirait en été.

— Mademoiselle Laurence, je vous ai gardé une place au soleil. C'est pas chaud. Votre amie est déjà là.

— Merci René. Allô! T'es de bonne heure. D'habitude…
J'ai décidé de *foxer* le bureau cet après-midi, tu téléphones au
tien, tu leur dis que t'es malade. Ça achève, le temps des terrasses.
On passe une partie de l'après-midi ici à se faire chauffer la
couenne en prévision de l'hiver, puis après on va chez moi ou
chez toi.

— T'as décidé ça?

— J'ai décidé de prendre l'après-midi. T'es libre de faire
ce que tu veux. Qu'est-ce que j'ai fait encore? T'as tes yeux de
porc frais.

— Rien. Demande le menu.

Ça va être long, ce dîner-là. Si elle était pas aussi sexée…
Elle a un corps céleste, il illumine mon lit. Je suis rendue aussi
quétaine que mes pubs. Ce serait génial, ça, dans une pub de
Familia. Une femme couchée, lumineuse pour vrai, elle brille
comme un soleil. Son corps est mou et tendre, elle a des gros
seins comme des oreillers de plumes, un ventre rond comme
un pain italien, des bras gras, dodus… Ça, c'est mon goût, c'est
pas le goût du téléspectateur moyen. Le téléspectateur moyen,
il veut des os, rien que des os, des petites pattes comme des
cannes de quêteux, des ventres concaves, des petits seins sous
le menton. Et si je changeais le goût du téléspectateur moyen?
Je présente une belle ronde comme Caroline et c'est écrit: *Ça,
c'est la santé!*

— Qu'est-ce qu'on mange? Moi, je prends juste une salade.
Je veux maigrir.

— T'es belle comme t'es.

— Pas assez faut croire.

Le chat vient de sortir du sac. Je vais avoir droit à *LA* scène
de jalousie. J'ai le choix: ou bien je lui jure que je la trompe pas,
comme les hommes font, ou bien je lui dis la vérité. Je choisis
toujours… la plupart du temps… la vérité.

— Tu sais ce que je t'ai dit, Caro. La fidélité, moi... Mon père est fidèle à ma mère, ma grand-mère est fidèle à son mari mort il y a mille ans, ça les rend pas plus heureux. La fidélité, c'est de la possessivité et j'appartiens à personne.

— Moi, je te suis fidèle !

— C'est ton problème ! Tu le savais que ça pouvait arriver que je te trompe. Je fais pas exprès, mais si ça se présente... Ça s'est présenté et ça va se présenter encore.

— Mais je t'aime moi.

— Parle pas si fort.

— Je comprends pas. On est ensemble depuis huit mois...

— Qu'est-ce que ça peut faire que je couche avec quelqu'un d'autre, qu'est-ce que ça t'enlève à toi ?

— Une fille, je pourrais comprendre, mais un gars. Laurence, un homme !

— Je vois pas la différence.

— Laurence Maltais.

— Caroline Riendeau !

— Je me sens plus que trompée, je me sens trahie, comprends-tu ? Un homme !...

— René, deux salades au fromage de chèvre... Qu'est-ce que tu bois ? Un rosé pour se faire croire qu'on est encore en été !

— Tu m'aimes pas !

Ce que je déteste dans l'amour, c'est les sentiments. Ils viennent toujours tout gâcher. Il fait beau, on mange à une terrasse, le soleil nous plombe le dos, faut qu'elle me fasse des reproches, qu'elle prenne son air de victime. Elle est laide quand elle fait cette face-là. Je mange en vitesse puis je me sauve. J'ai pas envie d'entendre la chanson de l'amour, j'aime mieux les histoires de cul. C'est pas facile ce que mon père me demande : axer la pub sur la santé plutôt que sur la maladie. À moins que je montre que des gens heureux qui chantent, qui sautillent, qui rient. « Ça, c'est la santé ! » Pas d'annonces de pilules, rien. « Ça, c'est la santé ! » Puis là, après quelques semaines de *teaser*, j'arrive avec mon explication : « Ces gens-là sont heureux parce qu'ils ont choisi l'autre médecine ! Ils ont choisi l'autre médecine ! » C'est bon ! Génial ! Je lui propose ça demain.

— À quoi tu penses, Laurence ?

— À ce qu'on pourrait faire cet après-midi, si tu changeais d'air.

— Ça m'intéresse pas de faire l'amour avec quelqu'un qui m'aime pas. Je veux de l'amour…

Et c'est reparti ! Pauvre elle ! Elle va être déçue dans la vie. L'amour existe pas. Juste dans ma famille, de l'amour, j'en vois pas. Grand-maman aime un mort, mon père méprise ma mère, la trouve vulgaire. Ma mère boit pour endurer mon père. Mon oncle Paul, célibataire endurci, déguste les femmes comme il déguste ses margaritas : du bout des lèvres. Marie, ma chère tante Marie, se trouve des gars qui en veulent à son argent. Mon frère Michel a marié une folle… il est fou d'elle. Beau petit couple ! Valérie est en amour avec son jumeau, ça fait pas des enfants forts. Éric aime son arrière-grand-mère, une forme de post-inceste.

— Je veux comprendre ce qui t'attire tant chez un homme. Qu'est-ce qu'ils ont que j'ai pas ?

Je pars d'un rire qui fait dresser la tête des clients.

— Tu veux un dessin ?

— Laurence…

— Je suis bi, Caro, je te l'ai jamais caché. Tu t'arranges avec ça ou on se revoit plus.

— Pourquoi t'es méchante ?

Est-ce que je suis méchante ? Je me protège. Je veux pas souffrir, plus jamais, plus jamais.

VALÉRIE

Devant la grande porte du collège Jean-de-Brébeuf.

Le troisième qui va sortir, ça va être Simon. *Fuck!* Je compte jusqu'à dix pis ça va être lui. 1, 2, 3, 4, 5, 6, 7, 8, 9, 10. *Fuck!* Il est peut-être passé par la porte en arrière. Simon! Simon! Le voilà! Ah non, c'est qui cette frisée-là?

— Ah, c'est toi. Je te présente Joëlle, elle est dans ma classe. Ma sœur Valérie.

— Salut la sœur!

— Je suis pas sa sœur, je suis sa blonde, pis je suis enceinte de trois mois, de lui!

— C'est ma jumelle. Comme tu vois son humour est assez bas de gamme.

— J'ai vu ça tout de suite que vous étiez jumeaux, vous vous ressemblez comme...

— Deux gouttes de marde.

— Valérie, veux-tu s'il te plaît. O.K. Joëlle, à ce soir.

— Il est avec moi ce soir.

— *Bye*, Joëlle. Excuse ma sœur, elle est pas élevée.

— Elle est comique. Salut Simon...

Elle est aussi bien de se sauver, je vais lui casser sa belle petite gueule de Barbie. Espèce d'agace insipide. Je lui montre le poing, je lui tire la langue. C'est juste si je lui fais pas le majeur. Je suis odieuse, mais j'y peux rien : je suis jalouse. Personne a le droit de regarder Simon, il m'appartient comme je lui appartiens. Je vis séparée de lui depuis dix-sept ans, est-ce qu'au moins je peux l'avoir à moi seule, des fois?

— Tu me fais honte, Valérie.

— Je te demande pardon.

— Tu fais fuir tous mes prospects.

Niaiseux, c'est ça que je veux! Je le regarde, je me vois. Lui, c'est moi. Moi, c'est lui. On est chacun la moitié de l'autre et pour vivre, on a besoin chacun de l'autre moitié. Je suis l'amour, lui est la haine. Je suis la chaleur et lui le froid. Je suis le feu, il est la glace. Je suis l'intelligence et lui le cave. Je suis le chasseur, il est la proie. Dans le fond, je suis le gars, il est la fille. On est un couple, le seul vrai, le seul vraiment uni, puisque le même sang coule dans nos veines. On a habité le même utérus. On s'est alimentés au même placenta. On est un, un tout indivisible et interchangeable.

— Val, t'as vu comment t'es arrangée?

J'aurais dû prendre le temps de me démaquiller, mais j'avais trop peur de le manquer à sa sortie du collège.

— Faut ça pour être une bonne *waitress* dans le genre de resto où je travaille.

Une chance que j'ai un manteau long, il voit pas ma jupette rase-mottes et mes bottes en haut des genoux.

— Depuis quand tu parles sur le bout de la langue? Montre ta langue! Oh! Merde, Valérie! Pourquoi tu t'es fait percer la langue, c'est dégoûtant la boule!

Pour que tu m'engueules, que tu me traites de tous les noms, niaiseux! Tout ce que je fais de pas correct, c'est pour te surprendre, t'offenser, te scandaliser, mon amour. Je suis l'actrice, t'es le spectateur. On a besoin l'un de l'autre.

— Je te paye une bière?

— J'ai un travail à remettre demain matin. Le prof rit pas avec les retards. Pis la bière, moi...

— La bière, Simon Maltais, y a rien de plus naturel que ça, du houblon, ça pousse dans la terre. Si t'es un Maltais, tu te dois d'encourager les aliments naturels.

— Qu'est-ce que c'est ce tatouage-là? Un nouveau?

— Je m'étampe pour qu'on me remarque. Des fois, j'aurais le goût de me promener en femme-sandwich avec un panneau où ça serait écrit : *J'existe!*

— Maman t'a vue?

— Maman peut pas me voir, elle est pas là, pis quand elle est là, elle me regarde pas.

— Papa?

— Papa est occupé à sauver sa femme, il a pas le temps de me regarder. Je suis la fille invisible. Je me promènerais toute nue avec un abat-jour sur la tête qu'il le remarquerait même pas. Juste une bière, dis oui, dis oui, dis oui!

— Non!

— Pourquoi t'es pas fin avec moi? Qu'est-ce que je t'ai fait à part d'être née deux minutes avant toi? Dis-le pourquoi t'es bête avec moi? Dis-le!

— Valérie, tout le monde nous regarde!

— C'EST MON JUMEAU!

Pourquoi je fais ça? Je veux qu'il m'aime. Ça y est, il fait comme il fait toujours quand j'exagère, il me plante là au beau milieu du trottoir. Il me fuit. Il a honte de moi. Il me renie et il a raison. Je suis pas sortable, je suis pas buvable, je suis pas endurable. Pourquoi je fais ça? Comment ça se fait que je m'arrange toujours pour que nos rencontres tournent à la chicane alors que je rêve de me fondre à lui, dans lui, d'être avec lui comme dans le ventre de notre mère. Simon, ma vie, ma moitié, mon tout, mon amour, reviens. Il est parti.

❧

ÉRIC

Dans sa chambre au sous-sol, posant nu devant sa webcam.

Wash... Je suis écœuré. J'ai juste le goût de vomir. Aussi, pourquoi mon père me surveille pas? Pourquoi j'ai pas une mère fouineuse comme les autres? Non, mes parents à moi sont *cool*, y me laissent libre de faire tout ce que je veux! Je suis pas un enfant-roi, je suis un enfant abandonné sous prétexte d'autonomie. Dans le fond, si je compte pas pour eux autres, c'est qu'ils sont si occupés par leurs problèmes personnels qu'ils pensent que moi j'en ai pas. J'ai un problème, p'pa! Je fais de la porno virtuelle! Je suis pris là-dedans, pas capable de me défendre. Je voulais pas au départ, moi, faire de la porno. Je voulais juste qu'un homme de l'âge de mon père me regarde avec tendresse, s'intéresse à moi. Je pouvais pas savoir que c'était de la manipulation de pédo. Je me suis laissé avoir. Y commencent par te donner de la tendresse, en échange, tu leur montres tes fesses. Ouach!... J'ai mal au cœur de moi. Taine, ton arrière-petit-fils adoré fait partie d'un réseau international de pédophiles. Ton Éric est un déchet de la société! Y vend son corps morceau par morceau. Je lui dis tout! Je m'enlève mon sac à merde de sur le dos, pis je lui mets sur les genoux. Non, je vais la tuer, déjà qu'elle est très malade. Je suis un monstre. J'ai une double vie. Je mens tout le temps, à tout le monde. Même à moi. Je me dis que je fais ça pour l'argent, je m'en fiche de l'argent, je fais ça parce que j'éprouve du plaisir. C'est ça le pire, qu'il y ait du plaisir rattaché aux actes qui me font honte. Je me vomis moi-même. Si je pouvais, je me vomirais jusqu'à ce que mort s'ensuive. Mourir? Ne plus être en mesure de céder à la tentation d'ouvrir mon ordi. C'est la solution. Je vais prendre un des fusils de Ti-Loup, je vais me tirer une balle dans la tête. C'est la seule solution. Me tuer avant que ça se sache et que je fasse honte à la famille Maltais. Me tuer pour pas décevoir Taine et pour mettre fin à ma solitude. Je suis si seul, nu devant ma webcam, devant des milliers d'yeux cochons. Je respire, j'achève d'exciter des malades. La mort va me sortir de la boue et là-haut, l'au-delà genre, je vais attendre Taine et je vais rester près d'elle pour l'éternité.

MICHEL

À son bureau, dans la tour Familia.

Isabelle m'échappe. Elle est gluante d'indifférence, j'arrive pas à la retenir. Elle est comme un livre écrit en chinois, j'arrive pas à la comprendre. Ne pas penser à elle, travailler, compter, penser à l'avenir, notre avenir. Je suis patient, elle va finir par s'apercevoir que je l'aime. J'attends! La chance vient à qui sait attendre... Bon! Dieu le père qui vient me voir à mon bureau. Quel honneur! Pierre, mon père! Il lui manque juste la foudre dans la main pour punir ceux qui ont le malheur de douter de sa grandeur. Mon père se prend pour Dieu, et il m'a envoyé, moi, son fils, sur terre pour que je souffre. Je souffre de pas être lui. Je souffre d'être seulement moi. Un tout petit moi. M'aime-t-il? Est-il capable d'aimer d'autres personnes que lui? Oui, il aime Simon, son petit-fils, comme jamais il a été capable de m'aimer moi, son propre fils. J'aurais tant aimé qu'on soit amis tous les deux, pas amis, j'en demande pas tant, juste fils-père, père-fils. J'aurais aimé qu'il me regarde avec fierté comme il regarde Simon. Qu'il me félicite quand je réussis, qu'il me serre contre lui quand je vis des moments difficiles. Non, il en a que pour Simon. Je suis chef comptable à Familia, pas parce qu'il l'a voulu, mais parce qu'il a obéi à sa mère. Lui, il me voudrait loin ou mort, comme ça il aurait les coudées franches pour mener Familia à la faillite. J'exagère pas. Selon mes calculs, on a pas les moyens de s'embarquer dans une expansion en Chine. Ce que désire mon père dans la vie, c'est pas de voir son fils réussir, c'est d'être à la tête de Familia, devenir le *number one*, le plus grand, le plus riche, être le *king* de la naturopathie, le magnat des produits naturels. J'ai beau le mettre en garde contre sa folie des grandeurs, mon père écoute personne sauf sa mère qui est Dieu la mère. Dieu toute-puissante. Moi, il m'écoute jamais, je suis que son garçon. Un garçon qu'il peut pas supporter parce que trop différent de lui. Il voudrait que je sois sa copie, son double, son clone, son miroir embellissant. Je l'ai déçu en naissant faible, maigre et petit, je l'ai déçu en étant peureux, flottant, lâche, indécis. J'ai aucune autorité. Je suis mou comme du jello, mou comme de la vase visqueuse. J'ai aucune des qualités qu'il souhaite que j'aie. Je suis tout ce qu'il est pas. Je suis tout ce qu'il déteste. Il peut pas me supporter.

— Salut fiston !

J'aurais un fusil, je le tirerais à bout portant ! *Fiston* ! Comme si j'avais cinq ans, comme si j'étais un enfant, un incapable. *Fiston* ! Il me remet à ma place, en dessous de lui. Le pire, c'est quand il m'appelle fiston devant les employés, pourquoi pas « Ti-Pit » tant qu'à y être ?

— Bonne nouvelle, mon Ti-Pit. La Chine, l'affaire est dans le sac. Ils ont finalement dit oui. Ta grand-mère est pas d'accord, mais tu le sais, je finis toujours par faire ce que je veux, pour le bien de Familia et pour son bien. Ton père va mettre Familia au premier rang mondial...

— Non !

— Me parles-tu à moi ?

— Oui papa, je te parle à toi et c'est non...

— Comment ça, c'est non ? Ils veulent. Ils sont prêts à signer une entente préliminaire. Ils ont même retardé leur départ pour...

— Grand-maman a raison. Familia a pas les moyens de se lancer dans une si grosse affaire.

— Voyons donc toi, j'ai pas les moyens. Où c'est que tu vas chercher ça ?

— Dans mes livres de comptabilité.

— Michel, on fait des affaires d'or...

— J'ai fait des calculs que je peux te montrer si tu doutes de ma compétence, l'ouverture d'un marché en Chine est au-dessus des moyens de...

— Pourquoi tu me l'as pas dit avant?

— Je te l'ai dit à maintes et maintes reprises, t'écoutes pas quand je te parle.

— Tu me l'as pas dit.

— Je regrette de te démentir, mais...

— Michel, écoute-moi bien. On peut pas laisser échapper le marché de la Chine, c'est le projet de ma vie.

— Je te dis papa, c'est grand-maman qui voit clair...

— Crisse, c'est pas un avorton comme toi qui va me dire quoi faire! Familia, c'est moi! T'oublies mon petit garçon que j'ai pris le commerce de ma mère et que j'en ai fait une entreprise qui compte trente-deux magasins. T'oublies...

— On a pas les moyens.

— Je vais les trouver les moyens. Je veux la Chine et je vais l'avoir! Engage une firme comptable et dis-leur de me trouver un moyen de moyenner.

— Je suis le chef comptable ici, j'ai pas besoin d'employer des étrangers pour...

— Je vais l'engager la firme comptable si tu veux pas le faire.

— T'as pas confiance en moi?

— Je veux une seconde opinion.

— T'as pas confiance en moi.

— Je suis pas certain que t'essaies pas de me mettre des bâtons dans les roues...

— Pourquoi je te mettrais des bâtons dans les roues, je suis ton fils.

— On fait pas des affaires avec des minoucheries, mais avec des chiffres. Je veux des chiffres pour demain, après-demain au plus tard. Et il faut que les chiffres me permettent d'installer un réseau de Familia en Chine. T'as compris?

— Oui, papa.

Le ver de terre a compris, le ver de terre va ramper encore une fois devant celui qui a le pouvoir de se servir de moi pour appâter sa ligne. Combien de temps encore je vais le laisser faire ? J'ai pas eu de chance, je suis né dans la mauvaise famille, j'ai eu le mauvais père. Si j'avais eu mon oncle Paul comme père, je serais avec lui au soleil à prendre la vie comme si c'était un pique-nique. Mon oncle Paul ! Lui, je l'admire.

— Allô ! Ici Michel Maltais de l'entreprise Familia. J'aurais besoin d'une expertise comptable…

GERMAINE

Le lendemain. Dans son boudoir, à l'étage, dans sa grande maison du boulevard Gouin.

— Je peux pas en vouloir à Éric de respecter mon secret, mais il y a des limites. Toi, tu vas m'aider. C'est bien beau, Olivier, me dire que tu m'aimes depuis quarante-six ans, là, c'est le temps de me le prouver. Je veux que ma famille me croie atteinte d'une maladie mortelle, comme un cancer du cerveau… galopant. T'as pas à mentir beaucoup, juste exagérer. Exagérer, c'est pas mentir…

— Non Germaine !

— Je t'ai jamais rien demandé.

— Tu m'as demandé de cacher mon amour, tu m'as demandé de vivre ailleurs que chez toi. Tu m'as tout demandé et j'ai dit oui à tout, mais touche pas à ma profession.

— Tu dis que je vais mourir, ce qui est la stricte vérité. À quatre-vingts, je suis condamnée à mort à court terme. Il me reste quoi, cinq ou dix ans, et en plus, j'ai une tumeur au cerveau. Ils ont pas besoin de savoir qu'elle est inoffensive.

— Je peux pas tromper ta famille. Je crois pas qu'on puisse bâtir quoi que ce soit sur la tromperie.

— Je crois au contraire qu'on bâtit son bonheur à coups de mensonges et de non-dits. Que seraient les familles si la vérité était étalée au grand jour? Elles exploseraient. J'ai appris très jeune que toute vérité est pas bonne à dire. Pire, la vérité tue, détruit.

— Je dirai pas que t'es mourante alors que t'es en santé.

— J'ai une tumeur.

— Bénigne.

— J'ai une tumeur pareil. Dis juste «tumeur au cerveau», ils vont me penser morte.

— C'est méchant.

— Je sais ce que je fais. Et puis j'ai pas d'autre moyen si je veux régler mes affaires et me retirer. Peut-être avec toi au lac Caché. Bon, va, va appeler Pierre. Pierre, c'est le haut-parleur de la famille. Si tu lui dis, toute la famille va le savoir dans le temps de le dire. Fais ça pour moi! Il y a des millions en jeu, je peux pas me tromper sur la valeur de chacun de mes descendants. C'est pour leur bien.

— Et moi, mon bien?

— Il t'attend.

OLIVIER

Quelques heures plus tard. Au téléphone, à son cabinet, boulevard Saint-Joseph.

— Je suis le docteur Olivier Berro, l'intime de madame votre mère depuis... depuis... toujours. Je suis aussi son médecin traitant.

Jusque-là, je dis vrai, après je m'entends travestir la vérité et j'ai honte d'être si dépendant de cette femme. Pousse petit chien-chien! Cherche chien-chien! Viens chien-chien. Mens chien-chien. Avoir le courage de la mordre ou au moins de lui montrer les dents, ou juste de japper. Elle ne m'aime même pas, elle s'est servie de moi pour avoir du sexe, et maintenant que le sexe ne l'intéresse plus, elle se sert de moi pour régler ses affaires de famille. Vivre avec elle au lac Caché, c'est la carotte qui fait avancer l'âne que je suis. Le lac Caché, c'est pour la famille. Ils y entrent comme dans un moulin, à toute heure du jour et de la nuit. Je n'y mettrai jamais les pieds. Pourquoi je continue de la voir? Parce que je suis seul au monde, sans femme, sans enfant, et surtout parce que je l'aime. Ça, je l'aime.

— Je ne peux vous en dire plus pour le moment. Je vous tiens au courant.

— Maman en a pour combien de temps docteur? Je suis le fils aîné, j'ai le droit de savoir.

— Je ne suis pas de ces docteurs qui avancent des statistiques.

— Mais quand même, six mois, un an? Vous comprenez, maman est à la tête d'une entreprise… d'une grande famille…

— On ne peut pas savoir. Je vous tiendrai au courant. Tout ce que je peux vous dire, c'est que c'est grave et qu'il n'y a rien à faire.

— Maman va mourir?

— C'est la vie, monsieur.

Germaine va être fière de moi. Moi, je ne suis pas sûr que je le suis.

❧

PIERRE

À son bureau, dans la tour Familia.

— Crisse, Paul, j'en sais pas plus. Je suis sur le cul. Maman a un docteur. Elle qui a toujours dit que jamais… Je te cache rien, je sais rien de plus que ce que ce docteur m'a dit… De quoi il a l'air? Je l'ai pas vu, il m'a téléphoné. Il pense qu'il possède la vérité… Elle a pas l'air malade en tout cas. Non, je suis pas inquiet pour sa vie, je le suis plutôt pour Familia, une présidente qui a une tumeur au cerveau… Je tenais à te mettre au courant… Non, non, non, t'as pas besoin de prendre l'avion, je vais t'appeler si t'as besoin de venir… C'est peut-être une fausse alerte, le docteur a peut-être paniqué pour rien. Maman peut pas mourir, elle est pas tuable… Je peux pas te parler plus longtemps. Je te rappelle. Salut.

Bonne affaire de faite, comme ça Paul pourra pas se plaindre à maman que je l'ai pas mis au courant. Je l'ai toujours dit, maman est plus ce qu'elle était. On l'a-tu la preuve? Il va falloir la placer, ça devient évident. Là, c'est pas grave, mais si elle oublie un rond du poêle, si elle oublie de barrer sa porte, on va se mourir d'inquiétude. Ça fait longtemps que je le dis qu'il va falloir qu'on finisse par la placer. Là, ils vont se rendre à l'évidence. J'en parlerai pas tout de suite, je vais passer pour un sans-cœur. Ce que je suis pas! Qui peut se vanter de vivre toute sa vie collé à sa mère? Hein, qui? Tous les gars de mon club, ils voient leur mère à Noël, à Pâques pis à la fête des Mères. Moi, je l'ai sur le dos à longueur d'année. Sur le dos, c'est le vrai mot; elle vérifie tout ce que je fais à Familia, elle me critique, me donne des ordres, me mène par le bout du nez. J'ai rien à me reprocher, rien. Je suis un bon fils. Qu'il se lève celui qui peut prouver que je suis pas un bon fils, le meilleur de ses fils. Placer maman, c'est un beau geste d'amour, elle me remerciera plus tard. Si elle vit! Elle va vivre, parce que sans elle… je pourrais pas vivre…

MICHEL

À son bureau, dans la tour Familia.

— Isabelle ? Je suis content que tu répondes à ton cellulaire. Sais-tu la nouvelle ?

— Il est quelle heure là ?

— Trois heures de l'après-midi.

— Je faisais une sieste. Tu disais… ?

— Taine est malade. Il paraît qu'elle va mourir.

— …

— Dis quelque chose, Isabelle.

— Elle peut bien crever quant à moi.

— Dis pas ça !

— Je retourne finir ma sieste.

— Ma grand-mère est une femme extraordinaire, l'idée que je pourrais la perdre… Je l'aime tant.

— Pas moi !

— Ma grand-mère, c'est ma force, mon modèle. Elle peut pas mourir. Je veux pas… Bien oui, un comptable, ça braille, Isabelle.

MARIE

Dans sa cuisine, où elle prépare des hamburgers.

Maman est malade, maman va mourir. Ma maman à moi. Je pourrai plus aller l'achaler avec mes problèmes. Je pourrai plus lui faire sentir que c'est de sa faute si je réussis pas à devenir chanteuse. Maman va mourir ! Maman sera plus là. Je me répète ça depuis le matin pis je suis soulagée. Je respire à fond pour la première fois depuis des années ! J'en peux plus de lui en vouloir de m'avoir faite fille. Je vais être libérée de mon désir de me venger, de la punir. Libérée d'elle, libérée enfin de la culpabilité de pas être à la hauteur de la fille dont elle rêvait. Va falloir que je lui parle avant… avant qu'elle parte. Lui dire ce que j'ai sur le cœur, et j'en ai une tonne. Non, ça sert à rien de lui parler. Maman écoute pas, ni moi ni personne. J'ai jamais été capable d'y parler! On se parle, mais c'est comme si nos paroles arrivaient pas jusqu'à nos oreilles respectives. Petite, je l'admirais tellement. C'est juste si je la priais pas. Elle était comme la statue de la Sainte Vierge à l'église. Une statue de plâtre! Je rêvais que maman descendait de son piédestal, qu'elle me prenait dans ses bras comme elle prenait mes deux petits jésus de frères. J'étais jalouse d'eux. Bordel que j'ai été jalouse. Je le suis encore. Quand une mère donne toute son attention à ses garçons, et rien à sa fille, est-ce que la fille a pas le droit de les envier, de souhaiter qu'ils se fassent écraser par l'autobus pour enfin avoir un peu d'amour? Un tout petit peu d'amour! Elle m'aime, je sais qu'elle m'aime, à sa façon, mais elle pourrait m'aimer à ma façon à moi, une fois. Mais j'y pense, avant de mourir elle va être malade. Malade, il va falloir que quelqu'un en prenne soin et ça va être moi, sa fille, son unique fille qui va en hériter. C'est bien connu, dans les familles où il y a des filles et des garçons, ce sont les filles qui prennent soin de leur mère. Je vais en prendre soin, la cajoler, la bourrer de tous les becs qu'elle m'a refusés. Elle va devenir ma fille, ma poupée, mon petit bébé. Pis je vais avoir ce que j'ai jamais eu, sa reconnaissance. Elle va avoir enfin besoin de moi. Je vais lui être indispensable. Indispensable… Mais je veux-tu ça, moi, m'occuper d'une vieille personne malade quand je me lance dans une carrière de chanteuse country? La fois, en Arizona, quand je suis montée sur le *stage*, que j'avais tous les yeux braqués sur moi, les yeux du public, comme des gouttes d'eau d'une douche céleste. C'était comme si je recevais d'un coup tout l'amour que maman m'a pas donné. L'amour maternel à côté des applaudissements du public, c'est de la petite bière. Je serais folle de pas vouloir retrouver ça tous les soirs ! Tous les jours ! Tout le temps ! Je comprends les Tina Turner, les Bette Midler, les Dolly Parton. Si elles chantent encore à soixante ans et plus c'est qu'elles sont droguées aux applaudissements. Elles peuvent pas s'en passer. Il leur faut cet amour-là, l'amour du public. Faut que je me trouve une excuse pour pas être celle qui prend soin de maman. Pour une fois que j'ai un but sérieux dans la vie, elle va pas me le bousiller. Si elle part, je prends mon héritage, je vais m'établir à Phoenix, je me paye l'agent le plus *hot*, je me fais écrire des chansons par les auteurs les plus prestigieux, je me fais faire des seins, pis des fesses, pis un nez, pis des joues, pis je fais remonter le tout. Cher l'a bien fait, pourquoi pas moi ? Pis je chante pas du country dans des *saloons* de troisième classe mais du blues. Je veux chanter du blues… avec une robe grand couturier et une limousine qui m'attend à la porte, avec plein de jeunes hommes fous de moi qui sont pas fifs. Je suis devenue la grande Marie, ou Mary, ou Maria, selon le pays. Je suis la reine du blues. Je vais lui montrer à maman qu'on peut réussir en dehors de Familia, en dehors d'elle. Ce que j'aimerais le plus au monde, c'est qu'elle attende pour mourir que j'aie mon premier spectacle solo, que je lui montre qu'il y a pas juste elle qui réussit dans la vie… T'as pas honte, Marie, de penser ce que tu penses. Où tu prends ça, ces idées-là ? ! Fille ingrate ! Méchante fille ! Je veux pas qu'elle meure. Ma mère, c'est ma mère et je l'aime. Mais si… si elle meurt, admettons qu'elle meure, une tumeur au cerveau, on rit pas, une fille a le droit de continuer à vivre et d'avoir un but dans la vie. Je la connais, elle mourra pas. Elle mourra pas, juste pour me montrer que c'est elle qui a le contrôle. J'ai toujours rêvé d'une mère toute croche dont j'aurais un peu honte. Une mère dépassable. J'ai souffert toute ma vie de pas pouvoir aider ma mère, la tirer d'embarras, la consoler, la soulager. J'ai rêvé toute ma vie de la protéger. Le temps est peut-être venu? Non, avant, je veux lui prouver qu'elle se trompe à mon sujet quand elle croit que j'ai pas de talent. Mais pour prouver mon talent, il me faudrait de l'argent tout de suite et j'en aurai rien qu'à sa mort. Je déteste quand je me mets à réfléchir en rond. Ce qu'il y a de merveilleux dans la coke, c'est que tu te sens tout de suite supérieure aux autres, supérieure à ta mère! Une ligne pour me sentir une ligne au-dessus d'elle.

ODETTE

Dans sa chambre aménagée par un designer d'intérieur renommé.

Il pleure comme un veau. Pierre le fort, Pierre le grand! Il a beau se retirer sur l'autre bord du *king size*, s'enrouler dans sa doudoune en duvet d'oie, je l'entends renifler.

— Tu pleures?

— J'ai un commencement de rhume.

Il peut pas avouer qu'il a de la peine. Un homme, ç'a pas de peine. Il y a rien de plus triste qu'un homme qui fait semblant d'avoir le cœur dur. Sa mère, je le sais, c'est la femme de sa vie, son seul amour. Il dit m'adorer, mais si sa mère exigeait qu'il me laisse, je sais bien que je prendrais le bord.

— Tu peux me parler, Pierre. Je suis ta femme.

— Je veux pas parler, je veux dormir.

— Pierre, je peux pas dormir quand tu souffres. Viens un peu. Viens.

— Je vais te donner mon rhume.

— Donne-moi ta peine, je vais la partager avec toi.

Je mets ma main sur sa hanche, je le retourne doucement. Je me colle sur lui. Je l'entoure de mes bras, de mes jambes.

— Il y a personne qui nous regarde, on est seuls tous les deux, tu peux bien me le dire que la mort de ta mère te rend malade.

— Tu regardes trop les émissions de bonnes femmes. J'ai le rhume, c'est toutte. D'ailleurs, ça va mieux, j'ai pris ce qu'il fallait. Bonne nuit !

Pauvre, pauvre Pierre. S'il pouvait enlever sa carapace une minute, une seule minute, comme je l'aimerais.

Il a peur. Pour la première fois de sa vie, il a peur de perdre sa maman. J'aimerais être capable de le rassurer. Son orgueil lui bouche le cœur. Pauvre Pierre.

— Veux-tu qu'on fasse l'amour ?

Faire l'amour, c'est le seul geste tendre qu'il connaît.

— Je dors.

— Mais enfin, Pierre, ta mère a l'âge de mourir…

C'est un petit garçon de dix ans qui me répond en criant et en frappant le matelas. Il pleure pas, il hoquette, il bégaie, il bave. Je comprends pas ce qu'il dit mais je vois sa tête qui fait « non, non, non ». J'essaie de le calmer. Il me repousse. Il veut être seul avec sa douleur. C'est sa douleur à lui, il va pas m'en donner un bout, je suis rien que sa femme, l'autre femme, la seconde.

— Elle va s'en sortir, tu sais bien.

Bon, il est insulté.

— Veux-tu qu'elle s'en sorte ou pas ?

Il repart à brailler.

Je comprends pas qu'il ait tant de peine, il va enfin remplacer sa mère comme chef de famille et comme *boss* de Familia, et c'est ce qu'il veut depuis que je le connais. Peut-être qu'il pleure parce qu'il s'en veut d'avoir des pensées pas belles. Pauvre homme va ! Cher homme.

MICHEL

Le lendemain. Dans le grand salon bleu et or de la maison de Germaine, où tous les Maltais ont été convoqués. Seul Paul est absent. Le silence règne, les pensées galopent.

Papa dramatise. Grand-maman va pas mourir. C'est pas une tumeur qui va avoir raison d'elle. Elle a vaincu pire que ça. Qu'elle vieillisse, ça, rien qu'à voir, mais mourir? Pas elle! Il faudrait peut-être que je la prévienne qu'il serait temps qu'elle fasse un testament si elle en a pas fait un déjà. Je la préviens pas en tant que petit-fils, mais comme chef comptable de Familia. Il y a jamais eu moyen de savoir si elle avait vu un notaire. Chaque année, je lui demande gentiment si elle a fait son testament. « Ça te regarde pas. » « Oui mais, grand-maman… » « Je suis assez grande pour savoir ce que j'ai à faire. » « Je te dis pas quoi faire, je te demande juste si t'as fait un testament. Et je pense qu'en tant que chef comptable de Familia… » « Tu fais ce que tu veux avec ton argent, je fais ce que je veux avec le mien. »

N'empêche, c'est moi qui vais m'occuper de ses finances si elle… part! Comment savoir si ses papiers sont en règle? Papa doit être au courant. Je vais carrément lui demander… C'est ça, je vais mettre mon pied à terre puis je vais lui parler dans le blanc des yeux… puis il va me répondre exactement comme sa mère : « Ça te regarde pas. » Papa a toujours pensé que j'étais pas intelligent. Parce que je suis pas une grande gueule comme lui, que j'ai pas d'opinion à propos de tout et de rien, il croit que je pense pas. Je pense bien plus qu'il pense. Je pense bien plus qu'il peut penser que je pense. Sauf que mes pensées, contrairement à lui, je les garde pour moi. Ma vie privée est privée. Je suis un être privé. C'est ça exactement ça que je suis, un être privé qui a une vie privée et qui est privé d'amour. Non, Isa m'aime, sinon il y a longtemps qu'elle serait partie. Elle m'aime, elle le sait pas, c'est tout. Un jour, elle va découvrir quelle sorte d'homme je suis, elle pourra pas faire autrement que de m'aimer. Je suis pas pressé, je prends mon temps. Je suis persévérant. Je suis… comme une punaise qu'on met sur le dos, j'ai rien qu'un but dans la vie, retomber sur mes pattes pour continuer la conquête d'Isabelle. Isa, si belle, si mystérieuse, si fuyante. Qu'est-ce que la mort de Germaine va changer dans mon couple ? Isabelle va me quitter. J'ai toujours su qu'elle restait avec moi pour pas déplaire à ma grand-mère. Je le sais sans le savoir. Qu'est-ce qui s'est passé pour qu'Isabelle ait si peur d'elle ? Elle en a peur. Chaque fois que j'ai posé la question, chaque fois elle a répondu un « rien » qui me décourageait de poser la prochaine question. Se méfier des questions, les réponses peuvent être assassines. Je vais plutôt demander à Mamitaine pourquoi mon père et Isabelle s'adressent jamais la parole, jamais. Est-ce que je veux vraiment savoir la vérité ? Est-ce que je suis prêt à ébranler mon couple déjà si fragile ? Vaut mieux ne pas remuer la vase, il pourrait en sortir des odeurs. Je me fais des idées pour rien. Isa est une fille fantasque et indépendante et j'aime qu'elle soit ainsi. Qu'est-ce que je ferais avec une femme qui serait comme moi ? N'empêche, je peux pas croire que Mamitaine, un jour, sera plus là pour me valoriser. C'est la seule dans la famille qui a cru en moi, en mon talent pour les chiffres. C'est elle qui m'a payé un professeur privé de mathématiques pour mettre mes connaissances à jour avant que j'entre aux HEC. J'ai toujours su que je serais son comptable attitré, son homme de confiance. Nous deux, on parle placements, expansion et pour nous, ce sont des mots d'amour. Qu'est-ce que je vais devenir si elle meurt ? La famille va-t-elle vouloir que je reste chef comptable ? Déjà que mon père demande des avis à d'autres comptables. Ils vont me *slacker*, je le sens, d'autant plus qu'Isa est réfractaire à la famille en entier. Mamitaine, meurs pas, me fais pas ça. Il faut que je lui parle. Elle doit exiger dans son testament que je reste le chef comptable de Familia. Il faut que ce soit écrit dans le testament.

ISABELLE

Dans le grand salon bleu et or de la maison de Germaine.

Qu'est-ce que je fais ici à attendre avec le reste de la famille que la matriarche Germaine daigne nous recevoir? S'il y a quelqu'un qui se fout de son état de santé, c'est bien moi! Elle pourrait crever… Dire qu'au lieu de poireauter à attendre qu'elle se réveille, je pourrais être dans les bras de Ti-Loup. Ses beaux bras, ses bras si forts et en même temps si enveloppants que je me crois dans des sables mouvants quand ils me prennent. Je glisse, me laisse couler, je coule, je meurs. Attention à ta tenue, Isabelle! Ne laisse pas paraître tes pensées… J'ai tant de «Je t'aime» refoulés dans mon cœur que j'ai peur qu'ils sortent de ma bouche tout seuls. J'ai appris depuis longtemps à feindre. J'ai l'habitude de feindre. Je suis la reine du camouflage. Je fais semblant d'aimer mon mari, d'aimer la famille de mon mari, pas Pierre, lui je suis pas capable même de faire semblant de l'aimer. J'aime mes enfants! Comme je peux! Je travaille fort à les aimer, j'y arrive… des fois. C'est comme si j'étais devant une porte et que j'arrivais pas à l'ouvrir. La porte qui donne sur l'amour de ses enfants. C'est la Germaine qui a mis un cadenas, qui a cassé ma vie en mille miettes, elle que je déteste et à qui je dois faire la révérence. Germaine Maltais, la souveraine qu'on doit aimer, applaudir, respecter, moi je la hais. C'est pas beau la haine? Moi, ça me fait vivre. Elle peut mourir, la vieille garce, je verserai pas une larme, je vais rire. Un grand rire! Ben non, je suis bien trop lâche pour ça. Je vais faire semblant que j'ai de la peine, pire, je vais faire semblant de pleurer. Mais elle mourra pas. Juste pour m'emmerder, elle va vivre. Je serais si bien au lac, si détendue, si apaisée. C'est ça le pouvoir de Ti-Loup, il repasse mon âme fripée de contrariétés. Qu'est-ce que je fais dans cette famille d'hypocrites qui agit comme si rien était arrivé ? Quand est-ce que je vais avoir le courage de crier la vérité ? Me libérer, me soulager du poids de ce silence qui me tue à petit feu. Là, maintenant que toute la famille est réunie pour venir voir la malade, ce serait le temps de leur garrocher à tue-tête ce que sainte Germaine m'a fait. Je suis pas capable, je ferais du mal à trop de personnes. Vaut mieux que je souffre, moi. Je mérite de souffrir, lâche que je suis !

ཉྫ

LAURENCE
Dans le grand salon bleu et or de la maison de Germaine.

« Familia change de direction », c'est clair, c'est précis, c'est discret, ça parle pas de la maladie de ma grand-mère, ça veut juste dire que Familia a un nouveau conseil d'administration et que Familia s'ouvre à de nouveaux marchés, par exemple la pharmacopée chinoise, indienne, africaine, sud-américaine. C'est bon ça, comme slogan ! Ce qui serait *cool*, c'est qu'au lieu d'aller nous installer à l'étranger, on ouvre des comptoirs des produits de ces pays dans nos magasins avec démonstrations et dégustations, et, comme ambiance, de la musique typique à chaque pays. Tout ce que grand-maman déteste ! Elle sera plus là pour me mettre des bâtons dans les roues. Elle sera pas morte, ça je veux pas, mais juste assez malade pour prendre sa retraite. Grand-maman à son époque a fait des pas de géant, mais en ce moment, elle est psychologiquement en marchette et Familia avance en boitant comme sa présidente. C'est le drame des vieux : ils piétinent sur place. J'espère juste que sa maladie va lui faire prendre conscience qu'il faut, pour le bien de la compagnie, qu'elle laisse sa place aux jeunes de la famille. Une petite maladie, pas une grosse, juste ce qu'il faut pour qu'elle se retire et me laisse mener Familia à ma guise. Je vois d'ici l'entrevue dans le journal *Les Affaires* :

— Laurence Maltais, comment vous sentez-vous depuis que vous êtes à la tête de Familia ?

— Toute ma famille appuie ma présidence. Ma grand-mère, la fondatrice, me donne de précieux conseils que je suis à la lettre.

Ça, c'est pour les journaux. Les conseils, j'en ai rien à cirer. Si Mamitaine me laisse la place, elle a plus d'affaire à se mêler de Familia. Va falloir que ce soit clair, je veux pas l'avoir sur le dos ni dans les jambes, je vais déjà avoir le reste de la famille. Je sais pas comment papa va prendre ça, sa fille qui devient sa patronne. Place aux jeunes, papa ! Je suis pas certaine que je vais garder mon frère Michel aux finances. Du caramel mou, moi ça me tombe sur le cœur. Bon… qu'est-ce qui se passe ? J'ai pas juste ça à faire, moi, attendre. J'ai annulé un rendez-vous avec… une personne, quelqu'un… Je suis rendue à utiliser des mots sans féminin ni masculin pour parler de mes amours. Pas mes amours, mes baises ! J'accuse Michel de pas prendre de décision, puis moi-même j'arrive pas à décider si je préfère les hommes ou les femmes. J'ai pas de préférence, c'est ça mon problème. Mais est-ce bien un problème ? C'en serait un si ma famille savait que je suis bi. Il faut pas que ça se sache ! À ce jour, à part ma mère, personne le sait. Peut-être qu'ils ont des doutes, mais qu'ils n'osent pas m'en parler. Je suis plutôt chanceuse, il y en a qui ont pas de vie sexuelle, moi j'en ai deux : une vie avec les hommes, une vie avec les femmes. Pas les deux en même temps, jamais. Aïe ! c'est long ici… J'aurais bien besoin d'une bonne paire de lèvres…

VALÉRIE

Dans le grand salon bleu et or de la maison de Germaine.

Ça prenait bien Mamitaine malade pour qu'on se retrouve dans une même pièce, mon jumeau et moi! Je peux pas enlever mes yeux de sur lui. Je le trouve beau, et comme il me ressemble comme deux gouttes d'eau, c'est donc que je suis belle. Tant de filles se trouvent laides, moi, mon miroir me dit que je suis belle, belle comme lui est beau. Simon arrête de lire *L'Actualité*! Regarde-moi! Regarde-moi! Il résiste, il a peur de faire fâcher grand-papa s'il me regarde. Grand-papa nie qu'on soit jumeaux, qu'il y en ait deux comme son Simon. Il le terrorise. Grand-papa le terroriste! Moi, j'en ai pas peur de mon grand-père. Un jour, je vais lui demander en pleine face pourquoi, il y a dix-sept ans, il a pris mon jumeau chez lui, sans moi. On vient en paquet de deux! Un c'est bien, deux c'est mieux. Je serais bien mieux chez grand-papa que chez moi. Au moins Odette elle est comique, pis je serais jour et nuit avec Simon. La nuit, j'irais le rejoindre, me coller sur lui comme dans le ventre de maman... C'est pas naturel ces désirs-là? Pourquoi je les ai d'abord? Et si c'était naturel pour les jumeaux de s'aimer autant avec leurs corps qu'avec leurs cœurs? C'est naturel puisque c'est dans ma nature à moi d'aimer mon frère d'amour tout court. Ma mère bâille, elle s'ennuie... Qu'est-ce qu'elle a ma mère que la famille glisse sur elle comme l'eau sur le dos d'un canard? J'ai une mère teflon. Rien ni personne semble la toucher, jamais. Elle est ailleurs, je ne sais pas où. Pis papa qui s'acharne à la rendre heureuse. Tu y arriveras pas. Maman est comme moi, elle est pas douée pour le bonheur! J'ai pas ce talent-là, ni un autre, la preuve, je veux être comédienne et personne m'engage. Personne, jamais. Pourquoi demande-t-on les autres et pas moi? Parce que je suis pas entière, il me manque une moitié. Je suis à moitié vide, à moitié pleine, à moitié femme, à moitié humaine.

Si on vivait ensemble, Simon et moi, je suis convaincue que je serais demandée pour un rôle significatif à la télé. En attendant, je me prostitue à mi-temps dans un magasin Familia à vendre de l'espoir aux gens malades et du rêve à ceux qui pensent que la santé vient en gélules. Ma famille, c'est pas la smala réunie ici pour entendre raconter de quoi se meurt Mamitaine, ma famille moi, c'est Simon, juste Simon. C'est mon passé, mon présent, mon futur. Personne comprend ma passion pour lui, comme si aimer son jumeau, celui avec qui on a concubiné neuf mois dans le ventre de notre mère, était une perversion. Ce qui est pervers, c'est de séparer ce qui est uni naturellement. Quand Mamitaine va être proche de… partir, je vais lui demander pourquoi Pierre a pris Simon chez lui à notre naissance et pas moi avec. Je veux connaître la vraie raison de notre séparation ! La réponse « Pour votre bien » répond pas à ma question. Simon, regarde-moi. Je suis certaine que quand Mamitaine va être… sera plus là, tout va s'arranger. Je sais pas pourquoi, mais je suis sûre que c'est elle qui tient les ficelles de nos destinées, à tous les deux. C'est pas mal de penser à la… mort de Mamitaine, elle a quatre-vingts. Sa mort… Il y aura plus de famille, c'est elle qui tient la famille dans ses doigts crochus. Ses mains ouvertes par la mort, la famille va s'échapper, la famille va fuir de toutes parts comme de l'eau qu'on essaie de retenir dans son poing fermé. Plus de famille, je retrouve Simon, on part vivre ailleurs, très loin. On se marie… Je suis cinglée, issue de cinglés. Les Maltais cinglés.

❦

SIMON

Dans le grand salon bleu et or de la maison de Germaine.

Arrête, Valérie, t'es fatigante ! Elle arrête pas de me fixer. Elle voit pas que je lis ? Ben oui, j'aimerais mieux te parler que de lire *L'Actualité*, mais on vient voir Mamitaine qui est malade, c'est sérieux, pis grand-papa tient au décorum. Décorum, Valérie, tu connais ce mot-là? Moi, j'en ai du décorum. Des fois je me demande ce qu'on a en commun tous les deux à part la ressemblance physique, pis même là, moi je trouve pas qu'on se ressemble. T'es si audacieuse et moi si peureux, t'es si active et moi si contemplatif, si effrontée et moi si poli, si passionnée et moi si résistant à la passion... Non, je la regarde pas. J'ai trop peur si je la regarde d'être attiré... Non! Il faut pas que j'aie ce genre de pensées-là. Je veux pas! Je vais penser à Mamitaine. Il faut pas qu'elle meure, pour une seule raison : c'est grand-papa qui va devenir le chef de l'entreprise et il va m'obliger à me préparer à lui succéder. Je veux pas de Familia. Je veux pas être administrateur. Moi, ma vie, ma passion, c'est le cinéma. C'est de sa faute aussi, il m'a acheté ma première caméra à dix ans. J'ai pas cessé de filmer depuis. Je veux être cinéaste et je le serai malgré la famille, malgré ma jumelle! Je tiens bon, je la regarde pas. Je sais trop bien que quand je plonge mon regard dans le sien, ma personnalité se dissout comme la graisse dans le savon de vaisselle. Et pis je sais ce qu'elle veut. Elle me veut! Elle veut m'engloutir, s'emparer de mon âme, me fondre en elle pour qu'enfin on soit qu'une seule et même personne : elle. Je dois lui résister si je veux vivre ma vie, ma vie de cinéaste, ma vie d'homme. Ça y est, elle a détourné son regard, je peux respirer. Je remercie mon grand-père de m'avoir enlevé des tentacules de la pieuvre. Bon, elle recommence. C'est insupportable! Elle suce mon air, elle m'aspire. Je dois me retenir à deux mains pour pas qu'elle m'absorbe. Comment me défaire d'elle avant que je devienne elle? Fuir, mais où? Elle peut pas vivre sans moi, elle va me trouver, me retrouver, s'emparer de moi encore. La preuve, elle a décidé d'être actrice pour que je la filme, juste elle. La seule issue possible, c'est la mort, la mienne ou la sienne. J'ai presque réussi à m'en débarrasser à quatre ans quand je lui ai mis la tête dans le bol de toilette et actionné la chasse. Plus tard, je l'ai enfermée dans la garde-robe de cèdre, une autre fois, je l'ai poussée dans le fond du lac et j'ai retenu sa tête sous l'eau pour qu'elle puisse pas remonter respirer. Est pas tuable! J'ai aussi tenté cent fois de la perdre dans le bois. Elle est indestructible. Et pourtant, je l'aime. Cesser de l'aimer serait cesser de m'aimer. Je l'aime même quand je souhaite sa mort. Nos liens négatifs sont aussi forts que des liens positifs. Je l'aime, mais il faut que je reste indifférent, sinon je suis fait comme un rat. C'est un amour impossible! Je ferme les yeux, je fais semblant de m'assoupir et je sens ses yeux brûlants sur mon corps. Non, je vais pas bander, non!

&

PAUL

À Cancún, au bar de la piscine de l'hôtel Playa del Mar en compagnie de touristes québécois.

— *Margaritas con fraisia para mi amigos, por favor. Telefono para mi? No? Gracias*, ma belle Juanita. J'attends un appel de Montréal, ma mère est malade et toute la famille est réunie chez elle. Il manque juste moi. Pour en revenir à ce que je disais, les hommes et les femmes sont pas faits pour vivre ensemble. La preuve? Je rencontre une femme dans un bar à Puerto Vallarta, il y a un mois, une Québécoise, dans la quarantaine, tous ses morceaux placés aux bons endroits. Une femme libre, pas d'anneau de mariage, pas de trace blanche à la place de l'anneau qui m'aurait indiqué qu'elle l'avait enlevé pour sa semaine de vacances. Elle me regarde, je la regarde. Je commande un *pina colada sin ron*. « Pas de rhum? Vous êtes dans les A. A.? » qu'elle me demande. « Non, non, mais j'ai besoin de toutes mes facultés pour apprécier la couleur de vos yeux. » Un truc en passant. Si vous voulez vous faire remarquer par une fille, commandez un *drink* sans alcool, ça les impressionne. « Vous êtes un habitué ? » « Je suis un habitué de nulle part, ni de personne. » Ça aussi c'est génial pour draguer. Les filles aiment ça le mystère. On parle, je lui mens à tour de bras pour brouiller ma trace, mais surtout pour garder la forme. Mentir est plus difficile qu'on pense. Les menteries, c'est comme les abdominaux, si tu pratiques pas… Puis là, je lui parle de ma solitude, de ma tristesse. « J'ai beau avoir l'argent pour manger de la langouste, si j'ai personne avec qui la manger… » Plus tu fais pitié, plus t'es malheureux, plus la fille veut te sauver. Je lui dis que j'avais pas mangé un vrai repas depuis des mois… Ça, ça pogne ! Les femmes sont des nourricières nées. Si t'ajoutes en plus que t'as pas dormi depuis une semaine, c'est fait, elle t'ouvre son lit et ses jambes. Il faut déclencher chez les femmes le sentiment maternel qui sommeille en elles, comme ça t'es nourri, logé, baisé. Trois jours plus tard, la catastrophe ! Elle m'aimait. Une femme qui t'aime, c'est pire que de la Crazy Glue, ça décolle pas. Eh bien, j'ai trouvé un moyen de m'en débarrasser. Écoutez ça, c'est génial ! Excusez-moi, c'est mon téléphone… Allô ! Oui, c'est moi ! Hein, quoi ? La ligne est pas bonne, hein… Pierre, t'es pas sérieux, tu m'appelles pour me dire que maman dort, veux-tu me faire mourir du cœur ? J'en peux plus moi de vivre dans l'inquiétude… Bien oui, tu me déranges, je suis en plein *meeting* avec des clients importants. Oui, à ce numéro-là. Notre salle de conférence est collée à un bar bruyant, c'est pour ça le bruit. Rappelle-moi… Salut !

— Paul, le moyen génial de se débarrasser d'une fille qui t'aime mais que t'aimes pas, c'est quoi ?

— Écoutez bien la suite, c'est du grand art. Je suis arrivé un soir à son hôtel. « Chérie, je t'aime, je t'aime, ç'a aucun sens. C'est la première fois que ça m'arrive d'aimer aussi fort. Je t'aime comme un fou, mais on va se laisser », et là, tout en lui tenant la main sur mon cœur, je lui explique qu'il faut qu'on se laisse pour que notre amour reste un grand souvenir, le plus beau de notre vie. «Vois-tu ça qu'on se marie, qu'on ait des enfants, une maison, un chalet, deux autos : on finirait comme les autres par se déchirer, par se haïr, se séparer, divorcer. Non! Séparons-nous tout de suite et restons amis. Mieux vaut une amitié pour la vie qu'un amour qui dure ce que durent les amours passionnés : une semaine ou deux, trois au plus.» Là, j'ai versé une petite larme. J'ai un moyen infaillible pour pleurer des vraies larmes, je me suis tiré un poil du nez en me mouchant, et je lui ai dit : «Un amour comme le nôtre, faut tout faire pour le sauver.» J'ai fait un pas vers la porte. Elle s'est jetée à terre, elle m'a pris par la jambe, elle tirait sur mes bermudas. Moi, je les retenais des deux mains : un gars en bobette, c'est sexé quand on fait l'amour mais quand on défait l'amour, c'est ridicule. Ça fait que pour qu'elle me lâche les culottes, je lui ai susurré à l'oreille : «Un amour comme le nôtre, il n'en existe pas deux, ce n'est pas celui des autres, c'est quelque chose de mieux. Sans se parler, je sais ce que tu veux me dire. Dans ton regard…» Là, comme je me rappelais plus des paroles de la chanson que chantait ma mère quand j'étais petit, je suis sorti sans me retourner, comme dans les vues. Libre, enfin libre. Que voulez-vous, moi, mon gibier, c'est les femmes. Ce qui m'intéresse, c'est la chasse, pas la proie. Je lui ai menti, c'est vrai, je l'ai fait souffrir, c'est vrai, mais quelle belle histoire d'amour elle va pouvoir raconter à ses *chums* de filles! Excusez-moi, je suis vraiment inquiet pour ma mère. Entre nous, s'inquiéter de la santé de sa vieille mère devant une femme, c'est ramollir sa résistance. «C'est un bon garçon, il aime sa mère.» Et quand la résistance est ramollie, tout est possible. *Salute amigos* et bonne chasse! C'est pas le gibier qui manque autour.

MARIE

Dans le grand salon bleu et or de la maison de Germaine.

Tout le monde me regarde. J'ai beau sourire, ça doit paraître que j'ai passé la nuit sur la corde à linge à m'engueuler avec Raynald. Si j'avais pas autant besoin de baiser, pis si j'avais un autre *chum* en vue, il y a longtemps qu'il aurait pris le bord! Je m'attendais à ce que ma ligne de coke me remette sur le piton à matin, mais non. Faut dire que c'est du mauvais *stock*... Redresse-toi, Marie, tu vaux autant qu'eux autres. Pis t'es pas venue pour eux mais pour ta mère, pour lui dire que... Qu'est-ce que je lui dirais ben pour qu'on se réconcilie? Pour que je me rapproche d'elle? C'est pas des mots qu'elle veut, c'est des gestes. Je peux pas être comme elle, même si je le voulais. J'ai pas son ambition, sa *drive*, sa fougue. Je suis pas une conquérante, moi, ni même une battante, je suis une *looser*. Tu pourrais pas m'aimer pareil, maman? M'accepter comme je suis? Maman, aime-moi! Je me meurs d'amour pour toi et je sais que toi aussi tu te meurs d'amour pour moi, mais on sait pas se le dire ni se le prouver toutes les deux. Peut-être que sur ton lit de mort, peut-être qu'on va arriver à se parler comme mère et fille. J'en suis rendue à souhaiter que ça arrive vite, tant j'ai de mots d'amour pour toi, tant j'ai besoin des tiens, tes mots d'amour. Misère. Il y a-tu quelqu'un icitte qui en a de la bonne?

❧

ÉRIC

Dans le grand salon bleu et or de la maison de Germaine.

Fuck! Dire que je pourrais être en train de me faire du *cash*. Je sacre mon camp, je le sais ce qu'elle a, Taine, j'ai pas besoin d'être ici. C'est mon grand-père ça, y faut que toute la famille soit là. Personne me parle. Je comprends, je parle à personne. C'est juste si la famille daigne me dire : «Bonjour, comment ça va, les études?» Je réponds «*Cool*», pis la conversation finit là. Je compte pas moi, j'ai juste quinze ans. Si elle savait, la famille, ce que je fais quand je m'enferme dans ma chambre, le poil des bras leur changerait de bord genre. J'ai envie de leur dire juste pour les faire *freaker*. Le petit dernier de la famille Maltais est de la viande pour pédophiles! Occupez-vous donc de moi un peu. Venez voir ce que je fais dans ma chambre, je me pogne pas le beigne, je le photographie, pis je l'envoie à ceux qui aiment ça regarder des garçons. Regardez par le trou de la serrure. Défoncez! Bloquez mon ordi, engueulez-moi, envoyez-moi en thérapie, mais faites quelque chose! Si je leur dis! Je vais-tu l'avoir, leur attention? Ça va leur montrer que j'ai beau avoir juste quinze ans, je suis pas la nullité qu'ils croient que je suis : je suis capable d'exciter des milliers de pervers. Toute la famille va tomber en bas de sa chaise. *Full* sur le cul! Y me croiront pas. Pour eux, je suis un rien, un zéro qui attend d'avoir dix-huit ans pour être parlable. J'aurais pas pu tomber sur une famille où le petit dernier est couvé comme un poussin. Y me veulent autonome. Autonomie, mon cul. Je le sais-tu moi ce qui est bon ou mauvais pour moi? Moi, ce que je veux, c'est avoir du *fun* dans la vie. Y faut que quelqu'un me redresse quand je penche du mauvais bord. C'est pas moi qui vais me redresser tout seul. S'ils m'écoutaient quand je parle, s'ils me demandaient ce qui se passe dans ma tête, y apprendraient que j'ai des plans pour Familia qui sont loin d'être débiles : un site Web encore plus performant, traduit dans toutes les langues, des ventes pas juste au Québec, mais à travers le monde. Plus besoin d'aller ouvrir des magasins partout sur la planète, les clients de la planète auront qu'à surfer pour commander. Je me lève et je leur dis : « Je fais de la porno sur Internet. » Y s'arrêtent de parler, de réfléchir à leur *game* de pouvoir. Y me regardent tous, les yeux grands ouverts, la bouche en o. Je l'ai-tu l'attention? Y sont suspendus à mes lèvres. Je savoure cette seconde où j'ai tous leurs yeux braqués sur moi. Je suis devenu important, le plus important de la famille, parce que le scandale peut détruire la famille Maltais, l'empire Maltais, et que c'est par moi que le scandale arriverait. Je tiens la vie de toute la famille entre mes mains. Je me sens tout-puissant. C'est ben juste si mon grand-père me tue pas, en tout cas ses yeux le font. Pow! Pow! Deux yeux, deux coups! Mon père, lui, me regarde avec dédain comme si je sentais le fond de couche sale. Tout d'un coup, ma mère sursaute. Comme toujours, elle sait pas ce qui se passe, elle était ailleurs. Je suis fier de moi, j'ai eu pendant deux secondes toute l'attention de la famille… la famille où je suis rien qu'un ti-cul d'adolescent. *Fuck*. Taine qui arrive avec son docteur. Je leur dirai une autre fois… peut-être.

☙

GERMAINE
Assise dans son fauteuil à oreilles dans le grand salon bleu et or de sa maison du boulevard Gouin.

Olivier affronte la meute Maltais! Ils vont le dévorer vivant, ils haïssent les docteurs, ce sont nos ennemis naturels… Non, Olivier se débrouille bien. Il utilise son jargon de docteur. Il semble tout dire sans rien dire du tout. Ah, une maladresse. Il a pas pu s'empêcher de parler de notre… intimité. Ma famille bronche pas. Ma mort prochaine ne semble pas trop les perturber. Je vois rien sur leurs visages. Je les ai bien dressés. «Dans la vie, faut être stoïque, ne rien laisser voir aux étrangers de ses sentiments, ne pas laisser ses émotions guider sa vie. Être inattaquable et invincible!» Ils sont parfaits! Il a fini, je dois prendre la parole, surtout ne pas me couper dans mon histoire.

— Mes chers enfants, ce que le docteur dit pas, c'est que je vais mourir. Pleurez surtout pas, mourir, c'est la dernière partie de la vie et cette dernière partie j'ai l'intention de la réussir aussi bien que les autres. Quand je mourrai, et le docteur m'a dit que ça serait bientôt, je veux que vous restiez unis comme vous l'êtes aujourd'hui. Avant de mourir, je vais former le conseil d'administration idéal pour que Familia continue de prospérer, et surtout que l'entreprise reste dans notre famille. Je sais que, qui que je choisisse pour me remplacer, cette personne saura sacrifier ses ambitions personnelles au bien de tous. J'ai travaillé toute ma vie au bien des miens, j'attends que cette personne en fasse autant. C'est tout. Je suis fatiguée, rentrez chacun chez vous. Éric, viens me reconduire à ma chambre.

∮

PAUL

Toujours au bar de la piscine de l'hôtel Playa del Mar, à Cancún.

— *No, no, no, amigos*, il faut jamais dire aux femmes pourquoi on veut pas les épouser. La vérité toute crue, « Je t'aime pas », ça, il faut jamais, jamais le dire ; elles le croient pas. « Ça se peut pas que tu m'aimes pas. » « Tu m'aimes mais tu veux pas te l'avouer. » Pire, le « Je t'aime pas » lui lance un nouveau défi : « Il va finir par m'aimer. Je vais être si fine, si parfaite qu'il pourra pas faire autrement que de m'aimer. » Non, la seule chose à faire quand on aime plus une femme, c'est de la tromper. Ça, elle comprend ça. « Il me trompe, donc il m'aime pas. » Alors que les hommes savent très bien qu'on peut aimer sa femme et la tromper. *Telefono para mi ? Gracias.* « Allô. Oui, Pierre ? Puis ? Quoi… Non, ah non… Oui, je suis là. Comme ça, c'est sérieux, elle va mourir. Excuse-moi, je sais pas quoi dire… Pierre, je vais te rappeler… Je te rappelle… *Bye.* » Les gars, on reprendra mon cours 101 sur les femmes demain… peut-être. Je viens d'avoir des nouvelles de ma mère… Excusez-moi.

Il y a rien de pire, rien, rien de pire que de recevoir une mauvaise nouvelle au soleil, à la chaleur, sous les cocotiers, un margarita aux fraises à la main ! C'est l'éclair qui jaillit en plein ciel bleu et qui te tue drette là. Maman va mourir. Son docteur l'a confirmé. Maman, le roc de Gibraltar ! Maman, le fort. Maman, la citadelle. Maman, l'Everest. Elle s'écroulerait rongée par une petite tumeur au cerveau grosse comme une pinotte. Voyons, racontez ça aux pompiers, ils vont vous arroser. Pas elle ! Non, c'est impossible, maman est invincible, elle est éternelle. Quand même, elle a quatre-vingts ans, il faudra bien qu'elle meure, mais pas tout de suite, une autre fois, quand elle aura cent ans. Je l'ai toujours imaginée à cent ans, donnant des ordres à sa famille, conduisant toute la « chibagne » à la baguette, en chaise roulante. Maman, ma maman à moi, morte, partie pour toujours ? Impensable. J'aurai plus ses yeux sur moi, ses yeux qui m'admirent malgré les mauvais coups que je fais, ses yeux qui reconnaissent en moi tout ce qu'elle s'est empêchée d'être. Il pleut ! Ça se peut pas, il fait soleil. C'est moi ! Puis j'ai même pas de kleenex. Ça coule sur mon complet de lin blanc cassé. Les larmes, est-ce que ça tache ? Maman, laisse-moi pas ! Qui c'est que je vais emmerder si t'es plus là ? Je te connais, maman, tu te laisseras pas avoir par la maladie, tu vas lutter, tu vas gagner. Je suis pas inquiet pour toi, la tumeur a juste à bien se tenir. Qu'est-ce qu'il a dit Pierre, que maman avait un ami intime… Maman, un ami intime ! Tiens donc, je pensais qu'elle avait juste nous autres dans sa vie. Ça fait une personne de plus sur le testament ça ! Faut pas que j'oublie de demander à Pierre de m'envoyer de l'argent. Il pourra pas me refuser un peu de *cash* pour aller voir ma mère avant qu'elle meure. Elle mourra pas, n'empêche, c'est une maudite bonne excuse pour avoir de l'argent. Maman morte ! Non, pas elle ! Non je veux pas !

ODETTE

Avec Pierre, dans le salon de leur maison, à Outremont.

— C'est quand le docteur a dit qu'il était l'intime de ta mère depuis quarante-six ans ! J'étais crampée par en dedans. Pas folle, la Germaine, elle baise son docteur !

— Crisse, Odette, t'es vulgaire ! Il a pas dit qu'il bai... couchait avec ma mère, il a dit qu'il était intime avec elle.

— Moi, quand je suis intime avec quelqu'un, c'est que je baise avec lui... Je veux dire, je suis intime avec toi.

— T'as l'esprit mal tourné, Odette. Ça se peut pas, tu sais ben, pas maman... Elle vénère son Charles. Non, il y a intime et intime. Un docteur qui soigne une femme depuis quarante-six ans, on peut considérer qu'il y a entre eux une certaine intimité...

— En tout cas, elle a du goût, c'est un bel homme... plus jeune qu'elle. Puis docteur... Ta mère couche avec l'ennemi, ça doit être ça qui l'excite : l'interdit !

— Pars pas en peur. C'est juste un ami, on fait pas l'amour à son âge, voyons donc.

— Toi, tu le feras pas comme t'es parti là...

— Ce qui compte, c'est que maman est malade, que ses jours sont comptés.

— Il a pas dit ça, c'est ta mère qui l'a dit. Je l'entends le docteur de sa belle voix de chambre à coucher.

— Odette, tu m'épuises.

— Ça fait ton bonheur des fois.

— Je veux savoir la vérité. J'ai besoin de connaître la condition exacte de maman.

— Pour marchander les arrangements funéraires ?

— Non ! Pour… Des fois, Odette, des fois, je me demande ce que t'as dans la cervelle !

— Si tu savais, mon gros…

— Ça j'haïs ça quand tu joues ce petit jeu-là. Si t'as quelque chose à dire, dis-le.

— La subtilité c'est pas ton fort, hein ? Épais !

— Odette, c'est pas le temps de me faire choquer, on vient d'apprendre que maman a une tumeur au cerveau, inopérable, qu'elle va mourir, j'ai pas le goût de faire l'amour.

— Ça te frustre, hein, de pas savoir si je vais devenir Mme la P.-D.G.

— Odette, ferme ta gueule !

— Oui, mon amour.

— Un scotch ! *Straight !*

— Un scotch *coming in.* J'en prends un juste pour t'accompagner, parce que tu le sais que je bois plus.

— Pauvre maman. C'est jeune quand même pour mourir, quatre-vingts ans.

— Elle est pas morte encore. Guette bien ce que je te dis, ta mère, elle va tous nous enterrer juste pour nous faire chier.

— Va prendre ton bain, quelque chose, j'ai besoin de réfléchir.

— Je mets quoi après le bain, mon Chantelle, mon Lejaby, mon Lou que j'ai acheté à Paris ?

— Ta jaquette de flanalette ! Tu vois pas que j'ai de la peine ?

— De la peine, toi ? Les Maltais, vous avez une caisse enregistreuse à la place du cœur.

— J'ai ben plus de cœur que tu penses, si tu savais…

— Je sais tout.

— Ben non, Odette, on sait jamais toutte de ceux qu'on aime.

— Qu'est-ce que tu me caches? T'as une maîtresse? Dis-moi pas que t'as cédé aux avances de ta vieille fille, Vanessa?

— On a tous des jardins secrets, c'est juste ça que je veux dire.

— Moi, j'en ai pas. Je suis un livre ouvert.

— Avec des pages collées ensemble.

— Qu'est-ce que tu veux insinuer?

— Odette, j'ai-tu le droit de pleurer ma mère?

— Verse pas de larmes pour rien. Je te le dis, ta mère, elle est comme les vers de terre, tu leur arraches la moitié du corps, puis ça frétille encore.

— Ma mère va mourir… elle l'a dit.

— Petit garçon à sa maman! Il croit tout ce qu'elle dit.

— Ferme-la!

— Tu lèves la main sur moi, je fais venir la police.

Je me demande pourquoi Germaine a pas profité qu'on soit tous réunis pour annoncer sa nomination à la présidence?

— Tiens, on va trinquer à mon nouveau poste de président de Familia.

— Si tu l'as!

❧

MARIE
Dans son condo de la rue Sherbrooke Est.

Je pleure, je pleure, j'arrête pas de pleurer. Ma mère va mourir. Bordel, il est jamais là quand j'ai besoin de lui! J'apprends que ma mère va mourir, pis monsieur est sorti! D'ailleurs, il sort de plus en plus. Il a beau me dire que c'est pour établir des contacts pour ma carrière, je le crois pas. Les seuls contacts à sa portée, c'est avec des *pushers*. Où est-ce qu'il va? Maman mourante. J'ai tellement de peine! C'est comme si la terre venait de s'ouvrir sous mes pas. Maman morte, moi je vis pas. Pourquoi il me laisse jamais de numéro de téléphone au cas où j'aurais besoin de le rejoindre? Pour pas que je le rejoigne, insignifiante. Il a peut-être une maîtresse? Qu'est-ce que je fais s'il a une autre blonde? Je le tue! C'est pas intelligent, je me retrouve en prison pour le reste de ma vie et pour qui? Une ruine sur deux pattes. Je le *drope* là, comme un sac de vidange! Ça non plus c'est pas intelligent, je me retrouve toute seule comme une dinde. Même plus de mère à qui aller quémander de l'argent. On a pas grands liens maman et moi, mais on a celui-là. Je lui demande de l'argent, elle refuse pis elle finit par dire oui pour se débarrasser de moi. Je sais ce que je fais avec Raynald s'il a une blonde, je ferme les yeux comme j'ai fermé les yeux chaque fois qu'on m'a trompée. Quand on a rien à manger, on lève pas le nez sur les restes. Maman m'aura damé le pion jusqu'à sa mort. Moi qui ai jamais eu de grand amour, elle, elle en a un. Maudite chanceuse. J'aurais tant aimé, juste une fois, avoir un ami intime. Quand il parlait d'elle, le docteur, il avait de l'amour dans les yeux. C'était beau à voir. Moi, à part mon argent, l'argent que je vais avoir quand je vais hériter, j'ai pas grand-chose pour retenir un homme. J'ai rien du pétard, j'ai la fesse basse, pas de poitrine : une poire. Je sais faire le sexe par exemple, j'ai assez pratiqué. Je connais tout ce que les hommes aiment et je le fais, des fois en me bouchant le nez et en me fermant les yeux, mais je le fais. Je sais chanter, ça je sais que je sais chanter, mais je suis la seule à le savoir. Le reste... Ma mère, elle, elle a tout, tout, tout, même un amant! Maman, c'est le courage, la force de caractère, le talent, tous les talents. Maman, c'est la princesse qui a accouché d'une crapaude nommée Marie. Si maman meurt, quand maman va mourir, je vais avoir plein de fric et je vais me payer les beaux gars des annonces Calvin Klein. Tous, les uns après les autres, non, tous en même temps. C'est pas du cul que je veux, j'en ai eu à pas savoir quoi en faire, ce que je veux, je veux qu'on m'aime comme ma mère a pas été capable de m'aimer. Je veux! J'ai jamais eu ce que je veux, j'ai eu les restes de mes frères, les restes de mes amants, les restes de Raynald. J'ai soif, ça donne soif les restes. Il y a plus de vodka. Bizarre, la bouteille était pleine à midi, faut dire que c'était rien qu'un vingt-six onces. Maman! N'empêche, ça va me faire drôle qu'elle soit plus là. Elle est là depuis que je suis née! Et moi, je suis là depuis ce temps-là à lui crier «Maman, aime-moi!». Peut-être qu'elle a pas été capable de m'aimer parce que je suis née après la mort de son mari. Peut-être qu'elle avait tellement de peine d'avoir perdu son grand amour qu'elle a pas été capable de me donner de l'affection. Peut-être qu'elle me voulait pas, peut-être que ses deux fils comblaient son désir d'enfant. Peut-être qu'elle aime que ses garçons… Mes «peut-être» me donnent soif. Si je pouvais donc lui parler. J'ai jamais été capable de l'atteindre. Maman, c'est vraiment l'Everest et j'ai trop de plaies au cœur pour même essayer de grimper jusqu'à elle. Où c'est que Raynald cache sa coke? Le sac de *bowling*! C'est quoi ça? Des lettres lilas pâle, c'est sûrement pas des comptes. Je le savais qu'il avait une maîtresse, les femmes le savent toujours. Je les lis pas, c'est pas correct. Juste voir de qui ça vient. «*Your wife Belinda.*» Bordel! «*I need the money. The children… Your little girl… Your son… Money, more money… You bastard…*» Il est marié et a des enfants. Les lettres sont postées d'où? Carleton, Gaspésie! Bordel à bras, faut que je me calme. Le cœur va me sortir de la poitrine. Il a une femme, des enfants, pis il veut se marier avec moi. C'est de la bigamie ça mon vieux! J'ai besoin de prendre quelque chose. Je le savais que c'était un écœurant, mais pas à ce point-là. Des pilules contre les douleurs. Il m'en reste-tu? Il m'en reste. Ça va calmer la pire douleur qui existe : la trahison. Deux, trois, c'est mieux, quatre. J'aurais pas dû fumer tout mon *pot* pis m'en garder en cas d'urgence. Raynald, mon maudit menteur, tu vas y goûter ! Un maîtresse, passe encore, mais une femme et des enfants !

❧

MICHEL

Avec Isabelle, dans la salle à manger de leur maison, à Saint-Lambert.

— C'est un gros morceau.

— Je l'ai coupé égal.

— Grand-maman, c'est un gros morceau…

— Ah, je croyais que tu parlais de la tarte.

— À quoi tu penses pour l'amour du ciel ?

— À rien, tu sais bien, je pense jamais à rien.

— Isa, on peut pas penser à rien, on pense à quelque chose, tout le temps. Moi, ça arrête pas, je fais des plans, je calcule, je prépare notre avenir. Là, je pensais au docteur de grand-maman. Entre nous, il a l'air de parler d'elle comme si c'était sa femme. Tu lui as pas vu les yeux, des yeux de propriétaire. Tu lui as vu les yeux ?

— À qui ?

— Si tu m'écoutes pas, je finis ma tarte devant la télé.

— Il y a du soccer.

— Je sais plus quoi faire avec toi.

— Fais rien.

— Pardon ?

— Fais rien. On vit ensemble, on mange ensemble, on couche ensemble, c'est assez.

— Je veux plus que ça.

— Pas moi.

— Tu me décourages.

— C'est comme ça.

— Tu peux pas m'empêcher de rêver.

— Je t'empêche de rien, je te demande rien.

— Mais je t'aime, moi.

— Pas moi et tu le sais. C'est ta grand-mère qui m'a forcée à te marier. Tu le savais que je t'aimais pas. T'as accepté le contrat…

— Moi, je t'aimais.

— Je sais, tu passes ton temps à le dire.

— J'étais certain qu'avec le temps…

— Tu te trompais.

— Tu me détestes?

— J'aimerais ça, ce serait plus facile.

— Donc, tu me détestes pas?

— Non, mais je t'aime pas.

— Ça va venir, à force d'être persévérant, tu vas finir par voir mes qualités parce que j'en ai, tu sais…

— Cesse de rêver Michel, tu vas moins souffrir. Le soccer commence à sept heures, il est moins une.

— … ce à quoi je pense de ce temps-là? Si grand-maman meurt et qu'elle me nomme président, elle me l'a laissé entendre plusieurs fois, on va fêter ça en faisant le tour du monde toi et moi, un vrai voyage de noces. Qu'est-ce que tu dis de ça?

— J'aime mieux le lac. Excuse-moi, je vais te débarrasser, me débarrasser de moi, débarrasser la table je veux dire.

Un jour, elle va le faire, un jour, je vais arriver du bureau et je vais la trouver morte, elle aura mis fin à ses souffrances. Je sais même pas lesquelles. Si je savais? Ce serait peut-être le temps de parler à grand-maman, avant qu'elle… parte, lui demander pourquoi, il y a dix-huit ans, il fallait que je marie Isabelle à tout prix. J'ai pas posé de questions, ça faisait mon affaire. Moi, choisir une fille, j'aurais eu trop peur de me tromper. Mamitaine, elle savait qui je devais marier, c'est la seule qui me connaît vraiment. C'est sûr que j'aurais aimé qu'Isa soit folle de moi, mais j'avais tout mon temps devant moi pour faire sa conquête. Moi, je suis patient, persévérant. J'ai toujours su qu'elle m'aimait pas, mais c'était ça qui m'excitait : faire sa conquête ! Une fille qui m'aurait aimé, je sais pas si elle m'aurait attiré. Pourquoi il fallait qu'on se marie si vite ? Ça, ça reste mystérieux. Bon, Isabelle a le regard fixe, ça veut dire qu'elle est ailleurs, mais où ? On va parler des enfants, ça va la ramener sur terre.

— Éric, comment il se comporte de ce temps-là ?

— Les adolescents, on devrait les faire congeler à quatorze ans et les sortir du congélateur à trente ans seulement.

Je lui jette un œil de porc frais. Éric est un enfant parfait, c'est pas lui qui rentre pas se coucher, qui se tient avec des *bums*, qui se soûle à la bière. Non, Éric passe son temps dans sa chambre devant son ordi. Il communique avec tous les pays. Il a des correspondants partout qu'il me dit. Et puis, il me demande jamais une cenne. Plus parfait que ça, on le canonise. Valérie, elle est pas de trouble. OK, elle a lâché ses études, mais au moins elle travaille, deux jobs en plus. Qu'est-ce qu'Isabelle veut de plus ? Elle aime pas ses enfants. Elle est incapable d'aimer qui que ce soit. Quand je vais être président de Familia, je vais installer Isa au lac Caché à l'année et je vais engager Ti-Loup comme garde du corps, comme autrefois les rois avaient des eunuques pour garder leurs femmes. Puis moi, j'irai la voir la fin de semaine. Moins elle nous voit, mieux elle est. Isabelle, le quotidien l'oppresse. Libre de son temps toute la semaine, elle va finir par m'aimer, je le sais. Je vais l'avoir à l'usure. C'est comme pour la présidence de Familia, je me presse pas, mais je sais qu'un jour, c'est inévitable, je serai le grand chef de l'entreprise. J'ai en main les finances ! Tous vont venir manger dans ma main.

GERMAINE

Le lendemain. À son bureau, dans sa maison du boulevard Gouin.

Pas un appel, pas un courriel, pas une visite. La nouvelle de ma mort prochaine, c'est une bombe qui a avorté. Va peut-être falloir que je leur fasse une fausse crise d'épilepsie, juste pour les énerver un peu plus. Qu'est-ce qu'ils pensent, qu'est-ce qu'ils se disent ? Quelles manigances sont-ils en train de comploter ? Ou, pire, peut-être qu'ils se fichent complètement de ma mort ? Je vais aller faire un tour au bureau. Non. Je suis supposée être mourante, je peux pas me pointer au bureau. Ils m'aiment, je les ai trop aimés pour qu'ils m'aiment pas. La vie serait trop injuste si l'amour des parents éloignait les enfants. J'ai de bons enfants, il y a juste que ma mort leur semble impossible. Je vais demander à Olivier de me trouver un autre symptôme pour leur faire peur encore plus, qu'ils réagissent, torpinouche ! Olivier ! Comment se fait-il que je doute de mes enfants et jamais de lui ? Non, je me suis pas trompée. On se trompe pas quand on choisit ses enfants. J'aurais pu faire une belle vie avec lui, j'aurais pu penser à moi, rien qu'à moi. J'ai pensé à moi. Olivier a été dans ma vie le soulagement de mes pulsions sexuelles, c'est pas rien. Avec une famille et une entreprise sur le dos, il est bon de l'étendre ce dos-là, d'ouvrir bras et jambes, d'être un pur objet de désir, de perdre le contrôle pour une demi-heure... Olivier, c'est le calmant le plus naturel que je connaisse. Dommage que je puisse pas le faire breveter et le mettre sur le marché. Je devrais peut-être donner ce conseil aux femmes chefs d'entreprise : perdre régulièrement le contrôle dans les bras d'un amant. Le malheur, c'est qu'Olivier m'aime et qu'il aurait été heureux que je sois malade pour vrai. Malade, je serais à lui, dépendante de lui. Ça pogne pas avec Germaine ! Germaine a pas le temps d'être malade, Germaine a du travail : garder mon monde ensemble, garder Familia dans la famille. Pas le temps de mourir ! Je reprends mon cahier, mon crayon à mine. Je prends des notes pour Laurence. J'écris à la mine pour pouvoir effacer ce que je veux pas voir publier. Je veux juste que mes enfants apprennent ce que je fais pour eux. Je veux qu'ils voient noir sur blanc que j'ai été une bonne mère. Je pensais que, parce que j'avais décidé d'écrire mes souvenirs, ils afflueraient à ma mémoire. Je me rends compte que certains souvenirs choisissent eux-mêmes de se cacher dans les plis de ma mémoire et que d'autres se jettent pratiquement seuls sur le papier. Ma mère veut prendre sa place dans le livre. Elle me le crie ! Je veux pas parler d'elle, elle m'a abandonnée à la naissance, tant pis pour elle. Je prends la clef du secrétaire dans la gueule du poisson en terre cuite que Paul a modelé à huit ans. J'ouvre le tiroir. L'héritage que m'a laissé ma mère est toujours là : *Recettes et remèdes indiens*. Le cahier est écrit à la main à l'encre rouge et signé de son prénom, Ethelwin. J'ai tant pleuré dessus que la couverture en carton brun est devenue toute craquée. Quand j'ai su lire, je me suis plongée dans le seul reliquat que j'avais de ma mère. Je l'ai appris par cœur. Le jour, je me le murmurais pour être moins seule et le soir, je me le récitais pour m'endormir. Maman ! J'ai écrit dans ma tête mille scénarios sur sa vie, ses amours. Celui qui me plaît le plus : c'est une belle Indienne qui rencontre un Blanc magnifique, ils tombent follement amoureux et la première fois qu'elle se donne à lui, elle devient enceinte de moi. Drame dans les deux familles. Ni l'une ni l'autre veut de cette naissance. Elle, elle veut de moi ! Je sais qu'elle connaît les arbustes qui avortent, ils sont dans le cahier. Elle me laisse vivre. C'est donc qu'elle veut de moi, qu'elle m'aime déjà. Elle me donne la vie et me laisse à la crèche dans un panier d'osier avec un moyen de subsister, ses précieuses recettes. Lorsque cela a été su que sœur Rhéal m'avait refilé le cahier, la mère supérieure a tenté de me persuader de le brûler. « Les remèdes indiens, c'est de la sorcellerie », qu'elle me disait. Mais elle n'a pas trop insisté, elle savait que j'aurais tué pour mon cahier, comme aujourd'hui je mourrais et tuerais pour mes enfants. Attention ! Ne pas parler de ma mère, de mes dix-huit ans de crèche et d'orphelinat dans le livre. Je veux pas entendre les journalistes me demander pourquoi j'ai pas été adoptée. Ils ont pas à savoir que j'étais trop laide pour l'adoption. Les parents adoptifs avaient assez d'être charitables, ils allaient pas choisir un laideron en plus. J'étais un bébé laid, ce qui est très rare. J'avais les cheveux comme des arbres après un incendie, des yeux en fente, la peau rougeâtre. J'étais maigre, osseuse. J'avais rien de la petite Canadienne-française blonde et laiteuse, j'étais jaune caca. Et puis, dès mon arrivée à la crèche, je faisais que brailler. J'étais inconsolable d'avoir perdu ma mère... Laurence doit pas écrire sur ma naissance, sur les circonstances de ma naissance, je connais mes enfants et leur Internet, ils vont essayer de me trouver de la parenté à Kanesetake. Une autre preuve que je suis pas faite pour être malade, je deviens nostalgique et je déteste la nostalgie. Le passé est passé et les remords servent à rien. Quand même, ma famille devrait avoir un peu peur de me perdre. Une tumeur au cerveau, c'est pas rien. À moins qu'ils aient vu clair dans mon jeu et qu'ils s'inquiètent pas parce qu'ils savent que je leur mens. Non, ils m'ont toujours crue, c'est pas aujourd'hui qu'ils vont se mettre à douter de ce que j'affirme. Enfants ingrats, va-t-il falloir que je leur meure en pleine face pour qu'ils commencent à croire que je suis mortelle ?

LAURENCE

À son bureau, dans la tour Familia.

Dégoûtante. Malveillante. Méchante. Je suis l'affreuse de la famille, celle qui a pas de cœur à force de le donner à qui le veut. Fais-toi rien accroire, Laurence, c'est pas ton cœur que tu donnes, c'est ton cul ! Quand ton cœur tu l'as donné à dix-huit ans pour la vie, il reste le cul à offrir. Tu l'offres à qui le veut, tous sexes confondus. N'empêche, faut avoir une roche à la place du cœur pour souhaiter une maladie à Mamitaine pour la remplacer à la présidence de Familia. Je suis même allée jusqu'à penser à sa mort, par cupidité, non par soif de pouvoir. Je veux le pouvoir plus que tout au monde, le pouvoir qui te place au-dessus des autres, le pouvoir qui grise, qui isole mais qui te met en position de dominer les autres, de contrôler les autres. J'aime le pouvoir comme d'autres aiment l'amour. Je suis prête à sacrifier ma grand-mère pour mon désir d'être la plus puissante, la plus forte, une autre Germaine. Pour moi, devenir le chef de l'entreprise de ma grand-mère, c'est une question de vie ou de mort. Il faut que j'aie le contrôle, sinon je suis écrapoutie dans le temps de le dire ! Bonne, douce et soumise, je me ferais manger la laine sur le dos par la famille, ce monstre mi-sangsue, mi-vautour, par mon père tout-puissant à qui il a fallu que je prouve qu'une fille vaut un gars, par ma mère, Odette, la carpette, à qui je me suis promis de pas ressembler, par un frère, Michel-le-nono, qui se prend pour un génie de la finance, par une tante Marie intoxiquée qui accumule les amours *fuckées*, par Isabelle, une belle-sœur toujours ailleurs qui se déteste assez pour se tuer languette de peau par languette de peau, par Marco qui dit qu'il est « content content content » du matin au soir parce qu'il connaît pas les mots pour exprimer son immense tristesse d'être né trisomique, par des jumeaux séparés qui se cherchent sans se trouver et par le plus petit,

Éric, celui qui se conforme pas, celui qui est pas pareil, celui qui est pas accepté parce que différent, celui qui fuit dans sa chambre au lieu de prendre la route. Et moi, Laurence? Qui suis-je? L'ambitieuse, la travaillante, la bisexuelle cochonne ou celle qui veut être aimée de tous, qui veut prouver à tout le monde qu'elle vaut quelque chose, se prouver surtout à elle-même qu'elle est pas complètement nulle. Qui suis-je vraiment? Qui suis-je pour vrai? Ça me tue de pas le savoir! J'aurais aimé avoir avec Mamitaine une vraie relation grand-mère/petite-fille. Je rêve encore du moment où elle va me dire qu'elle est fière de moi, que je suis sa digne remplaçante. Elle me croit pas capable d'arriver même à sa cheville. Eh bien, grand-maman, regarde-moi bien aller, je vais te le prouver… Quand tu seras plus là, c'est moi, et je te le jure sur ta tête, c'est moi qui vais te remplacer. Je vais te prouver… Oh! Cesser de prouver et être aimée simplement pour ce que je suis, ne plus jouer à la forte femme, me marier, être mère, rester à la maison à préparer le nid. Un nid, pas Familia, un nid, un petit nid d'amour rempli de bébés. Non. La vie est un combat et si je le gagne pas, je suis pas mieux que morte.

§

OLIVIER

Chez lui, dans son condo du Vieux-Montréal. Un décor très viril où le cuir et le bois foncé prédominent. Il écoute *Only You* des Platters.

Il y a quarante-six ans… Elle en avait trente-quatre, j'en avais vingt-sept. Je la revois parler à un groupe de jeunes externes curieux de médecine parallèle. Sa fougue, sa passion… Elle est en noir des pieds à la tête, comme en deuil : elle est en deuil. Je ne l'écoute pas, je regarde sa bouche qui projette les mots comme on lance des pierres. Une si petite femme, une si grande… violence, la violence de la colère refoulée. À la fin de la rencontre, je m'approche d'elle comme on s'approche d'un précipice, elle sent délicieusement bon. Cette fille qui transpire l'autorité et la force sent le sucré. Je lui demande bêtement le nom de son parfum.

— Vanille.

— De la vanille à gâteau?

Elle me sourit comme si j'étais un enfant de trois ans. Et moi, avec mes cent quatre-vingt-dix livres et mes six pieds, je me sens petit, si petit. Je veux manger le gâteau, le savourer miette par miette.

— Les produits naturels sont cent fois supérieurs aux produits chimiques et cent fois moins chers. Vous avez tort, les docteurs, de les ignorer.

Je lui demande la date de sa prochaine rencontre avec des médecins, je veux y être, pas pour me faire endoctriner, mais pour la revoir.

— Plus jamais, vous êtes trop bornés.

Je mens du mieux que je peux.

— Je suis très intéressé par vos idées. Peut-être qu'on pourrait manger ensemble… au restaurant de votre choix, et vous pourriez m'initier…

— Quand j'aurai fini mon deuil.

— Quand?

— Dans deux ans.

Chère Maine! Elle me téléphonait le soir même.

GERMAINE

Dans sa grande chambre tout en dentelles et en rotin blanc.

J'ai beau essayer de me passer d'Olivier, j'y arrive pas. Olivier, c'est ma faiblesse. C'est le vice caché de mon édifice. La brèche dans ma carapace. Ma faute. Je le regarde me regarder et je baigne dans le sirop d'érable. La première fois, pas la fois de la rencontre, la fois du restaurant, c'était pathétique, on se mangeait des yeux, on buvait nos paroles. On se dégustait. J'imaginais ses mains, je les faisais se promener sur mon corps, s'attarder sur mes seins, mes reins, ma vulve en feu. Mon désir enflammait le sien. Je le voyais dans les gouttes qui perlaient au-dessus de sa lèvre supérieure, dans sa respiration qui s'accélérait, dans ses yeux qui me déshabillaient. On était deux flammes qui se léchaient. Qu'est-ce qu'on a mangé? Est-ce qu'on a mangé? Je me souviens du dessert parce qu'on l'a laissé en plan sitôt qu'il est arrivé sur la table. C'était de la tarte aux pommes à la mode. Il m'a soufflé à l'oreille : «Chez vous?» J'ai répondu : «J'ai trois enfants.» Plus tard, chez lui, on a dansé sur *Only You* des Platters. Il me serrait fort puis me relâchait comme s'il me laissait libre de partir ou de rester. J'avais les yeux fermés et quelque chose de doux et de léger a atterri sur mes lèvres. J'ai ouvert la bouche pour agripper son souffle et le boire. C'était notre premier baiser. Je l'oublierai jamais. On dansait collés, si collés que j'avais l'impression qu'on faisait l'amour à la verticale, mais je sentais qu'il me laissait libre : je pouvais le repousser si je voulais partir. Il continuait de m'embrasser sans précipitation, sans violence. Ses lèvres m'effleuraient à peine. Nos lèvres dialoguaient. Ça faisait bien mille ans que j'attendais ce baiser-là. Il a pris ma main, l'a mise sur son cœur qui battait fort. J'ai pris sa main, l'ai mise sur mon cœur qui battait au même rythme que le sien. Je m'attendais à ce qu'il me pousse doucement vers sa chambre de célibataire que j'apercevais par la porte entrouverte, mais non, il a remis un autre quarante-cinq tours, en français cette fois : *Les Feuilles mortes* d'Yves Montand. Ça se danse pas, mais on a dansé pareil! On a dansé pendant des semaines, sans aller plus loin, assez que je me demandais si je devais pas lui faire boire une potion aphrodisiaque de ma composition, dont mes clientes me disaient le plus grand bien. Je voulais me donner à lui, qu'il me prenne, qu'on fasse l'amour, quoi! Il disait qu'il voulait m'explorer, menton, oreilles, sourcils, doigts, bras, jambes, orteils, et ça, au ralenti. J'ai toujours pensé qu'il récapitulait son cours d'anatomie. Et puis, un soir, je l'enlace, je mets ma langue autour de sa langue et, doucement, lentement, comme une astronaute qui débarque sur Mars, je l'épluche comme un blé d'Inde. Il tire ensuite les *bobby pins* de mes cheveux, déboutonne ma blouse, enlève ma jupe, mon jupon, mon soutien-gorge, ma gaine trente-six heures et je pars à pleurer comme un saule. « Qu'est-ce qu'il y a, Maine ? » « Rien. » « C'est quoi ces larmes-là ? » « De la joie. » Je pleurais la décision que je venais de prendre. Malgré mon amour et mon désir pour lui, le bien des miens passerait en premier. Le bien des miens, l'œuvre de ma vie, c'était pas l'amour d'un homme qui allait m'en détourner.

PIERRE

Le lendemain. À son bureau dans la tour Familia.

— Vanessaaaaa!

— En quoi puis-je vous être utile, monsieur Pierre ?

— Je veux pas être dérangé sous aucun prétexte.

— Je peux vous aider ?

— Non!

— Je disais ça pour être gentille.

— Vous pouvez réfléchir à ma place?

— Oh non!

— Alors, foutez-moi la paix et faites en sorte qu'on me foute la paix.

— Bien, monsieur!

— Prenez pas cet air-là, je vous ai pas battue.

— Si ça peut vous donner le sourire, vous avez beau me battre.

— Vanessa?

— Quoi, monsieur Pierre?

— Lâchez-moi patience!

Bon, elle va pleurer. Bon, ça y est!

— Pleurez pas! Les femmes qui pleurent, ça me tombe sur les rognons.

— Au moins, je vous sers de bouc émissaire. C'est mieux que rien.

— Vanessa… vous avez pas entendu, je veux pas être dérangé par personne, vous inclus.

— C'est parce que je vous admire tellement. C'est pas tout le monde qui est capable de diriger une si grosse entreprise avec autant de succès… Excusez-moi, je ferme la porte, je vous laisse travailler.

Pauvre conne! Elle me parle comme si je dirigeais Familia, alors qu'elle sait très bien que c'est maman le chef, que je lui obéis au doigt et à l'œil comme quand j'avais dix ans. Dix ans. «Ce qui se passe dans la famille reste dans la famille. T'es mon homme de confiance. Tu racontes à personne ce qui se passe à la maison. Ça se dit pas! On dit pas ça au monde. C'est un secret!» Et moi, en petit garçon bien élevé qui veut être aimé, je jure de garder le secret. J'ai tant juré de me taire que je me souviens pas de ce qu'il fallait cacher… J'avais le don d'effacer de ma mémoire les événements que maman jugeait bon de cacher. Assez! J'ai autre chose à faire que de ressasser le passé.

Le passé est passé et le présent est lourd de décisions à prendre. Récapitulons. Maman a une tumeur au cerveau. Ou bien elle meurt, ou bien la tumeur la rend inapte à diriger Familia. De toute façon, elle a besoin d'un remplaçant au plus sacrant. C'est urgent! Qu'est-ce que je fais? Je convoque un conseil de famille et, comme à l'habitude, la réunion tourne en chicane d'où ne sort aucune suggestion valable. L'autre possibilité serait que je parle à maman pendant qu'elle a encore toute sa tête et je lui demande de me nommer président de l'entreprise immédiatement pour sauver la famille et, par le fait même, Familia. Je suis une ordure de penser à sauver ma peau pendant que maman est sur le versant de la mort. Mais c'est la logique même et je suis un homme de logique. Je lui parle. Je dois être capable de lui parler. J'ai pas peur de ma mère! Je suis plus un ti-cul, je suis un homme d'âge mûr, crisse! Ben oui que j'en ai peur de ma mère! J'en ai toujours eu une peur terrible. Quand elle me chicanait, je voulais rentrer en dessous de la tapisserie. Ses yeux comme deux accusations de crime. Ils me font encore frémir. Je veux pas qu'elle me chicane, je veux qu'elle m'aime! Ben oui, elle m'aime, *gros bébé pas sevré*, comme elle m'appelait avant que Paul arrive et me vole ma place. C'est moi le meilleur, maman, c'est pas lui. Bon, ça y est, je vais encore brailler! Agenda : trouver une huile, infusion ou gélule qui empêche les larmes d'homme de couler, que j'aie pas l'air d'une moumoune chaque fois que je parle de ma mère. Comme si j'étais le seul enfant qui a manqué d'amour au Québec. Les enfants sont jamais assez aimés. Je ramasse mon courage et j'y parle… demain!

ODETTE

Dans son salon à Outremont. Elle regarde une émission de télévision américaine. Pierre lit *Les Affaires*.

— Tu me demandes pas si j'ai passé une bonne journée? Tous les soirs, depuis plus de trente-six ans, tu me demandes si j'ai passé une bonne journée.

— T'as passé une bonne journée Odette?

— Épouvantable!

— *Good!*

— J'ai pas trouvé de pantalon du même gris que ma petite veste en velours. T'as pas idée des différents gris, gris gris, gris vert, gris bleu, gris jaune, gris blanc, gris noir, et j'en passe. Je suis allée chez le nettoyeur, ils ont pété les boutons en nacre de perle de ma veste en cachemire…

— *Good.*

— Puis, il y a un cycliste qui m'est rentré dedans, qui m'a crevé un œil avec son guidon.

— *Good!*

— Puis, je lui ai fait une pipe sur le trottoir devant tout le monde, la circulation a *jammé* ben raide.

— *Good.*

— Puis j'en ai profité pour lui dire que j'avais marié un mollasson et que…

— J'ai pas arrêté de penser à maman…

— C'est pas nouveau, tu penses toujours à elle. Des fois, je me pose des questions à savoir si t'es pas plus attaché à elle qu'à moi.

— Je vais lui parler.

— Tu y parles à journée longue.

— Odette, crisse, tu m'écoutes pas! Écoute-moi un peu quand je te parle. C'est important pour moi.

— Moi aussi je te parle de choses importantes, mes boutons de nacre de perle qui pètent chez le nettoyeur, c'est grave. Puis, par-dessus le marché, le gris qui était à la mode l'année passée, il l'est plus cette année. Tu penses pas qu'il y a de quoi faire une dépression ?

— Ris-tu de moi ?

— Non ! De moi. Je suis risible avec mes préoccupations de poupée Barbie. C'est quoi le prochain drame de ma vie ? Le rouge à lèvres que j'aimais tant a été retiré du marché ?

— Je te parle de notre avenir, Odette…

— Je te parle de mon présent. Il est tellement ennuyant que des fois…

— Je te disais que je pense discuter sérieusement avec ma mère avant qu'elle… ben qu'elle décède… Ah, pis laisse faire. Je sais pas ce que t'as. Je te demande comme à tous les jours : «As-tu passé une bonne journée ?», je m'attends à ce qu'une fois, une seule fois, tu me dises : «Magnifique !» Ben non, il t'est toujours arrivé quelque chose d'épouvantable : t'as pas trouvé le bracelet de montre qui *matche* avec ta montre ! T'es une catastrophiste, Odette. Je t'écoute plus quand tu me parles parce que ça me déprime que tu sois déprimée. Si t'es en dépression, Odette, faut te faire soigner. Mme Béraud, tu sais la gérante de notre magasin au centre-ville, elle a fait une dépression pis elle a consulté une aromathérapeute…

— Pierre !

— Quoi ?

— Mange de la marde !

PIERRE

Dans son bain, s'attardant.

Juste à penser au mot « décéder », juste le mot, le cœur me manque. Je survivrai pas à la… au départ de maman, je le sais. Maman, c'est ma force. Elle… partie, je suis un vêtement vide. Elle m'a bâti, structuré, modelé à son image. Elle… partie, moi je me détricote. Ce qu'il restera de moi, ce sera juste un petit tas. Pierre le petit tas ! Maman ! Ton petit tas a besoin de toi. Je peux pas imaginer la vie sans toi. Je veux pas que tu meures ! Je me souviens avant la mort de papa, quand tu partais le soir pour aller le chercher je sais pas où, j'avais la certitude que tu reviendrais pas. L'angoisse ! Je veux pas revivre ça !

Le docteur est resté vague sur le temps qu'il lui reste à vivre, c'est donc qu'il lui en reste pas. Elle a beau faire sa jeune, maman a quand même quatre-vingts ans. Sa vie est finie. Je veux dire, c'est le bel âge pour mourir quand t'es pas encore trop décati. Moi, je voudrais pas vivre jusqu'à cent ans. Être diminué, dépendant ! Elle si « fière-pet », elle s'aimerait pas en petite vieille. C'est mieux pour elle de mourir là, maintenant. Pour elle ! Comment aborder le sujet de sa mort avec elle, surtout comment m'assurer qu'elle me nomme président avant de mourir ? Il va y avoir des oppositions au conseil d'administration, mais elle fait ce qu'elle veut avec eux. J'aime être riche, je changerais pas ma place avec n'importe quel pauvre, mais crisse que ça doit être le *fun* de penser à sa mère… partante sans penser à rien d'autre que sa mère. Les pauvres connaissent pas leur chance.

— Quoi Odette ? Je prends un bain ! J'ai-tu le droit de prendre un bain la porte barrée ? Je cherche pas la chicane, pas à soir !

J'ai marié une nymphomane. C'est quoi, la blague ? Qu'est-ce qu'une nymphomane ? C'est la femme d'un gars qui baise pas.

Moi, je baise mais pas autant qu'elle le voudrait. Pas quand elle le voudrait. On a pas la même conception de la baise, Odette et moi. Elle baise pour emplir son vide du cœur, moi je baise pour avoir du *fun*, mon genre de *fun* agrémenté de sauce piquante. La baise obligatoire et quotidienne, ça m'ouvre pas l'appétit, ça me le coupe. Elle, du moment qu'elle baise, elle se sent aimée. Belle niaiseuse! On serait si bien, les hommes, pas de sexualité. C'est vrai, tous les troubles des hommes viennent de la sexualité. Maman, elle? Le docteur et elle? Je veux pas penser à ça, une mère, ç'a pas de sexe. Et tout d'un coup elle a donné son argent au docteur intime? Tout d'un coup elle lui réserve un poste, *le* poste, à Familia? Faut que je sache! Pourquoi je peux pas penser à ma mère sans penser à son argent? Crisse de sans-cœur. C'est pour le bien de la famille et de Familia!

PAUL

Un autre jour. À Cancún, sur la plage, au bar sous une palapa, un margarita aux fraises à la main. Autour de lui, un auditoire de touristes mâles admiratifs.

— Les hommes, on est francs de nature, ce sont les femmes qui nous forcent à mentir. C'est vrai. En tout cas, moi, j'ai compris jeune que si je mentais pas à ma mère, je passerais mon temps à réfléchir dans ma chambre. Ma mère me disait : « Paul, mens pas, c'est pas beau le mensonge, c'est un péché. » J'ai essayé de dire la vérité : « Oui, c'est moi qui a craché dans le sucrier pour faire des petits mottons. » « Oui, maman, c'est moi qui bois les restes de crème de menthe dans les verres. » Ma mère me punissait, m'envoyait réfléchir dans ma chambre. T'apprends vite que toute vérité est pas bonne à dire, puis là, tu commences à mentir et à peaufiner ton art de bien mentir.

«Tant qu'à faire quelque chose, il faut bien le faire», que ma mère me disait. Je suis d'accord. Mieux on ment, plus nos mensonges sont crédibles.

— Comment mentir pour que ça paraisse pas qu'on ment?

— Il est pas question que je vous dévoile mes secrets!

Je mens. Je me meurs de leur raconter n'importe quoi pour les avoir là, suspendus à mes lèvres. Je vais leur dire comment mentir. Je suis prêt à tout pour retenir leur attention. Moi qui suis que Ti-Paul dans ma famille, le fainéant de Familia au Mexique, ici, je suis le «*king* des tabarnacos». Ils m'admirent. Je suis le *playboy* qu'ils ont pas le *gut* d'être, le fils de famille riche qu'ils ont la chance de côtoyer. Et, en prime, ils peuvent se vanter, rendus chez eux, d'avoir connu un fils Maltais, grand brasseur d'affaires de par le monde. Les épais, ils pensent qu'en se frottant à l'argent, ils vont en récolter des miettes. S'ils savaient que j'ai pas d'argent, que ça fait des années que mon frère Pierre m'a coupé les vivres. Une chance que ma mère en cachette me fournit en *cash*. Je suis tanné d'être pauvre pareil. C'est pas facile de jouer la richesse quand t'as pas une tôle. Quand ma mère va mourir... Quoi, elle va mourir, c'est un fait, c'est pas mal de penser ça, ça m'empêche pas de l'aimer. Quand elle va mourir, là je vais en avoir de l'argent, là je vais en avoir du pouvoir. L'argent, c'est le pouvoir. Sans argent, pas de pouvoir. J'attends mon héritage pour envoyer chier tout le monde.

— Paul, s'il vous plaît, comment faire pour bien mentir?

— Règle numéro un, il faut croire en son mensonge. Règle numéro deux, il faut regarder la personne à qui l'on ment droit dans les yeux, lui toucher la main ou le bras si possible. Règle numéro trois : il faut mentir comme on dit la vérité, avec autant d'assurance et d'honnêteté. Quatrième règle : il faut donner un petit détail qui donne de la véracité au mensonge. Exemple : «J'étais occupé, j'ai pas pu venir à ton anniversaire.» Ça, c'est trop vague, on te croira pas. «Ma mère m'a demandé d'aller chercher sa vieille amie à l'aéroport. Elle a quatre-vingt-dix ans, elle est aveugle, puis elle panique en taxi, etc.» Là, on va te croire! Le mensonge est une langue maternelle que nos parents nous enseignent dès la naissance et, dès qu'on est parents on l'enseigne à nos enfants. Ainsi, le mensonge se perpétue de génération en génération. Excusez-moi, c'est mon cellulaire. «Allô! Paul Maltais à l'appareil. Qu'est-ce que je peux faire pour votre bonheur?»

— C'est Laurence. Je t'entends mal, mon oncle, peux-tu fermer la musique?

— Laurence? Attends, je vais aller sur la plage, on va être plus tranquilles pour parler.

— Quelle température il fait au Mexique? Non, dis-moi-le pas, je veux pas mourir de jalousie. Ici, il pleut sans arrêt depuis une semaine et…

— Bon m'entends-tu mieux?

— Oui. Comment ça va, mon oncle préféré?

— Diguidou! Donne-moi des nouvelles de ta grand-mère.

— Elle est… comme avant. Je veux dire, elle est elle-même. Je veux dire, je me demande si tu devrais pas revenir avant que…

— Elle va plus mal?

— Non, elle est bien… malgré sa maladie.

— Accouche Laurence.

— C'est difficile au téléphone.

— Je suis tout seul sur la plage. Il y a juste une fille qui vomit ses *planters punchs*, je pense pas que notre téléphone la dérange.

— Tu connais papa, mon oncle.

— C'est mon frère depuis cinquante-quatre ans, depuis que je suis né plus exactement.

— Il va profiter de la maladie de grand-maman pour s'emparer de l'entreprise.

— Grand bien lui fasse!

— Mon oncle Paul, je pensais qu'on était des alliés.

— J'ai pas d'ambition. Oublie pas que je suis le mouton noir de la famille et que le travail c'est pas mon fort, le travail de neuf à cinq j'entends. Ça veut pas dire que je travaille pas, mais je travaille à mon rythme. C'est pas de ma faute si, à ma naissance, j'ai pris le jour pour la nuit...

— J'ai besoin de toi mon oncle.

— Pourquoi? Empoisonner mon frère?

— Comme espion. Je t'engage à contrat, toutes dépenses payées. Je veux savoir ce que mon père trame pour me préparer à intervenir. Tu le sais mon oncle que j'ai l'intention de continuer l'œuvre de grand-maman, une entreprise créée par une femme et gérée par une femme. Je dois à grand-maman de lui succéder. Tu penses pas? Les femmes, faut se tenir ensemble.

— Je suis cent pour cent avec toi, ma grande.

— Qu'est-ce que tu dirais de devenir mon attaché commercial en Amérique du Sud? Le Brésil, mon oncle Paul, Copacabana? Les filles les plus sexées au monde? Des fesses en string, des seins comme des noix de coco.

— Sont riches, ces filles-là?

— Toi, tu vas l'être. Je te vois sur la plage comme Hugh Hefner dans son harem.

— Tu me tentes là! C'est mon idole ce gars-là.

— Je deviens présidente de Familia et je t'installe à vie où tu veux en Amérique du Sud, à rien faire.

— Je t'ai-tu jamais fait défaut? Qui c'est qui t'a fait fumer ton premier joint?

— O.K. mon oncle, tu fais des téléphones au reste de la famille, tu tâtes le terrain et tu me rends compte de ce qui se trame dans mon dos. C'est entre nous. Les autres ont pas d'affaire à savoir qu'on se parle, ni ce qu'on se dit. Tu me jures le secret?

— Je suis une tombe, mais me semble que je serais plus efficace si j'étais à Montréal, à travailler dans l'entreprise, à mon ancienne *job* de relations publiques…

— Pour le moment, tu restes au Mexique, faut pas allumer les soupçons. T'as un cellulaire, sers-t'en.

— Ça va te coûter cher.

— Envoie-moi la facture, je verrai si mes moyens me permettent de t'avoir de mon bord. C'est O.K. mon oncle?

— C'est O.K.

Maudit lâche! Maudit nul, maudit sans-cœur, maudit mou, paresseux, vénal, le roi des pique-assiettes, des quémandeurs, des hypocrites, des manipulateurs. Mais moi, au moins, je le sais! Oui, je vais aider Laurence, parce que c'est la seule qui fait appel à moi dans le besoin, la seule qui me croit assez intelligent pour l'aider. Je suis utile à Laurence puis, en retour, je m'assure des vacances payées à vie, tandis que si Pierre prend les rênes de Familia, qu'est-ce que je deviens, moi? Rien! Aider Laurence à devenir présidente, c'est une question de vie ou de mort pour bibi… Je vais me chercher un autre margarita fraises et je commence ma petite enquête. Ça va y coûter la peau des fesses. La trahison, ça se paye! Je trahis pas, j'aide ma nièce à succéder à sa grand-mère. C'est une noble tâche. Je suis un grand cœur dans le fond. Je fais une bonne action. Je travaille pour l'avancement des femmes. Je suis un féministe. Je travaille à l'égalité entre hommes et femmes. Wow, là, Paul, si tu commences à croire à tes menteries, t'es pas sorti du bois!

— Allô, m'man. C'est ton fils!

— T'es fin de m'appeler. Comment tu vas?

— Toi, comment tu vas?

— Moi? Pas fort… Pourquoi tu me téléphones?

— J'ai besoin de savoir si tu veux que je revienne.

— Pourquoi tu reviendrais mon Ti-Paul?

— Parce que… t'es malade…

— Je suis pas morte, pas encore. Je te le dirai quand ça sera le temps.

— Tu veux pas que je revienne? C'est ça?

— Je veux pas de trouble, mon amour.

— C'est pas moi qui fais le trouble, c'est le reste de ma famille. Moi, tout ce que je veux, c'est… prendre soin de toi. Je pourrais m'installer chez toi, te soigner.

— J'ai besoin de personne. Quand j'aurai besoin de toi, je te le dirai. Merci quand même.

Si elle pense que je vois pas dans son jeu. Elle veut pas que je prenne ma place dans la famille parce que la place, c'est Pierre qui l'occupe. Puis elle me beurre de « mon amour » pour me faire avaler la pilule.

— M'aimes-tu maman?

— Pourquoi tu demandes ça? Une mère aime tous ses enfants. Pareil!

— Je veux que tu m'aimes plus que les autres.

— Je peux pas, ça serait pas juste pour les autres enfants. Les mères ont pas de préférence, mon garçon.

— Tu préfères Pierre. C'est ton chouchou. Tu le laisses tout faire.

— Lui dit que c'est toi mon chouchou, que je te laisse tout faire.

— Maman, tu l'as nommé directeur général.

— Parce qu'il le mérite. Il mérite ma confiance et…

— Je peux pas mériter ta confiance, tu me fais pas confiance. Lui, par exemple…

— T'as toujours été jaloux de ton frère.

— Je suis pas jaloux, maman, je vois clair!

— Tu comprends pourquoi on te tient loin? T'arrêtes pas de nous accuser, Pierre et moi.

— J'ai raison d'accuser. À ta mort, c'est Pierre qui va devenir président de Familia.

— Je suis pas morte et tant que je suis vivante, c'est moi qui gère et qui mène. Et jusqu'à nouvel ordre, tu restes où tu es. C'est pour ton bien! Ne t'expose pas trop au soleil, le mélanome fait des ravages… Je vais t'envoyer un chèque demain pour te consoler d'être né deuxième. C'est tout ce que je peux faire. Bonsoir, mon fils.

— Bonsoir, maman.

Ma mère me donne soif. C'est ou boire ou la tuer. J'ai des envies de l'arracher de moi comme on arrache de son corps un marcassin assassin. Marcassin assassin. Ma mère est un serpent venimeux. J'agis en légitime défense.

— Non, non, partez pas, il est pas tard. On va boire à la santé de ma mère, ma sainte mère qui m'aime tant! Ça, elle m'aime ma mère. Vous savez pas ce qu'elle vient de m'offrir? Une fortune pour que j'aille rester chez elle, avec elle. Mais moi, j'aime trop ma liberté pour aller m'enfermer avec une vieille folle, parce que ma mère est folle. Bien bon pour elle!

&

MICHEL

À son bureau, dans la tour Familia.

— Tu m'appelles pourquoi, mon oncle Paul? Je suis dans le jus.

— Michel, je m'ennuie de toi…

— Tu m'appelles jamais, pourquoi tu m'appelles?

— Je cherche la vérité, imagine-toi donc.

— T'as le bon gars.

— J'ai l'impression que tout le monde me cache l'état de santé de maman.

— Ah, c'est donc ça?

— La santé de ma mère, il y a que ça qui m'intéresse, tu le sais. Moi, la *business*…

Un autre vautour qui tourne autour de grand-maman.

— Mon oncle, j'en sais pas plus que toi. Son état est stationnaire qu'elle dit. Elle dit aussi qu'elle va mourir, fouille-moi quand? Tu connais ta mère. Elle va être sur le point de mourir qu'elle va nous jurer qu'elle s'est jamais si bien portée. J'ai ton numéro de cell, je t'appelle dès qu'elle va plus mal, O.K.?

— Ton père, il va bien?

— Très bien. En tout cas, la dernière fois que je l'ai vu.

— Il parle-tu de… Je sais pas, moi, de faire… destituer maman, bien… par la loi… Une tumeur au cerveau, ça peut affecter ses décisions. Il y a des millions en jeu.

Lui, il fait une enquête pour quelqu'un.

— C'est ton frère, demande-lui. Tiens, je l'aperçois dans le corridor, je l'appelle, puis tu lui demandes.

— Non, non, non, je vais lui parler demain, là je dois rencontrer un client important d'Argentine. Il y a pas juste le Mexique, mon jeune, il y a le marché de l'Amérique du Sud. J'ai un prospect…

— Mon oncle, je peux plus te parler, je suis déjà en retard à ma réunion, porte-toi bien.

— Salut mon neveu.

— C'est ça, salut mon oncle.

Mon père ferait destituer grand-maman? La bannir du conseil d'administration! Non, papa ferait pas ça sans m'en parler. C'est pas un écœurant à ce point-là. Il m'a toujours dit qu'en affaires, c'est comme en amour, tout est permis, mais je peux pas croire qu'il serait capable d'accuser sa mère d'incapacité intellectuelle pour devenir le grand patron de Familia. Il est capable. Mon père est capable de tout pour avoir le pouvoir. Tant que grand-maman a le contrôle, mon poste de chef comptable est assuré. Si elle est mise de côté, qu'est-ce que je deviens? Je sais, mon père va me sacrer dehors, me remplacer par des étrangers. Il m'a toujours trouvé incompétent parce que je suis différent de lui, que je travaille pas au même rythme que lui. Comment savoir ce qui se trame dans mon dos? Prendre mon courage à deux mains et parler à mon père. Parler à mon père, j'en rêve depuis que je suis né. Lui parler comme on parle à un ami, lui confier ce que je ressens. Échanger, dialoguer d'égal à égal. Je suis pas capable! J'ai jamais été capable de lui parler. On se parle pas nous deux. Il donne des ordres, j'obéis. Petit, j'en avais une peur bleue. Sa grosse voix, son gros ventre, sa barbe autour de sa bouche, comme une clôture de fil de fer barbelé. Son autorité, sa puissance, son pouvoir… Je rapetissais à sa vue. Il était l'ogre, j'étais le bébé qu'il allait dévorer d'une bouchée. J'osais à peine lever les yeux sur lui. Je me faisais invisible et silencieux pour mieux l'admirer. Je l'admire tant que je voudrais avoir ses défauts. Je l'admire et j'en ai peur. Je suis comme chantait Jacques Brel, «l'ombre de son ombre». Si c'est pas ça de l'amour, papa!

MARIE

Dans le boudoir de la maison de Germaine, boulevard Gouin.

Maman a encore rapetissé, il y en a plus. Pis elle a encore maigri. Une pomme ratatinée qui commence à sentir le pourri. Quoi, c'est vrai, elle sent le vieux. Elle a beau se crémer de fond de teint, se faire rosir les joues avec des produits haut de gamme, se baigner dans la lavande qui vient directement de Nice, reste que c'est une vieille pomme. Je m'haïs de penser ça, mais ça saute aux yeux: maman est vieille quoi qu'elle en dise et en pense.

— T'as l'air en pleine forme, maman.

— C'est un air que je me donne.

— Je pensais… te trouver… malade.

— Je suis très malade mais je le cache ! J'ai mon orgueil.

— Ah bon.

— Ça te fait pas plaisir ?

— Non, non, non, pas du tout, je veux dire oui, oui, oui, je suis contente pour toi, que tu sois capable de jouer la comédie de la santé quand il paraît que tu te meurs, d'après ton beau docteur.

— C'est plate que t'aies pas pris rendez-vous avant de venir me voir, je t'aurais fait une place dans mon agenda. Là, je peux pas te garder, j'ai des trucs à régler.

— Ce sera pas long.

— J'ai cinq minutes. Pas plus.

Je devrais peut-être me mettre à genoux pour la remercier de son immense bonté. Sa propre fille vient lui rendre visite, elle lui donne cinq minutes. Faudrait peut-être que je porte une pancarte à mon cou : *Maman, je suis ta fille.*

— Veux-tu une tisane, j'expérimente une herbe de l'Amérique du Sud, le matté. C'est un antioxydant puissant, quatorze vitamines ! C'est appelé à remplacer le café et le thé…

C'est chaque fois pareil, je veux lui parler cœur à cœur, elle m'amène sur un chemin balisé, sans danger pour elle : les produits naturels.

— T'as pas autre chose ? De la coke ?

L'attaquer pour la faire réagir. Lui lancer des balles de feu pour qu'elle les attrape et me les renvoie comme on fait dans un vrai dialogue.

— T'es pas venue juste pour prendre de mes nouvelles. T'as besoin d'argent ?

— Non maman.

Et c'est la pure vérité. Je suis venue lui parler de Raynald, de sa femme et de ses enfants. À qui parler de sa détresse, sinon à sa mère ?

— Tu sais, Raynald…

— Parle-moi pas de lui.

— Il est marié, il a deux enfants.

— Bravo! T'as trois bonnes raisons de le mettre à la porte.

— Je veux qu'il divorce pis qu'on se marie, mais il dit qu'il a pas d'argent. Tu comprends, le juge va l'obliger à payer une pension pour sa femme et ses deux enfants, ça fait qu'il pourra pas prendre ma carrière en main. J'ai pensé que tu pourrais me passer de l'argent. Raynald divorce, je paye les pensions et il est libre de me mettre sur la mappe. Je vais te remettre l'argent quand ma carrière va prendre son essor…

— Tu viens juste de me dire que t'étais pas venue me demander de l'argent.

— Ben…

— Marie, ta carrière, elle est dans Familia, pas ailleurs… Je te l'ai toujours dit…

Et elle recommence sa vente, me rallier aux autres membres de la famille, devenir son esclave, obéir, obéir! Je sirote son matté. Ç'a beau avoir des qualités nutritionnelles exceptionnelles, ça goûte la grange. Maman, pourquoi les mauvais garçons m'attirent? Pourquoi je suis comme ça? De qui je tiens ça? Maman, je sais plus quoi faire de moi! Pourquoi je suis pas comme Pierre et Paul? Pourquoi je suis née *fille*? Pourquoi tu m'as faite? T'étais enceinte de trois mois à la mort de papa, t'aurais pu te faire avorter. Pourquoi tu m'as jetée dans un monde qui veut pas de moi? C'est ça que je venais te demander maman et que je garde pour moi, parce que ensemble, toutes les deux, c'est toi qui parles et moi qui écoute. Je voudrais tant qu'on soit comme des amies, qu'on se raconte tout, qu'on rie ensemble et qu'on pleure ensemble dans les bras l'une de l'autre. Il y en a des mères et des filles qui s'entendent bien, non? Il doit bien y en avoir.

— Marie, tu m'écoutes pas.

— Je pense que j'ai oublié quelque chose sur le feu, je suis mieux de rentrer chez moi.

— Ça tombe bien, ton temps est écoulé.

Bordel! Je lui serrerais le cou jusqu'à ce qu'elle me supplie des yeux de la laisser respirer! Un jour, je vais lui dire ce que je pense d'elle, comme ils font dans les téléromans, pis là on va se raccommoder, s'aimer enfin, se prendre dans nos bras, se demander pardon. Cette scène, que j'ai vue cent fois au petit écran, pourquoi ça arrive pas dans la vraie vie? Je ramasse mon grand sac à franges, ma cape en cuir à franges, je pose mon chapeau de cow-girl de biais sur ma tête comme j'ai vu en Arizona. Ma mère me regarde comme si je descendais d'un vaisseau spatial. Je sors de mon pas chaloupé qui l'énerve. Elle me regarde, sans un mot. Je me suis déguisée pour rien.

— *So long*, maman!

Si, au moins, mon père vivait, lui, il me comprendrait. Je pense souvent à mon père mort avant ma naissance. Je le vois grand et fort comme sur ses portraits. Il m'adore, je suis sa seule fille. Je me vois bébé dans ses bras, il me berce et me dit : « Tu es la plus belle, la plus intelligente, la meilleure chanteuse du monde. » S'il était là… Mais non, j'ai que maman qui me considère comme un déchet parce que je suis pas comme elle. Si au moins j'avais des seins. À quoi sert d'être une Maltais de la compagnie Familia si j'ai pas une cenne pour me faire poser des seins, pas une cenne pour aider mon *chum* à se débarrasser de sa femme et de ses enfants.

— Marie?

— Oui, maman!

Elle va me dire qu'elle m'aime, qu'elle me fait confiance et qu'elle m'aide à retenir près de moi l'homme qui peut m'aider à devenir une star.

— Ce gars-là, tu le mets dehors et je te paye… la poitrine.

— Je veux les deux.

— Bien sûr, je vais pas juste te payer un sein.

— Je veux Raynald et des seins.

— Ah non, je paye pas pour un divorce et pour les seins. C'est un ou… les autres.

❦

GERMAINE

Dans la cuisine. Elle sirote une tisane de réglisse.

Comment ça se fait? Chaque fois que je vois ma fille, c'est la catastrophe. Je suis gentille : elle m'agresse. Je deviens bête : elle s'insulte. Qu'est-ce qu'elle me voulait, vérifier si j'avais un pied dans la tombe? Ça l'arrangerait, ma mort. Elle pourrait s'offrir des seins et des fesses et un nez et un menton… alouette! Je suis injuste. Elle est peut-être venue me voir pour… me voir. Ç'a été mon rêve, toute ma vie, que ma fille vienne me visiter parce qu'elle s'ennuie de moi. On aurait jasé, on se serait fait des câlins, on aurait ri. Deux amies de fille! Non, je la connais. Quand elle vient me voir, c'est pour me demander quelque chose. Quand elle veut quelque chose, elle est comme moi quand je veux quelque chose : une teigne. La différence, c'est que c'est pas des seins que je veux pour elle, je veux que ma fille soit heureuse. Si je savais que deux seins la rendraient heureuse, je lui en ferais poser quatre, mais je sais que des morceaux de silicone donnent pas de talent. Ça, je le sais! Marie, Marie, Marie! Je me souviens d'elle dans mon ventre. J'étais certaine que c'était une fille, je le savais. J'étais devenue si grosse que mes fils arrivaient pas avec leurs quatre bras à faire le tour de ma taille. Elle me pompait l'air déjà, prenait toute la place. Le soir, elle m'empêchait de dormir en me donnant des coups de poing et des coups de pied dans mon intérieur comme pour me prévenir :

«Tu vas voir ce que tu vas voir.» J'avais hâte qu'elle sorte de moi, qu'elle me quitte, me débarrasse, mais en même temps, je voulais l'empêcher de naître parce que je savais qu'une fois sortie de mon cocon, elle serait un paquet de troubles. Et puis, au moins, dans mon ventre, j'avais pas à la nourrir, à l'habiller. J'étais une jeune veuve sans argent et sans expérience, habituée à obéir aux ordres de mon mari, à me plier à ses exigences, à ses désirs, sachant pas qui j'étais et surtout sachant pas si j'étais capable de vivre sans un homme pour me dire quoi faire. Une poule pas de tête! Je voulais une fille, mais j'étais déçue en même temps d'en avoir une. Je veux le meilleur pour mes enfants et naître homme, c'est naître gagnant, l'homme c'est le pouvoir et l'argent. Les hommes sont papes, chefs d'État, dirigeants de compagnie, et ils gagnent vingt-cinq pour cent de plus que les femmes. Je voulais pas d'une autre dominée, d'une autre inférieure, d'une autre sous-payée. Mes eaux ont crevé alors que je donnais le bain à mes gars. J'ai rincé, asséché mes gars, je leur ai mis leurs plus beaux pyjamas, je les ai installés dans leur lit avec un sac de biscuits Village et j'ai frappé sur le tuyau du calorifère. Trois coups! La madame en bas est montée et dix longues heures plus tard, j'ai éjecté ma fille de mon ventre! Ma fille! J'aimais pas la femme que j'étais, comment j'aurais pu aimer la femme qu'elle serait? C'est pas ma fille que j'aimais pas, c'était le fait que mon enfant soit du même sexe que moi et que, fatalement, on serait en compétition. Elle s'est mise à brailler, à demander de l'attention. Ç'a pas arrêté depuis. On est en guerre toutes les deux : la guerre du pouvoir. La bagarre est notre façon de communiquer. Ça m'empêche pas de vouloir son bien plus que le mien. Je sais où est son bien et il est pas avec ce beau parleur de Raynald, menteur professionnel et pique-assiette diplômé. Trouver le nom et l'adresse de la femme de Raynald et faire en sorte qu'elle reprenne le père de ses enfants au plus vite. Que ça coûte ce que ça voudra! C'est mieux de mettre de l'argent sur la réconciliation d'un couple que sur son divorce. Je fais une bonne œuvre tout en protégeant ma fille. Je peux même lui trouver un travail… en Irak ou le faire arrêter pour escroquerie. Quand Marie subira plus cette mauvaise influence, je suis sûre qu'elle va mettre de côté ses rêves de gloire western, se ranger, prendre le chemin droit, bien pavé, tracé par moi et qui mène au bonheur. Une chance qu'elle m'a! Je suis là, je veille sur elle. Je la laisserai pas passer à côté de la vie. Elle me remerciera plus tard…

OLIVIER

Dans la chambre où Germaine est allongée sur son lit.

— Je te parle sérieusement, Germaine. J'aime pas du tout le jeu que tu joues avec ta famille.

— On joue toujours un jeu quand on fait partie d'une famille.

— Tu vas leur dire la vérité ou c'est moi qui vais leur dire que ta tumeur est tout à fait inoffensive, que tu mourras pas de ça. Le jeu moi…

— Je joue pas de jeu, j'évalue qui doit me remplacer, et ma grille d'évaluation est basée sur ma présumée mort prochaine.

— T'évalues qui t'aime le plus?

— Et puis?

— Celui ou celle qui t'aime le plus n'est pas nécessairement celui ou celle qui est le plus qualifié pour te remplacer.

— De quoi tu te mêles? Je te dis, moi, comment soigner tes patients?

— Je me mêle de ton bonheur.

— Penser au bonheur de mes enfants, c'est penser à moi.

— Tu peux pas faire le bonheur de tes enfants malgré eux.

— On voit bien que t'as jamais eu d'enfants.

— Donc, je peux pas te soigner parce que j'ai pas de tumeur au cerveau.

— De quel droit tu me parles sur ce ton-là ? T'es pas mon mari, t'es même plus mon amant.

— Je t'aime.

— Je le savais que, dès que j'aurais une maladie, t'en profiterais pour t'insérer dans ma vie à coups de « je t'aime ».

— Tu m'aimes toi aussi.

— Non.

— Tu m'aimes, tu me l'as dit.

— Je t'ai menti. J'aime personne d'autre que mes enfants.

— Ça te fait plaisir de penser ça, ça fait de toi une sainte. *Mater familia*, priez pour nous…

Je suis peut-être allé trop loin, elle a blêmi, s'est renfoncée dans ses coussins : une poupée de guenille.

— Il faudrait que tu arrêtes de te raconter des histoires, ma chérie.

— Sacre ton camp !

— Tu le sais que je vais revenir. Chaque fois que tu m'as mis dehors, je suis revenu.

— Olivier, c'est fini nous deux, quand mon mari est mort, j'avais besoin de sexe. C'était toi ou un vibrateur.

— Menteuse. C'était moi et le vibrateur.

Je ris pour la faire rire. Elle ne rit pas. Sa bouche est refermée sur ses dents. Un trait, comme si elle avait fait un trait sur moi. Une raie de cheveux blancs pointe sous la teinture de sa tignasse noire. Elle est ridée, fripée, maganée. Et je l'aime encore plus.

— Qu'est-ce que t'as à me regarder comme ça ?

— Je te trouve belle.

Je l'ai tant aimée, tant désirée. J'aurais pu me marier avec une autre, plusieurs autres, avoir des maîtresses : mon cœur était pris, mon corps rassasié. J'aurais pu être père... J'aurais aimé être père. Je lui ai sacrifié la paternité. Elle m'a même pas donné la chance d'aimer ses enfants. Je les connais pas. Je lui ai été fidèle pendant quarante-six ans, sans effort. J'espérais qu'elle finirait par m'aimer mais bon, moi je l'aimais et il y a plus de joie à aimer qu'à être aimé. N'empêche... J'espère toujours. Un jour, elle va comprendre qu'il y a moi, aussi, dans sa vie. C'est cet espoir qui garde mon amour au chaud, qui le conserve. C'est vrai qu'elle est vieille et... belle! Comment lui faire comprendre qu'il est temps qu'elle pense à moi, à nous deux et qu'elle vende son entreprise. Je lui en parle? Je risque de recevoir la bonbonnière de cristal par la tête. Et puis après? J'ai déjà reçu un cendrier en bronze – du temps où je fumais – une carafe à scotch – du temps où je buvais – et je n'en suis pas mort.

— Chérie, je te parle en tant que médecin...

— La médecine! Pouah!

— Je te parle en tant... qu'ami.

— Depuis quand es-tu mon ami?

— Vends!

— Ma famille, c'est Familia et vice versa. Enlève-moi l'un ou l'autre et je meurs. Tu veux ma mort? Ne me parle plus jamais de cette folie-là. Vendre? Aux Américains? Comme tout le monde? Tu me connais mal.

— Germaine, il te reste peu de temps à vivre, je veux dire, tu as quatre-vingts ans, il te reste quoi pour profiter de la vie? Dix, vingt ans au plus? Pour l'amour du saint ciel, profites-en!

— Et c'est quoi profiter de la vie d'après toi? Passer l'hiver en Floride, jouer au golf, apprendre la salsa? Et c'est pas vrai qu'il me reste peu de temps à vivre, il me reste le temps que je veux. Je suis pas encore prête. Tu me fatigues, je vais faire un somme. Tu lis ici dans le fauteuil ou tu vas lire chez toi. Tu fais ce que tu veux.

— Euh… Je vais lire ici.

Je la regarde fermer les yeux et j'attends, idiot que je suis, qu'elle me demande de venir m'allonger près d'elle sur son grand lit où on a fait si souvent l'amour. Elle ne me le demandera pas. C'est sa façon de me punir de lui donner des conseils. Pourquoi je l'aime tant ? Elle me fascine. Je suis un spectateur, et elle est une actrice. L'un ne vit pas sans l'autre.

Elle dort…

ISABELLE

Chez elle, dans le salon de la maison de Saint-Lambert, en compagnie de son mari.

Qu'est-ce que je fais avec cet insignifiant-là ? Je le regarde qui regarde la télévision, étendu comme du beurre de *peanut* sur une toast ! Michel est même pas *crunchy*, il est crémeux, sur le bord d'être collant. Je sais, j'ai une belle maison, deux étages, un sous-sol fini, trois toilettes, deux garages, une piscine creusée, des fleurs, un jardin de fines herbes, une boîte à compost, le *kit* du bonheur branché. Je sais, mes garde-robes débordent de guenilles signées. Je m'ennuie, j'achète ! J'ai une auto que je change tous les deux ans. Mon mari me bat pas, me trompe pas. Mes enfants sont ni drogués ni alcooliques. Un peu de *pot*, un peu de bière, pas plus. Valérie et Simon ont trouvé comment gérer leurs problèmes de jumeaux : moins ils se voient, plus ils sont heureux. Éric lui… c'est un cas. Il vit dans sa chambre depuis qu'il est né, renfermé sur lui-même sans contact avec nous autres. J'ai pensé qu'il était autiste, mais non, il communique par Internet. Son problème, c'est moi et son père. Une chance qu'il est bon en classe. Est-ce que je l'aime? Depuis quand les parents se demandent s'ils aiment leurs enfants? «Avant, comme dit Germaine, on avait des enfants, on les élevait du mieux qu'on pouvait, on savait pas qu'on devait les aimer en plus.» Je suis rendue que je cite mon ennemie, je suis pas bien. J'ai tout fait pour accepter ta naissance, Éric, j'y arrive pas. Je suis une mauvaise mère, et je suis une mauvaise mère parce que j'aime pas ton père. Pourquoi je reste avec lui? Pourquoi je couche avec lui? Pourquoi je lui avoue pas que je le trompe depuis des années avec Ti-Loup? Pourquoi j'ai pas le courage de tout quitter et d'aller rejoindre l'homme que j'aime? Pour partir, il faudrait que quelqu'un prenne la décision à ma place. J'ai toujours laissé les autres me mener par le bout du nez : d'abord ma mère, mes sœurs et mon père, puis après Germaine, la famille Maltais. J'ai été une balle entre leurs mains, une balle de guenille, une balle qu'on lance et qu'on relance et qui arrive pas à rebondir. L'ogresse a décidé que j'épousais son petit-fils. Ti-Loup a décidé qu'il devait me consoler. J'ai suivi. Je suis la femme qui suit. Suivre le train plutôt que le prendre. Je reste tranquille, parce que si je parle, si je dévoile ce qui s'est passé une certaine nuit au chalet, la famille Maltais va sauter et moi avec, et j'aime pas le bruit des bombes qui éclatent. Je suis porteuse d'une bombe et je prends plaisir à la garder sur moi, et je me félicite tous les jours de pas l'amorcer. Bonne Isabelle, bon chien! Mais les chiens doux mordent parfois et leurs crocs sont empoisonnés. Ce que j'aimerais, ce que j'ai toujours souhaité, c'est une ultime rencontre avec la cause de mes malheurs, Germaine. Sur son lit de mort, peut-être que j'aurais moins peur de lui dire que je lui en veux de m'avoir fait ce qu'elle m'a fait, au moins elle aura pas la force de me sauter au visage. Je vais lui dire... Je passe des nuits à imaginer des dialogues où la vérité éclate et où je lui crie ma haine. Arrête de faire les questions et les réponses dans ta tête. Va trouver la sorcière et dis-lui ce que tu veux lui dire entre quatre yeux, maintenant qu'elle va mourir. T'as peur ! Mais oui, j'ai peur, peur qu'on me croie pas, peur du vide que ma bombe va causer en explosant, du vide dans lequel je vais être emportée moi aussi. Je pourrai plus voir Ti-Loup, on va le congédier. Ma famille va m'en vouloir de crier enfin la vérité après m'être tenue silencieuse pendant toutes ces années. Je vais être accusée de briser l'empire de Germaine, de faire éclater une famille exemplaire. Je vais devenir la méchante, l'affreuse, l'ennemie à abattre. Ils vont me poursuivre en cour, se payer les meilleurs avocats de Montréal, me battre à plate couture. J'ai trop attendu. Moi seule souffre, et c'est très bien ainsi. J'avais juste à dire « non ». À moins que, devenue vieille et malade, Germaine se confesse à la famille et… raconte sa version des faits où je finirais par être reconnue coupable de toute façon. Que vaut la parole d'une « rajoutée », comme elle dit ?

— As-tu des nouvelles de… ta grand-mère ?

— Oui.

— Comment est-elle ?

— Bien.

— Es-tu allé la voir ?

— Elle est venue au bureau.

— Tu lui as parlé ?

— Bien oui.

— Je veux dire, parler… intimement.

— Isabelle, je suis intime avec ma grand-mère, je lui parle toujours intimement.

— Elle t'a parlé de rien ?

— Quoi rien ?

— Des… des histoires de famille.

— Quelle histoire de famille ?

— Chaque famille a un secret, il paraît.

— Pas nous autres. C'est parce qu'on se dit tout qu'on est la famille la plus prospère du pays. Les cachettes, ça mine la confiance et sans confiance, il y a pas de famille qui tienne. Hein, Isa?

— Oui, oui, oui, j'ai confiance en toi.

— Moi, est-ce que je devrais?

— Quoi?

— Avoir confiance en toi?

— On est mariés depuis un bout...

— Quand tu pars au chalet toute seule...

— J'ai jamais, jamais amené quelqu'un que tu connais pas au chalet.

— Mais tu dois avoir... faim, on... s'empiffre pas souvent.

— C'est fou comme t'es romantique.

— Je suis pas bon dans les paroles d'amour.

— À qui le dis-tu!

— Je peux te le prouver tout de suite que je t'aime. Je suis un homme de preuves et de peu de mots.

— J'ai mes règles.

— J'aime ton sang.

— Dis pas ça, tu m'écœures.

— J'aime tout ce qui vient de toi...

J'ai pas choisi de l'épouser, il m'a été imposé. Jamais de toute ma vie je l'aimerai. Avoir le courage de lui dire que je reste avec lui parce que je suis lâche, que j'ai peur parce que je sais pas où aller, que je sais pas comment gagner ma vie. Avoir le courage de partir, me délivrer du secret qui m'empêche de respirer et qui me tue à petit feu.

— Demain Isa?

— Mes règles durent cinq jours.

Je sais que je suis dure avec lui, mais comment m'en débarrasser autrement? Coucher avec lui est d'un pénible! Si au moins il me payait pour le faire, mais non, il me reste rien, juste son jus gluant entre mes cuisses. Il zappe, trouve un documentaire où les animaux s'accouplent. Je peux me lever, aller prendre une pilule et m'endormir en pensant que je fais l'amour avec Ti-Loup. Et si la mort de Germaine allait me délivrer, m'enlever le couteau du cœur? Elle vivante, je peux que me souvenir. Elle morte, je suis libérée! J'ai honte de souhaiter sa mort, mais cette femme est la cause de tous mes malheurs. Je commencerai à respirer quand elle sera incinérée jusqu'à sa dernière dent! Bon débarras! Pilule, mon amour, fait effet et vite... Ne plus penser à elle ni à son fils, penser à Ti-Loup, à sa douceur. Ti-Loup, doux, doux, doux, si doux.

❧

TI-LOUP

Dans son *shack* au lac Caché.

Manger, trapper, fourrer! Attaquer quand je suis attaqué. Me sauver quand j'ai peur. Me mêler de mes affaires. Pas trop parler, trop parler nuit. Pas trop faire d'argent, l'argent corrompt. Je suis riche de levers et de couchers de soleil, d'odeurs de sous-bois, de pluies et de tempêtes de neige. Je suis heureux et ce qui me rend heureux s'achète pas. Je saisis chaque instant qui passe et je m'en fais cadeau. Je jouis de l'instant présent. Je le regarde arriver et je le savoure avant qu'y parte. Mes fenêtres sont mes postes de télévision. Les programmes changent selon l'heure et le temps, pas besoin de zappette. Y en a qui disent que je suis innocent, moé je dis que c'est eux autres qui sont nonos, parce qu'ils voient pas les beaux côtés du monde qui les entoure. Pour eux autres, personne est sincère, toutte est arrangé, pourri. Moé, je pense que c'est juste des pissous. Il faut être brave pour croire en la vie. Je suis brave. Y en a qui ont peur de moé parce que je suis pas comme les autres, à courir après le succès et l'argent : je suis autrement et j'm'aime de même. Je pourrais pas mettre un habit pis une cravate pis aller vendre des assurances en ville : je mourrais étouffé par la pollution. La crasse de la ville, c'est ben plus crasseux que la crasse de la campagne. L'odeur de mes peaux de fourrure qui sèchent ? Ça sent cent fois meilleur que leur monoxyde de carbone. Pis je connais pas de cancer causé par des peaux de bête qui sèchent. Je me vois pas prendre le métro avec du monde que je connais pas. Le monde en ville, y se mettent peut-être la main devant la bouche pour tousser, mais y te passent leurs saletés en te serrant la main à tour de bras. Je saurais pas quoi faire avec un quêteux qui me demande une piastre pour manger quand y a juste à travailler pour se la faire, la piastre. En ville, j'aurais peur de me faire tuer par touttes ces fous armés d'autos qui se cachent derrière leurs vitres pour t'insulter avant de te tuer… Si tu t'ôtes pas de leur chemin, y foncent sur toé ! Pis rester dans un logement au troisième étage, à écouter les autres péter… Des fois je me dis, quand je me parle : « Si mamzelle Zabelle te demandait d'aller vivre avec elle, en ville, irais-tu ? » Je me réponds sur le même ton : « Non ! » J'espère qu'elle me le demandera pas. Je l'aime mais je serais pas capable d'aller m'exiler là où on entend plus les oiseaux, où on sent plus l'odeur du foin, où on voit le ciel découpé en petits carrés, entre deux édifices. Elle me le demandera pas. Habillé en monsieur, j'aurais l'air d'un épouvantail à moineaux. Si j'y demandais de venir vivre dans mon *shack*, elle, elle viendrait-tu ? J'y demande pas, j'ai ben trop peur de la réponse. Ce qu'elle veut, c'est que je sois pas pareil, parce que des pareils, y en pleut en ville. Des fois, je me dis quand je me parle : « Pourquoi elle m'aime ? » Je me réponds sur le même ton. « Pourquoi je l'aime ? » L'amour pis la raison ça fait deux. Y a pas de raison, y a juste que j'ai de l'amour à pas savoir quoi en faire, de l'amour pour touttes ceux qui sont pas capables d'aimer, de l'amour pour touttes ceux qui seraient capables d'aimer, mais qui veulent pas parce qu'y ont trop peur que ça leur fasse mal quand ça finira. Là, là, moé, j'ai tellement d'amour dans mon cœur que j'ai le goût de prendre le monde dans mes bras et de le bercer jusqu'à ce qu'y se calme. Touttes ceux qui font du trouble, qui cherchent la chicane dans le monde, je suis sûr qu'y leur manque des tours de chaise berçante. Je les bercerais à tour de rôle et y aurait plus de guerre. C'est ça, la puissance de l'amour. Quand mon surplus d'amour déborde, dans ce temps-là, je m'en vais sur le lac et là, je lâche un grand « Zabelle », pis après je suis correct et j'attends qu'elle revienne. Elle revient. Je la touche, l'effleure, la caresse, la respire, l'aspire, la lèche, la bois, la mange. Et pis même quand elle est pas là, je pense à elle et je sais qu'elle pense à moé. Elle est en moé, je suis en elle, chacun à notre boutte du monde. Quand elle vient icitte, elle parle pas, me dit pas bonjour ou bonsoir. Selon le temps du jour qu'elle s'amène, elle a juste à me regarder et je sais ce qu'elle veut, se faire bercer pis se faire baiser. On commence par un, pis on finit par l'autre. Elle parle pas, je m'en sacre. J'ai pas besoin qu'elle me parle, elle est là. Bon, ben, je pense qu'elle viendra pas aujourd'hui. Je vais pisser dehors avec les chiens, regarder un peu les étoiles pis je me couche, pour rêver à elle.

❧

MICHEL
Au bar du club privé où les Maltais sont membres.

Je déteste ce club. Mon père sait que je déteste ce club, c'est ici qu'il veut me rencontrer, évidemment. Il a jamais tenu compte de mes goûts ni de mes opinions, notamment politiques. Il pense que le rouge ancestral a déteint sur toute sa famille.

Je sais que si je lui disais que je suis souverainiste, il me renierait. Papa, il est comme sa mère. On doit penser ce qu'il pense, aimer ce qu'il aime, un point c'est tout. Il croit encore que le père de famille est le représentant laïque de Dieu sur la terre. S'il y croit plus, il fait semblant qu'il y croit parce que ça l'arrange. On croit juste ce qui nous arrange. Moi, la religion, la politique congénitale, les boiseries de chêne, les tapis de Turquie, le respect dû au *pater familia*, c'est pas de ma génération. Je sors d'ici! Je vais pas m'enfermer dans un sanctuaire d'oiseaux de proie. Ça arrive que je propose à mon père un restaurant branché. Tant qu'à manger au restaurant, aussi bien en jeter plein la vue à ceux qui vont être les riches de demain. C'est du marketing! Manger ici entre riches apporte rien. Ici, la moyenne d'âge est de cent deux ans. Pas de serveuses à la jupette qui retrousse, rien que des serveurs serviles passés d'âge. J'aime, quand je mange, regarder des belles filles, clientes, serveuses ou prostituées. C'est pas que je veux acheter, mais j'aime magasiner. Je l'ai toujours trouvée bonne celle-là. Je me demande si Isa magasine? Me tromper, ça je sais qu'elle le fait pas. Isa, faut que j'y donne ça, elle est fidèle : elle aime pas le sexe. J'aime la fidélité, je suis fidèle à ma femme, à mon père, à ma mère, à ma grand-mère, à Familia, à la famille, au boucher, au boulanger, au coiffeur… même si ma fille Valérie trouve que je me peigne en fesse comme dans les films de Fred Astaire. Je suis un «méga rétro», comme dirait Éric, mais je suis bien en rétro. Je veux pas me triturer les méninges avec des questions existentielles. Il y a une vie à vivre, je la vis, les yeux fermés, les oreilles bouchées. Les trois petits singes sur mon bureau, un qui se bouche les yeux, l'autre les oreilles et le troisième la bouche, c'est tout moi. Je donne cinq minutes à mon père pour arriver puis je sacre mon camp. Je me sens inférieur quand j'attends.

— Ah! P'pa!

— Salut, fiston.

Le «p'pa» m'a échappé. Il peut m'appeler fiston même si j'ai trente-six ans, mais je peux pas l'appeler «p'pa». Mon père aime pas les familiarités, comme si être familier dégénérait en sentimentalité. Il haït la sentimentalité entre hommes. C'est pas viril. «Je te donne pas de bec, tu vas me baver dessus» est une phrase qui m'est restée. Je lui tendais la bouche pour avoir un bec, il me tendait la main. Chaque fois qu'on se rencontre, j'espère qu'on va avoir une vraie conversation père-fils, qu'il va me demander sérieusement des nouvelles de ma vie amoureuse, des nouvelles de ma vie de père, des nouvelles de moi, moi, moi.

— J'irai pas par quatre chemins, fiston. Il y a un problème.

— Moi ça?

— Pas toi. Familia.

J'aurais aimé qu'il me trouve un problème à moi, on aurait essayé de trouver une solution ensemble. J'aurais été le centre de son attention, mais non, j'existe seulement en tant que membre de l'entreprise Maltais. Comme fils, je compte pas, je suis rien. Je suis le serviteur de mon père qui, lui, est le serviteur de sa mère. Je suis la cinquième roue de la charrette, comme dit grand-maman, la roue de secours dont on se sert rien qu'en cas de besoin.

— Il va falloir tenir un conseil de famille pour retirer à maman le droit de diriger Familia. Je me suis renseigné sur Internet, une tumeur au cerveau peut affecter son sens des affaires et même son sens pratique. Elle a plus les facultés enlignées... il faut pas attendre la grosse gaffe avant de...

Je l'écoute plus, je sais que depuis longtemps il veut écarter grand-maman, l'occasion est belle.

— Je me mêle pas de ça.

— Crisse! Fais un homme de toi! Pour une fois, mets tes culottes.

— Je trouve que grand-maman a toute sa raison. Je voterai sûrement pas au conseil pour qu'on la fasse interdire. Je les mets mes culottes !

Il devient rouge comme une tomate. Il a pas l'habitude d'être contrarié, surtout pas par un ti-cul qui est rien que son fils, et encore, un fils pas intelligent et de peu d'envergure d'après lui.

— Tu vas voter comme je te dis de voter !

— Non.

Je l'ai pas dit fort mais je l'ai dit, en le regardant dans les yeux. Je suis fier de moi. Je soutiens son regard.

— C'est plein de comptables qui demanderaient pas mieux qu'avoir ta *job*.

Celle-là, il me l'a faite des centaines de fois : c'est la fois de trop.

— Je t'envoie ma démission cet après-midi.

Je me lève de mon siège capitonné. Je sors doucement en me plantant les souliers dans le tapis pour pas flotter. J'ai tenu tête à mon père ! Je sacrifie Familia à mon honneur ! Bien non, je sais qu'il acceptera jamais ma démission. Familia est une affaire de famille, et la réputation de Familia passe avant tout. J'ai frimé. Est-ce que j'ai gagné ?

— Fiston, reviens ici, monte pas sur tes grands chevaux, on peut parler. Un père, un fils, ça se parle, il me semble. Assis-toi.

Je me rassois. J'ai hâte de raconter à Isabelle que j'ai tenu tête à mon père, elle va être fière de moi. Ah, j'oubliais, elle est partie au chalet. Et pendant que mon père tente de me persuader d'être le complice du meurtre de sa mère – c'est la tuer que de lui enlever le contrôle de Familia, que de lui enlever la gérance de son argent, que de la rendre dépendante de ses enfants –, je me demande ce que ma femme fait de ses journées au chalet, seule. Le doute, le maudit doute ! S'il fallait que son corps, que je désire parce qu'il m'est inaccessible, elle le donne à quelqu'un d'autre. La pensée de ma femme en train de jouir avec un autre me transperce le cœur. La douleur est foudroyante! Mais non, Isa aime pas l'amour. Isa a pas de sexualité. C'est une barre de savon mouillée. Aussitôt dans mes bras, elle glisse. Insaisissable Isabelle!

— C'est pas souvent que j'ai besoin de mon fils, mais là.

— Si je peux t'être utile, papa.

C'est la première fois que mon père a besoin de moi. Sa Majesté a besoin de moi!

— Tu peux compter sur moi.

— Il s'agit de ton avenir. Ton avenir, c'est Familia et Familia est en danger. Moi, je me fais vieux. Il me reste quoi, dix, douze ans avant ma retraite. Non, je m'inquiète pour toi. Je te le dis pas assez souvent, mais j'ai beaucoup d'a… d'affection pour toi. On est pas des minoucheux dans la famille, je garroche pas des petits mots doux, mais quand je suis dans la merde, je sais à qui faire confiance. Familia est pas en perdition, mais peut le devenir si on réagit pas rapidement.

— Je vais faire ce que tu vas vouloir.

— Je te demande rien de pas légal. Je te demande juste de pas me démentir quand je vais dire que ta grand-mère a pas toute sa tête.

— Tu la vois plus souvent que moi. Si tu penses, toi, que grand-maman a perdu un bardeau.

— Je fais pas juste le penser, je le vois.

— Si tu le vois, toi.

Je viens de vendre ma grand-mère pour un peu d'attention. Ah non, il reparle de la Chine. Il me reproche la perte de revenus considérables. Je reviens à Isabelle. C'est peut-être moi qui ai pas le tour avec elle. Non, c'est elle qui est frigide. Je l'ai su dès le premier soir. On revient des noces, moi, je suis bandé jusqu'au menton… Je veux me coucher, étrenner le lit d'eau. Non, elle,

elle veut partir tout de suite pour le voyage de noces au lac Caché. On arrive au lac en plein milieu de la nuit. J'ai pas débandé. Elle veut aller faire un tour en canot sur le lac, sans moi.

— M'écoutes-tu, Michel?

— Papa, je suis avec toi à cent pour cent.

Je vendrais le reste de la famille pour savoir ce que fait Isa quand je suis pas là. Elle fait rien, elle prend ses maudites pilules, puis elle se promène sur le lac en canot. De toute façon, je sais pas qui voudrait d'une fille qui aime pas baiser. Ma femme est une dépressive qui aime être seule, c'est tout, et c'est comme ça que je l'aime. Je me vois pas avec une femme comme ma grand-mère. Ça, jamais! Je pourrais pas! Une, c'est assez!

— Pis toujours, Isabelle, toujours sur le piton?

— Oui, oui. Bien de bonne humeur. Sais-tu, papa, je pense que je vais rentrer. Elle m'attend… T'sais veut dire!

— J'aime ça que ça aille bien entre vous deux, dans le lit. Le bonheur dans le couple, c'est ce qui se passe en dessous de l'édredon. Si ça va bien là, tout va bien. Bien content. Fais-y pas mal. Isabelle, c'est une bonne bru. J'ai vu je sais pas combien d'entreprises familiales sauter à cause d'une mauvaise bru…

Pourquoi il me parle d'elle? Il m'en parle jamais, il lui adresse jamais la parole. Bonjour, bonsoir, pas plus. Peut-être qu'il sait des choses que je sais pas? Il faudrait un jour que je fasse suivre Isa par un détective privé. Non. Ce qu'on sait pas nous fait pas mal.

꒰꒱

PAUL
Sur le voilier de Familia ancré au club nautique de Cancún.

— Envoie-moi un billet d'avion et je vais aller vérifier si maman a perdu le nord… Engueule-moi pas Pierre, t'as besoin de moi pour faire tes petites saletés... Ça prend pas avec moi ce raisonnement-là. Ce que tu veux, c'est mettre maman de côté pour prendre le contrôle de Familia. C'est pas parce que je suis loin que je suis con. C'est ça, je vais y penser... Appelle-moi pas, je vais t'appeler... Salut.

Cré Pierre! Je pensais jamais qu'il irait jusqu'à faire passer maman pour folle. À moins que la tumeur ait vraiment attaqué son cerveau. Non, pas maman!

— Oui chérie? *I am coming. I was on the phone with my brother, the vice president of my* succursale *in Montreal. Familia, big compagny. Me the boss, him, little boss* des bécosses.

— *What?*

— *Never mind!*

— *I love you!*

— *I love you too,* mon trésor.

C'est vrai ce que je dis, c'est mon trésor en argent comptant. Puis je l'aime. J'aime qu'elle soit australienne, j'aime qu'elle comprenne pas le français, qu'elle ait jamais mis les pieds au Québec, comme ça elle peut pas vérifier si ce que je dis est vrai. J'aime qu'elle soit naïve comme une valise, qu'elle ait pas couché avec un homme depuis que son mari est mort, ce qui la rend vulnérable en diable au premier *crook* qui passe. J'adore qu'elle soit riche à millions. Ça, j'aime tellement ça que je vois pas qu'elle a le nez long, le cheveu rare, qu'elle a deux pieds de plus que moi et qu'elle est sexée comme une échelle... Ça faisait longtemps que j'attendais ma moitié. Ma moitié! Je suis la moitié pauvre, elle est ma moitié riche : c'est ça l'amour, former un tout. Quand je vais dire ça à la famille, que j'ai frappé le *jackpot*, ils vont tous en baver de jalousie.

— *I want to marry you right away.*

— *I still love my husband. Wait please.*

Baptême, une autre «faiseuse»! Elle aime encore son mari! Je vais le lui faire oublier, moi, son mari. C'est vrai qu'hier, j'ai pas réussi à lui faire oublier grand-chose. C'était l'énervement. C'est pas tous les jours que tu frappes une pépite d'or de la grosseur d'un *truck*. Quand elle s'est mise à me dire ce qu'elle valait en argent australien et que je me suis mis à convertir en argent canadien, j'avais le sang dans la tête : il est pas descendu.

— *Come in the bed, darling.*

Je pense qu'il va falloir que je fasse appel à ma petite pilule bleue. Ah, non, le Viagra, ça prend une heure avant de faire effet...

— *I have an important business phone call to make. In an hour, my love.* Allô Maman ! C'est Paul ! Comment vas-tu, maman ? Moi, je vais bien, très très, plus que bien. C'est pour ça que je t'appelle. Je suis en amour... Cette fois-ci, c'est sérieux. Je me marie... Je sais pas la date exacte, mais... Maman, c'est une Australienne riche à millions... Bien fine !... Bien belle aussi, mais la beauté, c'est relatif, moi, c'est l'âme qui m'intéresse... Je veux pas de noce, je veux juste me marier au plus coupant... Comment ça, tu veux la connaître avant ? J'ai cinquante-quatre ans maman, j'ai pas de permission... De la marde, la famille !... Maman je te demanderai plus jamais d'argent, t'es pas contente ? Je vais être riche maman !... Le pétrole, je pense. Je lui ai pas demandé. Je suis pas un goujat !... Coudonc, maman, Pierre dit que t'as plus toute ta tête : ça paraît pas pantoute. Pierre, il veut lancer un mandat d'inaptitude contre toi, il vient de m'appeler. Maman, es-tu là ? Maman ?

Je pouvais pas ne pas le lui dire. C'est pour son bien.

GERMAINE

Dans sa maison du boulevard Gouin, elle regarde par la fenêtre du salon des jeunes gens qui passent.

C'est beau la jeunesse. Moi, à leur âge, j'étais la fille qui se laissait faire par les garçons. Celle que les garçons pointaient du doigt en se pourléchant les babines. Ils se passaient le mot. Germaine, c'est une fille facile, elle aime ça! Ce que j'aimais, c'était pas le sexe, c'était que quelqu'un s'occupe de moi, le temps de me fourrer et de me laisser. Ça durait des fois quelques minutes, d'autres fois quelques secondes, quand ça finissait pas avant même d'avoir commencé. Les caresses avant l'acte, quand il y en avait, je prenais ça pour de l'amour, le reste je me fermais les yeux, je pensais au prince charmant de mon livre de contes : je faisais l'amour avec lui. Je me dédoublais. C'était pas moi qui se faisait prendre comme on visse une vis, c'était une autre. Moi, j'aurais voulu qu'on continue un peu à se caresser après, qu'on parle un peu, mais les garçons étaient honteux d'avoir profité de moi et ils fuyaient comme si le feu était pris dans mon vagin. Le lendemain, ma faim d'être remarquée étant toujours aussi intense, je recommençais en attendant l'amour avec un grand A. J'allais le trouver mon prince charmant, j'en étais sûre. Il me donnerait un baiser et je m'éveillerais d'un long cauchemar, et je serais heureuse, enfin heureuse. Insignifiante! Je savais pas encore que mon bonheur me viendrait pas d'un homme, mais que je me le fabriquerais moi-même et que j'en aurais assez pour le donner à ma progéniture. J'avais pas eu une enfance heureuse, mes enfants, eux, seraient heureux. Du travail! Du travail! Du travail! J'ai tellement travaillé qu'il est normal que je fasse attention à mon argent pour les années à venir. Après l'orphelinat, j'ai travaillé à cueillir, à vendre mes herbes sur les routes. L'été, je couchais dans les granges, dans les fossés, sur les grèves. Les familles n'ouvraient pas leurs portes à une fille qui connaissait le secret des plantes : c'était une sorcière. Les maîtresses de maison avaient peur de moi mais j'attirais leurs garçons, même les maris des fois. Je m'arrangeais toujours pour avoir un peu d'affection que je payais avec du sexe. J'aurais été contente de devenir enceinte. Enfin, j'aurais eu quelqu'un pour m'aimer à vie. Je serais devenue indispensable à quelqu'un. J'aurais pu me passer des hommes parce que j'aurais eu les caresses de mon enfant. En échange, je lui aurais juré de faire son bonheur. Ah ça, lui, il en aurait eu de l'amour, ah oui, lui, il aurait été heureux. J'avais pas de logement, pas d'argent, pas de parents, mais j'aurais été riche d'un bébé dans mon ventre.

— T'es absorbée, grand-maman, tu m'as pas entendue entrer.

— Il y aura pas de biographie, Laurence.

— J'ai déjà commencé. Je venais te montrer justement… Le plan !

— Donne. Il y aura pas de biographie. Je veux pas me souvenir de mes souvenirs.

— Non, pas la déchiqueteuse ! Mamitaine !

— Trop plate.

— Grand-maman, tu parles jamais de toi, je te connais pas. Là j'aurais pu savoir.

— Il y a rien à savoir. Fini ce projet-là.

— Je me faisais un plaisir de connaître ton passé, tu veux jamais nous le raconter…

— Me reparle plus de ça. Ça avance le concept de « Le bonheur par la santé » ?

— Grand-maman, qui es-tu ?

— C'est pas à moi qu'il faut demander ça, mais à toi. Qui es-tu, Laurence ?

— Touchée !

— Tu montreras pas à un singe à faire des grimaces.

— Je sais. Comment va ta santé, toujours ?

— Ma tumeur est toujours là, mais j'ai toute ma tête, c'est ce qui compte.

— C'est pas ce que papa laisse entendre.

— Paul m'a dit que ton père veut lancer un mandat d'inaptitude contre moi.

— Il paraît…

— Il veut me mettre au rancart parce que j'ai une tumeur au cerveau. C'est Pierre qui est malade dans la tête!

— Papa veut prendre le contrôle de Familia, t'écarter pour toujours. Moi, tu le sais ce que je pense, Familia est une affaire de femme et doit rester entre les mains d'une femme, de deux femmes. Toi et moi.

— Sais-tu je suis occupée. On va se dire bonjour. Bonjour ma grande. Merci d'être venue me voir.

— Il m'a demandé si je témoignerais de ton… inaptitude.

— Qu'est-ce que tu vas faire?

— C'est dommage que tu veuilles pas d'autobiographie, ç'aurait été très vendeur.

Un chien engendre pas une camionnette! J'ai des enfants comme je les ai faits! Pierre pense que j'ai pas toute ma tête. Il va voir ce qu'il va voir.

VALÉRIE
Courriel n° 11

Simon, mon amour, te souviens-tu de l'été où je suis devenue «grande fille», comme Mamitaine disait? On passait l'été au lac avec elle. Je m'étais bandé les seins, j'avais coupé mes cheveux ras le coco. Je portais deux jeans l'un sur l'autre et des chemises d'homme pour pas que tu t'aperçoives que je devenais femme. Je voulais être un garçon parce que je pensais que des jumeaux du même sexe étaient plus jumeaux que des jumeaux de sexe différent. Je pensais surtout que tu m'aimerais mieux si j'étais un garçon. À cette époque, tu détestais les filles, moi y compris. J'ai laissé tomber les jupes, les blouses, pour m'habiller exactement comme toi. Pire, je plongeais dans le lac tout habillée pour que tu voies pas mes nouvelles formes. J'avais raison d'avoir peur que tu m'aimes moins. Dès que j'ai été menstruée, tu t'es mis à me fuir comme si j'étais une mouffette. Nous qui avions toujours dormi dans la même chambre au chalet, ce qui me permettait d'aller te rejoindre dans ton lit les fois que j'avais peur du tonnerre. Tu as alors exigé ta chambre à toi et tu l'as eue. Tu m'as vomie comme si j'étais un fruit piqué de vers. J'ai passé des jours et des nuits à me demander pourquoi tu me rejetais si fort et pis j'ai compris. Pubère, j'étais plus ta jumelle, j'étais devenue une femme, une vraie femme désirable. Tu m'as expulsée de ta vie de peur de me désirer. Me désires-tu encore ? Qu'est-ce que t'en dis ?

Ton amour de toujours, ta jumelle

Terminé les courriels ! J'ai fini de me traîner à ses pieds, je lui écris plus jamais. Jamais !

Courriel n° 12

Te rappelles-tu la fois chez Mamitaine au lac où tu m'as dit « Je t'aime » ? J'étais là, depuis presque un mois à t'attendre, quand soudain j'ai aperçu la chaloupe de Ti-Loup et toi à l'avant. On avait quatorze ans. Tu laissais flotter ta main comme un courtisan sur l'étang, devant le château de Versailles. J'avais jamais rien vu d'aussi romantique. J'ai descendu l'escalier du chalet en courant, je me suis jetée dans le lac et j'ai nagé jusqu'à la chaloupe. T'étais fou de joie, oui, fou de joie, j'ai vu tes yeux, ton sourire. Tu t'es jeté à l'eau. On a plongé profond, profond. On s'est enlacés et là, dans les profondeurs du lac, tu as prononcé un « Je t'aime » qui s'est envolé en bulle d'air. Je me suis accrochée à toi pour qu'on se *noie là, tous les deux, mais tu m'as remontée à la surface de force. Pourquoi t'as pas voulu mourir avec moi? On est nés ensemble, on serait morts ensemble. Je serais pas là à attendre des courriels qui viennent jamais.*

Ta jumelle éplorée

Un mot de lui, n'importe lequel, et je serais heureuse, un mot de lui pour calmer mon envie de mourir. Je marche dans la rue, je vois venir une auto qui roule vite, je me jette sous l'auto. Je suis en miettes. Il arrive, se jette sur moi, m'embrasse, il me dit qu'il m'a toujours aimée, que je suis la femme de sa vie. Si jamais je passe à l'acte, il faut que je m'arrange pour que seuls mes jambes et mes bras soient en morceaux. Mon visage doit demeurer intact, ma tête intacte pour le voir m'embrasser, pour l'entendre me dire qu'il m'aime. J'aurais juste la force de lui dire «Trop tard» et je mourrais, délivrée enfin de lui. Je le laisserais cuver son remords et, du haut du tunnel, je rirais dans ma barbe! Ben bon pour lui!

Courriel n° 13

Comme tu me donnes pas signe de vie, je pars faire ce qui m'apporte l'excitation que tu veux pas me donner. À la vie, à la mort.

Valérie

Il va bouger, il va ou m'envoyer un courriel ou me téléphoner. Ah! Je le savais!

— Allô!... T'as juste à répondre à mes courriels!... Tu fais ce que tu veux, je fais ce que je veux... Toute excitation est bonne à prendre!... On peut en parler ici, dans ma chambre?... Je te mangerai pas! J'ai voulu dire ce qui est écrit, pas plus... Comment ça je te tue? C'est toi qui me tues!... Viens me voir, je vais t'expliquer... Pierre est pas ton père, c'est ton grand-père, et il serait temps que tu sortes de dessous sa jupe, O.K., dessous son joug, c'est ça que je voulais dire… Bon, si t'aimes mieux lui obéir. Quand on était petits, tu faisais tout ce que je voulais… C'est ça, je m'en vais m'exciter… Es-tu jaloux ? Raccroche pas tout de suite, j'ai tant de choses que je voudrais te dire…

Il a raccroché. Je trouve jamais les bons mots pour le retenir. On jurerait que je veux autant l'éloigner de moi que je veux l'avoir à moi. C'est un amour qui me dévore, mais comment m'en débarrasser autrement qu'en me tuant ou en le tuant ! J'ai trop mal… Trop de tension, de stress… J'ai besoin d'un plaisir si fort qu'après j'aurai un peu la paix. Tant pis, il l'aura voulu.

SIMON
À la cafétéria du collège Jean-de-Brébeuf.

Qu'est-ce que je veux ? Je veux-tu vraiment faire les HEC ou est-ce que j'obéis seulement à mon grand-père ? Je veux-tu me sauver, devenir cinéaste à Hollywood et vivre ma vie sans Valérie ou rester à Montréal près d'elle, avec elle ? Je veux-tu de cet amour impossible ou j'en veux pas ? Je l'aime-tu ou je la déteste ? Qu'est-ce que je fais à penser à elle et à pas étudier ? Est-ce que c'est normal que je sois plus attaché à mon grand-père qu'à mon père ? Ben oui, c'est lui qui m'a élevé ! Pourquoi il m'a élevé ? Pourquoi il m'aime plus que son propre fils, Michel ? Ah, non, pas d'autres courriels de Valérie. Qu'est-ce qu'elle a imaginé pour que j'aille la sauver ? On a trop joué à Batman tous les deux. Je la sauve plus. Qu'elle périsse et je serai bien débarrassé ! J'ai pas demandé à être en couple dans le ventre de ma mère. J'ai pas demandé à être une moitié qui peut pas vivre sans l'autre moitié. Ceux qui sont nés uniques connaissent pas leur chance. Né unique, j'aurais une blonde, une vie sexuelle, un amour, des passions. Hélas, je suis né jumeau et j'ai une obsédée, une possessive qui me désire et… que je désire. Une chance que personne m'entend penser. Je dois pas désirer ma jumelle, c'est de l'inceste. Mais pourquoi nous a-t-on séparés à la naissance? Pour exacerber notre besoin d'être ensemble? Valérie, mon amour impossible, je t'aime mais je peux ni te le dire ni même le penser. Fuir au loin ensemble, c'est peut-être la solution. Mais j'ai une dette envers mon grand-père et je suis pas certain d'être capable de vivre dans le mensonge. Au loin, faudra se faire passer pour mari et femme. Je veux pas. Ça, je sais que je le veux pas! Ou est-ce que je le veux?

❧

MICHEL

Au bureau de Mme Poitras, la travailleuse sociale de Marco.

— Si je vous ai fait venir à mon bureau, monsieur Maltais, c'est que…

— Je m'excuse d'avoir tardé à venir vous voir, mais Mme Maltais mère est très malade, j'ai été débordé.

— Je savais pas si je devais parler à M. Pierre ou à sa femme ou à vous, son grand frère…

— Je ne suis pas légalement son tuteur, mais c'est moi qui m'occupe de mon frère Marco, mes parents ont de la misère à accepter sa déficience mentale. Vous savez tout ça, depuis le temps.

— J'aurais pu vous parler au téléphone, mais cette fois le sujet est délicat.

— Bon! Qu'est-ce que Marco a encore brisé?

— Rien, ou plutôt oui, il a brisé une règle non écrite…

~ 221 ~

— Madame Poitras, depuis le temps que je m'occupe de mon petit frère, j'ai l'habitude, allez-y! Il y a plus rien qui me surprend.

— Assoyez-vous, vous allez avoir besoin d'une chaise.

— Il s'est mis à parler? Toute une phrase, c'est le rêve de ma vie…

— Il est amoureux.

— …

— C'est pas parce que votre frère est trisomique qu'il a pas un cœur. Il a trente-deux ans et un grand besoin d'affection, de tendresse, de caresse et de… sexualité…

— Vous allez trop vite. Laissez-moi prendre une grande respiration.

— … Il est en amour.

— Je rirais si c'était pas si triste. Marco en amour! Avec une femme comme lui, c'est-à-dire trisomique?

— Oui.

Ça me rentre pas dans la tête. Pas Marco.

— Qui est l'heureuse élue?

— Ne vous moquez pas, monsieur Michel, il s'agit d'amour véritable et de vrais désirs. Les trisomiques peuvent en remontrer aux « normaux » sur le plan de l'amour physique et sentimental.

— C'est qui?

— Sylvie.

— La grenouille! Excusez-moi, mais Sylvie ressemble à une grenouille. Je devrais pas dire ça, Marco est pas mieux. Vous êtes certaine qu'ils…

— S'aiment? Ils s'aiment comme c'est pas possible de s'aimer.

— Et vous laissez faire ça? Vous êtes là pour les surveiller, pour que rien de fâcheux arrive.

— On ne peut pas empêcher deux cœurs d'aimer, ni deux corps de se le prouver.

— Je vais le changer de résidence.

— Il va mourir. Il l'aime pour vrai.

— Je vais y parler, moi, il m'écoute. Allez me le chercher, il va arrêter cette folie-là tout de suite.

— Sylvie est enceinte !

Marco, Marco, Marco, pourquoi tu me fais ça ? Je t'ai pas assez aimé ? J'ai essayé de combler ton besoin d'affection, de t'aimer à mort, mais je pouvais pas moi non plus te garder à la maison, j'ai une femme, des enfants, un travail. Tu me punis parce qu'on t'a placé ? C'est ça, il me punit. Il me punit parce que je suis sain d'esprit et que lui… Souvent, il me regarde et je lis dans ses yeux : « Pourquoi moi ? » Je l'ai pas la réponse…

— C'est beau de les voir s'aimer. Il y a juste que les parents de Sylvie parlent d'avortement et je me demande comment Marco va prendre ça. Il est si heureux d'avoir été capable de faire un bébé. C'est l'œuvre de sa vie… Sa seule réalisation.

— Les condoms ? Vous fournissez pas les condoms ! L'État subventionne pas les condoms ? Et puis, c'est quoi cette promiscuité ? Il y a pas de surveillance ? Sylvie, il fallait la faire stériliser…

Mme Poitras a beau m'expliquer que ce sont des choses qui arrivent, qu'ils peuvent pas surveiller leur monde à toute heure du jour et de la nuit, qu'en somme, ce qui s'est passé est naturel, qu'ils ont rien fait de mal, que l'amour est plus fort que tous les handicaps… Je capote !

— Sylvie avait juste à repousser ses avances. Mon frère est pas responsable… c'est vous autres…

Il faut bien que je passe ma colère sur quelqu'un. Je suis prêt à accuser le gouvernement, Hydro-Québec, plutôt que d'avouer qu'on a tous négligé Marco. Marco, c'est la faille dans la famille. Il faut cacher la faille. Et puis Marco, c'est pas mon fils, c'est juste mon frère, et je suis pas responsable de mon frère. Merde, merde, merde! Qu'est-ce que je fais avec ça? Mᵐᵉ Poitras me parle de leur amour, je l'entends pas, je veux pas l'entendre. J'en ai-tu de l'amour, moi? Je peux pas être heureux, juste un peu, des fois? Il me semble que j'ai le droit, moi aussi, de mettre de côté la famille et de vivre. Mais lui, Marco, il a droit lui aussi aux caresses d'une femme, il a le droit d'aimer, il a le droit de tenir une femme, un bébé dans ses bras. Il a le droit d'avoir une famille. Elle sera pas plus dysfonctionnelle que la mienne. Cette histoire va tuer la famille et si la famille meurt, c'est Familia qui s'éteint avec elle, et si Familia s'éteint, qu'est-ce que je deviens, moi?

— Il faut que Sylvie se fasse avorter.

✿

LAURENCE
À son bureau, dans la tour Familia.

— Je te dis, Michel, j'ai pas rêvé ça, elle se jetait partout, elle bavait, les yeux révulsés. Elle tremblait de partout. J'essayais de l'attraper, elle me glissait des mains. Ç'a duré quoi, une, deux minutes, puis après elle est revenue à elle, elle a défroissé sa robe, a remis de l'ordre dans ses cheveux et a continué à me parler comme s'il s'était rien passé. Papa a raison, Mamitaine est pas correcte dans la tête.

— Ça ressemble à une crise d'épilepsie ce que tu me décris là. Malgré qu'après, elle aurait été plus sonnée que ça…

— Elle fait pas d'épilepsie, elle a une tumeur au cerveau.

— T'as pas regardé sur Internet sous «tumeur au cerveau»? L'épilepsie est des fois un effet secondaire de la tumeur. L'épilepsie, c'est pas de la folie, c'est un choc électrique… Ça vient, ça part. L'intelligence est pas du tout affectée.

— Peut-être, mais vois-tu ça qu'elle fasse une crise devant un client ou même juste ici au bureau?

— Énerve-toi pas le poil des jambes, ma sœur. Je parle trois, quatre fois par jour à grand-maman par affaires puis, entre toi et moi, elle a toute sa tête. Même si papa veut nous faire croire le contraire. Même que... je sais pas si c'est l'âge ou la maladie, mais elle a un instinct. La Chine, elle a eu raison de pas s'embarquer. Il s'est avéré que nos Chinois, c'était pas ouvrir un marché qu'ils voulaient, mais nous acheter. Quand je leur ai dit qu'on était pas à vendre, ils ont déguerpi. Je te dis que papa a eu l'air fou, d'autant plus fou que je lui avais dit de pas traiter avec eux. Mais il m'écoute jamais.

— Bien oui, bien oui...

Mon frère, Michel, personne l'écoute parce qu'il est ennuyant comme la pluie. Plus plate que ça, t'es une retaille d'ostie. Chaque fois que je le vois, faut qu'il me ressasse à quel point notre père est injuste envers lui. Si papa est injuste envers lui, avec moi qu'est-ce qu'il est? Un misogyne, un macho! Ma place dans Familia, je l'ai prise de force, à coups de diplômes et d'intrigues auprès de grand-maman. Je lui ai joué la carte féministe! Au boutte! Mamitaine a pas travaillé à la sueur de son front pour faire avancer la cause des femmes, mais pour faire vivre ses enfants. C'est moi qui lui ai appris qu'elle était un modèle pour les femmes, une féministe.

— Laurence, tu m'écoutes pas toi non plus.

— Bien oui, je t'écoute, papa te traite comme si t'avais dix ans...

J'en ai pour une heure à l'écouter. Il me demande pas conseil, il veut juste se plaindre de papa. Des fois, je me tanne puis je lui dis:

— Si t'es si malheureux, sacre ton camp de l'entreprise.

Il m'accuse de vouloir prendre sa place. Pauvre lui, je me demande comment je vais faire pour le garder comme chef comptable après la mort de Mamitaine. La mort de Mamitaine...

La famille et Familia s'écroulent si une autre femme forte prend pas l'affaire en main. Est-ce que j'ai cette force? Mamitaine, donne-moi ta force! Je suis en train de la prier : elle est pas encore morte. Elle est pas près de mourir, elle va vivre jusqu'à cent ans. Mais moi, moi, est-ce que je vais passer encore vingt ans à trouver des slogans de merde pour des produits auxquels je crois pas la plupart du temps? Je suis encore plus odieuse que mon père. Maman me dit que j'ai un signe de piastre à la place du cœur et elle a raison. Je tiens ça d'elle!

— Laurence, notre petit frère Marco...

— Le petit frère a trente-deux ans quand même.

— Marco, il lui est arrivé... T'es la seule à qui je le dis...

— Dis-moi-le pas si tu veux pas le dire.

— Il est en amour.

— Un garçon ou une fille?

— Une fille, puisqu'elle est enceinte.

Le sang me fait deux tours. Ce qu'on a toujours craint est arrivé.

— Je te l'avais dit qu'il fallait l'enfermer, qu'il finirait par nous faire honte. Ça va être le coup de mort de grand-maman. Elle accepte pas ça, la déficience mentale. Elle prend ça personnel.

— Laurence, Cupidon lui-même est un déficient mental, il regarde pas où il frappe. Penses-tu que c'est sensé que j'aime une névrosée qui m'aime pas et qui passe son temps à me fuir? Penses-tu que ç'a de l'allure qu'une fille intelligente comme toi arrive pas à se brancher sexuellement... Je suis pas fou, je le sais bien que t'es aux deux.

— On peut pas discuter avec toi, c'est tout de suite les coups bas.

— Marco, père de famille. Qu'est-ce qu'on fait avec cette tuile-là? C'est plus qu'une tuile, c'est la terre qui vient de s'ouvrir pour nous engloutir.

— Il y a l'avortement.

ÉRIC

Chez son arrière-grand-mère, devant le réfrigérateur ouvert.

Grrrrr… que je suis mêlé. J'ai quinze ans, je pourrais avoir des boutons, les cheveux gras, les genoux qui se regardent, des pieds comme les raquettes de Ti-Loup, un nez en pente de ski, des yeux myopes, des broches aux dents. Mais non, je suis beau, bien bâti, grand, pas une carie. J'haïs ça. Si j'étais laid, je serais pas pris dans la porno jusqu'au cou! C'est débile, les pédophiles m'aiment pis moi, je m'haïs. Grrrrr… que je suis mêlé. Si j'avais des parents avertis aussi. J'ai des parents arriérés, démodés, à jeter. *Delete!* Mon père, une nouille trop cuite, ma mère, une capotée. Ma tante Laurence, une bibitte à deux sexes, les jumeaux, un cas désespéré, y passent leur temps à s'aimer pis à s'haïr. Pourquoi je suis né dans cette famille de fous? J'aurais pas pu naître chez du monde ordinaire, pauvre, là où tout est simple, même l'amour. Je suis né, paraît-il, avec une cuillère d'argent dans la bouche, c'est Taine qui me dit toujours ça, mais elle m'étouffe ben raide la crisse de cuillère. Je suis rendu que je sacre comme mon grand-père. Je vais vous la vomir dans le front, la cuillère. J'en veux pas de leur argent, j'en veux pas de leur maudit confort pis de la supériorité qui vient avec la cuillère. T'es intelligent parce que t'es riche. T'es écouté parce que t'as de l'argent. T'as du pouvoir parce que t'as de l'argent. Je veux qu'on m'aime pour moi, pas pour ce que je représente. Leur argent m'achète pas, moi! Schlick! Schlack! Ça finit là!

— On laisse pas la porte du frigidaire ouverte! Qu'est-ce que tu disais?

— Je parlais pas, Taine, je pensais.

— On se dit tout nous deux.

— Taine, t'aimerais pas ça entendre ce que je pense.

— Dis toujours.

— Je veux pas aller au cégep en septembre.

— Vas-y pas, mon grand.

— Glooop! Super!

— Tu iras une autre année, quand tu seras décidé à faire quelque chose de ta vie.

— Je sais quoi faire de ma vie.

— Ah? Quoi?

— Je veux aller planter des arbres, repeupler les forêts que l'homme est en train de détruire. Si on a plus d'arbres, on pourra plus respirer, les arbres sont le poumon de la terre…

— Qui t'a mis ça dans la tête?

— Ti-Loup.

— Ah bon. En as-tu parlé à ton père?

— Toi, tu vas parler à mon père.

— Si t'es assez mature pour aller planter des arbres, t'es assez mature pour parler à ton père.

— Taaiinee!

— Je vais m'ennuyer de toi, mais ton bonheur passe avant le mien. J'ai toujours fait passer le bonheur de ma famille avant le mien. Moi, je passe en dernier.

— C'est pas vrai, ça!

— Je te raconte des histoires?

— C'est pas que tu me racontes des histoires: tu t'en racontes à toi. Je te connais, tu répètes constamment: «Le bien des miens, le bien des miens.» Dans le fond Taine, le seul bien que tu veux, c'est le tien. Ce qui te fait du bien, c'est d'avoir le contrôle sur tout le monde. *Come on*, Taine, à moi tu peux ben le dire, tu t'en fous de nous autres. Ce qui compte, c'est le pouvoir, ton pouvoir. T'es une reine. Tes besoins passent en premier, nous autres on doit s'ajuster pour éviter les conflits. Ton but dans la vie, rester reine, O.K. Schlick!

Schlack, je viens de décapiter la reine. Tu vas parler à papa pour moi?

— Non.

— Pourquoi?

— Parce que tu as une mauvaise perception de ton arrière-grand-mère et qu'il me reste peu de temps pour la changer. Je vais aller dormir, je suis fatiguée. Et puis, on est en octobre, la plantation des arbres, c'est au printemps et à l'été. On a le temps d'y penser.

Les vieux, y veulent qu'on leur dise toujours la vérité, mais la leur, pas la nôtre. J'y ai peut-être été un peu fort. Je pense que je lui ai fait de la peine. Mon oncle Paul a raison, mentir c'est mieux que dire la vérité.

— Taine, c'est pas grave que tu sois pas parfaite, je t'aime pareil.

— Je vais dormir!

Partir, me sortir de la merde dans laquelle je trempe! Taine, si tu savais. Je te dis pas tout, je te cache tout.

❧

ODETTE

Au bar branché que fréquente sa fille Laurence, rue Saint-Laurent.

— Je donnerais tout au monde pour être toi, Laurence, des hommes, des femmes, de l'argent à toi, de l'indépendance, de l'autonomie. Pas de mari, pas d'enfants, même pas d'animaux, juste toi! Tes besoins, tes amours! Je suis née pour être courtisane, puis je suis une ménagère.

— Moi, j'aimerais ça être toi, une famille, une entreprise, un mari qui t'adore, une fille extraordinaire comme moi...

— Je prendrais bien un autre gin tonic.

— Un troisième? Ça tape le gin tonic, Odette.

— C'est de la vraie limonade. C'est bien, ton bar, des beaux hommes… des belles filles aussi. Ça doit être dur de choisir, un soir un homme, un autre soir une femme.

— Ça marche pas de même.

— Ah non?

— Je suis pas une maniaque du sexe, je suis une fille qui a pas de préférence sexuelle, c'est tout.

— Donc, des fois, c'est les deux en même temps? Ça, c'est le rêve de ton père, le *trip* à trois…

— On peut-tu parler d'autre chose?

— Tu m'accuses de pas parler de moi, je te parle, t'es pas contente.

— T'es ma mère, ça me tente pas de parler de cul avec toi.

Je suis toujours obligée de lui rappeler qu'elle est ma mère. Bébé, dès que j'ai dit «Maman», elle m'a corrigée : «Appelle-moi Odette», puis elle m'a menacée d'être mon amie. Moi, j'avais pas besoin d'une amie, j'en avais plein à l'école, j'avais besoin d'une mère. Une mère, on en a juste une. À la maternelle, j'entendais mes petites amies crier «Maman!» quand leur mère venait les chercher. Je les enviais. Moi, j'avais pas de maman, j'avais une amie. Je me demande pourquoi elle veut pas que je l'appelle maman. Je veux pas creuser, je pourrais trouver un mur.

— Puis, Mamitaine, comment elle va?

— Parle-moi pas de ta grand-mère.

— Papa, qu'est-ce qu'il dit de sa maladie?

— Entre nous?

— Entre nous.

— «Si elle pouvait crever la vieille crisse!» C'est pas vrai, c'est pas lui qui dit ça, c'est moi.

— T'as pas honte!

— Non, j'ai pas honte du tout. Je fais que dire ce que tout le monde pense. Tu le commandes, mon gin tonic ou je le commande?

— C'est le dernier?

— On va boire du vin en mangeant?

— Bien oui.

— Alors, c'est le dernier.

Et pendant qu'elle me raconte pour la millième fois combien Mamitaine a été méchante avec elle, je pense à mon enfance, les étés au lac. Papa si amoureux de sa mère que c'en était presque indécent, et maman qui boudait et qui prenait un verre en attendant de reprendre possession de son mari, la nuit. Pourquoi ils se sont mariés mes parents? Papa a l'air d'aimer sa femme mais Odette, elle, pourquoi elle reste avec lui si elle l'aime pas? Est-ce que maman aime papa? Que je suis bête, l'amour existe pas, il y a que le cul, et c'est parce qu'il y a le cul que mes parents restent ensemble. Les enfants savent toujours ce qui se passe dans le lit de leurs parents, les murs sont minces, les portes ont des trous de serrure. Je les regardais faire l'amour... Ils se désiraient en tout cas.

MICHEL

Dans sa voiture, avec sa fille Valérie.

— Mouche-toi et prends une grande respiration.

— Tu... le diras pas... à Simon...

— C'est pas toi qui devrais pleurer, c'est moi. Ma fille, ma Valérie, se fait prendre à voler un collier chez un bijoutier...

— Deux...

— Deux bijoutiers, c'est encore pire.

— Deux colliers. Un cœur en or pour Simon et un pour moi, juste ça.

— Voler, c'est voler, c'est pas la quantité qui compte. J'ai eu la honte de ma vie quand le gérant du magasin m'a appelé!

Ma fille, ma propre fille, une voleuse! Une chance que le propriétaire est lui-même père de famille, tu te serais retrouvée en prison, ma fille. Mais qu'est-ce qui t'a pris? T'avais juste à me demander de l'argent, je te l'aurais donné.

— Je le sais.

— Je comprends pas.

— J'avais besoin de ça. C'était voler ou mourir.

— Mourir, pourquoi mourir? T'as tout, de bons parents, une famille unie, t'es belle, tu vas être riche. Qu'est-ce qu'il te manque?

— Simon.

— Tu vas cesser ces enfantillages-là. Je suis fatigué d'entendre parler de ça.

— Pourquoi Simon est allé vivre avec grand-papa quand on est nés?

— Parce que… justement, il fallait que vous appreniez à vivre séparément.

— Pourquoi, toi, t'as laissé faire ça? Pourquoi maman a laissé partir Simon?

— Pour ta mère, être enceinte si tôt après le mariage, c'était déjà un choc. Quand elle a su que vous étiez deux…

— On était pas deux, on était un!

— C'est mon père qui a insisté pour prendre Simon.

— Pourquoi?

— Je sais pas pourquoi et je veux pas le savoir.

— Il va falloir que je fasse quoi, un vol de banque pour que tu lui poses la question?

— La vie de famille, c'est pas simple, fillette. Des fois, faut pas trop poser de questions.

— Toi, papa, toi, voulais-tu que grand-papa élève Simon et me laisse seule avec vous deux?

— Euh… Non, je voulais pas.

— Pis, t'as rien fait pour empêcher ton père?

— J'ai pas de colonne. J'ai toujours eu une peur bleue de grand-maman et de son haut-parleur de fils. Je suis pas fier de moi. Là, t'es en train de changer de sujet, ma petite vlimeuse. Pourquoi t'as volé?

— Pour avoir des réponses à mes questions.

— T'es trop compliquée pour moi. Cette fois-ci, j'ai arrangé ça avec le bijoutier, mais je pourrai pas toujours passer derrière toi. Compris?

— Tu vas trouver pourquoi grand-papa et Mamitaine nous ont séparés. Compris?

— Tête de cochon! Donne-moi un bec.

— Je t'aime papa.

— Moi aussi. T'es mon amour, le sais-tu?

— Moi, c'est Simon.

— *Second best*, c'est l'histoire de ma vie!

PIERRE

Chez sa mère, dans le grand salon bleu et or.

— Tu veux pas, maman, que j'engage quelqu'un pour te garder?

— Je suis pas un bébé.

— T'as fait une crise d'épilepsie... Laurence était là...

— J'ai pas fait de crise de quoi que ce soit, je m'en rappellerais.

— T'as pas de tumeur au cerveau non plus, j'imagine?

— Ça, oui j'en ai une. Demande à mon docteur.

— Ce qu'il dit compte pas, c'est un intime. Hein, il est... intime avec toi?

— Intime, c'est un bien grand mot.

— C'est un ami?

— Si on veut.

— C'est ton docteur depuis quand, je veux dire, depuis combien d'années tu couches avec l'ennemi, je veux dire, couches-tu avec lui?

— Ça te regarde pas, ça, mon garçon.

— Est-ce que je peux te demander...

— Si je l'ai couché sur mon testament? Tu peux me le demander.

— L'as-tu couché sur ton testament?

— Ça te regarde pas ça non plus mon garçon.

— J'ai juste peur qu'il soit de mauvais conseil.

— Je lui permets pas de me donner des conseils, ni quoi que ce soit. Je fais ma vie comme je l'entends.

— T'as pas travaillé comme une folle pour te faire dévaliser par un étranger.

— J'ai fait que mon devoir.

— Pourquoi tu nous as caché que t'avais un amoureux?

— Tu me caches rien toi?

Maman a le don de me renvoyer la balle quand elle lui brûle les mains. C'est le bon moment de l'assommer avec une question à mille piastres.

— T'es toujours sûre de toi, hein, maman? Tu te demandes jamais, par exemple, si t'as bien fait de séparer les jumeaux à leur naissance?

— Valérie tient de sa mère, c'est une hystérique. Ç'aurait été une catastrophe que tu te retrouves avec les deux.

— Tu doutes jamais de tes gestes, maman?

— Quand tu te retrouves veuve à trente-trois ans enceinte avec deux enfants, que t'es sans le sou, faut que tu sois sûre de tout, sans ça tu paralyses. Il me fallait foncer. J'ai travaillé...

Ça sert à rien, quand elle veut pas répondre...

— Justement, t'as tant travaillé... ça te tenterait pas de préparer...

— Ma mort?

— Oui, ta mort. C'est pas moi qui en parle, c'est toi. Tu pourrais avec ton... ton...

— Docteur?

— Oui.

— Te nommer président-directeur général tout de suite?

— Oui, c'est ça.

— Tant qu'à faire, lance donc un mandat d'inaptitude contre moi, puis place-moi à l'asile.

— Faut toujours que tu dramatises maman.

— Un fils qui veut faire passer sa mère saine d'esprit pour inapte, c'est plus qu'un drame, c'est un crime. De toute façon, je me suis renseignée, je suis pas inapte du tout. Pour être considérée inapte, je déteste ce mot-là, il faut que je passe une évaluation médicale et psychosociale. Si l'évaluation conclut que je suis inapte, ce dont je doute, qu'est-ce que t'en penses, il va falloir que tu demandes au tribunal l'ouverture d'un régime de protection et le tribunal va être en ma faveur, parce que j'ai toute ma tête, toute et même un peu plus puisque je lis dans tes pensées.

— C'était juste une précaution, au cas où...

— Je vais t'enlever de sur mon testament, moi... au cas où.

— Mets-toi à ma place, maman. Il y a des millions en jeu.

— Toi, mets-toi à ma place, mon fils, il y a ma vie en jeu.

— Je te demande pardon, maman. C'était pour ton bien que je voulais faire ça. Dis que tu me pardonnes?

— C'est correct, recommence plus. Donne-moi un bec. Bon. On en parle plus.

Elle m'a toujours traité comme si j'avais dix ans, elle m'a jamais pris au sérieux! Mais là, il faut que ça change, il faut qu'elle me fasse confiance, on le sait pas combien de temps il lui reste. Le docteur me l'a dit qu'elle était inopérable, sa tumeur. Une tumeur inopérable, c'est qu'il est rendu trop tard pour l'enlever. J'ai pas besoin d'un diplôme de docteur pour comprendre ça. Mais c'est tout maman ça, de minimiser ses troubles de santé. C'est une femme forte. Elle est pas malade. Maman, c'est le genre à dire sur son lit de mort : « C'est rien, je me porte très bien. » Ce jour-là, je vais enfin vivre, respirer, être libre. Là, je la traîne sur mon dos comme une poche de plomb. Je peux pas croire que je vais attendre un autre vingt ans pour me délester de cette maudite poche-là. Parce qu'elle est capable de vivre jusqu'à cent ans juste pour m'emmerder. Je suis un monstre d'avoir de telles pensées. Je sais pas d'où elles sortent. Moi, je veux qu'elle batte tous les records de vieillesse, je veux qu'elle m'enterre parce que, dans le fond, qu'est-ce que je vais devenir sans elle ?

— C'est assez les becs, Pierre, tu vas m'user la peau !

MARIE
Chez elle, dans son salon.

Vodka et cocaïne ! Vodka et cocaïne ! Cha-cha-cha ! Si je les avais pas ces deux-là… Bravo pour la dope ! Qu'est-ce qu'ils ont à déblatérer contre la dope. Moi, elle m'aide à vivre la dope. Je veux crier, la dope m'en empêche, je veux tuer, la dope m'en empêche. Je veux brailler, la dope empêche mes larmes de couler. Avec la dope, ce qui m'arrive devient simple, pas grave. Raynald a une femme, des enfants ! Pis après ? Il m'a volée, m'a menti ! Rien que ça ? Il a rien fait pour moi, rien d'autre qu'exploiter mon besoin d'être aimée. Pour lui, je suis un Chiffon J usagé. C'est pas grave. Oui, c'est grave. Je suis la honte de la famille Maltais, le désespoir de ma mère, Germaine, qui arrive ni à me gérer ni à me mener. Pauvre elle ! Elle a eu juste une fille et il a fallu qu'elle tombe sur moi. Pas chanceuse ! Pauvre moi qui ai eu qu'elle dans la vie pour m'aimer. Mes frères ont connu notre père, moi je suis née après sa mort. S'il avait vécu, je suis certaine que j'aurais été sa princesse, son trésor en or, sa joie de vivre. Lui, il m'aurait aimée à la folie. Lui, c'était un homme… merveilleux, bon, tendre, fort, le vrai prince charmant que maman dit. Je le cherche moi aussi le prince charmant, sans jamais le trouver. Personne m'aime, personne m'a jamais aimée. Où est Raynald? Il est jamais là quand j'ai besoin de lui. Ah oui, je l'ai mis dehors! J'avais rien pris, exprès, pour que ma colère valse pas dans la graisse de bine. Il est arrivé avec une bouteille de vodka et un sac de coke. J'ai fait ni une ni deux, et je lui ai sauté dessus, pas pour l'amour, pour la haine. Je l'ai battu! Je savais pas que j'avais une telle rage en moi. Il a payé pour tous les hommes qui se sont servis de moi. Il a payé, payé. Je l'ai griffé, poinçonné, je lui ai arraché les cheveux, déchiré sa chemise, j'ai limé mes ongles sur sa peau : il a l'air deux fois plus tatoué. Il me disait que j'avais un avenir comme chanteuse country. Moi, pas plus futée, je le croyais. Je suis tellement avide d'affection que, dès qu'on me fait un compliment, je le prends pour du *cash*. Quand j'y ai lâché la couenne, il a pris la porte et s'est sauvé comme un pitou! Maudite folle de toujours m'amouracher de limaces gluantes. C'est fini, ça! Je change de vie. Je me range. Je termine la bouteille, je finis la coke pis après… après je vais retourner aux études, apprendre la guitare, le chant, la danse. Je vais me présenter à Star Académie, faire carrière à la télévision. Devenir célèbre. Avoir tous les regards sur moi, être appréciée, reconnue, adulée. Je laisse tomber le country, trop quétaine, je me lance dans le blues. Je suis capable! Le vent du blues souffle en moi. C'est *hot*, ça. Ça ferait un beau blues. Le vent du blues souffle en moi. Et moi, je le souffle sur toi. Je vais écrire mes chansons. Auteure-interprète, le chic du chic. Normand Brathwaite va m'engager pour son show à Télé-Québec. Une *late bloomer*! Je vais leur montrer à tous ce qu'elle a dans le ventre, la Marie.

Mes frères vont en baver de jalousie. Ma mère va se vanter à tout le monde que je suis sa fille et qu'elle m'a toujours encouragée à devenir chanteuse. Je vais être si connue, si populaire, qu'à Familia ils vont me vouloir comme porte-parole, et moi je vais refuser! Pour les faire chier! J'ai pas besoin de votre argent! Je vais devenir la Blanche qui chante comme une Noire, mieux qu'une Noire. Les seins en silicone, j'en ai plus besoin. Une chanteuse de blues a pas de corps, elle a qu'une âme, *a soul*. Je vais téléphoner à ma mère pour lui annoncer qu'elle a une nouvelle fille et que, celle-là, elle va en être fière.

— Maman, c'est Marie… Comment vas-tu?… Moi, comme sur des roulettes, je viens de découvrir que je suis noire… Noire comme dans négresse!… J'ai rien pris, maman. Je te jure que je suis sobre. Mes mots glissent parce que je suis heureuse… J'ai une bonne nouvelle à t'apprendre, tu vas être contente de moi… Je suis pas gelée, maman. J'ai rien pris de ce que tu penses… Je passe à Normand Brathwaite!

Bordel! J'haïs ça quand elle me raccroche la ligne au nez. Ça sert à rien de la rappeler, même si je lui dis que je rentre chez les sœurs, elle m'aimera pas plus. Ma mère est écœurée de moi, je la comprends, moi-même je m'écœure. Où c'est que j'ai mis le numéro de mon *pusher*? Lui, il est fin, tu l'appelles, il vient. Ça, ça me ferait un bon mari, tu l'appelles, il vient! Faut que j'y demande s'il est libre. Pis même s'il est pas libre, c'est pas ça qui m'empêcherait de le séduire. Putain! Je suis une putain qui oublie toujours de se faire payer. Qui c'est qui sonne à la porte, c'est le *pusher*, déjà? Ben non, je l'ai pas appelé. La porte est de plus en plus loin, je sais pas comment ça se fait. Oui, oui, j'arrive!

— Allô! Qu'est-ce que tu veux?
— Vous…
— Hein? T'es qui toi?
— Vous… vous êtes ma mère!

Je reste là, la bouche ouverte. Cette femme-là, c'est ma fille ? Ça se peut pas. Ça se peut certain, elle me ressemble. C'est pas elle. C'est la coke pis la vodka. J'ai des hallucinations.

— Je peux entrer… ?

— Oui, oui.

Je rêve pas, c'est ma fille en chair et en os.

— Je m'appelle Léa.

— Je peux pas te parler, là, je suis pas en état. Regarde pas le ménage, j'en fais pas de ce temps-là. Pars pas, assis-toi. Je vais dormir une heure ou deux et après on va se parler. Ma fille ! Reste, pars pas. La vodka, le sac de coke, tu jettes ça dans les vidanges, c'est pas à moi, c'est à un… ami. Je viens de le mettre dehors. Laisse-moi me remettre. T'es sûre que c'est toi, je rêve pas ça ?

— Je vais revenir demain.

— Non, tu reviendras pas. Je t'ai laissée partir il y a trente ans, je te laisserai plus jamais partir. Assis-toi je te dis ! *Sit !*

— Lâchez-moi, vous me faites mal !

— Je me suis pas couchée un seul soir sans penser à toi, sans espérer que tu rebondisses comme un cheveu sur la soupe, pis là que t'es là… Je t'en supplie, donne-moi une heure, juste une petite heure. J'ai bu, j'ai pris de la coke, tu vois, je suis franche avec toi, je veux te parler, sobre. Ma petite fille que je pensais plus jamais revoir. L'amour de ma vie. Tu t'assois, tu regardes la télé. Je reviens fraîche et dispose dans une heure, donne-moi une heure.

— Mon taxi m'attend…

— Je suis pas ce que j'ai l'air, je veux dire, je suis mieux que ce que tu vois. Je veux dire… je suis gelée. Je prends une douche, j'arrive. Fais du café fort. Fais rien, je vais le faire. Donne-moi une demi-heure, dix minutes ! Un petit cinq minutes ? Juste reprendre mes esprits sous une douche froide. Tu pars pas, là ? Pars pas ! Pas une autre fois !

Pierre

Un autre jour. Au bureau de Germaine dans la tour Familia.

— Vanessa ? Vous pouvez faire entrer Mme Maltais mère.

Maman sera pas contente de voir que j'occupe son bureau, mais il faut que je lui montre que c'est plus elle qui mène Familia, mais moi. C'est moi le *boss* ! C'était correct de la faire attendre. Je suis un homme occupé. Je suis à la tête d'une entreprise qui brasse des millions. Elle peut pas arriver dans mon bureau comme si j'étais son valet. Je suis pas son valet, crisse ! Je suis président, en remplacement de la présidente qui est en congé de maladie, et j'ai pas juste ça à faire de la recevoir. Je vais me faire engueuler parce que je l'ai fait attendre, mais j'ai ma réponse toute prête, que j'ai apprise d'elle : « On entre pas dans le bureau d'un président comme dans un moulin. » Pourquoi elle reste pas chez elle, tranquille, elle va mourir, crisse.

— De la belle visite, maman !

— Bonjour mon garçon, je t'apporte une bonne nouvelle. Tu vas pouvoir te reposer, aller magasiner à Paris avec ta femme comme tu fais chaque année, je reprends le collier. Ce que j'aime dans la vie, c'est travailler, pourquoi je m'en priverais ? S'il me reste peu de temps à vivre, autant le passer à faire ce qui me plaît ! Recommandation de mon docteur ! Envoie une note de service à tous les départements pour leur faire part de ma décision. Tu peux reprendre ton bureau et emmener Vanessa avec toi. Ça pue le cigare ! T'as pas fumé le cigare ici, chez moi ? Ah oui, je suis inquiète, je téléphone à Marie, pas de réponse, même pas de répondeur. Il y a plus de service à son cellulaire. Irais-tu, mon Pierre, voir chez elle ce qui se passe ? Tout de suite !

— Je suis pas le gardien de ma sœur.

— Tu l'es. Je viens de te nommer son gardien en chef.

— Elle a pas un… *chum*?

— Aux dernières nouvelles, elle l'avait congédié.

— Elle s'est enfin aperçue qu'il sortait avec elle pour son argent.

— Elle en a pas d'argent.

— À part celui que tu lui refiles en douce. Je suis pas fou, maman, elle travaille pas, il y a quelqu'un qui paye son loyer pis sa coke, pis sa boisson, pis ses pilules, pis ses maudites robes de cow-girl.

— J'ai gagné chaque cenne de mon argent, j'ai le droit de le dépenser comme je le veux. Allez va!

— Demain, si j'ai le temps.

— C'est ta sœur. Rappelle-toi comme tu l'aimais quand elle était petite.

— Elle a grandi!

— Je pressens un malheur. Vas-y.

— Non, maman! Ç'a l'air que je déménage de bureau aujourd'hui. Demain… si j'ai le temps.

— Quand t'iras l'identifier à la morgue, tu vas te féliciter d'avoir remis ça à demain…

— O.K. maman, je vais y aller… Aussi, si Paul était pas au Mexique, il pourrait s'en occuper, lui et elle, ils sont pareils.

— Ton frère est au Mexique et c'est très bien ainsi. Veux-tu l'avoir dans les jambes? Veux-tu qu'il sape ton autorité en prenant des décisions à ta place? Là où il est, il peut pas te nuire. Je l'ai exilé pour toi, tu devrais me remercier. Je l'ai exilé pour lui aussi. Paul, c'est un marginal…

— C'est un maudit parasite. Il te suce le sang et quand tu seras plus là, quel sang il va sucer tu penses?

— Paul est différent de toi.

— Moi aussi, maman, je suis différent.

— Toi, t'es comme moi!

Elle pense m'amadouer en disant ça : elle me choque. Je suis pas comme elle. Le travail passe pas avant tout. Dès que l'entreprise est à moi, je pars en safari au Kenya.

— Excuse-moi, maman… Oui, Vanessa?… Marie! Bien sûr, faites-la entrer. En parlant du diable…

— Pierre, c'est ta sœur!

— Je le sais, pas besoin de me le rappeler. J'aime pas ça qu'elle vienne au bureau attriquée comme pour passer l'Halloween.

— Ah, ben, maman, t'es là? Je venais voir mon grand frère.

— J'ai repris le travail, comme tu vois.

— Je vous laisse placoter entre femmes! J'ai une réunion… Salut!

Aïe! J'ai pas assez de ma mère qui revient au travail, malade, il faut que j'aie ma crisse de sœur sur le dos. Ça finira donc jamais la famille. On devrait tous naître orphelins.

⚓

MARIE

Avec sa mère, dans le bureau de la présidence de la tour Familia.

— Je venais pas placoter, je venais lui apprendre que j'ai eu la visite de ma fille, Léa. Tant pis pour lui, il le saura pas.

— Ta fille a retonti?

— Tu t'en souviens, maman, tu m'avais forcée à la laisser en adoption, il y a exactement trente ans.

— On reviendra pas là-dessus. J'ai fait ça pour ton bien. T'avais juste seize ans quand t'as accouché… D'ailleurs je te voyais pas avec un enfant. Te vois-tu avec une grande fille…

— Je me vois, oui.

— Avec la drogue, la boisson, les hommes, le country.

— Il y aurait peut-être pas eu de drogue, de boisson, d'hommes, de country si je l'avais eue avec moi. Si tu l'avais vue! Une super belle fille. Des yeux noirs, tes yeux et ton nez, la même bouche, la même gravité, la même détermination, ton portrait tout craché. Si tu l'avais vue!

— Pourquoi tu l'as pas amenée?

— Elle est repartie…

— Bon, c'est mieux pour tout le monde. Mais t'étais où? J'ai téléphoné, téléphoné. J'étais inquiète.

— J'ai mis Raynald dehors finalement.

— Une bonne chose de faite!

— Qu'il aille retrouver sa femme et ses enfants!

— C'est ça, qu'il fasse son devoir! Le bonheur est dans le devoir. Je te félicite Marie. Tu vois, quand tu te conduis bien, je te fais des compliments. Il y a juste que j'ai pas souvent l'occasion. Pourquoi ta fille est pas restée?

— Elle m'a vue, j'étais gelée.

— Pauvre elle, t'es pas jolie à voir dans cet état.

— Je le sais.

— Je te l'avais dit que ça te jouerait des mauvais tours, la drogue. Je te l'avais dit…

— Maman, j'en prendrai plus jamais, jamais, je te le jure.

— Bien oui, bien oui…

— Je te jure sur la tête de mon père que j'ai pas connu.

— Jure pas de le faire, fais-le!

— Je vais le faire. Aide-moi!

— Je vais t'aider, tu sais bien.

— Ah maman!

— Ma pauvre Marie…

Ah, enfin! Ma mère qui me prend dans ses bras, et moi qui l'embrasse. Je voudrais immortaliser cet instant-là, ça ferait une belle photo, et même une belle image pour une carte de la fête des Mères! Maman pis moi enlacées, j'ai espéré ça toute ma vie!

GERMAINE

Dans la salle à manger de sa maison, avec Éric, son arrière-petit-fils.

— Éric, qu'est-ce que tu penses de la mort?

— C'est une bonne affaire, des fois ça règle ben des problèmes.

— Ça peut en créer aussi. Quand on meurt, c'est ceux qui restent qui souffrent, pas toi, parce que toi, tu y es plus. Depuis que j'ai cette tumeur au cerveau, je pense de plus en plus au tsunami que ma mort va causer. J'ai beau faire des digues, clouer des fenêtres, j'ai beau avertir mon monde qu'il va y avoir des dégâts, qu'ils risquent d'être emportés par la vague, personne m'écoute. Moi, la mort me fait pas peur. Ma peur, c'est ce qui va arriver à ma famille après ma mort.

— J'ai déjà pensé à mourir.

— Tu penses au suicide, toi? Tu veux pas te suicider! Pas toi. T'as pas de problèmes, toi. T'es un bon petit gars bien tranquille, tu sors pas, tu bois pas. Pourquoi tu voudrais mourir?

— Taine, si tu savais… Je vais te le dire, je suis plus capable de garder ça pour moi. Taine, je veux mourir parce que je suis dans la porno, pas n'importe laquelle, la porno pour pédophiles. Depuis deux ans, je me filme pour des cochons qui me font des cadeaux en argent. Ton arrière-petit-fils se prostitue…

Non, je veux pas entendre ce qu'il me dit. Pas mon bébé livré aux vautours sexuels! J'écoute pas. Il me jette ses vidanges par la tête. Arrête, jettes-en plus. Mon bébé dans la boue, une boue que je peux même pas imaginer. Le cœur me lève!

— Écoute-moi, je t'en supplie, écoute-moi. T'es la seule à qui je peux me confier. Ça fait deux ans que je veux mourir et que je meurs pas parce que t'es là et que je sais que tu t'en remettrais pas. Mais là que tu vas mourir, je veux mourir avec toi.

— Je meurs pas et toi non plus! O.K.? Ma maladie, c'est une stratégie pour savoir qui doit me remplacer quand je vais prendre ma retraite. J'ai une tumeur, mais elle est pas maligne. Je mourrai pas de ça. C'est un test que je leur fais passer. Un simple test…

— Meurs pour que je puisse mourir avec toi, pis on se fera enterrer dans le même cercueil.

— On meurt pas, bon! Puis obstine-moi pas! Toi, tu t'en viens vivre avec moi, on sacre l'ordi par la fenêtre et Internet avec, et je te surveille. Tu retomberas pas, c'est moi qui te le dis. Ton histoire, c'est notre secret. Il en faut des secrets dans les familles, sinon la vie serait pas vivable.

— Taine sauve-moi.

— Compte sur moi.

Je le prends sur mes genoux, je le berce, je lui chante *À la claire fontaine*…

— Je t'aime Taine.

— Et moi donc. Secret pour secret, j'ai fait une seule crise d'épilepsie, l'autre devant Laurence, c'était de la comédie. Je suis bonne, hein?

PAUL

Au bord de la piscine de son condo, à Cancún. Au téléphone avec sa mère.

— Une héritière australienne! Oui, maman... Avec l'argent qu'elle a, il y a pas moyen de pas l'aimer... L'argent fait pas le bonheur? Il y a que les riches pour dire ça... Comment ça, «es-tu sûr qu'elle est riche?» Elle me l'a dit. Je suis pas allé vérifier à sa banque... L'Australie, c'est pas à la porte!... Tu me fais peur, on se marie dans une semaine... Vérifier comment? Ça se demande pas comme ça?... On a nos témoins, le restaurant est commandé. Maman, la richesse lui sort par les pores de la peau. Son mari était multimillionnaire, un scientifique qui a inventé une patente payante pour le pétrole... Je l'ai lu dans le journal. Il laisse dans le deuil sa veuve éplorée. Je te traduis ça, c'était en australien... Je vais lui demander... Si elle est riche, est-ce que je peux la marier?... Bien oui, j'ai besoin de ta permission, sinon je te connais, tu vas me couper les vivres... Je suis pas un écœurant qui va se faire vivre par sa femme mais il y a juste que... Je vérifie, je te rappelle. Maman. Pas un mot à Pierre, je veux lui faire la surprise. Il va faire une crise cardiaque quand il va apprendre que je marie plus riche que lui... Je te rappelle sans faute. Je le sais, maman, que c'est pour mon bien. Merci! *Bye!* Chérie! Sors de la piscine, je veux te parler!

Elle est riche. J'ai un flair pour ces choses-là. Dans un bar, je vais toujours m'asseoir à côté du gars qui en a «de collé», jamais à côté d'un quêteux comme moi. Comme ça, je suis certain de me faire payer la traite toute la soirée. En quarante ans, je me suis jamais trompé.

— *Yes darling?*
— M'aimes-tu?
— *Oh yes. You, do you love me?*
— Oh oui!

— Plus que *ton* famille ?

— Euh, *more, much more.*

— *More* que *ta* pays ?

— *More, much more.*

— Plus que... *my money* ?

— Euh, *much more.*

— Si j'étais pauvre, tu me marierais *just the same* ?

— Je te marierais toute nue dans la rue.

— *That's what I am* ! Toute nue dans la rue. Mon mari, quand il a appris que j'avais un amant, il a donné son argent à Sydney University pour avoir un pavillon à son nom, puis il est mort, raide mort... de jalousie. Moi, je dis qu'il m'avait achetée, il voulait pas être trompé sur la marchandise. Eh bien, l'écœurant, il m'a pas laissé une maudite cenne noire. Rien. Moi, tu comprends mon amour, j'ai jamais aimé ça être pauvre, je l'ai été jusqu'à dix-neuf ans. Puis là, j'ai rencontré mon gros porc plein de fric et j'ai vécu dans l'or, sur l'or. L'année passée, après sa mort, je trouvais ça tellement difficile de vivre à l'étroit dans un studio miteux et surtout de pas avoir de cartes de crédit que je me suis dit : « Fille, faut te trouver un autre mari riche. » C'était grave, mon amour, c'était ça ou crever. Moi, tant qu'à être pauvre, j'aime mieux crever. Ça fait que je suis venue au Mexique me trouver un touriste qui a de l'argent. Je me cherchais un Allemand, je suis tombée sur toi, l'héritier de Familia. Tu vois, je suis pas une maudite menteuse.

— T'es québécoise ?

— Dis-le pas à personne. Je viens de Trois-Rivières. C'est plus exotique d'être australienne que trifluvienne. Je t'ai rencontré, j'ai trouvé l'argent et l'amour. Tu vois comme j'ai confiance en toi, tu sais tout de moi. Qu'est-ce que t'as, t'es blanc comme un drap ?

— C'est la malaria ! Je t'ai pas dit, mais j'ai la malaria. Excuse-moi, quand j'ai une attaque, j'en ai pour six mois à devenir fou furieux.

ODETTE

Avec son mari dans leur maison, à Outremont.

— La truite est bonne, hein ? Elle est tellement fraîche que j'ai pas fait de sauce, juste du citron…

— Très bon.

— C'est Isabelle qui l'a rapportée du lac. Enfin, c'est pas elle qui l'a pêchée, elle respecte les règlements. C'est Ti-Loup, mais ça revient au même, hein ?

— Très bon !

— Notre bru, elle va pas mal souvent au lac, tu trouves pas ?

— C'est mieux qu'aller chez Holt Renfrew.

— N'empêche, une femme mariée, mère de famille, se balader avec un sauvage…

— Ti-Loup a pas de sang indien : il est blond.

— Sauvage dans le sens de mal élevé. Si les gens du village se mettaient à jaser… Elle est toujours rendue dans son *shack*. Je le sais quand elle revient de chez lui, je le sens… Pierre, je le « sens », c'est un jeu de mots. Ti-Loup, il pue !

— Si t'as pas autre chose à dire que des niaiseries inventées par ton imagination, tais-toi.

— Je viens d'apprendre que ton fils Marco a mis une fille enceinte ! C'est-tu un sujet de conversation à ton goût ?

— Où c'est que tu vas chercher ça ? Marco a beau avoir trente-deux ans, il a l'âge mental d'un enfant de deux ans.

— Il a la libido d'un homme de son âge, ç'a l'air.

— Tout pour te rendre intéressante.

— Marco, c'est mon fils, j'inventerais pas… ça ! Marco a mis une fille enceinte ! C'est Laurence qui l'a su de Michel. Pis, appelle Mme Poitras si tu me crois pas.

— Déjà que maman est revenue au travail, qu'elle a repris son bureau… T'aurais pu attendre après le souper pour finir de m'assommer.

— Après ? Il aurait fallu que j'attende après Internet, après les nouvelles, après ta douche puis rendu dans le lit, il aurait fallu que j'attende au lendemain, tu veux pas que je te parle de drame au lit, t'as ton quota avec les nouvelles. Puis quand je me lève, t'es parti depuis longtemps…

— J'ai juste le souper pour digérer les mauvaises nouvelles de la journée…

— Qu'est-ce qu'on fait pour Marco ?

— Je te crois pas.

— Michel me l'a confirmé cet après-midi.

— Ça parle au crisse. Il aurait pu m'en parler en premier !

— Qu'est-ce qu'on fait ?

— Je le place dans une maison aux États, que ça coûte ce que ça voudra.

— L'envoyer aux États change pas le fait qu'il a fait un enfant à Sylvie.

— La grenouille ?

— Appelle-la pas de même, pauvre petite, déjà qu'elle est retardée.

— Sylvie va se faire avorter, c'est simple.

— Ç'a pas l'air.

— Comment ça, ç'a pas l'air ? Je vais parler à Marco, elle va avorter. Il y a pas d'autre façon de procéder.

— Sylvie veut l'enfant. Marco aussi. Et les parents de Sylvie seraient d'accord.

— Je veux pas d'un autre déficient dans la famille.

— Je l'aime déjà ce bébé-là. J'aimerais ça catiner, tricoter pour un bébé. Je veux être grand-mère, bon !

— Odette, c'est non. D'abord, t'es déjà grand-mère. Et si t'as pas été capable de t'occuper de ton fils parce qu'il était pas comme les autres enfants, tu seras pas plus capable de prendre soin d'un autre mongol.

— Trisomique, Pierre!... Ce que j'ai pas été capable de donner à Marco, peut-être que je peux le donner à mon petit-fils, ou ma petite-fille, trisomique ou pas.

— C'est non! On va poursuivre les intervenants qui ont pas su protéger mon fils contre ses bas instincts. Je vais mettre nos avocats là-dessus.

— Ça empêchera pas le bébé de naître et de me faire encore grand-mère.

— La cour jugera si cet enfant doit naître.

— Pierre, si toi et moi on a pas été capables d'aimer notre Marco, ça veut pas dire que personne peut l'aimer, ça veut pas dire qu'il peut pas mettre au monde un enfant qui va l'aimer. Il a besoin d'amour... comme moi.

— Il a pas toute sa raison. Elle non plus.

— Les couples qui s'aiment et qui font des enfants, s'il avait fallu qu'ils aient toute leur raison, la terre serait dépeuplée depuis longtemps.

— Faut que j'en parle à ma mère.

— C'est notre enfant, pas le sien. Ça la regarde pas.

— Odette, ma mère, c'est ma mère. Oublie jamais ça!

— Comment l'oublier, elle passe avant moi.

— Un enfant peut pas faire un enfant, peut pas élever un enfant.

— L'amour, c'est une nécessité première, comme boire et manger.

— Pour les gens normaux.

— Qui est le plus normal, l'intelligent pas de cœur ou le déficient tout amour?

— L'amour, l'amour, arrête de me parler d'amour, je te parle sérieusement.

— Pierre, quand t'auras compris que l'amour c'est sérieux, peut-être qu'on pourra se comprendre nous deux. J'ouvre une nouvelle bouteille de vin. Ce soir, j'ai très soif.

❦

MARIE

Dans un club de danseuses nues, rue Ontario Est.

J'étais sûre que Tooth-Pick dirait non, j'ai quarante-six ans, des jaunes d'œuf à la place des seins, pourtant il m'a engagée. Il le savait que j'avais besoin de coke comme un poisson a besoin d'eau. Il a fallu que je me déshabille devant lui, qu'il me passe une audition. Je lui aurais rentré le cure-dent dans le gosier. Audition, mon cul! Il m'a fait passer une audition juste pour m'humilier. Je sais même pas danser cochon. Si au moins j'avais des gros seins en silicone, je les ferais balloter au-dessus des clients. Les hommes aiment les gros seins, ça leur rappelle leur « moman ». C'est quand Tooth-Pick m'a dit, pour me faire plaisir : « C'est pas les mieux faites qui pognent, c'est les plus cochonnes. » On est pas cochonne quand on a honte! Ça doit se sentir que j'ai honte parce que j'ai pas de demande de danse à vingt piastres ni même à dix. Je suis quand même pas pour les payer pour me regarder me trémousser. Pourquoi je suis venue me proposer comme danseuse? Je suis en manque de coke, pis pour moi la coke, c'est de l'amour. Quand je suis gelée, j'oublie que j'ai les pieds dans la marde, pis que s'il arrive rien pour me sortir de là, je coule à pic dedans. Avec une ligne ou deux de coke, je deviens une chanteuse connue. J'ai du succès. Personne m'aime, mais ça me fait rien, moi je m'aime. Les regards concupiscents, je prends ça pour des regards d'admiration. Ils m'applaudissent tous, je suis la merveilleuse Mary, la Mary… lyn Monroe du Québec. Ah non, pas ce gars-là! Il m'écœure. Pourquoi j'ai toujours les gars les plus dégueu? Parce que t'as quarante-six ans et pas de seins, innocente!

— Envoye, la plotte, fais-toi aller!

Je me retire de mon corps. Mon corps danse sans moi. Moi, je suis au lac avec mon papa que j'ai pas connu. On court dans le bois, on rit. Je suis heureuse. Papa, mon amour. Papa, l'homme de ma vie. Papa, il est beau, comme dans le portrait à l'huile au chalet. Papa c'est mon prince charmant.

— Touche pas! Une danse à vingt, tu touches pas. Ôte tes pattes, maudit malade!

— V'là cinquante piastres! Ferme ta gueule, putain-même-pas-belle!

Je me laisse toucher, mais c'est pas moi qu'il touche, c'est juste mon corps. Moi, je suis au-dessus de mon corps, avec mon papa qui me porte sur ses épaules en me chantant «Un mille à pied, ça use, ça use. Un mille à pied, ça use les souliers». Si mon père m'avait connue, je suis certaine qu'il m'aurait aimée. Maman, elle aimait ses garçons; mon père, il aurait été fou de sa fille. Toute ma vie j'ai cherché mon père. J'ai trouvé des hommes qui ont profité de ma faim d'affection pour me bourrer de *fast love*. Un morceau de musique de deux minutes et demie, ça finit donc jamais? Dès que j'aurai de quoi me payer ma coke, je crisse mon camp. La coke adoucit mes malheurs, repasse mes déceptions. Avec une ligne dans le nez, je suis une fille formidable, une mère exemplaire. Ma fille Léa! J'ai imaginé nos retrouvailles des milliers de fois. C'est toujours dans un champ de blé l'été. On se reconnaît sans se parler. On se jette dans les bras l'une de l'autre et on se garroche des «je t'aime» par la tête. On rit, on s'embrasse comme dans mon rêve avec papa. Bon, la musique est terminée, salut mon gros lard! Il m'a-tu pas touchée? S'il m'a touchée, je l'ai pas senti. Moi, la putain, la chanteuse country ratée, la *wanabe* chanteuse soul, je vais *sniffer* une ligne de confiance en moi et je vais pouvoir me foutre des autres. Oh, non, pas un autre. Ce morceau-là

dure juste une minute et trois quarts. Montre ton cul, Marie!
Comme tu faisais au Brésil pour manger, pour trouver un gîte
pour la nuit, pour acheter de l'estime de toi en herbe, en poudre
ou en pilules. Mon corps comme valeur d'échange. Ma banque
nationale à moi. Aux premières notes de la musique, je retourne
dans les bras de mon père. Il me soulève, m'emmène sur son
cheval blanc. Il galope vers le château. Je suis la princesse de
Maltais, l'héritière, l'unique héritière d'une fortune sans fin…
Non! Qui est-ce que je vois? Pas elle ici, maudit! Pas Valérie.
Qu'est-ce qu'elle fait ici? Non, je dois rêver, c'est pas ma nièce,
c'est une fille qui lui ressemble. Non, c'est elle! Elle a pas encore
dix-huit ans! Valérie, commence pas ça! Non! Pousse-toi le
taon. Reprends ton argent, je m'en câlisse de l'argent.

— Fais pas ça, Valérie, c'est pas une vie, servir d'objet aux
hommes. Valérie, je vais le dire à ta mère!

— Ma tante, t'as pas de conseils à me donner, O.K.?

MARIE

Une heure plus tard, dans son appartement.

— Où est-ce que je suis?
— Chez moi.
— Qu'est-ce que je fais dans ton bain?
— Tu te réveilles parce que je t'ai assommée au club. Je
t'ai ramenée chez moi en taxi. J'ai dit au chauffeur que t'étais
soûle. C'est quoi ces marques-là sur tes bras?
— Rien!
— C'est des coupures, en rang, comme des rayures sur un
chandail.
— T'avais pas d'affaire à me déshabiller.
— Marie, je suis pas ta mère, je suis rien que ta tante, je
suis parlable. Parle-moi.

— Donne-moi mon linge.

— Tu l'auras quand tu me diras pourquoi tu te mutiles, pourquoi ton projet de vie c'est d'être danseuse à vingt piastres ?

— Je veux mon linge, j'ai froid.

— T'as pas de raison de te vendre. Moi, c'est pas pareil. J'ai plus de *chum*. Il était marié, père de famille. Ma fille m'a retrouvée, elle est repartie, écœurée de sa mère naturelle.

— Je voulais que Simon puisse voir jusqu'où je peux aller.

— Je l'aime, ma fille. J'essaye d'être célèbre pour lui faire honneur. J'aimerais ça qu'elle se vante d'être la fille de la grande vedette Marie Maltais…

— J'aimerais danser pour lui. Qu'il me voie comme une femme pas comme une jumelle…

On se garroche nos souffrances en pleine face sans s'écouter. On en peut plus. On s'ouvre les bras, on se berce, on se renifle, on se calme. Je me fais accroire que c'est ma fille que je tiens dans mes bras, elle se fait accroire, sûrement, que c'est Simon qui la tient fort dans ses bras. Pourquoi on rêve notre bonheur, pourquoi on l'a jamais, nous deux ?

❦

GERMAINE

Un autre jour. À son bureau, dans la tour Familia.

Un des cataclysmes du vieillissement, c'est la lucidité. Maudite lucidité ! Comme si, à partir de quatre-vingts ans, t'étais atteint de clairvoyance aiguë. Je vois tout, les manigances, les combines, les manipulations, la flagornerie, les intrigues, les faux-fuyants. Je déchiffre le non-dit ! Je vois ce qui se passe dans le cœur de ma nichée et ça me rend triste… à mourir. Je leur ai donné ma chair, mon cœur, mon esprit. J'ai tout, tout fait pour que les miens soient heureux. Tout, même des bassesses. J'ai menti pour eux, j'ai triché pour eux, j'ai trahi pour eux. J'ai pas refait ma vie pour eux. Je leur ai caché Olivier pour pas leur déplaire. Je pensais qu'en les aimant au maximum de mes capacités je les rendrais heureux. Pas du tout, j'ai des enfants tristes et pas contents de la vie que je leur ai tricotée avec du cachemire. Je pensais qu'en leur offrant un chalet tout équipé sur un lac privé, ils en profiteraient pour se retrouver en famille. Ils viennent plus. Je pensais qu'en leur offrant une entreprise prospère, ils seraient contents d'y travailler : ils rechignent, se font tirer l'oreille, rêvent de prendre ma place. Je pensais qu'en me dévouant corps et âme pour leur bien, ils seraient satisfaits. Ils se déchirent entre eux, leurs enfants sont écorchés vifs. Mes enfants, petits-enfants et arrière-petits-enfants sont tout pour moi, je ne suis rien pour eux. Si je croyais en Dieu, je pourrais lui demander de m'aider. Si je croyais aux fées, je pourrais leur emprunter une baguette magique. À qui demander de l'aide quand on croit ni en Dieu ni aux fées ? Olivier ? Il a pas d'enfant, il peut pas comprendre que le seul don que je puisse faire aux miens, c'est de les rendre heureux avant de partir. Pas en leur donnant ce qu'ils veulent, ils savent pas ce qu'ils veulent, mais en leur offrant ce que je sais être le meilleur pour eux. Je veux le faire, c'est mon devoir, mon ultime devoir. Bon, le téléphone !

— Allô !... Oh, mon Paul, comment vas-tu ?... Je suis au bureau, dans le jus, mais tu me déranges pas. Je pensais justement à toi. Je me demandais ce que je pourrais faire pour que tu sois heureux, mais là complètement heureux... Ça, non, je peux pas te réintégrer dans ton poste à Familia, pas après les fraudes... Tu appelles ça des erreurs mais... C'est non, Paul ! Ça serait injuste pour les autres... Paul, le bord du gouffre, c'est ton habitat naturel... Je veux pas savoir... tais-toi !... Je t'ai dit de te taire ! Je te crois plus, ni quand tu mens ni quand tu dis la vérité… Combien il te faut ?… Insulte-toi pas, tu finis toujours par me demander de l'argent, je suis allée au-devant, c'est tout… Écoute, Paul, tu me rappelleras quand tu seras dans ton état normal. Salut !

S'il y a un Bon Dieu, peut-être qu'il me punit d'avoir préféré mon petit Paul aux deux autres. Pierre, j'ai toujours eu de la difficulté à l'endurer. Trop strict, trop travaillant, trop parfait. Il m'obéit encore et il a cinquante-six ans ! Il m'énerve avec son honnêteté, sa maudite droiture. Il a jamais trompé sa femme. Il est aseptisé comme une salle d'opération. Il est médiocre, drabe, terne et sans saveur. C'est mon portrait retouché pour les annales de la bonne sainte Anne. Tandis que Paulo, avec sa fantaisie, sa nonchalance, son charme, sa séduction, c'est moi. Non, c'est ce que je voulais être, ce que mon devoir m'a empêché d'être. Je le trouve chanceux de pas s'en faire, de pouvoir mentir sans scrupule. Il a jamais pris l'argent au sérieux. Il joue avec l'argent des autres comme si c'était de l'argent de Monopoly. C'est un parfait égoïste. Le bonheur des autres l'intéresse pas, il y a juste le sien qui compte. C'est un oiseau-mouche. Il se pose pas. Il prend le sucre où il se trouve, de fleur en fleur. Pour faire son bonheur, faudrait que je lui donne tout mon argent. Même pas, il le dépenserait dans une nuit. Il va hériter de moi, il va l'avoir sa fortune à garrocher par les fenêtres. Il sera pas plus content. Ce sera pas assez. Mais, moi, est-ce que je veux que mon argent gagné à la sueur de mon front soit semé aux quatre vents ? Pierre, lui, pour qu'il soit heureux, faudrait que je lui laisse la place, toute la place. Qu'il soit moi ! Là, seulement, il aurait le pouvoir qu'il convoite. Pour lui, le pouvoir est le plus grand tonique au monde. T'en prends une gorgée, le monde t'appartient. Pierre est accro au pouvoir comme je suis accro au bonheur des miens. Marie… ma seule fille, mon seul enfant qui a pas connu son père et dont j'ai été le seul parent, qu'est-ce qu'elle attend de moi ? Que je sois son père et que j'approuve béatement les chemins cabossés qu'elle prend pour être heureuse. Si elle m'écoutait aussi! Me semble que je lui ai donné le modèle d'une femme forte, sobre, rigoureuse. Pourquoi elle suit pas mon exemple? Pourquoi elle choisit toujours des partenaires sans allure qui la font souffrir? Pourquoi elle veut se produire sur une scène? Pourquoi elle veut des seins neufs? J'ai l'impression, plus que l'impression, j'ai la certitude que je fais de l'ombre à mes enfants, qu'ils seront heureux seulement quand je serai plus là. Je leur ai donné la vie, faut-il que je meure pour qu'ils vivent? Peut-être que les parents vivent trop vieux maintenant? Ils usent la patience des enfants. Germaine, chasse ces mauvaises pensées et trouve le moyen de rendre tout le monde content avant de mourir. Tout le monde content! C'est ton dernier défi. Je vendrais bien mon âme au diable pour m'assurer du bonheur de mes enfants. S'il y avait un diable…

ISABELLE

Dans le *shack* de Ti-Loup.

— Ferme la fenêtre, remonte la peau de lynx, Ti-Loup, j'ai froid.

— Je viens de mettre une autre bûche dans le poêle.

— Je suis gelée jusqu'au cœur.

— Je vais le réchauffer.

— Tu penses que le sexe a un pouvoir de thaumaturge?

— Un quoi?

— Un pouvoir de guérison?

— Oui, je le crois, je t'ai guérie souvent en quinze ans.

— Je fais une rechute.

— Je sais. Viens dans mes bras.

— Il y a pas que les bras qui soignent, il y a les mots et t'en as pas.

— T'es en colère?

— Oui.

— Contre moé?

— Non.

— Contre qui?

— Contre moi.

— Tu veux m'en parler?

— Non.

— Tu veux que je te berce?

— Non.

— Tu veux que je te touche où ça fait du plaisir, que tu deviennes molle comme de la tire qu'on étire?

— Non.

— Tu veux quoi, mamzelle Zabelle? Je vais aller te le chercher. Tu veux un huard vivant? Tu veux une peau de vison? Tu veux la lune? Compte sur moé pour te l'apporter, ronde et chaude, comme une belle crêpe de sarrasin.

— Je veux être heureuse.

— Le bonheur, mamzelle Zabelle, ça se commande pas comme une bière. Une grosse, une!

Heureux les creux! J'aimerais être comme lui, un être simple pour qui tout est simple.

— Le bonheur, c'est ben plus facile que tu penses, mamzelle. C'est pas une question d'âge ni de sexe. Ça dépend pas de l'intelligence, ni du nombre d'enfants ni de l'argent que t'as en banque. Le bonheur, c'est juste de savoir reconnaître quand la joie passe, pis la saisir, pis s'en servir pour être ben. Toé, tu cherches le bonheur où y est pas... ailleurs, alors qu'il est icitte dans ma cabane, entre toé pis moé. T'es là, je suis là, et le courant doux qui passe entre nous deux, c'est ça le bonheur. Le bonheur, c'est pas quelque chose qui nous arrive dessus, comme une pluie après la canicule. Le bonheur, c'est pas un cadeau que quelqu'un te fait, c'est pas la loterie que tu gagnes, c'est une façon de voir la vie, Zabelle. Moé, je la vois belle.

— Même sans moi?

— T'es toute ma vie, tu le sais, mais si t'étais pas là, je serais toujours un homme heureux, parce que je t'aurais connue, parce que j'aurais profité de ta présence et que j'aurais ton souvenir avec moé. J'ai pas grand talent dans la vie, mais le talent de vivre, ça je l'ai. J'ai décidé tout petit que je l'avais ce talent-là pis là, je suis passé expert. Il y a le meilleur électricien, le meilleur bûcheron, ou je sais plus quoi, mais celui qui a le meilleur talent de vivre, c'est le plus riche, pis c'est moé.

Il a raison, je suis pas douée pour le bonheur. Je l'ai pas. Je l'avais, je l'ai perdu une nuit au lac Caché. Depuis, je viens chercher des rognures de bonheur dans les bras de Ti-Loup, rien que des rognures. Je suis mieux de l'écouter, c'est pas si souvent qu'il parle.

— Quoi, qu'est-ce que tu dis, Ti-Loup?

— Que mon enfance, c'était pas drôle. Ma mère était toujours enceinte, mon père arrivait pas à faire vivre toute la trâlée. Mon père était guide l'été pour des touristes qui venaient pêcher dans le coin, chômeur le reste du temps. Il a essayé d'élever des moutons, les moutons ont été mangés par les loups. Il a essayé de cultiver la terre, y avait pas de terre, juste des roches. Pis il a été trappeur, au moins y avait du gibier à manger l'hiver pis des peaux à vendre au printemps. Ti-Loup faisait toutte ce que son père faisait, parce que Ti-Loup, c'était un bon p'tit gars. Il croyait dur comme fer que le père, c'était Dieu sur terre. Ça fait qu'il suivait le père comme on suit le Christ. J'ai trimé dur dès l'âge de trois ans, rentre le bois, chasse les lièvres, donne à manger aux plus petits, torche les petits : y en avait quinze de plus petits que moé. J'étais le plus vieux. Je suis pas allé à l'école, fallait que je rapporte des sous. Je faisais la culture des vers de terre. Ça payait dix cennes le casseau. J'aurais pu être une victime, me plaindre de mon sort, boire pour me consoler d'être né pauvre dans une famille de « pas instruits ». Ben non, je me trouvais chanceux de vivre dans une famille qui s'aimait, qui s'engueulait pour un oui, pour un non, mais qui s'aimait comme c'est pas possible. Je me trouvais chanceux de vivre parmi les arbres, les oiseaux, les fleurs, l'eau. Aujourd'hui, je me trouve chanceux que m'ame Germaine me paye un *campe* et un salaire pour garder un chalet où personne vient presque jamais. Je me trouve surtout chanceux de t'avoir, toé. T'es ma nourriture, mon eau, mon sucré, ma forêt, ma fleur, mon luxe. Je suis heureux d'être chanceux. Je suis heureux !

Comme je l'envie et le jalouse d'aimer vivre ! Moi, je serai heureuse seulement quand la vérité éclatera. La vérité !

LAURENCE
Chez elle, dans son grand lit de duvet.

Quelle famille de fous. Pas capables de s'entendre, jamais. Sur rien ! Ça manque de chef ! Tant que Germaine était en santé ça allait bien, mais depuis qu'elle est malade… De toute façon, elle a quatre-vingts ans, malade ou pas, va falloir que je prenne les rênes le plus vite possible après son départ à la retraite ou… autre chose. C'est pas de l'ambition mal placée, il s'agit tout simplement de sauver la famille, et sauver la famille, c'est sauver par le fait même Familia. Il y a toujours l'épine dans le pied : Marco. On l'expédie dans un centre pour handicapés en Suisse, seul. Il va l'oublier sa Sylvie et… le bébé. Bonne à prendre des décisions pour les autres, pourrie pour décider si je suis lesbienne avec un penchant pour les hommes ou hétéro avec une faiblesse pour les femmes. Je suis bien dans ce doute-là, heureuse même. Pas si heureuse que ça finalement. Je voudrais bien, un jour, avoir un mari, des enfants, des petits-enfants et arrière-petits-enfants, comme Mamitaine. Suivre la route tracée par ma grand-mère, une route simple, facile, tellement plus épanouie que la mienne. Je serais le centre de la famille. J'aurais le vrai pouvoir, celui que donne la maternité. *Fuck!* Je me fais rire des fois avec mes revirements de pensées. Qu'est-ce que je veux? Pour le moment, devenir Germaine. Et ça, je le veux pour vrai.

❦

PIERRE
Chez lui, dans son grand lit.

— Tu ronfles.

— Je peux pas ronfler, je dors pas.

— Pourquoi tu dors pas?

— Crisse, Odette, on a pas assez de troubles tu penses?

— Je veux le bébé de Marco, je le veux à moi. J'ai pas été une mère ni une grand-mère affectueuse, là je vais me reprendre. J'ai pensé l'adopter dès sa naissance…

— Tu sais même pas s'il va être normal cet enfant-là.

— Ce serait tant mieux s'il était comme Marco. Comme ça, je pourrais réparer tout le mal que j'ai fait à son père en l'acceptant pas. Si tu savais comme j'ai des remords. Pourquoi tu penses que je bois… que je buvais.

— Je veux pas d'un nouvel enfant à élever. J'ai Simon, ça me suffit.

— Simon, c'est à Michel. Celui-là, si on l'adopte, ça va être ton vrai fils.

— Je suis assez malchanceux de ce temps-là, ça va être une fille.

— Fille ou garçon, je le veux. Je veux que quelqu'un m'aime…

— Moi, je t'aime.

— Toi, c'est pas pareil. Je veux un bébé. Un vrai bébé qui va m'aimer gratuitement. J'ai jamais autant voulu quelque chose de ma vie. Je veux le bébé de Marco!

— Crie pas, tu vas l'avoir, je vais t'arranger ça. Moi, je veux être la tête dirigeante de Familia. Je veux ça plus que tout au monde. Peux-tu m'arranger ça?

— Non.

— Ça fait que, laisse-moi dormir.

MICHEL

Un autre jour. Au bureau de Mme Poitras, la travailleuse sociale de Marco.

— Sylvie est catégorique, elle veut garder le bébé. Comme vous le savez, ses parents sont maintenant d'accord.

— Marco a aussi son mot à dire.

— Content content content! Vous devriez le voir toucher le ventre de Sylvie. J'ai jamais vu un homme caresser avec autant de tendresse un bedon de femme enceinte. Ils sont tous les deux follement amoureux. C'est beau de les voir.

— Madame Poitras, ils sont pas capables de prendre soin d'eux-mêmes, ils seront pas capables de prendre soin d'un pauvre innocent.

— Des bénévoles vont se charger de les aider avant la naissance, pendant et après.

— C'est complètement irresponsable de votre part. Je vais vous poursuivre.

— Qu'est-ce que vous voulez, monsieur Michel, le bonheur de votre frère ou avoir raison?

— Et mon bonheur à moi? Et la réputation de Familia? Et sa pauvre grand-mère qui est mourante. Ça va l'achever.

— J'en doute, je lui ai parlé cette semaine, elle est cent pour cent d'accord avec moi. Elle a même fait un don substantiel à l'Association, un de plus.

— Bon de quoi j'ai l'air encore?

— D'un homme qui pense que le bonheur n'appartient qu'aux êtres comme lui.

— Je pense pas ça, madame Poitras. Je suis le plus malheureux des hommes et j'ai toute ma tête, tous mes membres : j'aime une femme qui m'aime pas...

Qu'est-ce que je suis en train de faire? Je vais pas lui raconter mes malheurs? Elle m'écoute! Elle a ses yeux dans les miens. J'ai toute son attention. Pourquoi je suis tombé sur une femme glaciale alors qu'il y a des femmes qui irradient la chaleur humaine? Ça fait du bien. Oh, que c'est bon de vider son cœur. Elle m'écoute sans me juger. Il y a de la bonté dans ses yeux pâles. Elle pose sa main sur la mienne. Sa main est chaude. Les mains d'Isabelle sont glacées comme son cœur. Elle me caresse le revers de la main avec son pouce, et je parle, je parle, comme j'ai jamais parlé de ma vie. Je lui parle de mon père, de ma difficile relation avec mon père, des jumeaux qui s'aiment plus que normal, d'Éric que je voulais tant comme moi et qui ressemble à personne. Tout en parlant, mes yeux se faufilent dans le décolleté de sa blouse blanche. De la chair douce et molle en quantité. J'ai chaud. Je vais pas pleurer. Ça y est, je pleure. Elle sort de sa manche de veste de laine un kleenex chiffonné de sa réserve personnelle et elle me le passe. Ce geste est si familier, si intime que je fonds tout à fait. Je sanglote dans l'espoir qu'elle me prenne dans ses bras et que je puisse avoir accès à sa peau, à son odeur, à sa chair abondante. Isabelle a pas de chair, elle a la peau et les os. Isabelle est pointue, elle, elle est ronde. Isabelle est fuyante, elle, elle est présente. Non, je l'embrasse pas, même si mes lèvres se tendent vers les siennes, même si ma peau suinte le désir. Non! J'ai besoin d'elle, je vais pas la perdre en la brusquant. Je me mouche un grand coup. J'essuie mes lunettes avec ma cravate.

— Ça se reproduira plus.

— J'espère bien... que oui.

PIERRE

Dans la salle à manger du club privé des Maltais, en compagnie de Michel.

— Ta mère est folle. Elle s'est mise dans la tête d'adopter le bébé de Marco. D'abord, je suis trop vieux pour avoir un bébé dans la maison pis cherche quelle sorte de monstre vont produire Marco et Sylvie. Hein, Michel?

— Je pense pas que maman doive adopter l'enfant de Sylvie et Marco...

— Bon, pour une fois que t'es de mon bord.

— Je pense qu'on doit laisser le bébé à ses parents.

— Crisse, je le savais que tu serais contre moi. Je dis noir, tu dis blanc, je dis blanc, tu dis noir. T'aimes ça me contredire, hein?

— Je parle avec mon cœur. Les déficients mentaux ont droit au bonheur.

— Pis moi? J'aurais-tu droit au bonheur, moi, des fois? Je veux que cette fille-là avorte au plus sacrant pis qu'on en parle plus. T'es bon avec la travailleuse sociale, parles-y. Offres-y une somme d'argent, s'il le faut.

— Mamitaine a déjà fait un don à l'Association. Et c'est aussi dans les intentions de maman.

— Crisse de crisse, qu'est-ce que vous voulez tous, que je pète au frette? Une autre bouteille de vin!

— Papa, pas pour moi.

— Parce que t'es heureux, toi, tout va sur des roulettes pour toi?

— Faut que je parte. Merci pour le repas.

— C'est ça, laisse-moi tout seul comme un chien. J'ai dit une autre bouteille de vin!

❦

MARIE
Dans sa cuisine, avec Léa.

— J'ai pas soif.

— Il est bon mon thé, c'est du japonais, vert, c'est celui qui a plus de polyphénols... Les polyphénols, c'est contre le cancer... J'ai lu ça dans *Châtelaine*...

— Je pensais retourner par chez nous, l'autre soir, mais mon père m'a dit au téléphone que je devais vous laisser une autre chance, mais pas longtemps parce que la grande ville me fait un peu peur. Par chez nous, en Gaspésie, je connais tout le monde. Il y a aussi que ça coûte cher la vie à Montréal, j'ai pas beaucoup d'argent.

— Je vais t'en donner! Ben, je peux pas t'en donner, j'en ai pas...

— C'est correct, je m'en retourne chez nous.

— Non !

— Oui, il le faut.

— Je vais te montrer la ville, la rue Sainte-Catherine, la rue Saint-Denis, le Vieux-Port, la montagne. C'est rare une montagne en pleine ville.

— C'est rien que ça en Gaspésie.

— C'est ben trop vrai ! Je te dis ça, c'est pour que tu restes un peu, ici chez moi.

— Vous voulez que je reste ?

— Ben oui ! Je veux juste ça.

— On se connaît pas assez.

— Tu parles, j'écoute.

— Quand on est adoptée, on se fait une image de sa mère… naturelle, une image qu'on met dans un petit coin de sa tête. On marche avec, on va à la pêche à la morue avec, on étudie avec, on dort avec, on se réveille avec. À mes vingt ans, ma mère… adoptive m'a dit : « Si tu veux, tu peux aller voir si ta mère biologique ressemble au portrait que tu te fais d'elle ; je sais qui c'est. » J'ai hésité pendant dix ans. Je ne voulais pas faire de peine à ma mère adoptive qui m'a aimée comme si j'étais sa vraie fille. Puis elle a eu un cancer qui s'est généralisé et elle m'a dit avant de mourir, le mois passé : « Tu vois, t'es chanceuse, tu perds une mère, il t'en reste une autre ! » Maman, bien, ma mère adoptive, c'était du bien bon monde, comme il ne s'en fait pas.

J'ai besoin d'une ligne. Comment lutter contre une sainte ? Je vais perdre, c'est certain. Non, je prendrai rien, de toute façon, j'ai pas ce qu'il faut à la maison. Le *pusher* est pas loin, ça lui prendrait cinq minutes pour m'apporter l'estime de moi-même dans un Ziploc. Hier, ça lui a même pas pris cinq minutes. Ils ont du flair les *pushers*, ils connaissent les faiblesses de leurs clients, ils sont là au bon moment.

— Je voulais juste vous voir, vous parler. Vous êtes mon morceau de puzzle manquant. Astheure que je l'ai, je m'en retourne par chez nous. On se reverra plus. C'est mieux pour moi...

— Écoute, tu peux pas débarquer dans ma vie et me dire : «Me v'là pis je m'en retourne!» J'avais réussi à t'oublier, de peine et de misère. Tu ressouds pis tu sacres ton camp. T'as ton maudit morceau de puzzle, *goodbye* sa mère! Bordel, j'ai un cœur, moi, si t'en as pas un.

— Vous êtes si loin de ce que j'imaginais...

— Puis toi, donc!

Je me la suis toujours imaginée donnant des becs à sa mère adoptive, lui disant des «Je t'aime, maman». J'étais malade de jalousie.

— J'ai été forcée de t'abandonner. Je voulais te garder, moi. Je t'aimais tant. Je te voulais tant. Ma mère m'a fait comprendre que c'était pour mon bien. Je venais d'avoir seize ans quand t'es née, tu comprends. Elle avait raison.

— Vous m'avez aimée?

— Si je t'ai aimée! Les neuf mois, dans mon ventre, je te parlais, je te caressais au travers de ma peau, je te chantais des chansons, je te racontais des histoires. J'étais consciente à chaque instant que je te fabriquais à même mon sang et ma chair, et je m'appliquais pour que tu sois parfaite. J'en ai bu du lait, j'en ai mangé des fruits et des légumes. J'ai pas fumé, j'ai pas bu de bière, rien que du jus de pomme, pis du pas sucré. Je voulais te faire du mieux que je pouvais. Je t'ai fabriquée cheveu par cheveu, ongle par ongle. Le jour où je t'ai... confiée à l'adoption, ce jour-là... je suis morte. Mon âme est partie avec toi.

— Mon père? Bien celui avec qui...

— ... j'ai couché? T'es pas le fruit de l'amour, t'es le fruit de l'ignorance. Moi, j'étais innocente, lui j'en ai plus entendu parler après qu'il a su que j'étais enceinte.

— Pourquoi vous avez jamais fait de recherches pour me retrouver?

— Parce que je suis pas digne d'être une mère. Tu m'as vue hier.

— On est aujourd'hui…

— J'ai plein de problèmes…

— Ça se règle des problèmes.

— Je réussis rien de ce que je fais.

— Moi, vous m'avez réussie.

Je me retiens à deux mains pour pas me jeter à ses pieds et la remercier de me donner la vie à son tour. Ma fille accouche de moi! Je veux plus me séparer d'elle, jamais! C'est ma fille! Ma fille! Je veux l'avoir près de moi jour et nuit, je veux la rendre heureuse, à tout prix. Ma fille, mon sang, ma vie! Tu vas encore trop vite, Marie. Laisse-la partir. C'est chez elle, en Gaspésie, qu'elle est heureuse, pas avec un paquet d'émotions comme moi. Changer, me changer, moi, pour enfin être à la hauteur de mon rôle de mère. C'est une bordel de belle phrase, mais comment on fait ça, changer?

— Je vais changer.

— Je vous demande pas de changer. Je vous demande juste de…

— De quoi?

— D'être une mère pour moi.

— Je suis pas fiable.

— J'ai confiance en vous.

— Tu me connais pas.

— Je veux vous connaître.

— Quand je vaudrai la peine, je t'appelle. Si tu me donnes ton numéro de téléphone.

Ça me fend le cœur de la laisser partir mais il faut. Je veux pas qu'elle soit témoin de la vie inutile que je mène. Je vais me refaire une vie. Plus d'alcool, plus de dope, plus de gars que je ramasse pour un peu d'attention. Je vais être une mère. Elle s'en va. On se fait une colle, on s'embrasse sur les deux joues. Je me retiens à deux mains pour pas crier de douleur comme quand je l'ai donnée à des gens que je connaissais pas. Elle est partie... Ça fait trop mal. Je pourrai pas vivre cet arrachement une autre fois. Une petite ligne de coke, juste une, pour continuer à vivre sans elle.

PAUL

Au bar de l'hôtel Maeva Miramar, à Cancún. Il s'adresse à ses fidèles « tabarnacos ».

— Quand tu commences une nouvelle relation, la fille met ses cartes sur la table : « Entre nous, pas de mensonge. J'ai horreur du mensonge. Tu me dis la vérité, je suis capable de le prendre. » Ah oui ? Essayez donc de lui dire qu'elle a engraissé ou qu'elle a mauvaise haleine ou qu'elle a pas le sens de l'humour. « Mais non, t'as pas engraissé du tout. C'est bon ton haleine, ça sent la rose. T'as un sens de l'humour particulier, j'adore. » Les hommes, on ment pas par plaisir, on ment pour éviter les conflits. On fuit les conflits. Le problème, c'est que les femmes, les conflits, ça les émoustille. Les hommes sont prêts à tout pour avoir la paix ; les femmes sont prêtes à tout pour mettre du piment dans leur couple. Et elles en mettent du piment ! Toi, t'es tranquille avec une bonne revue de sports et une bonne bière. Elle arrive, elle s'assoit à côté de toi puis, là, elle lance le fameux « À quoi tu penses ? ». Elle veut pas savoir à quoi tu penses, elle le sait qu'un homme ça pense pas, je veux dire, ça pense mais à des affaires... Ça pense pas les mêmes affaires que les filles. Ça pense à faire vérifier son huile dans le moteur de son char, à discuter avec le propriétaire du prix du loyer : des choses sérieuses. Pas des niaiseries comme : « M'aime-t-elle moins que demain, ou plus qu'hier ? » Non, elles, quand elles demandent « À quoi tu penses ? », c'est pour se faire dire « À toi, mon amour ». Ça fait que si tu lui réponds la vérité, « Je pense qu'il est temps que je fasse poser mes pneus d'hiver », elle va répondre : « Tu m'aimes moins que je t'aime parce que moi, je pense toujours à toi. » Ce qui est un mensonge, les femmes pensent à se faire teindre, à commencer un nouveau régime, etc. Quand une femme dit « Je t'aime », pensez-vous que ça veut dire « Je t'aime » ? Ça veut dire : « Toi, m'aimes-tu ? » Puis il faut répondre au « Je t'aime » par « Je t'aime ». Ç'a l'air d'une réponse simple, courte, précise. C'est pas bon ! C'est pas assez. Elle va dire : « Tu répètes ce que je viens de dire, ça compte pas. » Tu renchéris : « Je t'aime comme un fou. » C'est trop, elle te croira pas. Tu persistes : « Si je t'aimais pas, je serais pas ici. » Elle réplique : « Je connais des hommes qui sont là et qui aiment pas. » Tu peux toujours essayer de lui dire : « Ça se dit pas comment je t'aime. » Elle va demander des détails, t'en as pour la soirée. Le mieux, c'est de dire les « Je t'aime » avant qu'elle les demande. T'es débarrassé, elle est contente !

Je suis trop passionnant, ils boivent même pas pendant que je parle. Ce soir, mon pourcentage sur les *drinks* sera pas fort fort. Maman, je sais pas si c'est sa maladie, mais elle est en retard sur mon allocation. Et j'ai pas de nouvelles de mon cher frère. Vite, je suis attendu au bar du Rio del Mar pour mon cours. Un cours ! C'est vrai que je donne un cours... de vie. Je leur apprends à vivre, donc je suis un *coach* de vie. Il paraît que t'as juste à mettre une pancarte sur ta porte et à t'annoncer dans les journaux, puis tu fais fortune, comme le docteur Phil à la télé américaine. J'ai tout ce qu'il faut, je suis grand comme lui, j'ai plus de cheveux que lui, puis je suis bronzé à l'année. J'aurais d'abord une émission de télévision commanditée par Familia puis après je publierais des livres comme lui. Je ferais fortune sans me forcer. Tout le monde m'admirerait et les femmes se jetteraient sur moi. La gloire et l'argent attirent les femmes. Je vais en avoir des centaines autour de moi, celles qui vont travailler pour moi et les autres qui vont espérer que je les épouse. Elles vont sécher là. Les femmes, je m'en sers, je les aime pas. Bien voyons! J'aime pas les femmes, moi? J'ai couché avec des milliers de femmes, je dois les aimer. Aïe! Des milliers c'est peut-être un peu fort. Mais non, si je calcule une femme par soir depuis que j'ai quoi... dix-huit ans, et j'en ai cinquante-quatre ans. Ça fait... Pas plus qu'un gars qui se marie à dix-huit ans et qui baise sa femme tous les jours. J'aime les femmes! J'aime les femmes puisque je suis pas attiré par les hommes, mais j'aime pas trop la femme ailleurs que dans mon lit. Je pense, puis une chance qu'on m'entend pas penser, je pense sincèrement qu'on serait mieux sur la terre s'il y avait pas de femmes. Il y en a qui aiment qu'il y ait des femmes parce que ça fait différent. Je crois que c'est la différence qui complique tout. Ma mère, si c'était un homme, tout serait direct, carré, franc. Avec elle, tout est compliqué. Mais comment faire pour se débarrasser de la moitié du genre humain? Les intégristes sont bien partis, ils les enferment dans la maison, les recouvrent d'un drap quand elles vont faire les commissions, les empêchent de s'instruire et de participer à la vie civile. Elles servent juste à ce pour quoi elles sont faites, le service et le plaisir de l'homme. Pourquoi Dieu a créé Ève? Pour le plaisir d'Adam, qui a été assez cave pour tomber dans le piège. Dieu avait fait un être parfait. C'est pas avec une partie d'un être parfait qu'on fait un autre être parfait. Un monde sans femmes, ça s'en vient. On pourrait garder maman. Maman, c'est pas une femme, c'est une espèce de personne sans sexe. Juste les mères, non, juste maman! Et dire qu'elle va mourir! Je l'ai tant aimée. Je voulais tant qu'elle m'aime, mais elle avait d'yeux que pour mon frère, le premier. Sa Majesté le premier! Faut pas qu'elle meure avant que je lui dise à quel point elle a été injuste avec moi, à me faire croire des affaires, à me mentir. Et puis, quand Marie est arrivée, elle nous a lâchés, Pierre et moi, pour tomber en admiration devant la princesse Marie. Puis moi? Puis moi?

— Puis moi, je vais prendre un margarita aux fraises. Vous autres?

GERMAINE

À son bureau, dans la tour Familia.

— Vanessa?

— Oui, madame?

— Vous allez envoyer une note de service à chacun des membres de ma famille.

— Oui, madame.

— Tout de suite.

— Dès que vous me l'aurez dictée, madame. Est-ce que je l'envoie aussi à M. Paul?

— Non, il viendra pas.

— Vanessa, il y a combien d'années que vous êtes au service de la famille Maltais?

— Trente ans, madame.

— Et au service de mon fils Pierre?

— Vingt ans, madame.

— Vous avez couché avec lui?

— Non!

— Vous devriez. Ça vous enlèverait le manche à balai que vous avez dans le derrière. Je dicte : « Le dimanche 25 novembre, il y aura un souper de famille à ma résidence. À ne manquer sous aucun prétexte. Signé : Germaine Maltais, présidente de Familia. »

— Bien, madame.

— Vanessa, qu'est-ce que vous trouvez à mon fils?

— M. Pierre est un excellent patron.

— Comme homme?

— C'est le meilleur homme de la planète. Pour moi, un homme qui aime sa mère comme il vous aime, ça peut pas être autre chose qu'un brave homme.

— Il m'aime tant que ça?

— Madame… il parle de vous comme si vous étiez la huitième merveille du monde. «Ma mère» par-ci, «ma mère» par-là. Il vous vénère. Vous êtes une icône…

— C'est pour ça qu'il veut me reléguer au musée.

— Je vous trouve chanceuse d'avoir un homme comme lui dans votre vie.

— Merci de me le rappeler. Faites entrer Éric, on aime pas attendre à son âge.

— Oui, madame.

— Salut Taine.

— Salut Éric. Le 25 novembre, j'ai convoqué toute la famille.

— Moi, les affrontements, la chicane. Pfutt!

— Éric, mon cœur, il y aura pas d'affrontements ni de chicanes. Je vais réconcilier tout le monde. J'ai pas eu de fête à ma fête, je me fête en réunissant ceux que j'aime autour de moi. Ça va être la fête de l'amour, de l'amour de la famille.

— Tu y crois encore?

— C'est ma seule croyance. Chacun, individuellement, on est rien. Ensemble, on est une famille, et la famille mène le monde. Mon chéri, dans toutes les familles, il y a des heurts et des grincements de dents, des larmes et des cris, mais il y a aussi de la solidarité, de l'entraide et surtout de l'amour, de l'amour friction peut-être mais de l'amour. Il va falloir que je te parle de l'amour plus souvent, Éric. Il me semble que tu sais beaucoup de choses sur le sexe mais bien peu sur l'amour.

— J'y vais pas pareil à cette réunion-là, c'est *destroy*.

— Tu viens ! On a un pacte ensemble. Je te laisse pas seul au cas où ta dépendance te reprenne. Tu vas me haïr mais je vais te sauver. Les parents sont pas là pour se faire aimer de leurs enfants, mais pour les sauver malgré eux. Je te lâche pas d'un pouce. Je te guette. Aux A. A., ils ont des parrains. Je suis ta marraine.

— Je vais bien. J'ai pas eu la tentation une seule fois de retourner sur Internet. C'est fini depuis que j'habite avec toi.

— Si t'as pas besoin de moi, disons que moi... j'ai besoin de toi.

— Tu lâches pas, hein, Taine ?

— J'ai jamais lâché personne.

C'est faux, j'ai lâché Marco. J'ai pas été capable de l'aimer celui-là. Pas capable ! J'ai essayé tant et plus. Je le prenais des fins de semaine, je le gardais au chalet l'été. Mais je pouvais pas supporter de pouvoir rien faire pour lui. Ce que je peux pas contrôler, je le bannis de ma vie. Je suis pas une sainte ! Oui, j'en suis une. Toutes les grand-mères sont des saintes. Et c'est pénible à porter la sainteté. Des fois, je voudrais n'avoir jamais eu d'enfants. J'aurais pu vivre pour moi, en pensant qu'à moi ! Depuis que j'ai vingt-quatre ans, je me donne en pâture à mes rejetons : ils sucent ma vitalité, ils me grignotent ma vie et ça arrête jamais. Je suis une femme vidée de sa substance. Pouvoir démissionner comme mère de famille, comme grand-mère et arrière-grand-mère ! Ne penser qu'à moi. Tenir tout ce monde dans ma main, pour les protéger contre eux, c'est trop pour une seule femme. Mais non, c'est pas trop, Germaine, et puis il y a un avantage énorme : t'as le contrôle. Mais oui, t'aime ça contrôler ton monde. T'as du plaisir à rendre les autres heureux. C'est mon seul plaisir, et que personne essaie de me l'enlever.

— À quoi tu penses, Taine?

— Au souper de famille.

— Pourquoi, Taine, tu fais ça?

— Pour... Tu comprendrais pas.

— T'attends le Messie.

— Oui. Je sais qu'il y a dans ma famille quelqu'un qui est moi sans l'être, qui a toutes mes qualités sans avoir mes défauts. Mon remplaçant idéal. Je fais plus que l'attendre, je le cherche.

— Y en a pas des comme toi, Taine. Le moule est cassé. Schlick! Schlack!

— Je mourrai pas sans l'avoir trouvé. Tu me connais, je suis capable d'attendre que t'aies fini tes études pour te sacrer président-directeur général de Familia.

— Taine, je veux pas.

— Si je veux, moi!

— Taine, c'est-tu mon bonheur que tu veux?

— Oui!

— Fais-moi pas chier avec Familia, O.K.?

C'est lui qu'il me faut. Il finit son cégep, puis il fait quatre ans en commerce. À vingt et un ans, il est prêt. Ce sera Éric mon homme!

— Taine, penses-y pas!

— On verra.

— C'est tout vu. Si tu m'aimes autant que tu le dis, laisse-moi faire ce que je veux.

— Moi qui ai tout fait pour toi...

— Ça, ça prend pas avec moi! On rentre, on a une partie de domino mexicain qui nous attend. Tu vas encore perdre...

GERMAINE

Dimanche soir, 25 novembre, chez elle.

— Silence ! Silence ! Les enfants ! Bon ! D'abord, je voudrais vous remercier d'être tous là et surtout d'être contents d'être là. Ça me fait chaud au cœur. Je suis contente, très contente.

— Content content content.

— Oui, Marco, on sait que t'es content toi aussi. La raison du souper, c'est bien sûr ma fête que vous avez oubliée de souligner. Je sais, je sais, je vous avais demandé de pas me fêter, mais j'espérais dans le fond de mon cœur que, pour une fois, vous soyez pas des « suiveux ». Une fête pas de fête, c'est pas une fête. Donc, en chœur, chantez : « Ma chère Germaine, c'est à ton tour de te laisser parler d'amour... »

— Chère Germaine, c'est à ton tour de te laisser parler d'amour...

— Merci ! Merci ! Assoyez-vous. Je mérite pas d'ovation debout, je suis trop haïssable. Vous achevez de subir mes frasques, mes revirements d'idées, mes injustices. Je vais mourir et vous laisser la place. Avant de partir pour l'au-delà, je voudrais régler le problème de ma famille et de Familia après ma mort. J'ai trouvé la solution pour qu'il y ait pas de chicanes entre vous. Une vraie bonne idée. La solution, la seule solution est que je vende Familia. Chut, vous avez pas droit de parole, quand je vous la donne, vous vous engueulez. J'ai bien réfléchi et je suis sur le point d'accepter l'offre d'un Américain qui veut m'acheter. Chut ! J'ai pas terminé. Pierre, fais-les taire ! Les enfants !

— Vos gueules, crisse !

— Donc, je vais vendre Familia... aux Américains... C'est pour votre bien. Ça m'aurait fait plaisir de vous passer l'entreprise, si vous vous étiez bien entendus entre vous. Moi vivante, vous vous déchirez ; moi morte, vous allez vous dévorer tout crus. Je veux pas ça. J'ai pas travaillé toute ma vie à votre bonheur pour que mon argent vous sépare. L'argent de la vente ira à une œuvre de charité… pour familles dysfonctionnelles. J'ai fini.

Germaine, t'as pas vieilli, t'es en pleine forme. Non, je les manipule pas. J'use de stratégie. La peur d'être déshérités va leur donner un peu de jarnigouane dans la tête. Faut ce qu'il faut! Je jette un regard à Éric. Je l'épate. Épater son arrière-petit-fils, c'est un plaisir exquis du grand âge. Je vois la pomme d'Adam de Pierre monter et descendre comme s'il avait un triangle de Toblerone dans le gosier.

— Maman, attends un peu. La vente aux Américains, je suis d'accord. Laissez-moi parler. C'est une solution géniale pour éviter que la chicane divise la famille, mais c'est une erreur… patriotique. Les entreprises du Québec doivent rester aux mains des Québécois, si on veut un Québec fort et économiquement autonome. C'est au nom du Québec, maman, que je te demande de réviser ta décision. Je travaille pour toi depuis que j'ai dix ans, j'y ai consacré ma vie. Tu peux pas m'enlever ça. Tu me dois bien ça.

— Je dois rien à personne.

— Tu peux pas nous déshériter.

— C'est mon argent, j'en fait ce que je veux. Je vais aller voir ce qui mijote à la cuisine. Pas de gros mots, je pourrais t'entendre, j'ai les oreilles fines.

꙰

PIERRE

Arpentant le salon bleu et or dans la maison du boulevard Gouin où la famille est réunie.

Crisse que ma mère me met en colère des fois. Une chatte qui joue avec une souris. Je te garroche en l'air et je te reprends, et je te griffe, et je te laisse te sauver, pis je te rattrape, je te mordille et je te mange ! Épuiser pour mieux dévorer ! Changer d'idée pour mieux mystifier. Je me laisserai pas faire. J'ai le droit de plus lui obéir. Je suis assez vieux. Vendre aux Américains ! Nous déshériter au profit d'une bonne œuvre. La bonne œuvre d'une mère, c'est ses enfants, crisse. Faut avoir la tête fêlée pour se départir d'une *business* florissante sous prétexte qu'elle sera plus là pour la gérer. Pis moi, je suis quoi, un coton ? Ça doit être son maudit docteur qui lui a mis ça dans la tête. Une pauvre femme de quatre-vingts ans avec une tumeur au cerveau, qui va mourir incessamment, on peut la berner facilement. Une chance, je suis là. Je suis là, et j'ai toute la famille derrière moi. On va se liguer et la défendre contre son docteur. Vendre aux Américains ! Nous déshériter. Elle est folle pour vrai ! Maudite réunion de famille. J'aurais dû dire non quand j'ai reçu sa note de service. J'aurais dû faire un homme de moi au lieu de lui obéir comme un petit gars. J'aurais dû faire ma vie sans elle, loin d'elle. Odette a raison, je suis pas sorti de sous sa jupe. Ça serait bien qu'elle meure dans son sommeil, là, à l'instant même. Elle souffrirait pas, et moi je pourrais enfin voir mon rêve se réaliser, être le patriarche de la famille et le P.-D.G. de Familia. La relève ! Où je vais chercher ces idées-là ? Je veux pas que tu meures, maman, jamais ! Sans toi, le monde va s'apercevoir que je suis moins que rien. Je t'aime, maman, j'ai jamais aimé personne autant que toi, mais crisse, pourquoi tu t'arranges pour que je t'haïsse ?

— Tout le monde au sous-sol ! Faut qu'on se parle ! On peut pas se laisser déshériter comme ça. C'est du vol. Vendre aux Américains, peut-être, mais cet argent-là nous revient. C'est à nous autres. Non, pas toi, Odette, ni Isabelle, les conjointes restent en haut avec Marco. C'est une réunion de Maltais !

ODETTE

Restée au salon avec Isabelle et Marco.

— Ça me fait rien, Pierre me raconte toutte dans le lit.

— Moi, Michel, il me dit rien, il parle pas et c'est très bien ainsi.

— Content content content.

— Bien oui, il est content, il a engrossé une fille et il veut la marier. Qu'est-ce que t'en penses, toi, Isabelle?

— Je suis pas de la famille.

— Isabelle, on est les « rajoutées » comme Germaine nous appelle, on pourrait avoir notre mot à dire, si on se tenait les coudes. Moi je t'haïs pas. Je te comprends pas, mais je t'admire d'être capable d'avoir une vie en dehors des Maltais. As-tu un amant? Moi, j'aimerais ça m'en faire un, mais Pierre, l'infidélité, il est contre. Ça doit être romantique les cachettes, les mystères, mentir. Mariée avec Pierre… le romantisme c'est… Bon, je parle toute seule. Elle est partie. Qu'est-ce que tu veux, Marco?

— Content content content!

— Regarde-moi bien, puis écoute-moi bien. Je sais pas ce que tu comprends, mais je le dis parce que j'ai besoin que ça sorte. Marco, je te demande pardon de pas t'avoir aimé comme tu le méritais. J'étais jeune, m'occuper de toi j'aurais pas eu de vie, déjà que j'en ai pas une excitante. Marco, je veux me reprendre avec ton enfant. Je veux lui donner tout ce que j'ai pas eu le courage de te donner. Vas-tu me laisser faire?

— Content content content.

— C'est ça que j'ai pas pu prendre, pas savoir si tu comprends ou pas. J'ai pas la patience de Michel, moi. On est pas chanceux tous les deux. Je suis pas tombée sur l'enfant dont je rêvais; t'es pas tombé sur la mère faite pour élever un enfant déficient. Il y en a qui sont capables, moi j'avais pas ce don-là ou cette force-là. C'est pas que je t'aime pas, c'est que ça me fend le cœur de te voir comme t'es. Si j'avais été une femme heureuse, je dis pas, mais je suis pas une femme heureuse. Les Maltais m'énervent avec leur famille, leur entreprise. Il y a qu'eux autres au monde. Ils sont dans l'admiration mutuelle de leur nombril respectif. Puis je suis pas mieux avec ton père. Je l'aime pas cet homme-là. Pourquoi je reste, tu me le demanderais si tu me comprenais? Parce que ton père m'aime puis que je sais pas si je serais capable de trouver mieux que lui. Puis je sais rien faire. Qu'est-ce que je ferais sans argent? «Un tiens vaut mieux que deux tu l'auras.» C'est pas fort comme raisonnement, je le sais, mais je suis quelqu'un de bien ordinaire. J'ai pas d'envergure. Ta maman a une toute petite intelligence, mais tu vas voir qu'elle a un gros cœur, gros comme le monde. Ton père veut faire avorter ta blonde, je vais m'y opposer de toutes mes forces et on va gagner. Tu vas l'avoir ton bébé puis je vais l'adopter légalement. Tu vas me le donner, puis je vais l'élever, trisomique ou pas, puis des fois j'irai te le montrer à ta résidence. Marco, qu'est-ce qui te prend? Lâche-moi! Tu me fais mal! Marco! Lâche mon cou! T'as pas compris. C'est un service que je te rends... Marco... C'est pour ton b...

LAURENCE

Le soir, chez elle.

Fallait nous voir dans le sous-sol cinéma maison, tous assis dans les gros fauteuils. Des vautours qui se disputaient une proie. Seul Éric avait un petit air détaché comme s'il s'appelait pas Maltais. Il est jeune, il sait pas encore le rôle que joue l'argent dans la vie. De toute façon, son avis compte pas, il a juste quinze ans. Mon père a raison, vendre aux Américains, c'est vendre son âme. Le Québec, s'il veut survivre, doit garder ses entreprises et les faire prospérer. C'est un devoir d'État, d'État québécois, devoir patriotique. La tête que mon père a fait quand je lui ai sorti ma thèse féministe ! « Moi, en tant que femme, je me dois de garder cette entreprise de femme entre les mains d'une femme, en l'occurrence, moi, Laurence. C'est un devoir moral qui passe avant la volonté de mon père. C'est un exemple à donner aux autres femmes qui croient que la finance est un jeu pour hommes seulement. Je vais leur montrer aux hommes qu'une femme peut mener et gérer même si elle s'appelle pas Germaine. » Mon père a capoté. Parce qu'il est né homme et aîné de la famille, il s'est toujours perçu comme le seul héritier. Paul, lui, c'est un oiseau sur la branche, un oiseau-mouche. Grand bec, petit cerveau. Lui, tout ce qu'il veut, c'est de l'argent à dépenser. Michel, lui… Michel penche toujours du côté du vent. Il protège sa *job*, sachant très bien qu'il y a personne d'autre que sa famille qui va engager une limace. Tantôt il veut vendre, tantôt il veut garder l'entreprise. Il est toujours de l'avis du dernier qui parle. Il erre d'une idée à l'autre sans jamais se prononcer. C'est Valérie et Simon qui, presque en même temps et presque sur le même ton, ont mis fin à la chicane en disant, en parlant de Mamitaine : « Elle va faire ce qu'elle va vouloir. Elle est pas encore morte. » On a ri de les entendre parler ensemble comme quand ils étaient petits. Il fallait deux têtes pour qu'on comprenne que Mamitaine fait toujours ce qu'elle veut et que, en général, ce qu'elle fait est pour notre bien. Ç'a pas pris cinq minutes, on a décidé de la laisser libre de faire ce qu'elle veut puisque, de toute façon, on a jamais eu aucune influence sur elle. Elle veut vendre, qu'elle vende. Il sera toujours temps de s'opposer à la vente au dernier moment, quitte à l'amener en cour pour dépossession de ses enfants… C'est pas mon idée, c'est l'idée de mon père, mais moi non plus je veux pas me faire déposséder. Je suis une Maltais, cent pour cent argent.

MICHEL

Il reconduit Marco à sa résidence supervisée.

— Marco, tu le sais pas, mais c'est toi qui as la belle vie. Ton cœur est pur et simple. Je t'envie.

— Vie vie vie… !

— T'as dit « vie ». Tu parles ! Dis mon nom… Mi-chel.

— Syl… vie ! Bébé. Sylvie. Bébé. Content content content.

Marco pleure, l'amour le fait parler. Je pleure avec lui, on mêle nos larmes, puis nos rires. J'ai toujours su que l'amour faisait des miracles. Marco disait un mot, il en dit quatre. Un jour, peut-être, ce sera dix puis vingt. Un jour, j'en suis certain, un jour Isabelle va me dire qu'elle a besoin de moi. Je demande même pas qu'elle me dise « Je t'aime », juste qu'elle a besoin de moi.

PIERRE

Dans la chambre conjugale, chez lui.

— T'exagères !

— Marco a sauté sur moi, il voulait me tuer.

— Odette, il parle pas, faut qu'il s'exprime d'une manière ou d'une autre.

— Vois-tu ça qu'il saute sur son enfant pour s'exprimer.

— C'est ce que je dis, il faut qu'elle se fasse avorter.

— Non ! Je veux le bébé. Il me le faut.

— Un bébé, c'est pas un sac Vuitton, c'est un être humain.

— Justement, on va pas l'assassiner dans le ventre de sa mère.

— Odette, ferme ta boîte pis dors. J'ai autre chose à penser.

— Pierre Maltais, fais bien attention à toi. Si j'ai pas le petit bébé, je me prends un amant.

— Fais donc ce que tu veux.

— Je peux ?

— Que je te voie !

Les femmes ! J'ai pas assez de ma mère qui me complique la vie, il faut que ma femme se mêle d'adopter son petit-fils. Elle a pas été capable de prendre soin de Marco, elle sera pas plus capable de prendre un enfant qu'on sait même pas s'il va être normal. J'ai plus l'âge d'élever un bébé, pis j'ai Simon, mon Simon, l'enfant de mon cœur, j'en ai pas besoin d'un autre. Être ferme avec Odette, lui faire comprendre… Je suis fatigué de me battre avec elle. Plus elle vieillit, plus elle s'affirme. C'est plus la femme que j'ai mariée. Si elle a changé, pourquoi moi je changerais pas… de femme.

— Tant qu'à m'envoyer un homme, je m'enverrais un écrivain. Ça doit savoir parler aux femmes, un écrivain. Même si c'est pas pour la vie, ça pourrait être pour une heure.

— Odette, ferme ta gueule !

— Tu vois comment t'es.

— Arrête de m'achaler. On est déshérités ! Te vois-tu, pas d'argent, obligée d'aller vendre des bobettes chez Wal-Mart ?

— Pierre, ta mère vous déshéritera pas, puis elle vendra pas aux Américains. Elle se cherche un remplaçant dans la famille. C'est un jeu.

— Tu la connais pas.

— Toi, tu l'aimes trop pour bien la connaître. L'amour est aveugle.

— Penses-tu ?

— C'est pas pour demain la vente et le déchirage de testament, fais dodo.

— Si je t'avais pas.

— T'aurais Vanessa.

— J'ai pas Vanessa !

On va encore s'engueuler pis on va finir par faire l'amour pour se réconcilier. Comme toujours. Au moins, Odette, je sais sur quel pied danser avec elle, tandis que la Germaine…

— À quoi tu penses ?

— À rien.

— À qui tu penses ?

— À toi.

MICHEL

Le couple regarde la télévision chez eux.

— Mme Poitras pense que Marco a droit au bonheur, donc de se marier et d'avoir un enfant. Toi, Isa, qu'est-ce que t'en penses ?

— Je pense que le bonheur est pas dans le mariage, ni dans les enfants…

— Il est où ?

— Dans la vérité.

— La vérité est où ?

— C'est ta grand-mère qui la possède.

— Si Mamitaine juge bon de garder la vérité pour elle, c'est qu'elle juge que la vérité nous ferait du mal. Puis arrête de me parler de vérité, toi qui me mens sans arrêt. Je t'ai posé une question.

— Ton frère Marco peut se marier, avoir dix enfants, je m'en fiche.

— Que ma grand-mère vende Familia, que je sois déshérité au profit d'une bonne œuvre, ça, tu peux pas t'en ficher.

— Michel, t'es comme un petit gars de cinq ans qui croit au père Noël. Réveille-toi. Germaine, c'est une démone. Tu la vois pas. Elle a qu'un but, vous faire payer pour l'argent qu'elle va vous laisser.

— Tais-toi, je te défends de parler en mal de ma grand-mère. D'ailleurs, nous deux, on peut jamais se parler. Tu comprends jamais ce que je dis. Les fois que tu m'écoutes…

C'est pas comme avec Mme Poitras. Hélène Poitras. C'est joli, Hélène. Joli comme elle. Ses mains aux longs doigts, ses mains sans alliance et sans bague. Chaque fois qu'elle me la tend, sa main, pour m'accueillir ou me dire au revoir, il y a une chaleur qui passe de sa main à ma main. Chaleur qui passe ensuite par ses yeux, aux miens. Elle me sourit, je lui souris. On est connectés l'un à l'autre comme si… on s'aimait. J'aime Isabelle, mais jamais je me sens en intimité avec elle, sur la même longueur d'onde. Mme Poitras, je veux pas la sauter, je veux juste… Qu'est-ce que je veux? J'ai pas l'habitude de me poser cette question-là. Je veux… être heureux. Heureux, un petit peu, des petites fois…

GERMAINE

Le lendemain, au bureau de Pierre dans la tour Familia.

— Maman, ta progéniture, comme tu nous appelles, on en est venus à la décision suivante. Ton entreprise est à toi, vends-la si c'est ça qui te rend heureuse et lance l'argent dans le vent, si c'est ça que tu veux. Nous autres, c'est ton bonheur qu'on veut avant tout.

— Je suis très déçue. Je pensais que vous m'arriveriez avec des propositions d'achat…

— Crisse…

— On sacre pas après sa mère.

— Tu vas faire ce que tu veux, t'es pas contente ?

— Je suis contente de faire ce que je veux, mais j'aurais aimé…

— Dire « non » à toutes nos suggestions ! C'est ton *fun* dans la vie, nous dire « non ». On s'excuse de t'en priver.

— Et dire que notre Marco est amoureux et qu'il va être père.

— C'est un drame, maman.

— Je veux que Marco se marie comme un homme. Il a posé un geste d'homme, il mérite un mariage à la hauteur de son geste, et c'est avec joie qu'on va accueillir cet enfant dans la famille. Je veux pas entendre un mot. Referme ta bouche, t'es pas beau la bouche ouverte. À propos, je suis pas mourante du tout, je l'ai jamais été. Je vous ai fait croire que j'avais pas beaucoup de temps à vivre pour trouver qui a des qualités de chef dans ma famille. J'avais vu ça dans une pièce de théâtre, *Volpone,* il y a très longtemps. Un homme, Volpone, se faisait passer pour mort pour connaître son entourage et savoir à qui laisser sa fortune. Comme j'ai trouvé personne, je vends.

Pierre me regarde comme si je sortais d'un gâteau. Il doit bouillir par en dedans.

— Comme ça… ta tumeur ?

— Inoffensive.

Ma stratégie est en béton. Laissons couler le temps, laissons les acheteurs se présenter, laissons mes héritiers avoir si peur que je vende qu'il leur poussera peut-être des couilles et que je connaîtrai, sans risque de me tromper, lequel des miens a le coffre pour prendre ma place. Je veux pas vendre, encore moins aux Américains, mais les miens ont besoin d'être brassés, et je brasse. J'ai fait que ça finalement dans ma vie, les brasser pour qu'ils agissent. Sans moi, ils seraient tous des sans-ambition, des sans-but, des carpettes. C'est fatigant d'être forte, la plus forte. Je suis fatiguée de les traîner. Laissons le temps passer. Le temps qui passe arrange les choses à mon avantage, toujours.

☙

LE TEMPS PASSA. ET LE TEMPS, AU LIEU D'ARRANGER LES CHOSES, LES AGGRAVA.

☙

PIERRE

À son bureau dans la tour Familia.

— Oui, Vanessa?

— Vous avez reçu une note de service de madame votre mère.

— Mettez ça là.

— Madame votre mère m'a demandé de la lire à tous les membres de la famille, en personne.

— Vanessa, arrêtez de parler comme dans les vues françaises des années cinquante. Qu'est-ce qu'elle veut?

— Vous inviter à un *party* du jour de l'An au chalet. Ça doit être si beau l'hiver sur votre lac. Bien, c'est ce que vous dites, j'y suis jamais allée. Vous avez un lac à vous autres tout seuls. Je donnerais tout pour voir ça.

Je l'amènerai pas au lac, certain! Elle se jetterait sur moi puis je passerais le reste de ma vie à payer pour ce glissement du… désir. C'est ça l'infidélité. C'est un glissement du désir.

Tu désires ta femme, il en arrive une autre, le désir glisse de l'une à l'autre.

— Un de ces jours, Vanessa. Un de ces jours, je vais vous amener... avec Odette. Dites à ma mère que j'ai pas envie d'aller geler au lac, au jour de l'An.

— La note de service ne pose pas une question, c'est un ordre. Vous connaissez madame votre mère, euh, vous connaissez... votre mère?

— Je vais lui téléphoner... Laissez faire. Plutôt, dites-lui que je vais y aller à son *party*.

Je m'amène au lac et là, devant tout le monde, je lui fais une offre d'achat. Bien sûr que j'ai pas les reins assez forts pour l'acheter, mais je pourrais me trouver des partenaires et comme ça, Familia resterait dans la famille. Elle pourra pas dire non. Pourquoi j'y ai pas pensé avant? Parce que... parce que je suis pas si doué que ça pour les affaires. Si je l'étais, je déjouerais tous les plans de maman. J'ai pas choisi cette carrière-là. Moi, je voulais être joueur de hockey professionnel. C'est ma mère qui me l'a imposée. Je pouvais-tu refuser de l'appuyer, moi, l'aîné, moi qui lui devais tant?

— Vanessa?

— Monsieur a besoin de moi?

— C'est beau vos cheveux en chignon, mais il serait peut-être le temps de les couper.

— Je pensais que vous préfériez mes cheveux longs.

— J'ai changé d'idée.

— Je vais les faire couper.

— Je dis ça de même, c'est pour votre bien.

— Combien court?

— Vanessa, je suis pas coiffeur!

— Deux pouces, de la tête, trois pouces?

— Court! J'ai autre chose à faire que parler de coiffure.

— Merci de la suggestion. Personne me parle jamais de mes cheveux, vous êtes le seul. Je vais les faire couper samedi. La couleur, je peux la changer aussi, si celle-là est ennuyante.

— Vanessa! Vous avez pas de travail?

Je suis pas fier de moi, mais quand t'es manipulé, ça fait du bien de manipuler quelqu'un qui t'aime. Ça, elle m'aime. L'amour fait d'admiration est doux au cœur de l'homme. Pourquoi Odette m'admire jamais? Il faudrait que je me trouve une femme qui ait la soumission de Vanessa et le chien d'Odette. Ça se trouve pas dans une même femme. Donc, si je veux être logique, il me faut deux femmes. Jamais! J'ai assez de troubles comme ça. *Party* de famille au jour de l'An! Qu'est-ce que maman a derrière la tête pour qu'il faille qu'elle nous enferme dans un chalet isolé des Laurentides? Ça me sert à rien de me creuser la tête, les plans de ma mère sont insondables.

🙢

OLIVIER

Chez Germaine, dans sa maison du boulevard Gouin.

— Tu comprends, non, tu peux pas comprendre, t'as pas procréé, quand tu mets un enfant au monde, tu veux lui donner ce qu'il y a de mieux. Tu es prêt à tout pour qu'il soit heureux. Tout, même à lui mentir si c'est pour son bien.

— Germaine, j'en ai marre de ton discours sur le bonheur des enfants qui passe avant le tien et j'en ai marre que tu m'accuses de ne rien comprendre parce que je n'ai pas procréé.

— Tu me parles pas sur ce ton, Olivier!

— Je te parle sur le ton que je veux.

— Eh bien, parle tout seul. Je vais faire une sieste.

— Tu me laisses chaque fois que je m'oppose à tes idées. Cette fois-ci, tu vas écouter ce que j'ai à te dire. Assise!

— Je vais t'écouter, ça veut pas dire que je vais t'obéir.

— Les méthodes que tu prends pour te trouver un remplaçant ou une remplaçante sont cruelles pour tes enfants.

— Il faut ce qu'il faut.

— Je te demande de lâcher prise.

— Est-ce que je te dis que tes façons de soigner tes malades sont cruelles?

— Je voulais juste…

— Te mêle pas de critiquer mes méthodes, je me mêlerai pas de critiquer les tiennes.

— Mais je suis toujours juste et bon. J'essaye en tout cas.

— Moi aussi.

— Germaine, j'ai peur qu'à force de vouloir faire du bien aux tiens, tu n'arrives qu'à leur faire du mal et à causer ce que tu crains le plus, l'éclatement de ta famille.

— Je connais mon monde.

— Je t'aurai prévenue. Ce jour de l'An au lac peut être le dernier jour de l'An de la famille Maltais.

— Le premier de mon successeur. Sais-tu, j'ai changé d'idée, je souperai pas avec toi, j'ai pas faim.

— T'es pas capable de prendre une critique, hein, Germaine?

— Venant d'un vieux garçon, non. ·

— Pourquoi je t'aime, veux-tu me le dire?

— Parce que dans le fond, t'admires mes méthodes.

— Parce que je sais que tu veux sincèrement le bien de tes enfants et même si je désapprouve tes méthodes, je t'admire de te sacrifier pour eux. J'ai du lapin à la moutarde et de la mousse au chocolat.

— Ouais, tu connais mes faiblesses.

— Oui, toutes.

~ 290 ~

PIERRE

La veille du jour de l'An. Avec sa mère, sur la motoneige de Ti-Loup, devant le chalet, au lac Caché.

— Je suis capable toute seule! Ti-Loup c'est pas la première fois que je descends d'une motoneige.

— T'es pas raisonnable, maman, laisse-le t'aider.

Elle déraille, rien qu'à voir, on voit ben. Elle a perdu une tuile de sa couverture.

— Un bon gestionnaire de compagnie est pas raisonnable, tu sauras mon garçon. C'est un audacieux qui a peur de rien.

— Ils annoncent du mauvais temps, une tempête de neige, du vent, de la pluie, du verglas : le *kit*.

— Tant qu'à être en hiver!

— Maman, donne pas d'argent à Ti-Loup, il va le boire. J'y donnerai les restes de nourriture quand on partira, après-demain.

— Ti-Loup, c'est pour vous!

— Non, non, payez-moé pas, m'ame Germaine.

— Je te paye pas, c'est un pourboire pour boire.

Moi, à la place de Ti-Loup, je serais insulté, c'est pas un esclave à qui on jette des pièces de monnaie.

— Si c'est pour boire, j'accepte. Je vais boire à votre santé. Merci, m'ame Germaine.

— Chrisostome maman!

— Quand je serai morte, tu feras à ta tête.

— Attends-moi maman, grimpe pas les marches toute seule, elles sont glissantes. J'ai pas envie que tu te tues.

— En es-tu bien sûr?

Faut que je reste calme. Faut pas que je me choque. C'est ce qu'elle veut, que je réagisse, que je la mette à sa place, mais je le ferai pas, elle me jugerait incapable de gérer Familia. Si je souris, c'est pas mieux, j'ai l'air d'être un mou, elle déteste les mous. Si je dis comme elle, je suis téteux. Crisse, je suis pas un diplomate, je suis un homme d'affaires. Je suis un homme d'affaires important, un des plus importants du Québec. Je dois pas être si imbécile que ça?

— On est-tu bien, hein, Pierre? Juste nous deux, toi puis moi, ici, au chalet.

— C'est une fameuse idée que t'as eue, maman.

Je me méprise. Je me déteste mais quand on veut la fin… Ça serait si simple s'il y avait pas toute la smala des Maltais. Pourquoi je suis pas fils unique? Pourquoi il a fallu qu'elle fasse Paul et Marie après moi? Un enfant, c'est bien, les autres gâtent la sauce.

— Va pas le dire aux autres, mais moi, c'est toi que je vois pour me remplacer.

— Ah oui?

— Qui tu vois d'autre, toi? Pas Paul, qui a bien des qualités…

— Qualités?

— Oui, Pierre, Paul a des qualités que t'as pas.

— Quelles qualités?

— Toutes, excepté celles d'un chef. Marie, elle, c'est le country qui l'intéresse, puis la drogue puis les hommes qu'elle prend je sais pas où. Michel, on en parle pas, il fait sa *job* de chef comptable, je le vois pas ailleurs. Laurence, elle, Laurence tant qu'elle aura pas réglé son problème de sexe. Vois-tu ça un scandale au sein de notre entreprise? Non, Laurence, c'est réglé, tant qu'elle aura pas choisi son bord, bien le bon bord, elle fait pas le poids. Les autres membres de la famille sont trop jeunes. Il y a que toi, t'es un vrai *leader*… Si je t'avais laissé jouer au hockey, tu serais le meilleur compteur de la ligue.

— C'est pour ça, le *party*, pour annoncer que c'est moi qui vais te remplacer. C'est une bonne idée. Comme ça tout le monde va le savoir en même temps. On va fêter. Une chance, j'ai apporté du champagne. Tu vas leur dire…

— Bien non, je vais vendre. Je disais ça comme ça…

— Justement, maman, je vais l'acheter, moi, Familia, comme ça, ça va rester dans la famille. J'ai un plan financier…

— Je veux pas te vendre. Je me suis rendu compte que l'entreprise vous braquait les uns contre les autres. Alors, je vends à des étrangers pour garder la famille unie. Si j'ai plus Familia, au moins je vous aurai, vous.

— Maman, non ! Vends pas ou vends à moi.

— J'ai pris ma décision.

— Il y a que les fous qui changent pas d'idée… pis Dieu sait que t'as toute ta tête.

Ça m'enrage quand je dis le contraire de ce que je pense, mais je suis en mode survie.

— Pour que je change d'idée, mon Pierre, il faudrait me prouver que vous pouvez vous entendre entre vous.

— On peut, je te jure qu'on peut. On se chicane des fois, pour mettre du piquant, mais dans le fond on est tous d'accord sur une chose…

— Que c'est toi qui dois diriger Familia !

— On veut tous garder l'entreprise dans la famille quitte à s'entendre s'il le faut. On s'entend, maman, mais je suis d'accord ave toi, on pourrait s'entendre plus.

— Même si c'est un autre que toi qui est le P.-D.G. ?

— Pas Paul, c'est un inconséquent, un paresseux, un gaspilleux, pas honnête en plus. Marie, une droguée. Laurence, une obsédée sexuelle.

— Tu vois bien qu'il faut que je vende.

— Maman, crisse !

J'ai envie de la secouer, de lui dire que vendre c'est la preuve qu'elle a perdu les pédales. Faut que je parle aux autres quand ils vont arriver, leur dire de faire un effort pour qu'on s'entende.

Moi-même je vais faire un effort si Paul vient. J'espère qu'il viendra pas.

GERMAINE
Dans le chalet ensoleillé du lac Caché.

Je m'aime quand j'ai un but et que je prends tous les moyens pour y arriver! J'ai fait ça toute ma vie et ça m'a réussi. Je sais que mes enfants vont finir par comprendre que l'union fait la force, et que la chicane brise les familles et les entreprises fondées par des familles. Aimons-nous et le succès et la fortune nous souriront. Je suis pas certaine de grand-chose dans la vie, mais ça, je le sais.

— Pourquoi, maman? Je me demande encore pourquoi tu te donnes tout ce trouble-là pour une réunion de famille au chalet. Je voulais pas...

— Moi, je voulais. En attendant, fais du feu dans la cheminée, on gèle ici dedans. Tu voudrais pas que je prenne mon coup de mort?

— C'est pas pour demain.

— Hélas, hein?

— J'ai pas dit ça. Je dis juste qu'ouvrir le chalet en plein hiver, faut avoir une maudite bonne raison.

— J'ai l'habitude d'agir sans raison? Ici, on est vraiment entre nous. Pas de chalet autour, juste la cabane de Ti-Loup. Pas de téléphone, la ligne est coupée pour l'hiver, et le cellulaire rentre pas. C'est la vraie paix. Le chalet, c'est pour la relaxation, pas pour les transactions. Disons que je voulais qu'on se détende ensemble.

— Tiens, maman, un petit verre de gros gin. J'ai pensé que ça te rappellerait des bons souvenirs.

— À Charles, mon héros, le héros de la famille ! L'exemple à suivre...

— Qu'est-ce que t'as derrière la tête, maman ?

— Juste un *party* du jour de l'An en famille.

— À ta santé, maman.

— Moi, à ta place, je boirais à ma mort.

— T'es pas drôle !

— Je suis réaliste. Je suis une condamnée à mort, il y a juste que je sais pas l'heure, la minute, la seconde, mais ça ne saurait plus tarder.

— Faudrait te faire une idée, tu m'as dit que ta tumeur était pas mortelle.

— À mon âge...

⚘

ISABELLE

Au volant de son auto, descendant la pente vers le *shack* de Ti-Loup.

— *Stop ! Stop ! Stop !* Misère à poil ! Qu'est-ce que j'ai fait là, Ti-Loup ? Ti-Loup, je suis prise ! Au secours !

⚘

ODETTE

Dans un taxi devant le principal magasin de Familia, rue Mont-Royal Est.

— Mon mari a pas voulu que je prenne la BMW ce matin. Moi, je voulais prendre ma Lexus, comme ça si je m'emmerde trop au chalet, je peux toujours revenir. Mais non, il m'a dit : «Fais-toi conduire au magasin en taxi et Michel – c'est mon fils – va te donner un *lift* jusqu'au lac. Il monte la bouffe du traiteur, il va prendre un camion. » Moi, les taxis, ça me fait peur. Pas les taxis, les chauffeurs, la plupart parlent pas notre langue. Vous, vous avez l'air bien correct pour…

— Un Noir ?

— Pour… un chauffeur de taxi. On peut plus parler. On est chez nous, puis on peut plus parler. Je vais finir par plus jamais dire un mot. D'ailleurs, ça fait longtemps que je parle plus. J'ai un *zipper* sur la bouche. Vous le voyez pas, mais il est là. Mon mari dit que dès que j'ouvre le *zipper*, il y a une sottise qui sort, ça fait que… Qu'est-ce que vous faites au Québec à moins quarante, vous ?

— Je gèle.

Beau bonhomme. Il paraît que les Noirs adorent les femmes… plantureuses : ça fait riche ! Il se bourrerait avec moi. Non, le devoir m'appelle. Je prends son numéro de permis pareil. Au cas où j'aurais besoin de… d'une bonne baise… d'un bon taxi. J'ai jamais essayé un Noir, ni un autre Blanc que Pierre d'ailleurs… Je vais-tu passer ma vie à m'engueuler pour pouvoir baiser ? Avec lui, me semble que ce serait simple, deux bêtes qui se prennent juste parce qu'elles se désirent, pas de simagrées à faire avant.

— Êtes-vous marié ?

— Non. Vous ?

— Je suis rendue.

— Dommage ! Vous sentez bon.

— Vous aussi.

— Moi, c'est Monoï de Tahiti. C'est pas un parfum, c'est une huile pour le corps. J'en mets partout…

— Tenez, gardez tout.

— C'est trop !

— Vos yeux sur moi, ça vaut mille fois le prix de la course. Merci.

— C'est moi qui vous remercie.

— Non, c'est moi.

— Bonne journée. Madame? Vous êtes ravissante.

— Pas trop, j'y croirai plus.

J'ai chaud à moins quarante! Mes tempes vont s'ouvrir, puis ma cervelle va dégouliner. Mon cœur bat! J'ai-tu une attaque de cœur, ou une crise de désir? Il est pas parti. Il me regarde marcher. Je sais qu'il me déshabille des yeux et ça me rend sexée. Avec lui, j'aurais pas besoin de baiser à la noirceur. Je m'étalerais de toute ma splendeur sur le lit et je nous regarderais faire l'amour dans le miroir du plafond. Ouf! Il est parti. Une seconde de plus et je courais au taxi, me donnais à lui sur le siège arrière. S'il avait voulu de moi! Il y a pas de meilleure pilule anti-âge que le désir d'un homme inconnu. Merci, hasard! Je comprends les femmes qui s'offrent annuellement un petit voyage dans les îles. Elles font le plein de désir pour en donner un peu à leur blanc et terne mari.

— Bonjour, Maryvonne. Michel doit venir me prendre ici, l'avez-vous vu?

— Bonjour, madame Maltais. Votre fils a téléphoné, il est en route.

— Je vais aller à la toilette, le voyage va être long, faut que je prenne mes précautions avant de partir.

— Je vous ai fait un *kit* de survie : de l'échinacée, des pastilles de zinc et de la vitamine C. Un chalet fermé qu'on ouvre en hiver, des plans pour attraper la grippe, elle est très mauvaise cette année.

— J'ai tout ce qu'il me faut.

— Quand votre fils Michel m'a dit ça, bien pour la réunion en plein hiver, je me suis dit : faut que ce soit grave...

— Excusez-moi! Pipi!

Ça veut se donner de l'importance, puis ça gagne moins par mois que ce que je dépense par semaine. Ça me tente pas, moi, cette réunion-là. La famille Maltais, j'en ai plein le casque. De quoi ils vont parler? D'eux autres, rien que d'eux autres! Moi la «rajoutée», je vais les écouter et mourir d'ennui. Puis Pierre qui s'étonne que je prenne un coup. N'importe qui à ma place se soûlerait pour pas les entendre répéter les mêmes maudites affaires. J'ai bien fait d'apporter une bouteille de gin. De la boisson blanche, tu vides ça dans n'importe quel jus, personne remarque la quantité que tu prends. Il y a juste l'haleine, pis pour ça, j'ai mes clous de girofle. Bon. En route pour le pire jour de l'An de ma vie. Si j'avais eu le courage, je serais dans les bras d'un mâle d'ébène, dans un motel, non, chez lui, il est pas marié, ou chez moi… Le *thrill* de coucher avec un homme dans le lit conjugal. J'ai manqué la chance de ma vie, ça vaut bien un petit coup.

⸙

MICHEL
Sur le trottoir devant le magasin.

— Michel!
— Quoi, maman?
— Tu marches comme quand t'étais fâché, petit.
— Je vois pas l'idée d'ouvrir le chalet en janvier!
— C'est pas mon idée. Isabelle monte pas au lac avec nous?
— Bien non, elle est déjà partie, pour s'assurer que grand-maman ait pas froid…
— Elle est bien bonne celle-là…
— Qu'est-ce qui te fait rire?
— Rien, je me comprends.
— Isabelle, c'est ma femme…

~ 298 ~

— Je sais pas comment tu fais?
— Moi non plus.

MARCO

À la porte de la résidence supervisée où il vit.

— Sylvie! Bébé! Content content content!
— On peut pas l'amener ta Sylvie. Une autre fois. Madame Poitras, faites-lui entendre raison.
— Vous pourriez l'amener. Elle est très gentille. Ça ferait tellement plaisir à Marco.
— Je peux pas l'amener, ils sont pas mariés. Ma grand-mère est formelle à ce sujet-là. Pas d'étrangers à nos réunions de famille. Viens-t'en, Marco. Puis force-moi pas à te prendre dans mes bras, tu pèses une tonne. Marco, baptême!
— Sylvie. Bébé. Sylvie. Bébé. Sylvie. Bébééééééééé…

PIERRE

Dans le salon du chalet.

— Le soleil est bon. Le poêle à combustion lente ronronne, le feu de cheminée crépite. On est bien.
— On est bien.
— J'avais raison de venir passer le jour de l'An ici. Dis-le!
— C'est-à-dire que…
— On est pas bien?
— Oui, mais…

— Tu veux toujours avoir raison, hein ?

— Moi, je veux toujours avoir raison ?

— Bien oui, t'es comme moi.

Je suis pas comme elle, mais c'est pas le temps d'argumenter. Il faut que je lui prouve que je suis digne de lui succéder. Je vais lui faire une petite caresse, celle qu'elle aime.

— Ta joue est douce maman.

— C'est-tu le bruit d'un avion que j'entends ?

— Ça en a tout l'air.

— C'est qui ? Ma vue se rend pas si loin.

— Ben voyons ! Qui, maman, arrive au lac en avion dans la famille ?

— Mon Ti-Paul ! Il a trouvé le moyen de se libérer et de venir voir sa vieille mère…

— Louer une auto, ça ne coûtait pas assez cher pour lui, fallait qu'il se prenne un petit avion.

— Passe-moi ma sacoche, vite.

— Attends que l'avion se pose pour y donner de l'argent.

— Je veux me mettre de la farde. De la grande visite ! Je pensais jamais qu'il viendrait, Paul ! Mon Ti-Dieu. Un avion sur skis ! C'est bien lui, ça. On dirait qu'il est né aviateur. Puis, regarde, c'est lui qui conduit, tout seul. Il sait conduire un avion ? Tu vois qu'il a des talents que t'as pas.

— Ah ça, pour garrocher notre argent par les fenêtres, il est doué.

L'animal ! Elle va payer la location de l'avion comme si c'était une boîte de biscuits. Elle lui a toujours passé toutes ses fantaisies. Ben oui, il a le sourire fendu jusqu'aux oreilles, lui !

— Maman d'amour ! Salut Pierre ! J'avais tellement hâte de te voir, maman, que j'ai sauté dans le premier avion. Puis rendu à Dorval, j'ai sauté dans un autre. S'il y avait eu un jet, je le louais. Rien de trop beau pour sa mère.

— Ni de trop cher, hein, mon petit frère ?

— Il y a rien de trop cher pour sa mère, en effet.

— Surtout quand c'est pas toi qui payes.

— Qui est-ce qui a eu cette idée de génie-là, ouvrir le chalet au jour de l'An comme dans le temps? C'est toi, Pierre?

— Toujours aussi baveux, le frère.

— Si on peut plus faire d'humour... J'étais à Acapulco, en plein travail. Je te ferai mon rapport, maman, j'ai reçu ton courriel, j'ai tout laissé là – une vente à moitié conclue, des clients du Venezuela très intéressés; puis me v'là.

— Serre-moi pas trop fort, t'écrases les belles fleurs que tu m'as apportées.

— C'est pour toi, juste pour toi. J'en avais quatre-vingts pour fêter ta fête, mais à la douane, ils me les ont confisquées. Ils m'en ont laissé trois.

— Ils confisquent les fleurs astheure?

— Pierre, lâche-le! Il est fin, hein, il pense à la fête de sa mère. Il s'est déplacé du Mexique, pense donc, puis il m'a apporté des fleurs exotiques. Pour ma fête. J'en connais qui m'ont rien donné. C'est pas fin? C'est fin. Dis-le, Pierre, que c'est fin.

— Très fin. Très.

Crisse, moi je suis fin à longueur d'année, elle prend ça pour acquis. Je travaille comme un singe, c'est normal! Lui, qu'elle fait vivre, il arrive en avion, qu'elle va payer de sa poche, avec des fleurs, qu'elle va payer de sa poche, pis elle est en extase. C'est décourageant. Le pire, c'est que je peux pas parler, elle me traite de jaloux. Avoir le courage de dire ce que je pense de son Ti-Dieu. De la patience, Pierre, ta mère prend sa retraite, tu vas être le *boss*, elle te l'a promis, pis tu vas y régler son compte à Paul.

— Je reçois ton courriel. Je dis à mes clients : «Ma *boss* de mère, c'est comme ça que je parle de toi à mes clients, ma *boss* de mère s'ennuie de moi, *salute amigos*.» Je me revire de bord...

— Pis t'appelles ton grand frère à frais virés pour que je t'envoie de l'argent pour le voyage.

— J'avais juste des pesos, les banques étaient fermées. Pis, c'est pas ton argent, c'est l'argent de maman ; elle a le droit d'en faire ce qu'elle veut, hein, maman ?

— Elle paye pas le petit avion. Ça jamais !

— J'ai pas d'auto au Québec. Tu veux que je vienne comment dans le fond des bois ?

— Tu prends un taxi, tu demandes un *lift*.

— Les Maltais ont plus de classe que ça, hein, maman ?

— Exploiter sa mère, c'est avoir de la classe ?

— Les garçons, vous avez pas honte ? Vous vous voyez pas pendant des mois, vous vous êtes même pas donné une poignée de main. Donnez-vous la main.

— Salut !

— Salut !

— Tu me croiras pas, Pierre…

— Je te crois jamais.

— Laisse-le parler, Pierre !

— J'ai un *chum* au Mexique, un « tabarnacos », son frère est pilote. Il m'a eu une place en première, *gratos*. Là, j'étais assis à côté d'un Québécois plein de fric. Ils sont tous en première, les pleins de fric. Je lui raconte mon histoire, que je venais embrasser ma vieille mère ; il en a braillé presque. Il me dit : « J'ai un avion qui fout rien. » J'ai dit : « Ça tombe bien, j'ai un permis de pilotage qui fout rien. »

— T'as pas dis ça ?

— Quoi, j'avais mon permis… dans le temps. Piloter, c'est comme faire de la bicyclette, quand tu l'as su, tu le sais pour la vie.

— Toujours aussi croche.

— C'est dans la famille, non ?

— Aïe, les petits gars ! C'est assez ! Accordez-vous !

— Oui, m'man.
— Oui, maman.

๛

LAURENCE

Dans une station-service. Elle est en route vers le lac Caché.

— Le plein, s'il vous plaît! Puis de l'antigel!

Il fait moins vingt-neuf. Avec le facteur vent, il fait moins quarante. Puis, en plus, au lac, c'est quatre degrés de moins. C'est quoi l'idée d'inviter la famille pour une fin de semaine au chalet en plein hiver? C'était le *fun* quand on était jeunes, mais là... Wow! Il est beau lui! Un *look!* Un *body!*

— Allez-vous loin, mademoiselle?

— Dans le Nord.

— J'y vais avec vous. On annonce une tempête de neige, je peux pas vous laisser partir toute seule.

— Je suis assez grande...

— J'ai fini mon *shift*, je vous conduis où vous allez!

— Non.

Des cheveux bouclés, des yeux bleus de mer, des cils jusqu'à demain.

— Le temps de payer votre essence en dedans, je me change, j'arrive. Vous partez pas sans moi. La route va être dangereuse.

— Je conduis depuis que j'ai dix-sept ans.

— C'est pas assez pour conduire dans les blizzards. Je vous accompagne.

C'est qui cet énergumène-là? Un pompiste beau comme dans une annonce de Calvin Klein et jeune, ça doit baiser comme un dieu... Non, Laurence, tu peux pas l'amener au lac. Non! C'est une réunion de famille. J'ai payé, je pèse sur le gaz, je me sauve.

— Où est-ce que vous allez dans le Nord?

— Chez ma grand-mère, en haut de Labelle. Une réunion de famille…

— Une réunion de famille, ça tombe bien.

Mais qu'est-ce qu'il fait?

— Assoyez-vous pas, je peux pas vous amener, je vous connais même pas.

— Louis Morin, auteur dramatique à plein temps, pompiste à temps partiel pour manger et pour payer mon loyer.

— Vous écrivez des pièces de théâtre?

— Des téléromans.

— Lesquels?

— Ils ne sont pas en ondes, ils sont dans ma tête.

— Ah…

— Là, je fais de la recherche pour une série dramatique… sur la famille. C'est pour cette raison que vous m'amenez à votre réunion.

— Je peux pas vous amener.

— Sortez, je vais conduire… Vous prenez une courbe, il y a de la glace noire, vous vous retrouvez autour d'un arbre. Demain, j'apprends votre mort dans *Le Journal de Montréal*. Je ne me le pardonne pas. Je fais une dépression. Je me retrouve à quêter sur la rue Sainte-Catherine…

— O.K. Allons-y!

Il a quel âge? Je m'en fous, il est superbe. La peau dorée, des dents comme une annonce de blanchiment maison, la bouche en forme de «Je t'aime». Un corps que je devine ferme, mais pas trop. Non, Laurence! Tu vas chez Mamitaine toute seule.

— Qu'est-ce que vous allez faire tout le week-end, m'attendre?

— Prendre des notes sur la famille. Je vous en supplie, donnez une chance à un pauvre auteur en mal de documentation. Je suis enfant unique d'une mère monoparentale. Je me cherche désespérément une famille à étudier. « Ça manque de contenu, m'a dit la productrice… Allez vous documenter et revenez. »

Mamitaine va être fâchée que j'emmène un étranger chez elle, mais tant pis, il est trop trippant. Je veux me l'envoyer toute la fin de semaine. Rien de mieux pour enlever la tension familiale qu'une bonne baise.

— Je suis prêt à vous donner tout ce que j'ai pour votre générosité envers un pauvre auteur.

— Qu'est-ce que vous avez ?

— Moi.

Dans le fond, la famille va me remercier d'amener ce garçon-là. Mamitaine, devant un étranger, pourra pas parler de sa… fin. Sa fin… on garde ça pour soi. On va pas à la toilette devant le monde, on parle pas de sa mort à tout venant. C'est indécent !

— Êtes-vous mariée ?

— Non, vous ?

— Aïe ! J'ai juste vingt-cinq ans. Vous ?

— Moi quoi ?

— Quel âge avez-vous ? Les femmes, on ne sait jamais, quarante, cinquante ?

— J'ai trente-quatre.

— Vous avez l'air bien plus vieille que ça !

Qu'est-ce que je fais ? Je me fâche, je le débarque sur le bord de la route ou je ris.

— Riez pas, je suis sérieux. Vous êtes arrangée comme une matrone de prison. Ça me plaît. J'ai toujours aimé les femmes mûres, prêtes à cueillir.

— Qu'est-ce qui vous intéresse tant dans la famille ?

— L'amour ! Je veux montrer une famille qui s'aime. J'en trouve pas. Mon *boss*, au garage, m'a parlé de votre famille, tricotée bien serrée…

— Tricotée tellement serrée que des fois on s'étouffe…

— Oui, mais au moins pour s'étouffer, il faut se toucher. Moi, j'ai jamais été touché par ma mère. Elle m'a mis au monde puis le lendemain, j'avais plus de mère. C'était moi la mère de ma mère. J'ai été sa mère jusqu'à l'année dernière. Elle est morte. Ça fait que la famille, je connais pas. Emmenez-moi chez votre grand-mère, rendez-moi ce service-là et je mets votre nom au générique comme muse ou collaboratrice au contenu ou… à moins que vous fassiez tous semblants de vous aimer.

— On s'aime… pour ça, on s'aime. Oui, on s'aime. On fait plus que s'aimer, on se déteste aussi, on se dispute, on se réconcilie. On peut pas s'endurer mais on peut pas se passer les uns des autres. Une vraie famille quoi! Pourquoi vous vous arrêtez?

— C'est trop beau. J'aurais payé pour faire ma recherche, vous m'amenez gratuitement. Je prendrai pas de place. Vous m'entendrez pas. Je dirai pas un mot. Je vais vous observer! La plus grande qualité d'un dramaturge, c'est son sens de l'observation. Merci. Vous êtes merveilleuse de m'amener avec vous. Merci.

— Qu'est-ce que vous faites? Non, non, noonnn.

— Et ce n'est qu'un acompte!

ODETTE

En route avec ses deux fils pour le lac Caché.

Que ça fait du bien de se soulager la vessie sur le bord de la route. Il y a un plaisir à faire pipi les fesses à l'air avec la peur qu'une auto passe et aperçoive mes rondeurs roses. La peur ou le désir… Le gin, ça doit être diurétique parce que j'arrête pas de… Qu'est-ce qu'il fait? Il laisse pas conduire Marco! Non, je veux pas, c'est trop dangereux. *Stop! Stop!* Pas sur moi!

— C'est ça, riez, vous avez failli me frapper les culottes à terre.

— Ris, maman. Ris donc! Ça va être le seul moment drôle de la fin de semaine, puis regarde Marco, il a ri.

— C'est moi qui conduis.

— Non maman, c'est moi. T'oublies quelque chose.

— Un flasque d'eau. Je sais pas ce que j'ai, j'ai tellement soif. Ah, puis bordel, j'ai le droit de me distraire comme je veux. J'ai apporté du gin en cas d'accident, un genre d'*anti-freeze* si on est pris à attendre du secours sur le bord de la route.

— On a eu un genre d'accident. Prends-en une bonne gorgée, maman.

— Non, merci. T'es fin pareil de me l'offrir.

— Je suis aussi bien de te l'offrir, tu vas en prendre pareil.

— Tu penses que je bois, toi aussi?

— Oui, mais je comprends pourquoi. T'as pas une vie bien gaie.

— On a chacun nos béquilles pour avancer dans la vie. Moi, j'ai la boisson. Toi, c'est quoi ta béquille?

— J'ai pas besoin de béquilles.

— Ceux qui pensent qu'ils peuvent s'en passer, c'est eux autres des fois qui en ont le plus besoin.

— Maman, on devrait faire ça plus souvent.

— Monter au chalet le premier de l'An?

— Non, se dire les vraies affaires.

— Pauvre enfant, t'aimerais pas ça.

— Je pourrais t'aider.

— J'ai pas besoin d'aide. Regarde, Marco essaie de faire démarrer le camion!

— Marco! Non! J'aimerais ça te voir heureuse, sans béquilles, maman.

— Sans béquilles, moi, je m'effoire.

— Je sais. Je t'aime.

— Moi aussi. Marco ! Non ! Non ! Non !

PAUL

Au chalet, dans sa chambre à l'étage.

— Tout est là, mes posters de Lucky Luke, mon affiche d'Ursula *Undress* comme je l'appelais dans le temps. Rien a changé.

— Moi, j'ai vieilli.

— T'as pas changé, maman. Tu sais toujours ce que tu veux.

— Oui, votre bonheur. T'es heureux au Mexique, mon Ti-Dieu ?

— Bien non. Je suis loin de toi.

— Je le sais. Mais t'inquiète pas, quand je serai plus là, c'est pas pour tout de suite, mais ça peut pas tellement tarder, tu vas reprendre ta place, et peut-être plus que ta place.

— Tu veux dire que… Non ? Président ? Ça se peut pas !

— Rien n'est impossible. En affaires, on voit des revirements.

— Je serais le *boss* de Pierre ?

— Pourquoi pas, si t'as les qualités voulues.

— Maman, je sais que je serai jamais le plus vieux, je suis né deuxième, mais je voudrais être le premier juste une fois.

— Tu l'es dans mon cœur.

— C'est pas dans ton cœur que je veux l'être, c'est dans l'entreprise.

— On sait jamais. Pas un mot à ton frère, c'est entre nous deux. Le v'là, on fait comme si de rien n'était. Les Hudson Bay sont dans le coffre de cèdre…

— Ah, vous étiez là? À parler de moi dans mon dos?

— Oui, on se disait que tu devrais aller aux nouvelles en motoneige, les autres sont peut-être pris quelque part.

— Paul va y aller. Au Mexique, il en fait pas souvent de la motoneige.

— Prends-la, toi.

— J'ai pas de permis!

— Les garçons! Votre père, ce cher Charles, serait pas content.

— Qu'il descende de son cadre, qu'il vienne nous le dire, crisse. Il a toujours ben un boutte d'avoir peur de quelqu'un qui est mort depuis quarante-sept ans.

— Pierre, qu'est-ce que tu m'avais promis?

— C'est lui!

— C'est pas moi, c'est lui!

— Silence! Vous êtes les plus vieux, je compte sur vous pour donner l'exemple de la bonne entente. Compris?

Ce que je comprends surtout, c'est qu'il se pourrait, elle m'en aurait pas parlé si ça se pouvait pas, il se pourrait qu'elle me nomme président de Familia et pourquoi pas P.-D.G. Je vais le faire mon tour du monde en voilier, enfin! Cré maman, elle a jamais été juste avec moi, mais là elle se reprend avant de mourir. Il était temps!

ÉRIC

En jeans et veste de jeans, il fait du pouce sur le bord de la route. Une auto s'arrête.

— Où tu vas?

— Lac Caché. C'est sur votre chemin.

— Si tu le dis. Embarque.

— Merci madame.

— Je suis pas une madame, j'ai juste vingt-quatre ans. Toi, t'as quoi?

— Euh… pareil!

— T'es pas gelé habillé de même?

— Ben non, mais ça serait *cool* de mettre la chaufferette plus forte.

Wow… Elle est belle! J'ai jamais de ma vie vu une fille aussi bandante. Une peau de crème fouettée, des joues roses qu'on mordrait dedans. Un petit nez, mince et droit, parfait, avec deux petites narines qui palpitent. Des yeux? Je les vois dans le rétroviseur à travers ses lunettes fumées jaunes : des feux d'artifice. Des mains fines et longues que je devine sous ses gants de peau. Je vois pas le reste, emmitouflé dans une doudoune blanche, mais je le devine. Je l'imagine, dodue, mais taille fine, des seins, des gros, mais pas de ventre. Des grandes jambes. Aïe! C'est une Barbie que je décris là. Je veux pas d'une Barbie. Je veux une vraie femme, pas une image. Pourquoi elle me sourit de même? Parce qu'elle voit ben que son charme fait effet sur moi : mon jeans rapetisse. J'espère que j'arrive à cacher mon érection. Je vais me croiser la jambe. Elle étire le bras pour aller chercher une pomme dans un sac sur le siège arrière. Je suis son bras des yeux dans l'espoir de voir un peu de peau entre sa manche et son gant. J'aperçois une lanière de soie humaine, douce et blanche. Y me pousse des dents de vampire, son sang doit être bon à boire. Oh, un siège de bébé! C'est une mère de famille! Une femme mariée! Ouache!

— Le siège, c'est pour votre bébé?

— C'est l'auto de ma sœur.

Wowwww, *cool*!

— Qu'est-ce que tu fais dans la vie?

— Euh… rien pour le moment. Je suis en désintox, genre.

— Moi aussi, j'ai arrêté de fumer à Noël. Je mange à la place. Soda à pâte que t'es beau !

— Je me disais la même chose…

— Tu dis soda à pâte toi aussi ?

— Je dis que j'ai jamais vu une fille aussi… toute… toute trop, genre. C'est la première fois que ça m'arrive, bien de désirer une fille au point de…

— Quoi ?

— Je veux dire, j'ai le goût de vous embrasser… Je veux dire, vous embrasser, pas juste sur la bouche. Qu'est-ce que vous faites ?

— Je me gare sur l'accotement, je mets mes clignotants. Si t'as le goût… Moi je l'ai…

— Moi, c'est Éric. Toi ?

Elle m'embrasse, non, elle enfourne sa langue dans ma bouche, la tourne, l'enfonce. Le cœur me lève. Je lui repousse la langue avec la mienne. Je vomirai pas. Elle tente d'ouvrir mon jeans. Cherche la fermeture éclair. Peut pas la trouver, c'est des boutons. Je peux pas lui dire, j'ai la bouche pleine. J'ai l'impression qu'elle me débouche le gorgoton. Plooock ! Je réussis à me sortir de la succion. Je lui mordille les oreilles, c'est dur et froid : c'est des boucles d'oreilles. J'ai dû casser le fil qui retenait une boule, je l'ai dans la bouche. Où la mettre pour pas qu'elle s'aperçoive que je lui ai brisé un bijou. Je peux quand même pas l'avaler. Dans ma joue, à côté de ma gomme, en arrière de ma dent de sagesse. Elle s'acharne sur mon jeans. Je l'aide ou je la laisse faire ? Le bras de vitesse me rentre dans les côtes. J'ai une main coincée par le porte-gobelet. Pas de place pour mes jambes. Où les mettre ?

— Oui, oui, oui.

Oui, quoi ? Je vais exploser. J'ai jamais rien connu comme ça, la peur qu'une auto arrive, le siège de bébé que j'aperçois dans le rétroviseur, le froid qui s'engouffre dans la voiture et moi qui entends mon sang faire des tours de veines. Pas me dépêcher, pas m'enfarger les doigts dans les maudites agrafes du soutien-gorge. Pas d'agrafes! Où elles sont les maudites agrafes? Je voudrais lui demander. Je dois continuer de lui repousser la langue, sinon je réponds de rien, je suis même pas capable de me gargariser sans que le cœur me lève! Ah, non, des collants! Comment on enlève ça des collants? Si elle s'aide pas, je serai pas capable de me retenir. Vite, je durerai pas. Ça y est, elle a compris le système des boutons. Elle me déboutonne. Je descends le collant, elle a une petite culotte en plus! C'est-tu supposé, ça, qu'elle porte une culotte en dessous d'un collant? Mon Dieu, faites que je dure!

❧

LAURENCE

Sur la même route.

— T'inquiète pas, ils vont être contents de me voir, je suis charmant, je suis drôle…

— La seule peur que j'ai, c'est que tu t'emmerdes. Dans ma famille, il se passe pas grand-chose…

— Plus je rencontre de familles, plus ça m'aide pour mon téléroman.

— Ma famille est ordinaire.

— Il n'y a pas de famille ordinaire. La famille est une microsociété où se jouent toutes les passions, tous les drames et toutes les joies évidemment.

Je devrais pas l'amener. Mamitaine sera pas contente mais il insiste si gentiment. En plus, on vient d'avoir une baise si douce et si tendre. Faire l'amour avec lui, c'est faire l'amour avec une fille qui a un pénis. Il a toute la douceur, le charme, la tendresse et il pénètre en plus. Le bonheur! Et j'aime être avec lui. Je suis bien comme si je l'avais connu dans une autre vie. Toute la famille va être tellement contente de me voir enfin amoureuse d'un gars. Est-ce que je suis amoureuse? Ça arrangerait tout le monde que je me branche, mais moi, est-ce que je veux me brancher? Est-ce que je suis capable de me brancher? Depuis Yvette, l'amie de ma mère, le grand amour de mes seize ans, je vais d'un sexe à l'autre, d'un amour à un autre de peur d'aimer encore, d'être laissée comme elle m'a laissée. Je m'en suis jamais remise.

— Pourquoi on arrête?

— Une auto en panne.

— Puis?

— L'hiver, si on s'entraide pas... Attends-moi.

— Bon, j'y vais aussi. Tu vois, il y a personne dans l'auto.

— Regarde comme il faut...

— Il y a quelqu'un, deux personnes, un gars une fille, mais je vois que les fesses du gars.

— Ah, non! Je reconnais le tatouage sur ces fesses-là!

— Tu connais ces fesses-là?

— Non. Viens-t'en, c'est pas de nos affaires.

— T'as l'air troublé.

— Ma tante Laurence, attends!

— Ah, merde!

— C'est qui?

— Éric, mon neveu. J'y ai changé ses couches, il y a pas si longtemps.

— Qu'est-ce que tu fais, tu m'espionnes?

— T'as quinze ans, le sais-tu que t'as juste quinze ans!

— Aïe! T'es pas ma mère! Salut! C'est ton *chum*?

— Non, euh, oui, ça te regarde pas!

— C'était ma première fois!

— Fais-moi pas lever le cœur!

— Au moins c'était avec le sexe opposé.

— Puis, jeune homme, c'était comment ?

— Rapide !

SIMON

Chez lui, dans la maison d'Odette et Pierre, à Outremont.

— Merci pour les livres, Loulou. T'avais pas besoin de venir me les porter, j'aurais pu aller les chercher.

— Tu vis ici ?

— Oui, pis ?

— C'est drôle, un garçon de ton âge qui vit chez son grand-père.

— C'est comme ça.

— Moi, mes parents sont sur un voilier à faire le tour du monde : je suis *on my own*. Libre de mes allées et venues. Justement, j'ai pas d'invités en fin de semaine, ça te plairait de venir camper chez moi ?

— Non merci.

— Quoi je t'écœure ?

— Non, non, pas du tout.

— T'es aux hommes.

— Je te jure que non. Il y a juste que…

Mais qu'est-ce qui lui prend ? Non, elle va pas se déshabiller, elle va pas tout enlever.

— Si t'es pas gai, prouve-le !

— J'ai rien à prouver.

— T'as pas de blonde, t'as pas de *fuck friend*, il y a jamais de filles avec toi.

— Pis moi, je suis un coton ?

— Valérie, sacrifice, tu pourrais frapper avant d'entrer.

— Je suis sa fiancée et je permets pas que des putes viennent te relancer. Envoye-toi, rhabille! *Scram!* Simon, il est à moi!

☙

VALÉRIE ET SIMON

Dans un autobus, en route vers le lac Caché.

— Fuir au loin tous les deux, c'est pas la solution. Val, on se ressemble comme deux gouttes d'eau, on sera toujours des jumeaux.

— Je vais me défigurer, comme ça on va pouvoir vivre comme mari et femme.

— Pas si fort!

— Si j'étais certaine que tu m'aimes d'amour…

— C'est pas normal de s'aimer d'amour, on est frère et sœur.

— Je le sais que c'est pas normal, mais on s'aime pareil. Dis que tu m'aimes.

— Je t'aime pas.

— Regarde-moi dans les yeux Sim, dis que tu m'aimes pas!

— Laisse-moi tranquille.

— Je vais crier à l'autobus en entier. «C'est mon frère et il m'aime!»

— Tais-toi! Je le savais que ça tournerait de même. Tu m'avais dit que tu voulais juste respirer mon odeur, là, tu me demandes de me sauver avec toi quelque part dans le monde.

— M'aimes-tu?

— Je t'aime, mais je suis pas prêt à ruiner mon avenir pour toi. Ça m'intéresse Familia, moi.

— Tu dis le contraire depuis que je te connais.

— Grand-papa m'a juré hier que c'est moi qui vais le remplacer quand il va prendre sa retraite. On rit pas, P.-D.G. dans quelques années.

— T'as toujours dit que tu voulais rien savoir de Familia.

— Grand-papa m'a fait comprendre autrement.

— Il t'a acheté, et tu t'es vendu. Tu m'écœures ben raide.

— Tu vois bien que ça peut pas marcher, nous deux. Tu me détestes plus que tu m'aimes. On est rendus au village. Descends. Le chauffeur a ouvert la porte. Bonjour, monsieur.

— Bonjour, les amoureux!

&

MARIE

Dans une auto de location, avec Léa, en route vers le lac Caché.

— Tu vas connaître ma famille... ta famille, ta famille biologique.

— T'es sûre, maman, que je suis invitée?

— Répète.

— T'es sûre que je suis invitée?

— C'était le « maman » que je voulais entendre.

— Maman...

— Faut pas que je pleure, je vais avoir les yeux rouges, ils vont penser que j'ai consommé.

— Je vais leur dire qu'on boit rien que du thé et qu'on renifle juste parce qu'on refoule nos larmes.

— Je te dis, toi, ma fille.

— Je te dis, toi, maman.

On est crevées toutes les deux. On a passé la semaine à se raconter nos vies, à rire, à pleurer. Elle me comprend. Elle m'accepte telle que je suis. Ça durera pas, elle va repartir en

Gaspésie, retrouver son école, sa classe, son père et… m'oublier. Elle a complété son puzzle, on serre la boîte, on joue plus. *Bye* maman! Mais sa mère adoptive est morte, j'ai peut-être des chances qu'elle s'attache à moi…

— Je vais peut-être prendre un congé sabbatique de six mois. J'aimerais te connaître mieux, voir si tu peux vivre sans drogue et sans alcool…

— Je peux, t'as vu?

— Je t'ai pas lâchée d'une semelle. Puis, si tu peux, si t'arrives à renoncer à tes démons, je pourrais demander un poste à Montréal. Peut-être, si tout se passe bien entre nous.

— Je vois rien. Sais-tu conduire?

— En Gaspésie, je conduis l'auto, le camion, le tracteur et la moissonneuse-batteuse.

— Ma fille sait tout faire!

— Je sais pas comment t'aimer… pas encore.

— Moi non plus. On va pratiquer.

— T'es sûre, maman, que je suis invitée?

— Léa! Je le suis, tu l'es!

— Ça va être facile.

— Quoi?

— De les aimer, s'ils sont comme toi.

ISABELLE

Dans le *shack* de Ti-Loup.

— Tu m'as encore sauvé la vie.

— Une auto dans un banc de neige, c'est un pet. Là, par exemple, faut que j'aille te reconduire chez m'ame Germaine. Elle va s'inquiéter et j'aime pas la voir inquiète, elle qui est si bonne.

— Elle est méchante. C'est la cause de tous mes malheurs, elle a ruiné ma vie.

— Elle m'a donné la chance de te rencontrer, en engageant mon père comme gardien, y a quarante ans. C'est une bonne madame, m'ame Germaine.

— Si tu veux que je revienne, me parle jamais d'elle en bien.

— Je connais mieux les animaux, tu vas me dire, mais je pense que les êtres humains sont pas touttes méchants ou touttes bons.

— Toi, t'es tout bon.

— Non, puisque je te force à aller la rejoindre par intérêt! Habille-toé chaudement, on gèle! Vite!

Me vider le cœur, juste une fois! Leur dire à tous ce qu'elle m'a fait, la Germaine. Il faut que je lui jette ma colère en pleine face pour m'en débarrasser. C'est pas assez que je lui montre mes os qui jaillissent de ma chair, il faut qu'elle sache le mal qu'elle m'a fait! Le secret est un fardeau que je porte sur mon dos. J'ai plus de force dans mon dos. Si je le dépose pas, je vais mourir écrasée.

— Ti-Loup, si je parlais, ce soir…

— Ça serait fini entre nous.

MARIE
Avec sa fille Léa au chalet du lac Caché.

— C'est ma grande fille Léa. Elle me cherchait, elle m'a trouvée! C'est une enseignante en Gaspésie. Je suis tellement fière d'elle. J'ai pensé, maman, que tu serais contente de la rencontrer. T'es contente? Es-tu contente?

Elle l'acceptera pas, elle l'aimera pas. Elle veut rien de ce qui vient de moi.

— Viens dans mes bras. T'as de mon sang qui coule dans tes veines ; tu fais partie de la famille. Appelle-moi « Mamitaine » comme les autres petits-enfants. Pleure pas. Il y a rien de plus beau et de plus noble que la famille. On pense pas toujours de la même manière, on se chicane des fois, mais on s'aime. Ça, on s'aime. Arrête de m'embrasser, tu vas m'user les joues.

— Merci, madame... Mamitaine. J'espère être digne de votre famille.

— C'est assez le mélo. Il y a une fête à préparer ! Vous avez chacun des tâches à accomplir. On parle pas, on joue pas, on s'attarde pas, on échange pas les tâches. On fait sérieusement ce qu'on a à faire. Charles vous surveille de son cadre. Bon, commencez si vous voulez finir. La noirceur arrive vite en hiver. C'est qui celui-là ?

— Louis Morin. Je suis ravi madame de vous connaître. Votre petite-fille Laurence m'a beaucoup parlé de...

— Qu'est-ce qu'il fait ici, lui ?

— Mamitaine, voyons ! Louis Morin ? Louis Morin...? C'est un auteur dramatique, il veut écrire sur la famille...

— Il s'en retourne pareil.

— Je l'ai invité.

— T'es mariée avec lui ? Si t'es mariée avec lui, il peut rester. Sinon, monsieur, bon voyage de retour.

— Il reste.

— Il peut pas rester, c'est une réunion de famille et il fait pas partie de la famille.

— Il reste. On est pas mariés, mais on va se marier. Viens, chéri, je vais te montrer notre chambre.

— Pierre, fais-la écouter, c'est ta fille !

— Maman, elle a trente-quatre ans.

— Ce qui se passe entre Maltais doit rester entre Maltais.

— Il peut rester, il est beau bonhomme.

— Odette, mêle-toi pas de ça.

— Pas d'étranger ici, j'ai dit... Sors-le, Pierre!

— Un homme avec Laurence! Puis dans sa chambre! Tu le renvoies pas, c'est trop rare.

— Odette, crisse, t'as pas droit à la parole!

— Mets ton pied à terre, Pierre!

— Arrêtez de me donner des ordres, crisse!

J'ai honte, qu'est-ce que Léa va penser? C'est bête, c'est peut-être parce que je suis sobre, mais c'est la première fois que je me rends compte qu'on est une famille de fous. J'aurais pas dû amener ma fille. Je regrette.

— Léa, si tu veux, on peut retourner à Montréal.

— Non! Je veux les connaître. Tous.

— Tu vas être déçue.

— J'ai tant rêvé de ma famille biologique que je les aime quels qu'ils soient.

— Ils sont moches.

— On est tous des fois moches, des fois bien.

— C'est vrai. T'as raison.

— Si on aime une personne, faut aimer tous ses côtés, les moches et les bien.

— Si on a trop de côtés moches?

— On développe plus les bien.

— Comment on fait ça?

— Je vais te montrer.

— Une fille qui élève sa mère...

— Je veux pas t'élever, maman, je veux t'aimer, juste t'aimer, puis ça s'apprend.

— Je vais aller prendre un verre, c'est trop.

— Un verre d'eau, oui?

— Bien sûr.

PIERRE

Il s'habille chaudement pour aller creuser un trou dans le lac gelé et y puiser de l'eau.

Je voulais pas crier après Odette mais des fois, des fois, la pression est tellement forte de tout bord tout côté, j'explose. Je suis pas colérique, c'est eux autres qui me font monter la moutarde au nez. Maudite famille ! Je serais-tu ben sans maman, sans Odette, sans le reste de la famille Maltais. Le bonheur ! J'ai été heureux avant le fameux soir. Ce fameux soir où ma vie a basculé dans la marde et je nage dedans depuis. Ce maudit fameux soir où Michel m'a présenté Isabelle...

DIX-HUIT ANS PLUS TÔT

MICHEL

Ce fameux soir au chalet. Un mois de mai frisquet.

— C'est ça mon chalet. C'est à ma grand-mère, mais je viens ici depuis que je suis né. C'est le plus beau lac du monde. Il s'appelle le lac Caché parce qu'il y a pas de route pour y arriver. Puis il y a pas d'autres maisons autour du lac, excepté le *shack* de Ti-Loup à l'entrée du lac. C'est le gardien. Pas trop sauvage pour toi, Isabelle ?

— Non, non. C'est qui, lui, dans le portrait ?

— Le mari de ma grand-mère. Il s'appelait Charles, il est mort il y a longtemps, je l'ai pas connu.

— C'est pas drôle de vivre avec un mort qui te surveille.

— C'est le saint de la famille. Il nous protège. Embrasse-moi.

— Ton père va arriver. Il est dans la cuisine.

— Embrasse-moi !

La bouche d'Isabelle est fraîche comme une macintosh. Elle est toute fraîcheur, toute pureté. Elle, je l'aime. Non, je descends pas ma main sur sa fesse même si j'en meurs d'envie ! Sa taille est toute petite, j'en fais le tour avec mes mains. Une petite femme, une petite femme à moi. Ouf ! j'ai effleuré son sein. C'est dur et mou. C'est... Ça y est, je bande. Me coller sur elle pour qu'elle sente mon érection...

— Hum ! Hum ! Hum ! Qui veut une ponce de gin ?

— Merci, je bois pas.

— Elle boit pas. C'est vrai, hein, juste des *milk shakes* au chocolat ? Jamais de boisson.

— C'est pas de la boisson, c'est un tonique naturel contre la grippe. Le gin, c'est de l'alcool de genévrier. La ponce, ça se fait avec du miel, du citron et du clou de girofle...

— J'ai pas la grippe.

— Elle boit pas p'pa.

— Je bois pas.

— Ma fille, la ponce ici, c'est une tradition. Ma mère, c'est son *drink* préféré.

— C'est un genre d'initiation aux Maltais mettons, hein, papa ?

— Merci, je vais me faire une tasse d'Ovaltine, j'en ai apporté.

— Sois sport Isabelle. Qu'est-ce qui anime les sports ? C'est l'esprit sportif. Une ponce, c'est un remède, de la prévention.

— O.K. d'abord !

— *That's my girl !* Ah ben, Ti-Loup dans la porte ! Entre, Ti-Loup.

— Excusez-moé si je vous demande pardon, mais mon père a reçu un téléphone pour vous au village, monsieur Pierre. Il l'a écrit sur un papier pis il est venu me le porter... parce que moé, j'ai pas été à l'école...

— Ti-Loup, arrête de regarder ma blonde comme si tu voyais une apparition divine.

— Excusez. Je faisais pas exprès.

— Elle est belle, hein?

— Euh...

— Il y en a pas des comme ça, par ici? Hein?

— Non.

— Une belle fille en porcelaine avec des petits cheveux d'ange et des yeux mauves?

— Y en a pas, certain.

— Bien, tu l'auras pas. C'est à moi!

— Arrête, Michel, tu le gênes.

— Je l'étrive. Je joue avec lui depuis que je suis tout petit. Son père était gardien ici avant lui.

— C'est méchant.

— Les jeunes! Maman devait arriver au lac dans deux jours, là elle veut que j'aille la chercher tout de suite.

— Bien oui mais ç'a pas d'allure, p'pa. On vient d'arriver, il y a rien de fait.

— Michel, si tu veux que maman t'engage à Familia à ta sortie des HEC, pas de «bien oui mais» quand elle te demande quelque chose, tu le fais.

— Bien oui mais...

— La veux-tu la *job*?

— Aïe, un fou dans une poche!

— Bon! Ça m'embête, moi, je peux pas aller la chercher, faut absolument que je connecte le gaz propane avant que la famille arrive demain. Puis faut faire la chasse aux mulots morts, faire les lits puis... il y a l'eau.

— Je vais y aller papa, chercher Mamitaine. Deux heures pour aller, deux heures pour revenir. Il est midi, je vais être revenu pour souper. Je la veux la *job*, p'pa.

— J'y vais avec toi, Michel.

— O.K.

— Moi, si j'étais toi, Michel, je profiterais du voyage de retour pour parler de tes études à ta grand-mère. C'est pas si souvent que t'as l'occasion d'être tout seul avec elle.

— Oui mais moi, là...

— Isabelle, je serai de retour pour souper.

— Je suis là, moi, jeune fille. J'ai besoin de vous. Je suis rien qu'un homme, j'ai besoin d'aide pour faire le ménage pendant que je m'active dehors. Il revient pour souper comme il dit. Faut qu'il fasse le trajet avec sa grand-mère pour pouvoir y parler de son avenir, votre avenir. Les femmes doivent faire des sacrifices pour la réussite de leur homme.

— Je vais rester d'abord.

— *Good!*

— Je reviens le plus vite possible, Isabelle.

— J'aime pas beaucoup ça que tu me laisses toute seule...

— T'es pas seule, t'es avec mon père.

— Fiston, pars si tu veux revenir!

— Bois ta ponce, ça va t'aider! Je reviens.

— Je t'attends.

C'est décidé, je la marie. C'est la vraie femme pour moi. Elle est pleine de vie, toujours de bonne humeur, travaillante, ambitieuse, une petite boule de vitalité. Et intelligente. Et généreuse. Elle fait passer mon intérêt avant son plaisir. Elle est faite pour moi et je jure, je me jure de la rendre heureuse *ad vitam œternam. Amen!* Je l'aime. Ah oui, je l'aime!

DIX-HUIT ANS PLUS TÔT

PIERRE

Dans la cuisine du chalet.

— Merci. Deux ponces, c'est assez. C'est bon par exemple. Ça goûte pas la boisson, quoique je connais pas la boisson, à part la crème de menthe dans le temps des fêtes. Ça, j'aime ça, la crème de menthe, ça goûte le bonbon, mais ça écœure vite. Bon, qu'est-ce que je fais? Les armoires sont propres. Oups, je suis étourdie. Je dois être rouge. Je suis-tu rouge? Je suis bouillante comme les ponces. Qu'est-ce que je peux faire d'autre, monsieur Pierre?

— Faut mettre les draps sur tous les lits avant que ma mère arrive, sinon on va se faire passer au « batte ».

— C'est une terreur cette femme-là?

— C'est pas une terreur, c'est une femme extraordinaire. Elle nous a élevés seule, mon frère, ma sœur et moi. Pis d'un petit commerce d'herbes indiennes, elle a fait une grosse entreprise de produits naturels. C'est une femme qui mérite qu'on lui remette ce qu'on lui doit, et on lui doit tout!

— Je disais ça... parce que vous en parlez tout le temps comme si c'était... un monument, puis moi, les monuments, ça me fait peur.

— Elle fait peur aussi.

— Je vais aller faire les lits, en haut. Oups, j'avais pas vu la marche.

— Je vais vous aider...

— Je suis capable de monter toute seule.

— Je vais vous aider à faire les lits... Ça va mieux à deux.

— Vous êtes donc fin, vous!

— Parce que vous êtes fine... Et jolie à faire damner un saint.

— Les compliments, c'est comme la boisson, ça me tourne la tête.

— Ah, ça frappe en bas. Qui est là?

— C'est moé, Ti-Loup...

— Rentre, Ti-Loup. Monte, on est en haut.

— Excusez-moé si je vous demande pardon, mais m'ame Germaine a téléphoné à mon père pour qu'y vienne me dire de venir vous dire de pas aller la chercher aujourd'hui. Juste demain. Elle peut pas partir aujourd'hui.

— Ben coudonc, ç'a l'air que Michel va coucher en ville. C'est pas plus grave que ça.

— Oui, mais moi, là, qu'est-ce que je fais?

— Ça nous donne plus de temps pour l'ouverture du chalet. Ti-Loup, irais-tu *primer* la pompe à l'eau tant qu'à être ici.

— Oui, monsieur Pierre. Y a-tu quelqu'un qui peut venir m'aider, parce que deux mains, c'est pas assez.

— Je vais y aller avec lui.

— La cave, c'est pas la place d'une princesse.

Qu'est-ce qui me prend? Isabelle, c'est la blonde de mon gars! J'ai une femme que j'aime, qui me comble sexuellement... *Bullshit!* Un homme est jamais comblé sexuellement. C'est pas parce que tu couches avec une femme tous les jours que t'as pas de désir pour d'autres. Les femmes comprennent pas ça. L'homme est fait pour projeter sa semence dans le plus de réceptacles possibles, on est bâtis de même nous autres. On y peut rien. Calme-toi, Pierre. Isabelle, c'est touches-y pas, elle est presque de la famille et je vomis l'inceste. Ben non, c'est pas de l'inceste, c'est juste la petite amie de mon fils. Il la mariera pas, il en a pour des années à étudier. Cette fille-là fait pas partie de la famille, pas du tout. Je suis même certain qu'il couche pas avec elle. Michel, c'est tout à fait le genre à respecter une fille. Indécis comme il est, avant qu'il baisse ses culottes. C'est visible, cette fille-là se meurt de désirs refoulés. La façon qu'elle a de se passer la main dans les cheveux, sa façon de rire, de s'asseoir sur le divan. C'est clair, tout son corps veut le mien. Quand elle lavait les armoires, elle aurait pu redescendre son chandail sur ses pantalons. Elle m'a laissé voir un ruban de peau blanche qui m'a rendu fou. Son maudit chandail qui lui colle aux seins a un trou comme un trou de mite et, des fois, j'aperçois le satin de sa brassière comme une étoile filante. Elle fait exprès! C'est de sa faute! Odette est pareille, elle pis ses *baby dolls*. Madame, ça lui tente pas de faire l'amour, mais elle se promène en culotte et en brassière transparentes. Je lui saute dessus, pis elle est insultée. Les femmes disent «non» mais faut pas être ben intelligent pour comprendre que ça veut dire «oui». Qu'est-ce que je fais? Non, c'est la blonde de mon concombre de fils. Ne pas toucher! Juste regarder, admirer, emmagasiner des images pour quand j'ai pas le goût avec Odette. Juste ça! De toute façon, elle n'a d'yeux que pour Ti-Loup.

❧

DIX-HUIT ANS PLUS TÔT

ISABELLE

Avec Ti-Loup, dans la cave en terre battue du chalet.

Qu'il est beau! Ti-Loup est beau comme... comme j'en ai jamais rencontré, même aux vues. Puis ses épaules! Puis son dos. Puis ses longues cuisses. J'aime les longues cuisses des hommes. Puis ses fesses, hautes, dures, parfaites dans ses jeans usés. J'adore les fesses des hommes, ses fesses à lui me font battre le cœur. Michel, c'est un autre genre, un petit genre, le genre moyen. Bien ordinaire... Un petit corps, bas sur pattes. Pas de muscles, des petites cannes, des cuisses comme des cuisses de lapin. Mais lui, Michel, il m'aime, tandis que ce gars-là... C'est un gars de bois, pas du tout mon genre. Enfin, un genre que je

~ 327 ~

connais pas, un genre à explorer. Puis il sent fort... l'homme. Il dégage une odeur de fauve même si j'ai jamais senti un fauve. Je sais pas exactement ce qu'il sent, mais cette odeur-là me fait battre les tempes. Je suis tellement excitée... Les battements de mon cœur sont descendus entre mes jambes.

— Éclaire! Pas moé, le tuyau de la pompe!

— Excuse, j'ai jamais fait ça, moi. Même que j'ai jamais été dans une cave de ma vie. Je reste au troisième étage et avant je restais au quatrième. Tu me diras que je pourrais avoir des amis qui ont des caves, non, mes amis ont pas de caves, ils le sont... caves! Tu ris pas, t'as raison, c'est pas drôle, mais il fait froid, si je parle pas, mes dents gèlent.

— Ça y est, la pompe est partie!

— L'eau revole partout!

— Faut fermer la valve. Va fermer la valve, tu vois ben que je suis pas capable, j'ai les deux mains occupées à retenir l'eau.

— Où ça la vulve?

— Pas une vulve, une valve! Là! Bon... Tout est sous contrôle. T'es pas trop mouillée?

— Euh, non. C'est pas des farces, j'ai la bouche gelée.

— Un hiver, mon père a calé dans le lac, le corps, la tête, toutte. C'est moé qui l'a ramené au *shack* sur mes épaules. Y était gelé. Je l'ai déshabillé, je me suis déshabillé pis je me suis couché dessus. Y s'est vite réchauffé.

— J'ai juste la bouche gelée.

— Je disais ça, moé, si t'as la bouche gelée, je peux te la réchauffer, mamzelle.

J'ai pas juste la bouche gelée, j'ai froid partout, mais je me donne pas au premier venu, de fait, je me suis jamais donnée, j'ai jamais senti l'urgence de me donner. Pas avec Michel qui en est encore aux becs sur le bec puis au «poignassage» de bas-culotte... Qu'est-ce qu'il fait? Il s'approche de moi, il ferme les yeux et pose doucement sa bouche sur la mienne. Pour me la réchauffer.

— Merci Ti-Loup.

— Bienvenue mamzelle.

❦

DIX-HUIT ANS PLUS TÔT

PIERRE

Dans le salon du chalet, où Isabelle dort sur le divan.

Elle est vraiment sexée, une chatte enroulée sur elle-même. Elle ronronne devant le feu de la cheminée. J'ai le goût de la flatter, juste pour voir si elle mord. Ben non, elle mord pas. Elle ronronne de plus belle. J'aurais peut-être pas dû lui offrir du vin après toutes les ponces. Elle avait juste à dire non, elle est presque majeure ! Qu'est-ce qui m'arrive, je me reconnais pas. Je suis un homme marié, j'ai trois enfants, une bonne *job* dans l'entreprise de ma mère. Je suis un homme sérieux, admiré pour mon honnêteté et mon intégrité. J'ai juré fidélité à ma femme le jour de mon mariage et j'ai tenu mon serment. Je suis fidèle ! Doucement, Pierre, la réveille pas. Juste toucher à son sein, pas le bout, le mou du sein du bout du doigt. Elle est chaude comme une miche de pain qui sort du four. Maudit pantalon, elle aurait une jupe, je pourrais mieux passer ma main sur sa cuisse, rejoindre le paradis et constater qu'il est mouillé. Restons en haut puisque le bas est barricadé. Si elle se réveille, j'arrête. Mais elle dort dur.

❦

DIX-HUIT ANS PLUS TÔT

ISABELLE

Elle fait semblant de dormir.

Faut pas que j'arrête de ronronner, il va s'arrêter. Je suis fondue, liquéfiée, prête à dévorer. Non ! J'ai trop peur ! J'aurais dû mettre une jupe pour être caressée là où Michel s'aventure jamais. Juste caressée, pas plus. Tant que je fais semblant de dormir, il y a pas de danger. Il osera pas aller plus loin de peur que je me réveille et dise non. Est-ce que je dirais non ? Oui ! C'est le père de mon cavalier. On parle d'avenir, Michel et moi, mais c'est long attendre qu'il ait fini ses études, et si moi je suis pas pressée, mon corps l'est. Ah, oui, déboutonne ma blouse, mes seins veulent des mains... Non, déboutonne pas ma blouse, mon soutien-gorge est déteint ; les maudits chandails noirs laissent de la peluche sur le coton blanc, il va penser que je suis pas propre. Je vais aller m'acheter une brassière noire pour porter avec mon linge noir... Ah, oui ! Oui, le bout du sein. Oui... il est directement connecté avec ma vulve...

❦

DIX-HUIT ANS PLUS TÔT

PIERRE

Dans le salon du chalet, où Isabelle fait toujours semblant de dormir.

Comment ça se fait qu'elle se réveille pas ? Drôle de fille, je lui titille le mamelon pis elle dort... Je fais quoi ? Je la réveille ou je la laisse faire semblant. Je sens le sang qui cogne dans mon pénis. Mon pénis devient moi, il s'empare de mon intelligence. Je deviens une queue. C'est elle qui décide.

DIX-HUIT ANS PLUS TÔT

ISABELLE

Elle fait toujours semblant de dormir.

Je dors donc je suis pas responsable de ce qui arrive. Comment faire pour enlever mon pantalon en dormant ? Pas possible et trop dangereux. Il détache le bouton de mon pantalon. Il le glisse sur mes hanches, il baisse ma culotte. J'ai pas mis de collant, donc je prévoyais ce qui allait se passer, je le voulais, je le désirais, mais c'était avec Michel, pas avec lui. Mais c'est le père qui est là. J'ai peur et je veux ce dont j'ai peur. J'ai trop bu, il fait trop chaud devant le feu de cheminée. Je suis molle. Il me désire tellement que je le sens dans sa respiration, dans son haleine sur ma peau brûlante comme son désir. Je sens ce désir qui s'empare de moi, qui m'enveloppe comme une couverte de laine.

— Arrêtez tout de suite !

— Quoi ?

— Vous savez très bien quoi.

— Je sais pas de quoi tu parles.

— Je vais aller me coucher. Où je couche ?

— En haut... Il y a cinq chambres, choisis la tienne.

— Non, non, merci, je vais coucher sur le divan, ici. J'aurais pas dû boire, j'ai pas l'habitude. Qu'est-ce que vous faites ?

— J'éteins la lampe au propane pour qu'on puisse voir la nuit dehors. Regarde la nuit. C'est de la vraie noirceur, de vraies étoiles...

— Ah, que c'est beau tout ce blanc dans la nuit : on dirait du satin de cercueil.

— As-tu vu la lune ?

— J'ai jamais rien vu de si beau, on se croirait au cinéma.

— On se sent seuls au monde, hein ? On est seuls tous les deux sur le toit du monde.

Non, c'est non, je coucherai pas avec le père de Michel. Je veux pas faire ça.

— On est mieux à l'étage, la chaleur monte, viens donc.

Si on mesure l'intensité du désir à la grosseur de la bosse dans son pantalon... il me désire en pas pour rire !

— Je vais coucher devant le feu de foyer.

— S'il y a quelque chose, t'as qu'à m'appeler ou si tu as froid...

— À demain, monsieur Pierre.

Il monte l'escalier. Il a compris que je veux pas. Est-ce que je veux ? Je veux et je veux pas. Non, j'ai trop peur de faire de la peine à Michel. C'est pas correct coucher avec le père de son cavalier. Un soulier, deux souliers. Ouf, il se couche. Je suis soulagée, je l'ai échappé belle. Et comme les murs et le plancher sont en carton, s'il revient, je vais l'entendre. Je suis chanceuse, c'est un bon divan ! Je me couche tout habillée au cas où. Le feu est bon. Je vais me chauffer le devant puis le dos, puis le devant... C'est bon les caresses des flammes. Je ferme les yeux, j'essaie de dormir, je compte les étoiles dans ma tête, je pense à Michel... C'est pas lui qui profiterait de mon sommeil...

— Crisse que t'es belle !

— Vous m'avez fait faire un saut. Vous êtes pas couché ?

— Je veux te réchauffer.

— Je suis capable toute seule. Allez-vous-en !

— Je te ferai pas mal, aie pas peur.

— Non, non ! Poussez-vous !

— S'il te plaît !

— Non !

— Regarde l'effet que t'as sur moi ! Touche.

La porte, où est la porte ? Ti-Loup ! Au secours ! Je vais courir jusqu'à son *shack*. Ah non, il court après moi. Je veux pas qu'il me touche. J'ai peur! Il est violet! Sa robe de chambre s'ouvre et je vois... un marteau-piqueur!

— Allez-vous-en ou je saute en bas de la galerie!

Catastrophe, je suis tombée dans un trou d'eau. Je suis toute mouillée.

— Au secours!

Quelques minutes plus tard...

— Bois ça, ça réchauffe en dedans. Petite fille, se jeter en bas de la galerie comme ça! Une chance que j'étais là. Tu trembles? Veux-tu une autre couverture? Une autre ponce?

— Non.

— Viens dans mes bras un peu.

— Non, non, une couverte, ça va faire. La tête me tourne.

— Je te veux pas de mal, je veux juste ton bien. Viens dans le lit avec moi, on va se réchauffer, tu vas voir.

— Non.

— Je te laisse pas sur le divan, comme ça. Oups dans mes bras... on va monter.

— Je... veux pas.

— Ben oui, tu veux, sans ça tu serais pas habillée aussi sexée, tu serais pas aussi excitante. Comment ça se fait que t'avais pas de collant? Parce que, dans le fond, tu veux ce que je veux.

— Je veux... pas!

Il me dépose sur son lit. La tête me tourne. Non, les murs tournent. C'est un cyclone. Si je me lève du lit, je vais vomir partout. Je bouge pas. Je me laisse déshabiller, réchauffer, envelopper, caresser. Je veux pas mais j'ai pas la force de le repousser. Je voudrais me sauver. Pour aller où? Misère, c'est en train de se produire. Ça rentrera pas, c'est trop gros. Je veux pas que ça entre. Je serre les cuisses, il les ouvre. Il est trop pesant, je peux pas l'enlever de sur moi. Ça me déchire. Ça fait mal. Arrêtez de pousser! Il me perce, perce, perce à grands coups de marteau-piqueur. Au secours! Je tente de l'apitoyer avec mes yeux. Il est rouge et tout plissé comme un constipé. Il force pour m'ouvrir. Il me défonce. Ça fait mal! Je pleure. Il lance un grand cri comme un cri d'envahisseur. Mes larmes coulent. J'ai tant, tant de peine, non, je suis déçue, profondément déçue de moi, de lui, de la vie. Je me sens sale... Ouf, il se lève, me regarde avec des yeux épouvantés. Qu'est-ce que j'ai fait?

— C'est quoi ça, du sang? Odette va piquer une crise si elle voit du sang dans notre lit. T'aurais pas pu le dire que t'étais menstruée? Crisse!

Je lui dirai jamais que c'était ma première fois, ça lui ferait trop plaisir. Il s'en vanterait à tout le monde. Une fille vierge, c'est mieux qu'une tête d'orignal comme trophée. Ce qui s'est passé, je l'ai voulu en acceptant les ponces, le vin. Je savais bien qu'il y avait du danger. Est-ce que je le savais? Dans les romans que je lis, ça se passe jamais, jamais comme ça. Ça peut pas être ça l'amour, quelques minutes de plaisir pour lui, de douleurs pour moi, et l'acte est accompli, la honte est bue. Non, je veux pas que ce soit ça. Je meurs de honte. J'ai tellement honte.

ॐ

DE RETOUR AU PARTY DU JOUR DE L'AN AU CHALET DU LAC CACHÉ

SIMON

Il enlève la neige sur le toit de la remise à bateaux.

— Saute, Simon!
— Tu vois pas que je suis occupé Valérie!
— T'as peur de sauter du toit! T'as peur! T'as peur!
— Je vais te montrer si j'ai peur.

Cave! Cave! Je suis cave! Pourquoi je joue à ses jeux, je suis toujours perdant.

— Valérie, sors-moi de là, je suis pris dans la neige.

— Pas avant que tu me dises ce que Mamitaine veut.

— Nous voir...

— Non, il y a autre chose, tu le sais, t'es le chouchou de ton grand-père.

— Je vais geler de bord en bord.

— O.K. Comme ça je vais pouvoir te garder à vie dans mon congélateur.

Elle est folle! Ma sœur jumelle est folle.

— Je le sais pas ce que Mamitaine veut. Je te jure que je le sais pas. Sors-moi de là!

— Si tu m'embrasses... sur la bouche.

— Où tu voudras!

Bon, elle me tend les deux mains, me sort du trou de neige, me renverse sur elle et je m'acquitte de ma dette. Sa bouche est chaude comme l'enfer et sa langue fourchue comme celle de Satan.

— Je sais pas plus que toi ce que Mamitaine veut. Est-ce qu'elle le sait elle-même?

☙

PAUL

Pierre et Paul creusent un trou dans la glace du lac avec un vilebrequin géant.

— J'espère que maman m'a pas fait venir ici pour m'annoncer que c'est toi mon *boss*?

— Laurence aurait pas dû amener un étranger. Nos affaires ne regardent que nous.

— Je te parle pas de Laurence, je te parle de maman. Pourquoi on est tous ici, en plein hiver?

— Elle s'ennuyait de son Ti-Dieu.

— Moi, je partais en voilier avec une riche héritière, je reçois un courriel de maman : « Viens tout de suite. » C'est quoi le problème ?

— Je le sais pas. Donne-moi le vilebrequin, t'es pas capable de creuser comme du monde ?

— Aïe ! Donne-moi le temps.

— Donne, je te dis !

— Ti-Kiss ! Ti-Kiss ! Ti-Kiss !

— Donne, crisse !

— Demande-le gentiment. Moi, les ordres !

— Maudit malfaisant de rapace !

— C'est pas gentil de dire ça à ton petit frère.

— Donne ou je t'assomme ! Bon, O.K. Si je te dis c'est quoi le problème, tu me donnes le vilebrequin ?

— It's a *deal* !

— Le vilebrequin d'abord.

— Le problème d'abord.

— Maman veut te mettre dehors de Familia, elle s'est enfin rendu compte que tu faisais rien que dépenser son argent, sans jamais rien rapporter.

— Maudit menteur. Tu dis ça pour avoir le vilebrequin. Osti de pas bon ! C'est pas vrai ce que tu dis, maman me mettra pas de côté. Dis-le que t'as inventé ça ?

— Lâche-moi !

— C'est quoi le problème ?

— Quel problème ? Il y a pas de problème.

— Ah, puis le trou dans la glace, fais-le donc tout seul si t'es si fin que ça !

— Viens m'aider. Il faut de l'eau.

— Arrange-toi tout seul.

— C'est bien toi, ça, un maudit lâcheur.

Je m'en vais, je vais le tuer. C'est pas beau, je le sais, mais moi qui suis l'être le plus pacifiste du monde, il réveille en moi mon instinct de tueur. J'aurais un fusil! Depuis que je suis né qu'il est sur mon dos. Ôte-toi de sur moi, Pierre! Je le déteste, du plus profond de mon être et je peux pas le dire à personne : des frères, ça doit s'aimer. Je suis si bien loin de lui. Loin de tous. Il y a juste maman, elle, je m'en ennuie, elle je l'aime. Ses yeux sur moi, ses yeux amoureux. Pourquoi je suis venu à son appel? Parce que la soupe est chaude et que je veux une partie de la soupe, et pourquoi pas toute la soupe pour me récompenser d'avoir été, toute ma vie, le souffre-douleur de mon cher frère.

❧

ÉRIC

Avec son père Michel. Il fend du bois.

— Éric, arrête une minute!

— On en a assez? *Cool!*

— Je veux te parler.

— Tu me parleras à la chaleur, j'ai la gueule gelée.

— Ce sera pas long. Je veux te demander, toi qui es si près de grand-maman…

— J'haïs ça porter les paniers.

— Donc, tu sais quelque chose?

— Je sais ben des affaires, mais je parle pas.

— Je suis ton père.

— J'ai jamais eu de père.

— Pourquoi tu dis ça?

— Parce que tu t'es jamais occupé de moi. Tu t'occupes de ton frère, Marco, lui, tu t'en occupes, mais de moi, jamais. Je pourrais avoir des armes à feu dans mon sous-sol, fabriquer des bombes, préparer un attentat contre l'école à côté, tu t'en apercevrais même pas. Je… je pourrais être victime sur Internet d'un réseau de pédos, tu le saurais pas non plus…

— Je te fais confiance! T'es pas le genre...

— Le sais-tu le genre que je suis, papa, le sais-tu qui je suis vraiment?

— Écoute, si tu veux pas me dire ce que ton arrière-grand-mère manigance...

— Elle manigance rien. Elle veut notre bien pis elle prend ses moyens à elle pour arriver à ses fins, c'est tout... J'ai juste elle, je laisserai personne l'attaquer. Taine, elle, elle s'occupe de moi. Touches-y pas. Bon, si on veut finir la *job*, on parle plus, on fend.

Je viens de comprendre, c'est clair comme de l'eau de roche : ce qui attire les jeunes garçons vers les pédophiles, c'est pas le sexe, c'est rien d'autre que l'espoir de se trouver un père, un vrai père. Faut que j'avertisse ceux qui sont en manque d'amour comme moi. Mais comment?

ۿ

LAURENCE

Dans sa chambre à l'étage. Elle se prépare pour le souper de famille.

— Je t'ai fait en gros le portrait de la famille. L'amour nous tient ensemble, et le désir de devenir P.-D.G. de Familia nous divise.

— C'est un vrai téléroman!

— C'est ma vie. Louis, je veux me marier avec toi parce que tu me plais, mais aussi et surtout parce que j'aurai jamais le poste de P.-D.G. si je me fixe pas... sexuellement parlant.

— Est-ce que je comprends bien?

— J'aime autant les femmes que les hommes. J'arrive pas à me décider entre les deux. Je serais lesbienne que ma grand-mère l'accepterait, mais pour elle, l'indécision est un signe de grande faiblesse de caractère.

— Je suis faible, moi aussi.

— Non !

— Oui ! Moi non plus j'ai jamais pu choisir entre les deux sexes.

— Tu vois qu'il faut se marier, on a la même sexualité.

— On a surtout des intérêts communs.

— Je vois pas.

— Tu veux la direction de l'entreprise familiale, je veux écrire l'histoire de ta famille.

— Je pourrai pas te jurer fidélité.

— Moi non plus, ça tombe bien !

— Tope là !

— On devrait pas s'embrasser plutôt ?

GERMAINE

Seule dans le grand salon. Elle regarde les nuages recouvrir le lac gelé d'une chape de plomb. Les bourrasques font des vagues sur la neige et le vent hurle.

Je peux pas me tromper. Tout ce que je fais, c'est pour eux. Le bien des miens est ce qui guide tous mes gestes. C'est pour eux que je mens, que je triche, que je manigance. Tout ce que je fais, c'est par amour pour eux que je le fais. Je sais, pour l'avoir expérimenté tout au long de ma vie, que tout vient à point à qui sait prendre les moyens pour arriver à ses fins. Ç'a été ma devise, ça l'est encore et ça m'a réussi, tellement réussi. Cette rencontre est décisive. Je veux une dernière fois, pour être sûre de pas me tromper, explorer les têtes et les cœurs pour connaître celui ou celle qui va devenir la Germaine de demain.

Olivier, sois patient, je prends ma retraite, tu vas m'avoir à temps plein. Pas cette année, faut que je prenne le temps d'initier mon remplaçant à ses nouveaux pouvoirs. Et puis, il va me falloir faire le deuil de ma passion… le travail. Ce deuil est un dur processus. J'ai aucun doute sur ma stratégie. Ce que je fais par amour peut pas être mauvais et je les aime tous plus que ma vie. Qu'importe si je suis dure, si je les blesse, ils comprendront un jour que c'est pour leur bonheur que je les ai fait souffrir ! T'as raison, Germaine !

❧

PIERRE

Il s'habille avec soin pour le souper du jour de l'An.

— On est dans le Nord, Odette, as-tu besoin d'être décolletée jusqu'au nombril ?

— L'affaire est dans le sac, Pierre, ça se fête. Je dis ça, je suis pas une Maltais moi, j'ai pas la science infuse, mais je pense que…

— Tu penses pas. Tu parles pas. Tu bois pas, surtout.

— … ta mère va te nommer ce soir. Si tu veux mon idée…

— Merci.

— J'ai une idée…

— Tu me fais pas honte. La famille est habituée de t'entendre déconner quand t'as bu, mais là, il y a deux étrangers. Comporte-toi comme du monde !

— T'es comme ta mère. Plus tu vieillis, plus tu y ressembles. «Comporte-toi comme du monde !» Je vais me comporter comme vous me traitez, vous me traitez comme de la marde…

— Pas si fort. Les cloisons sont en bois.

— Je vais crier si je veux.

— Tu veux pas !

— On va être riches et puissants, on peut faire chier tout le monde. Comme ta mère…

— T'as pas honte ?

— Tu ris pareil.

— Odette, je veux juste te demander quelque chose.

— En échange de quoi ?

— Essaie de dire comme moi des fois ou, si c'est trop forçant, ferme-toi la trappe. C'est juste deux jours. Pis bois pas trop.

— Toi non plus.

Elle est pas sortable. Plus elle boit, plus elle me fait honte. Les gros chefs d'entreprise qui sont avec des jeunes femmes, qu'est-ce qu'ils ont fait de leur ancienne femme ? Où est-ce qu'ils la mettent quand elle fait plus leur affaire ? Est-ce qu'il existe un cimetière de vieilles épouses, comme il existe des cimetières de vieilles autos ? Non, changer de femme, c'est trop de troubles, mais la garder plus de vingt ans, c'est de l'héroïsme.

— Je t'aime, Odette.

— En quel honneur tu me dis ça ?

— Pour rien. Parce que je le pense.

— O.K. On fête ça, en dessous des couvertes.

— Non, non, non. On va toutte se froisser.

— Ça aurait été le *fun* de faire l'amour juste parce qu'on s'aime.

— Ce soir, peut-être, si tu te comportes bien.

— Je m'ennuie.

— De qui ?

— De toi puis de moi, avant.

GERMAINE

Dans sa chambre au rez-de-chaussée, juste en dessous de la chambre de Laurence.

Ah, non, ils font pas ça en plein après-midi ! Les jeunes, de nos jours, ça sait pas ce que c'est que le désir. Ça leur tente. Oups, là, ils le font. N'importe où, n'importe comment, avec n'importe qui. Puis, qu'est-ce qu'elles ont toutes à geindre comme si elles accouchaient d'un bébé de trente livres ! Dans mon temps, dans les vues, les amoureux couchaient même pas dans le même lit, alors on était silencieuses. Avec la pornographie, c'est le festival des oh ! et des ah ! Laurence, on sait bien, elle a des choses à me prouver. Que c'est fatigant leurs menteries, leurs manigances, les jeux qu'ils me jouent tous. Je peux pas les blâmer, ils ont appris de moi à cacher la vérité ou à l'embellir. Les Maltais, on est tous en représentation. Non, je peux pas révéler tout ce que je sais, ça serait la fin de la famille et pour moi, la famille, c'est au-dessus de tout, au-dessus de moi. Je veux croire en la famille. Il y a que la famille de solide, c'est la base de la société. O.K. Laurence ça fera, je le crois que t'es capable de faire l'amour avec un homme… aussi. Ça règle pas ton cas.

❦

MICHEL

Dans sa chambre, juste avant de descendre pour le souper.

— Qu'est-ce que tu fais la tête en dessous du lit, Isa ?
— Ça sent le mulot mort.
— Je te pensais pas sensible aux odeurs.
— Le mulot mort, ça m'écœure.
— Et moi ?
— Toi quoi ?

— Je t'écœure?

— Non. Pourquoi tu dis ça?

— Dès que je t'approche, le nez te plisse comme si… je puais le mulot mort.

— Je suis plus capable de faire ÇA au chalet, tu le sais.

— Moi, ça m'inspire. Ça me rappelle quand on se fréquentait ici. Je te désirais tellement.

— Michel… Je t'en prie… Non! Je veux pas. Lâche-moi!

— Je t'aime!

— Pas moi!

Elle dit ça, elle le pense pas. Elle m'aime, mais elle veut pas se l'avouer. Un jour, elle va bien voir qu'un homme comme moi, aimant, fidèle, patient ça court pas les rues. Mais au fond, je m'invente des histoires pour pas trop souffrir. Isa m'aime pas, m'a jamais aimé, m'aimera jamais. Je lui ai jamais vu des yeux câlins comme les yeux de Mme Poitras sur moi. Mme Poitras… Non, Isa va arrêter de prendre ses maudites pilules, elle va manger, prendre des forces, revenir à ce qu'elle était avant, avant que je la marie. Non, elle changera pas. J'ai pas changé moi, pourquoi elle changerait? Je lui demande pas grand-chose, juste m'écouter quand je parle, que je me sente important de temps en temps. Mme Poitras, elle…

LAURENCE

Dans sa chambre à l'étage.

— Tu restes ici, sans bouger. Je vais dire à tout le monde que t'es parti. Ils sont tous tellement préoccupés par leur petite personne qu'ils vont me croire. T'as de la chance, ma chambre donne sur la grille d'aération, tu vas voir tout ce qui se fait, entendre tout ce qui se dit, comme si t'étais à table avec nous autres. Bouge pas, tousse pas. Si l'envie te prenait, il y a un pot de chambre sous le lit. Attention, pas de chutes Niagara ! Prends des notes.

— Je me sens un peu voyeur…

— Observateur de la nature humaine, c'est la même chose, mais ça fait plus distingué.

— Laurence, pourquoi tu fais ça pour moi ?

— Parce que… tu me plais. Je vais te monter une bouteille de vin tantôt et de la bouffe, si je peux.

— On est en plein mélo.

— Tu vas voir. La réalité dépasse la fiction.

MARIE

Dans sa chambre, avec sa fille. Elles se préparent pour le souper.

C'est mon premier jour de l'An avec ma fille. Je suis heureuse.

— J'aurais aimé mieux qu'on soit toutes les deux chez moi à l'appart, mais famille oblige.

— Je comprends, maman. Moi-même, j'ai une famille en Gaspésie.

— C'est vrai, je leur dois cette merveilleuse grande fille si sage, si bonne, si… Je vais aller les remercier tout de suite après…

— Pas trop vite, maman. Faut qu'ils s'habituent à plus m'avoir rien qu'à eux.

— T'as raison. Faut que je m'habitue à t'avoir à moi aussi. On descend ?

— Je me sens étrangère. Je ne connais personne.

— Tu vas les connaître. Les juge pas trop vite. Ils font de leur mieux, moi aussi. Toi et moi, chacune de notre bord, on est rien, mais ensemble, mère et fille, on est une famille et on appartient toutes les deux à une grosse famille, les Maltais. Je te mets en garde, mes frères sont cyniques. Ils croient en rien. Ils pensent qu'ils sont lucides, mais ils sont à moitié aveugles, puisqu'ils voient que le mauvais côté des choses et des gens. Pour eux, tout est arrangé, pourri, c'est au plus fort la poche, personne est sincère, le monde est cruel et froid. Moi, je dis que ce sont des pissous. Ils manquent de courage. Il faut du courage pour croire en la vie et j'y crois puisque t'es là, enfin, avec moi.

— Je vais les aimer puisque tu les aimes.

GERMAINE

Dans la salle à manger, autour de la table.

— Silence! Chut! Laurence vient de m'apprendre que son ami est parti. Il est intelligent, il a compris. On reste entre nous, et c'est très bien ainsi. Alors, on mange, hein, dans la joie et la sérénité, sous l'œil de Charles, mon Charles tant aimé. Je demande qu'on pense à lui très fort pendant une minute..., trente secondes..., deux secondes... Une? Quoi, Paul?

— Pourquoi on est ici, maman? Elle est où la surprise? Je manque une croisière sur mon voilier, moi.

— Charles avait coutume de dire que la discussion en mangeant, ça fait des barres dans l'estomac. Après la bûche, parce qu'il y a une bûche au chocolat, vous saurez pourquoi je vous ai réunis ici. Pierre fait pas cette tête-là et passe la tourtière.

— Je le sais c'est quoi la surprise, c'est Laurence avec un gars!

— Odette, criss... ostome!

— Quoi, c'est une surprise, une lesbienne qui change de bord. Il y a de quoi fêter. Pierre arrête de me donner des coups de pied sous la table, tu me fais mal.

— Qui ça, moi?

— Je sais pas où vous allez chercher ça, Odette. Laurence est toujours avec des garçons.

— Des fifis!

— En tout cas, celui-là avait l'air bien correct, je veux dire de notre bord, pis je pense qu'on doit encourager Laurence dans sa nouvelle voie. Elle a un amoureux et j'en suis très content… pour elle. C'est-tu payant les téléromans, ma fille?

— La valeur d'un homme est proportionnelle à ce qu'il gagne, hein, Pierre? C'est bien mon frère ça, il juge les êtres humains sur la grosseur de leur compte de banque.

— Mon mari a raison d'aimer l'argent, il en faut si on veut s'habiller un peu. Les vêtements sont tellement chers. Avoir à choisir entre l'argent et l'amour, t'es mieux avec l'argent. Toi, Isabelle, qu'est-ce que tu choisirais?

— L'amour!

— Qu'est-ce qui te prend Isa?

— Je donne mon opinion, j'ai le droit.

— Je sais pas ce qui lui prend!

— C'est pas bien de choisir l'amour?

— Bon, les enfants, on parle pas d'amour, on chante pour Charles *Le rêve passe,* sa chanson préférée quand vous étiez petits et qu'on était si heureux… ensemble.

LOUIS

Assis près de la grille dans la chambre de Laurence, il observe et prend des notes.

Debout, les deux frères Maltais chantent à tue-tête *Le rêve passe*. Comme des soldats saluant leur drapeau, ils regardent le portrait à l'huile de l'ancêtre Charles. J'ai rarement vu autant de respect pour un portrait. Germaine est en pâmoison devant ses gars. Marie chuchote à l'oreille de sa fille. Odette, qui s'ennuie royalement, a subtilement rapatrié une bouteille de vin. Pierre, qui a vu son manège, lui enlève la bouteille des mains, lui fait les gros yeux. Elle se lève, reprend la bouteille, va à l'autre bout de la table s'asseoir avec Isabelle et se verse un grand verre de vin en défiant son mari. Isabelle regarde l'heure en soupirant. Marie a le sourire fendu jusqu'aux oreilles. Elle ne quitte pas des yeux sa fille Léa. Les jumeaux chantent, collés comme des siamois. Marco tape des mains à contretemps. Il est triste. Le jeune Éric est ailleurs… dans une auto sur le bord de l'autoroute peut-être… Les rires, les chants ! C'est évident que cette famille s'aime. Je ne vois pas de drames majeurs à l'horizon. Pas de quoi écrire une histoire pour la télé. Ils sont heureux et le bonheur n'a pas d'histoire. Pas de conflits, pas d'histoire. Laurence, assise à droite de sa grand-mère, jette constamment un œil vers la grille, elle craint que je ne voie pas bien d'où je suis ou elle s'ennuie de moi, comme moi je m'ennuie d'elle… déjà.

꧁

GERMAINE

Après le service de la bûche au chocolat.

— Silence les enfants ! J'ai deux nouvelles à vous annoncer, une bonne et une mauvaise. La bonne est que je vends pas Familia et que je prends ma retraite dès que j'aurai trouvé la bonne personne pour me remplacer à la tête de ma famille et de mon entreprise. La mauvaise nouvelle, c'est que j'ai pas encore trouvé la personne qui va garder la famille unie et l'entreprise Familia prospère. J'ai trop vu de familles québécoises, propriétaires de grandes entreprises, se chamailler jusqu'à ce que la famille et l'entreprise soient détruites. Je veux pas ça. J'ai fait une recherche sur les échecs des entreprises familiales dans le passé et j'en suis venue à une décision. C'est ni le conseil d'administration ni moi qui doit nommer la personne qui va me succéder…

— Qui c'est qui va la nommer?

— Vous autres! J'ai jamais rien fait comme tout le monde. Je vais innover encore. Vous allez, chacun d'entre vous, voter pour votre candidat favori. Celui qui aura obtenu le plus de voix sera élu président de Familia et chef de la famille Maltais. Vous avez jusqu'à demain. C'est-tu juste ça ou ça l'est pas?

❦

LOUIS

Il prend toujours des notes.

Elle est habile, la Germaine. Elle leur remet l'odieux de la décision. Elle a jeté une grenade et elle se sauve dans sa chambre pour ne pas la voir exploser. À table, c'est le silence complet. Chacun se voit au poste de commande, se pourlèche les babines, rêve de pouvoir, d'argent, de gloire. Pierre se lève. Il va parler.

— Odette, va chercher quelque chose pour avaler ça.

— Papa, j'ai de la papaye en pilules. Non j'ai mieux que ça, un nouveau produit supérieur aux enzymes : de la luzerne, du blé, combinés à des algues et du…

— Michel, lâche-moi avec les produits naturels. C'est du scotch que je veux.

— Moi, grand-papa, j'ai du *pot* de galerie.

— D'où?

— Youhou! Simon! «Galerie», c'est pas loin de «balcon», passé «véranda». Te forces-tu pour être épais ou si c'est naturel? C'est du *pot* que je fais pousser ici sur la galerie l'été.

— Une ligne, il y a rien de mieux, j'en ai toujours en cas de besoin.

— Pas de chimique, Paul!

— Tu bois bien du scotch, toi.

— C'est de l'orge.

— Puis, mon grand frère Pierre, comment on va faire ça, ce que maman veut?

— Votez pour moi, ça va être simple et vite fait.

⁊

ODETTE, ISABELLE, VALÉRIE ET LAURENCE

Elles mettent de l'ordre dans la cuisine.

— C'est moi qui lave.

— Odette, tu vas t'ébouillanter, t'as trop bu.

— J'ai bu juste assez pour laver la vaisselle. Je suis pas une Maltais pure race, mais je suis capable de laver la vaisselle. Donne le canard d'eau chaude. Je vais torcher les Maltais…

— Laurence, fais-la taire, c'est ta mère.

— Chut, maman.

— Chut-moi pas, ma fille. Je t'ai jamais fait «chut», moi, quand je t'entendais gémir à Dieu miséricorde dans la chambre en haut.

— Ça se peut pas que tu l'aies entendue. Laurence, elle a toujours juste amené des copines ici.

— Valérie allume!

— Je devrais essayer ça aussi les femmes… comme ma fille.

— Maman, va te reposer. Papa, dis à maman d'aller se coucher.

— Odette, crisse, c'est pas le moment de faire du trouble. Va te coucher !

— O.K. Je pense que je vais aller jaser avec ton copain : il est *cute* à mort. Il est pas parti, je l'ai vu par la grille du plafond, il me regardait. Je pense qu'il me trouve de son goût.

— Tu vas aller te coucher, Odette, tu dis des sottises.

— Maman, va te coucher, là !

— Je vais parler avec euh… Louis, le beau et jeune Louis Morin. S'il veut écrire sur la famille, il a beau. Je vais me mettre toute nue devant lui…

— T'as commencé de bonne heure, Odette.

— En même temps que toi, Pierre.

— Laurence, c'est vrai ce que ta mère dit, il est encore là ?

— Oui, il est là.

— Va falloir que tu lui dises qu'il peut pas rester. D'ailleurs, je sais pourquoi tu l'as amené à un *party* de famille…

— Justement, parce qu'il a pas de famille, lui.

— Tu vas aller le reconduire chez Ti-Loup. Tu y passes ton auto, je te ramènerai.

— Tu me dis pas quoi faire, t'es pas encore le *boss* papa.

— Laurence, on a des questions à régler entre Maltais.

— Moi, j'ai rien à cacher. Toi ?

— Non.

— Alors, il s'en va pas !

— Il a pas d'affaire ici.

— Pierre, moi je veux qu'il reste, il est trop *cute*.

— Je vais aller le reconduire moi-même s'il le faut.

— Moi, papa, à ta place, je ferais pas ça. Merde, v'là Paul, le trouble commence.

— Allô la gang de Maltais. J'ai parti le sauna. Ça va nous faire du bien de nous calmer avant de nous entretuer. Puis, dans le sauna, on va être juste nous autres pour discuter.

— Le sauna, c'est le *fun*. Tout le monde tout nu !

— Odette, tu restes avec maman au cas où elle aurait besoin de…

— Dis-le que je suis pas de la famille.

— Tu l'es pas. Laisse-moi faire, Odette. Je me bats pour toi aussi.

— Tout le monde… Les Maltais… en costume de bain. Qui m'aime me suive.

— Dis pas ça Paul, tu vas prendre un sauna tout seul.

— Tu parles d'une idée de fou, l'idée de la belle-mère.

— Je trouve pas ça fou, moi, maman. Ça me donne la chance de me présenter au poste de président.

— Ça revient à ton père ce poste-là, Laurence.

— Pourquoi ?

— Tu voteras pas pour ton père ?

— Je sais pas.

— Comment tu sais pas ? C'est ton père.

— Oui, mais ça lui donne pas les capacités…

— Il travaille à Familia depuis toujours. Il connaît les produits naturels comme le fond de sa poche. C'est l'aîné de la famille ! Je vois personne d'autre pour remplacer ta grand-mère.

— Si Laurence se présente, je me présente moi aussi. Aïe !

— T'es pas capable.

— Pourquoi je suis pas capable ?

— Parce que… t'as jamais travaillé à l'extérieur.

— J'ai travaillé à l'intérieur, j'ai élevé mes enfants.

— C'est pas ton genre.

— C'est quoi mon genre… nounoune ?

— Femme à la maison, maman.

— Eh bien, les Maltais, ta mère la nounoune, elle va voter pour son mari.

— Maman, t'es une femme avant d'être une épouse. Si je me présente à la présidence, c'est pour que ce soit une femme qui continue l'œuvre de grand-maman.

— Je vais me présenter, moi.

— Odette, t'as aucune chance. T'es juste une Maltais par alliance.

— Aïe, les filles! Venez-vous prendre un sauna, il est à deux cents degrés.

— Valérie, tiens-toi bien, Laurence veut remplacer grand-maman. Elle veut qu'on vote pour elle.

— Moi, je vote pour mon jumeau.

&

LOUIS

Il prend toujours des notes.

Moi, je voterais pour Laurence aussi. Je la vois très bien diriger l'entreprise familiale. Cette fille a du caractère, une vision féministe qui me plaît, et des seins et des fesses qui me font bander.

&

GERMAINE

Assise sur son lit. Elle se regarde dans le miroir de la commode.

C'est ma dernière chance de sauver ma famille et Familia. Il faut que ça marche, sans ça, j'aurai raté ma vie. Pourquoi, malgré tout l'amour que je leur donne, les miens s'entendent pas entre eux? Ils ont la chance d'avoir une famille tricotée serrée, pourquoi ils passent leur temps à la détricoter? Ils savent donc pas, ces chers enfants, le prix que j'ai payé pour leur procurer l'indépendance financière qui m'a tant manqué à moi dans ma jeunesse, pour leur donner la famille que j'ai pas eue, l'amour que j'ai pas eu? J'ai beau leur dire que, dans la vie, il n'y a que la famille, ils passent leur temps à la détruire. Qu'est-ce que je fais de pas correct? Je suis fatiguée de me battre pour leur faire comprendre où est leur bien. Je suis fatiguée de les forcer à s'aimer. J'ai hâte de remettre les rênes à celui ou celle qui va prendre la relève. J'ai hâte de penser à moi, moi que j'ai mise de côté dès que mon premier enfant est né. Moi que j'ai fait taire, moi que j'ai brimée... J'ai le cœur éclaté en autant d'enfants, de petits-enfants et d'arrière-petits-enfants. Une chance, la fin des chicanes approche. Quand ils auront trouvé leur chef, je me retire, je ne pense plus qu'à moi. J'ose espérer qu'ils choisiront le meilleur, pas mon Pierre, mais le meilleur pour prendre ma place, pour que je prenne une retraite sans culpabilité aucune.

&

PIERRE

De l'extérieur, il alimente le feu du sauna avec de grosses bûches.

— Pousse-toi, Paul.
— Je suis capable de faire un feu, le frère.
— Ôte-toi de là, pousse.
— Je me suis poussé toute ma vie pour te laisser la place...

— C'est moi qui me suis poussé pour te laisser la place, je suis né avant toi. Donne la bûche.

— Non!

— Ton bois est trop vert, il brûlera pas, pis t'en as trop mis, l'air circule pas entre les bûches. Je comprends pas depuis le temps que tu saches pas faire un feu.

— Tu me l'as jamais laissé faire. Fallait que ce soit toi, le plus vieux.

— C'est pas de ma faute si t'es pas bon.

— Je sais rien faire, hein, Pierre? C'est à toi que revient la présidence de Familia? C'est pas si sûr, mon Pierre. Les qualités d'un bon président...

— Il faut être là et t'es jamais là!

— Je peux revenir.

— Ben non, toi, il te faut le soleil, les palmiers, la tequila, les poupounes en bikini... T'aimes ça. Aimes-tu ça?

— Oui, mais...

— Eh bien, tu peux pas avoir tout ça en étant à la présidence.

— Et pourquoi pas?

— Parce qu'il faut travailler et ça, t'aimes pas ça.

— Je travaille quand je me cherche une femme pour me faire vivre...

— Tu te retires du vote, pis je t'offre le paradis que t'aimes sous forme de pension à vie.

— J'en ai déjà une pension. Maman me paye pour *spoter* des herbes.

— Je double la pension qu'elle te donne.

— Il y a autre chose que l'argent Pierre. J'aimerais ça être *boss*, tu donnes des ordres, c'est dans mes cordes.

— Je vais être honnête avec toi. Si tu m'aides à devenir le remplaçant de maman, je t'envoie un an à Tahiti faire une recherche sur les aphrodisiaques.

— Je m'ennuie de la neige.

— Tu iras dans le Grand Nord. Du pénis de phoque, ça se vend comme des petits pains chauds au Japon.

— Je suis tanné de voyager… Je m'ennuie de la famille. C'est vrai, je m'ennuie de mon grand frère…

— Non, Paul, tu t'ennuies pas de moi pantoute, tu veux ma *job*.

— J'ai besoin de retrouver mes racines, de savoir d'où je viens, pour savoir où je vais. Tu sais bien, le retour aux sources.

— *Bullshit!* T'as toujours été de même, je veux quelque chose, tu le veux. Maman me donnait un Whippet, il t'en fallait un.

— Ça s'appelle la justice. Je veux la justice.

— Personne va voter pour toi, Paul, et tu le sais.

— Tu connais pas mon pouvoir de persuasion, mon frère. Regarde-moi bien aller.

— On le connaît ton charme, il couvre ton incompétence, mais après, quand il faut passer aux actes… As-tu un compte en banque, des REER? T'es sur la branche, mon Paul, pis un jour la branche pète, pis tu te retrouves le cul à terre. T'as toujours fait ça. Combien de fois je t'ai ramassé…

— Je tombais parce que c'était toi qui secouais l'arbre pour que je tombe.

— En tout cas, mon offre tient toujours. On garde ça entre nous deux, c'est notre secret.

— Tu dis ça comme maman : « C'est notre secret. » J'EN VEUX PLUS DE SECRETS !

— Crie pas !

— Pierre, je suis tanné des secrets.

— Je sais pas de quoi tu parles.

LOUIS
Toujours en train de prendre des notes.

Laurence, Valérie, Marie et Léa sortent du chalet en robe de bain et grosses bottes de neige. Elles courent jusqu'au sauna en criant de froid et d'excitation, elles s'engouffrent dans le sauna. Un nuage de vapeur s'échappe par la porte qui se referme, les cris s'estompent, le silence revient sur le lac. La fumée du sauna valse au gré des coups de vent. Je donnerais un bras pour savoir ce qui se dit dans le sauna. Je le saurai par Laurence, sur l'oreiller. J'entends des bruits de pantoufles sur le parquet de bois. C'est Germaine qui sort de sa chambre. Elle va au salon, regarde dehors le sauna qui fume dans le froid.

— Oh!

— C'est moi, c'est juste moi... Odette!

— Tu m'as fait peur.

— C'est bien la première fois.

— Tu m'as pas fait peur : tu m'as surprise. Je te pensais dans le sauna avec les autres.

— Je suis restée au cas où vous auriez besoin de moi.

— J'ai besoin de personne.

— Prendriez-vous une petite ponce de gin, je sais que vous crachez pas dedans, une petite, juste nous deux?

— Qu'est-ce que tu veux?

— Justice!

— Pour toi?

— Pour Pierre.

— Si Pierre mérite de me succéder, la famille va voter pour lui.

— Ça lui revient, c'est à lui. Vous êtes la *boss*, vous aviez juste à le nommer. Pourquoi vous faites ça? Pour le faire souffrir? Par pure méchanceté?

— Odette, lâche-moi le bras. Même si je peux le nommer, je le ferai pas. Je veux que ce soit les autres membres de la famille qui le nomment : ils l'accepteront mieux. C'est pour votre bien.

— C'est quoi la combine ?

— Il y a pas de combine, il y a un souci de justice justement.

— Depuis quand vous êtes juste ?

— Je sais ce que je fais.

Germaine s'en va, digne comme une reine, et Odette, dans son dos, lève la main sur elle. Germaine, qui a senti la main levée, s'est retournée et fusille sa bru du regard. Belle scène pour un téléroman !

❦

PAUL

Le sauna a atteint deux cent vingt degrés. À l'extérieur, on entend les rafales de neige.

— Silence ! C'est moi qui parle !

— Chut ! Chut ! Chut ! Paul va parler.

— Bon ! J'ai de l'autorité hein ? Vous vous êtes fermé la trappe. J'ai bien d'autres qualités que vous connaissez pas. Faut de la perspicacité, de l'intelligence, de la force de caractère pour vivre à l'année comme je vis, sur le bras des autres. Eh bien, j'aimerais mettre mes talents au service de Familia. Il nous faut, pour aller plus loin dans notre entreprise, un peu plus de fantaisie, de *glamour*. Je veux qu'il soit tendance de se régaler de produits naturels… Je veux…

— Votez pour lui, pis on fait faillite à la fin de l'année !

— Il faut, à l'instar des Jean Coutu pis des Bombardier, sortir notre entreprise du Québec et même du Canada. J'ai des contacts en Europe…

— Ta femme puis tes enfants que t'as abandonnés là…

— J'ai des contacts à Paris…

— Les girls du Lido?

— À Cuba…

— Tu vas essayer de leur vendre des pilules, ils ont même pas de quoi manger.

— Papa, laisse parler ton frère.

— Il dit n'importe quoi.

— Ça fait rien, on a tous droit de parole.

— O.K. fiston, si tu le dis.

— J'ai toujours été de la marde pour toi, Pierre.

— Parce que ce que tu fais, c'est de la marde!

— Je suis revenu du Mexique pour prendre ma place.

— Non, pour prendre la mienne. Crisse, viens la prendre ma place. Envoye! T'as jamais travaillé. Tu tofferas pas un mois. T'as pas de couilles!

— M'a te montrer, moi!

— Pas de bataille dans le sauna!

— Ouvrez la porte, qu'ils s'entretuent dehors.

LOUIS

Il prend toujours des notes.

Qu'est-ce qui se passe? Pierre et Paul qui se roulent dans la neige. C'est une tradition finlandaise, peu pratiquée au Québec. Mais non, ils se roulent pas dans la neige, ils se battent à coups de poing. Les filles sortent, les regardent se battre, tentent de les séparer. J'entends Germaine sortir de sa chambre. Faut pas qu'elle voie ses deux fils s'entretuer. Elle va à la cuisine, se débouche une eau minérale. Ouf!

GERMAINE

Un peu plus tard, de retour dans sa chambre.

Oui, j'ai été intelligente de leur donner la responsabilité
de se choisir un chef, comme ça ils pourront pas m'accuser
de favoriser Pierre. Mon objectif depuis que je suis mère a été
d'aimer mes enfants également, de jamais donner plus d'amour
à l'un qu'à l'autre. Et pourtant, malgré toute ma bonne volonté,
chacun m'accuse de préférer, de favoriser l'autre, chacun se
croit le mal-aimé, la victime d'une machination du reste de la
famille. Finalement, c'est pas la justice qu'ils exigent de moi,
mais l'égalité dans l'amour. Mais c'est pas faisable d'aimer
également ses enfants ; ils sont tous différents. J'ai une relation
unique avec chaque membre de ma famille... À quoi pensent
les femmes sans famille le soir avant de s'endormir ? Moi, depuis
que je suis mère, grand-mère et arrière-grand-mère, je pense
qu'à eux, tout le temps... Ma dernière proposition va leur
plaire, j'en suis certaine. Je prends pas de décisions, je les laisse
se choisir un chef. La balle est dans leur camp. À eux de jouer.
Bonne idée, idée géniale même ! J'en ai eu quelques-unes... Bien
voyons, on frappe à ma porte.

— Oui ? C'est qui ?

— Paul ! Tu te souviens que t'as un fils qui s'appelle Paul ?
Je peux entrer ?

— Bon, entre.

— Maman, je suis tanné d'être le fils errant de la famille.
Je veux finir mes jours ici, chez moi. Pense à moi un peu. Il y
en a toujours eu que pour Pierre. Donne-moi ce qui me revient
pour une fois. Je veux la présidence, maman.

— Trouve-toi des votes.

— Ça fait des années que je pense à prendre ma place dans
ma famille, dans ma ville, dans mon pays. Tu m'as exilé au soleil
pour pas que je fasse de l'ombre à Pierre. Eh bien, je suis revenu.
Je demande justice, maman !

— La justice, c'est que vous votiez, et que le meilleur gagne.

— Tu nous fais voter parce que tu sais que la majorité va voter pour Pierre.

— C'est pas vrai !

— Maman, t'es la reine de la manipulation.

— Oh ! On se garde une petite politesse peut-être ?

— T'es la duchesse de la manipulation si t'aimes mieux.

— Mais qu'est-ce qui te prend de m'insulter ?

— Il me prend que j'en ai assez de te voir nous monter les uns contre les autres, nous mentir, nous manipuler…

— J'en ai assez de ton ton. Tu t'entends pas le ton ?

— Maman, du plus loin que je me souvienne, tu complotes dans notre dos, tu magouilles… Tu nous as tous fait croire que ta tumeur était fatale. C'était cruel !

— Sors !

— C'est pas parce que tu me mets dehors de ta chambre que je cesse de me souvenir.

— Te souvenir de quoi ?

— Tu le sais…

❧

QUARANTE-DEUX ANS PLUS TÔT

GERMAINE

— Tu dis ça à personne, hein, mon Pierrot. C'est notre secret. Jure-le.

— Je le jure maman.

— Quoi ? Quoi ? Qu'est-ce qu'il faut pas dire à personne ? Je veux le savoir moi aussi le secret. Je fais partie de la famille moi aussi, pas juste Pierre. Je veux savoir.

— On te cache rien, voyons, mon Paulo.

— Je suis pas fou. J'ai entendu : « C'est notre secret. » Quel secret ?

— Ce que je disais à Pierre, c'est que... Les ingrédients de nos produits naturels doivent rester secrets. T'as bien entendu. C'est ça qu'il faut jamais dire à personne. C'est notre secret.

— C'est vrai, ça ?

— Je te le jure.

— O.K. d'abord. Excuse, maman. Je vais aller me coucher. Bonne nuit !

— On a failli se faire prendre.

— Pourquoi Paul doit pas savoir que tu me payes pour coller tes annonces sur les murs ?.

— Parce qu'il voudrait en coller lui aussi, puis je veux pas, il est trop jeune. C'est pour son bien... Qu'est-ce que tu fais là, à nous espionner, Paul ?

— Menteuse, menteuse. Je te croirai plus jamais.

LE FROID INTENSE DE LA VEILLE A DISPARU. UN FORT VENT CHAUD SOUFFLE SUR LE LAC. LA NEIGE SE TRANSFORME EN PLUIE GLACÉE, LES ARBRES PLIENT ET CASSENT SOUS LE POIDS DE LA GLACE. C'EST UNE TEMPÊTE DE PLUIE VERGLAÇANTE.

LOUIS

Le lendemain soir. Toujours au deuxième étage, près de la grille d'aération.

La famille s'est resserrée autour du feu de cheminée. Il vente à tout rompre dehors. Personne ne parle, chacun étant trop occupé à calculer ses chances de gagner à la loterie de la présidence. Le silence est lourd.

Un brin pompette, Odette lance :

— C'est l'histoire du gars qui bandait pas, il est au lit avec une fille puis là, puis là...

Tous la fusillent des yeux.

— Je me souviens plus de la fin, s'cusez.

La porte d'entrée s'ouvre, poussée par un vent violent. Toutes les lampes au propane s'éteignent d'un coup. C'est la noirceur totale. Les flammes de la cheminée dessinent des ombres rouges, comme des flammes d'enfer. Marco se met à hurler. Pendant que Michel tente de refermer la porte, la neige s'engouffre dans le chalet. Paul ouvre l'armoire, prend une lampe de poche et s'éclaire la figure.

— Laurence, ton... *chum* écrit un téléroman sur la famille ? Eh bien, je vais lui donner du jus pour vingt ans à venir. La famille Maltais est pas si exemplaire qu'on veut bien le laisser croire.

— Tu diras rien, Paul, les secrets de famille, c'est sacré. Quand je pense que tu veux me remplacer, devenir président de Familia. Tu peux te lécher la patte, mon gars, tu viens de te disqualifier.

— Vous vous débarrasserez pas de moi comme ça. Où il est ton Louis, Laurence, que je lui raconte les magouilles de ma mère et de son fils aîné, le beau Pierre ?

— Mon crisse d'écœurant, je t'interdis. T'as pas le droit !

— Je vais lui parler de notre sainte mère, de notre saint père. Je vais lui dire tout, tout.

— Qu'est-ce que tu cherches Paul ?

— Maman la vérité, juste la vérité !

— Il veut la vérité, lui, le plus grand menteur au monde.

— La vérité fait mal mon garçon des fois...

— Pas la savoir, c'est pire! Par exemple, la mort de Charles, ton saint mari, lui là, dans son cadre doré. Comment il est mort, exactement? Hein? On l'a jamais su!

— Il est mort d'une crise cardiaque. On va pas revenir là-dessus. Il est mort dans mes bras, tu dormais.

— Je dormais pas. J'étais là… Toi aussi, Pierre. On a tout vu.

❧

QUARANTE-SEPT ANS PLUS TÔT

PAUL ET PIERRE. DANS LEUR CHAMBRE.

— Pierrot?

— Quoi, Paulo?

— Entends-tu? Papa puis maman. J'ai peur, ils se chicanent.

— Non, nono, ils font des bébés.

— Je veux voir. Viens avec moi, il fait noir.

— Non, je dors.

— Viens donc.

— Oh, t'es bébé lala.

— T'as déjà vu ça, toi?

— Ça m'intéresse pas, mais je vais y aller… pour te faire plaisir.

— Pierre, fais pas de bruit.

— J'ai peur dans la noirceur.

— Chut…

— J'aime pas ça, je veux m'en aller. Non, ouvre pas la porte, ils vont nous voir.

— Chut… Écoute.

— Ma crisse de câlisse…

— Laisse-moi, je veux pas.

— Envoye, ouvre tes genoux.

— Non, je t'ai dit, pas ce soir.

— T'as pas le droit de me dire non, on est mariés.

— T'es trop soûl !

— Ah, ma viarge ! On va voir qui c'est qui porte les culottes ici dedans.

— Charles, les enfants !

— Je m'en crisse des enfants, c'est toi que je veux pis je vais t'avoir...

— Chut... Non... Non... Je veux pas...

LOUIS

De sa cachette, il entend Paul qui raconte.

— Papa cloue maman sur le lit. Maman se démène. Elle continue de crier « Je veux pas ». Il lui met sa main sur la bouche. Elle le mord. Il lui rentre un coin de drap dans la bouche. Elle étouffe. Il lui tient les avant-bras sur l'oreiller et là, il pousse, pousse, pousse... Il gémit un grand coup, comme si c'était maman qui lui avait fait mal. Je te demande alors Pierre si c'est vraiment comme ça qu'on fait les bébés. Tu me réponds pas. Je regarde papa qui porte sa main à son cœur, à son bras. Il a mal ! Maman bouge pas. Papa a l'air de souffrir pour vrai. Je regarde maman, je voudrais qu'elle l'aide, mais elle bronche pas. Même qu'elle le regarde avec des yeux fâchés. Papa tente de se relever, la main sur sa poitrine. Maman l'aide pas, il retombe sur le lit de tout son long. Elle le regarde dans les yeux. Il la fixe. Elle cligne des yeux. Il cligne pas des yeux. On se sauve. Après, on a essayé d'oublier. Je veux juste aujourd'hui déterrer ce souvenir-là...

C'est comme si le tonnerre était tombé au milieu du salon. Germaine se fait si petite dans son fauteuil qu'elle en disparaît presque. Paul continue ses révélations devant le portrait de son père Charles. Il poursuit :

— Puis là, maman t'es sortie de la chambre, t'es venue nous réveiller. On dormait pas, on faisait semblant. Tu nous as dit que notre père venait de mourir d'une crise cardiaque. Tu nous as raconté qu'il était mort dans tes bras en te couvrant de baisers et en jurant qu'il t'aimait, toi et ses deux garçons, et le bébé que tu portais dans ton ventre. Nous deux, on savait que c'était pas vrai, mais on contredisait pas sa mère à cette époque-là. On comprenait pas. Si notre père était un homme bon, pourquoi était-il méchant avec toi? Pourquoi tu l'as pas aidé, pourquoi tu le regardais comme une statue de glace quand il avait mal? Pourquoi, pourquoi? On a pas posé de questions. Questionner ses parents était effronté. Tu nous as fait boire une tisane calmante, puis tu nous as dit de se rendormir, que tu nous abandonnerais jamais. Je me souviens pas de l'enterrement, peut-être qu'il n'y en a pas eu. T'as fait faire un portrait à partir d'une photo, puis tu nous l'as donné à adorer comme un Sacré-Cœur. Tu te rappelles Pierre?

— Je me rappelle rien de ce que tu dis.

— T'as vu comme moi qu'il était soûl! Qu'il la violait!

— J'ai rien vu. T'inventes ça.

— Tu veux pas y croire parce que ça te fait trop mal. Moi, je l'avais refoulé pour pas souffrir, mais là, là je m'en souviens. Notre père était pas un saint homme, c'était un dégueulasse. Il nous aimait pas. Il aimait pas notre mère, puis notre mère l'aimait pas. Elle aurait pu le sauver de la mort, elle l'a pas fait. Elle l'a laissé mourir.

— Qu'est-ce que tu veux? Déterrer les morts?

— Je veux la vérité pour une fois. Pierre, c'est pas parce que je mens tout le temps que j'ai pas soif de la vérité. J'en veux plus de mensonges. J'en peux juste plus. Trop, c'est trop!

— On a-tu besoin de la vérité pour vivre? Crisse!

Germaine se lève, fixe le portrait de son mari.

— J'ai voulu vous donner un père à admirer, à aimer.

Paul décroche le portrait et, d'un geste rageur, le lance dans l'âtre de la cheminée. Personne ne proteste. C'est le silence. On n'entend que le vent, le tambourinage de la pluie verglaçante.

— Les enfants, vous devriez tous aller dormir. Bonne année…

Accablée, Germaine se retire dans sa chambre pendant que sa famille se souhaite la bonne année du bout des lèvres.

৶

ÉRIC

Dans la chambre de Germaine. La même nuit.

— Dors-tu Taine?

— Oui.

— Ben non, tu me réponds. Je te dérangerai pas longtemps, je viens juste te dire que… je t'aime.

— Viens ici un peu toi!

— Je comprends pas toujours ce que tu fais, mais je t'aime pareil. Je t'aime.

— Qu'est-ce qui te prend de me garrocher des «Je t'aime» cette nuit?

— Je le sais pas, je trouve que t'es une bonne personne pis qu'on te le dit pas assez souvent.

— As-tu fumé quelque chose?

— Taine, c'est pas mal de dire que je t'aime.

— Excuse-moi, j'ai pas l'habitude de recevoir.

— T'es fatiguée, hein?

— Oui, pas dans mon corps, dans mon cœur. Mon cœur est fatigué des chicanes, des batailles. Bien fatigué. Une chance que je t'aie.

— Taine?

— Oui, mon amour?

— Je vais te faire de la peine moi aussi.

— Je t'en crois pas capable.

— Tu sais, la psychologue que je vois, que tu me payes…

— Faut que tu l'écoutes, que tu fasses ce qu'elle te dit de faire, hein, mon homme, si tu veux te remettre de… tu sais quoi?

— Elle me dit, et je vais l'écouter, d'aller parler à la télé de mon expérience avec les pédophiles, que ça va me guérir et, en même temps, faire de la prévention. Les jeunes vont plus croire un jeune qu'un adulte. Ça fait que je vais passer à *Tout le monde en parle* pour raconter mon histoire.

— Et tu dis que tu m'aimes?

— Je t'aime, mais faut que je m'aime aussi.

— Le scandale, mon Éric! Tu penses pas au scandale?

— Le scandale est de laisser les pédophiles salir des jeunes.

— Les secrets de famille doivent rester dans les familles.

— Taine, j'ai accepté. Je passe à *Tout le monde en parle* la semaine prochaine. C'est important pour moi.

ISABELLE

Seule en motoneige, filant à toute vitesse sur le lac. Il pleut, il vente. Il neige. Elle arrive chez Ti-Loup. Les chiens hurlent à son approche.

Ti-Loup

Dans son *shack*, il écoute sa petite radio à batteries.

« On vous recommande fortement de ne pas utiliser votre automobile. Les routes sont dangereuses. Ne sortez pas, à moins d'une urgence. Et maintenant, Bourbon Gauthier et *Cripine*. »

— Qui est là ?

— Le loup y est-tu ? *Promenons-nous dans le bois pendant que le loup y est pas. Si le loup y était, il nous mangerait.* Le loup y est-tu ?

— Le loup enlève sa chemise…

— *Promenons-nous dans le bois pendant que le loup y est pas. Si le loup y était, il nous mangerait.* Le loup y est-tu ?

— Le loup enlève ses jeans…

— *Promenons-nous dans le bois pendant que le loup y est pas. Si le loup y était, il nous mangerait.* Le loup y est-tu ?

— Le loup y est et… y va te dévorer…

— Oh, oui, croque-moi, qu'il reste rien de moi, que je disparaisse de la vie… As-tu déjà voulu mourir Ti-Loup ?

— Oui, une fois, j'étais guide pour des chasseurs, l'automne. Y étaient six. Je portais leur gréement sur mon dos. Ça allait, je suis fort comme un cheval. Mais y a fallu traverser une rivière à pied. Y avait mouillé toutte le mois, la rivière débordait. Je suis tombé dans un trou, pis là le bagage me calait, pis moé je calais avec le bagage. J'avais de l'eau jusque par-dessus le nez. Un moment donné, je me suis dit à moé-même : « Je suis plus capable, je vais me noyer. » Et là, juste comme je commençais à couler, je me suis dit à moé-même : « Maudit tarlais, enlève le bagage de sur ton dos. » J'ai jeté toutte le gréement dans la rivière, je suis devenu léger, j'ai nagé, pis je suis là pour te raconter mon histoire. Des fois, quand je me parle, je me dis que si ceux qui veulent mourir pensaient juste à enlever du bagage de sur leurs épaules…

PAUL

Le lendemain. Dans le salon.

— Pierre, pourquoi c'est toi qui a élevé Simon ? J'ai jamais compris pourquoi, deux semaines après la naissance des jumeaux, t'es parti avec le petit Simon sous le bras. Michel a pas rouspété, ni Isabelle. C'était une manigance de maman, hein ? Avoue-le donc !

— C'était pas l'idée de maman. C'est très simple, ça fait des années que je vous l'explique. J'avais lu qu'il fallait séparer des jumeaux à leur naissance…

— Toi, t'avais peut-être lu ça, mais maman, elle, la mère parfaite qui se sacrifie pour ses enfants, elle a pas pu penser ça. C'est contre ses principes.

— Elle était d'accord.

— Maman est jamais d'accord avec toi, pourquoi elle l'a été cette fois-là ? Elle avait une raison, un intérêt…

— J'avais le goût d'avoir un autre bébé dans la maison, peut-être. Odette, va te coucher, on parle entre hommes.

— C'est moi qui avais lu un livre de psychologie. Pierre lit pas ce genre de livre-là, ça disait qu'il fallait séparer des jumeaux pour qu'ils deviennent autonomes. S'il y a un coupable ici, c'est pas Pierre, c'est moi.

— *Bullshit*, vous deux ! Il y a pas un livre qui dit qu'on doit enlever un jumeau à ses parents. Pas depuis les jumelles Dionne. Pourquoi c'est toi, toi qui as élevé Simon ? Vas-tu le dire, sacrament ? La vraie raison !

— J'en ai pas d'autre !

— O.K. Le père de Simon, lui, il doit bien la savoir, lui, la vérité. Michel, pourquoi c'est ton père qui a élevé ton fils ?

— Tu connais Isabelle, deux bébés pour elle, c'était un de trop… j'imagine.

— Bon, c'est ma femme qui a voulu ça, hein, Odette ? Elle s'ennuyait, plus personne à catiner, hein, Odette ?

— Simon, tu me l'as imposé. Moi, je voulais que ce soit Valérie qu'on garde. Il y a tellement du beau linge de petite fille.

— C'est quoi le secret, sacrament ?

৯

LOUIS

De sa cachette.

Ils sont durs à suivre, ils parlent tous en même temps, mais personne répond à la question de Paul : quel est le secret qui entoure la séparation des jumeaux ? Qu'est-ce que je viens d'entendre de la bouche de Pierre ?

— C'est à maman qu'il faut demander des comptes, pas à moi !

Le silence tombe raide entre eux. On entend juste la pluie qui lave les vitres et plante des clous dans la couverture en bardeaux. Le vent siffle très fort. On entend le craquement des arbres qui se fendent. Michel s'agite dans tous les sens.

— Isabelle est disparue. Faut la trouver.

Bizarre, c'est à Germaine qu'il faut parler, il semble que ce soit elle qui possède les clefs de toutes les énigmes de la famille. Bien non, c'est Isabelle qu'il faut trouver ! Drôle de famille. Leur sport favori : détourner la conversation dès que se pointe un semblant de vérité.

৯

MICHEL

Sur la galerie du chalet.

— Isabelle…! Isabelle…! Papa, rentre, tu vas être trempé.

— Toi aussi, entre, Michel. T'as pas besoin de la chercher, tu le sais où elle est.

— Je pense que je le sais, oui.

— Il y a pas de danger, voyons. Ti-Loup est pas de notre monde.

— Qu'est-ce qu'on va leur dire en entrant dans la maison?

— Qu'elle dort dans le sauna, à la chaleur.

— Mais c'est pas vrai. Je suis allé voir, elle est pas là.

— Toute vérité est pas bonne à dire, fiston.

— P'pa. Je suis tanné moi aussi des cachotteries, des mystères, je veux la savoir l'osti de vérité.

— Mais qu'est-ce qui vous prend tout le monde? Depuis quand faut dire la vérité? C'est-tu la tempête de verglas qui vous rend tous fous?

— Pour quelle raison t'as pris Simon à sa naissance?

— Je le savais que mon charmant frère viendrait mettre la chicane dans la cabane. C'est ce qu'il fait depuis qu'il est né.

— Pourquoi tu tenais tant à Simon? Je me souviens, tu le voulais juste à toi. Pourquoi?

— Je m'en souviens pas.

— Pourquoi tu m'as enlevé mon fils?

— Lâche-moi, tu me fais mal. Parce que t'en voulais pas d'enfant!

— Je… je voulais pas d'enfant tout de suite en me mariant, mais quand, au retour du voyage de noces, Isa m'a dit qu'elle était enceinte…

— Si t'avais voulu de ton garçon, tu me l'aurais arraché des bras. T'étais ben content de t'en débarrasser.

— C'est Isa qui en voulait pas de Simon. J'ai jamais su pourquoi, elle voulait pas de Valérie non plus, mais je peux comprendre, enceinte tout de suite après les noces.

— C'est ça, tu l'as la vérité. C'est Isabelle qui en voulait pas des jumeaux. C'est pour ça que je l'ai pris. C'est la faute de ta femme. Bon, tu l'as la vérité. Achale-moi plus avec ça !

— Euh, papa… je vais pas voter pour toi. Mais plutôt pour mon fils, Simon, j'y dois bien ça.

— Crisse !

SIMON

Dans sa chambre, il tient Valérie dans ses bras.

— Je veux être loin, loin, juste nous deux…

— Il faut de l'argent pour voyager, Val.

— On fait le tour du monde, au Népal, en Équateur, en Inde. Juste nous deux, en amoureux. Tu peux supporter, toi, vivre loin de moi ?

— Non, mais c'est comme ça…

— On va vivre notre vie de jumeaux.

— C'est pas le temps, il y a le vote aujourd'hui. Je veux me présenter. Avec l'appui de mon grand-père, de mon père, j'ai de grosses chances plus tard de devenir chef de Familia.

— Simon, si tu te ranges de leur côté, tu me revois plus jamais. Choisis, c'est eux ou moi !

LOUIS

Il observe toujours les Maltais.

Le soleil est revenu. Les arbres ploient sous le givre. C'est d'une beauté à couper le souffle. Comme si le vent avait crocheté de la dentelle blanche sur le paysage. Autant dehors la nature exulte, autant dans le chalet l'atmosphère est étouffante. C'est l'heure du vote. Paul brasse le feu dans la cheminée. Il est en colère. Pierre entre avec un plateau de tasses de café. Il le dépose avec fracas. Michel ne quitte pas le lac des yeux : Isabelle n'est pas encore revenue. Éric est fébrile, comme si quelque chose lui brûlait les lèvres. Simon et Valérie se boudent. Odette est étendue sur un sofa, un long glaçon sur le front : elle soigne sa gueule de bois. Laurence, sur un coin de la table, pose pour moi. Marie n'a d'yeux que pour sa fille Léa qui lit un vieux *Reader's Digest* dans le fauteuil à oreilles. Marco, comme à son habitude, compte ses doigts. Soudain, on entend une porte s'ouvrir, celle de la chambre de Germaine. Ils lèvent la tête, la regardent prendre sa place au bout de la grande table. Elle a dans ses mains un panier d'osier rempli de feuilles blanches et de crayons. Tous, en silence, la rejoignent autour de la table, à leur place respective. Elle remet une feuille et un crayon à chacun, sauf à Odette et Marco qui, lui, ne comprend pas pourquoi il n'a pas de crayon et se met à hurler. Michel le fait taire. Germaine va parler.

— Mes chers enfants, nous vivons tous ensemble un moment historique. Pour la première fois depuis sa fondation, vous avez l'avenir de Familia entre vos mains. Les conjoints ont pas droit de vote. Vous comprendrez que l'enjeu ici est trop important pour le confier à d'autres personnes que les membres de la famille Maltais. J'espère ne pas me tromper sur votre capacité de juger qui saura me remplacer. Je me retire dans ma chambre. Vous viendrez me chercher quand les votes seront compilés. Je souhaite que ce vote se fasse dans l'honnêteté la plus complète. Que le meilleur gagne !

Ils la regardent retourner à sa chambre sans souffler mot, presque sans respirer. Une fois la porte refermée, Paul explose.

— Vous voyez pas ce qu'elle fait ?

— Quoi ?

— Nous monter les uns contre les autres pour mieux nous contrôler. Diviser pour régner !

— Elle voit venir sa mort, elle veut être juste pour une fois…

— Elle veut placer son candidat à elle, mais que ça passe comme si c'était nous autres qui le nommions.

Ils protestent, ils veulent voter au plus vite, se débarrasser de cette corvée puis sacrer leur camp, sortir de ce chalet de malheur, de ces deux jours d'enfer. Pierre propose.

— On vote ?

— Pour qui ? Chacun pour soi, ça va donner quoi ? Un vote nul ! Puis là, elle va arriver, elle va nommer son dauphin, puis on aura rien à dire. On se sera fait fourrer.

— Maman ferait pas ça.

— Qu'est-ce qu'elle ferait pas pour notre bien ?

Pierre hésite, puis lentement, en aîné qui donne l'exemple, il déchire son vote en tout petits morceaux. Les autres l'imitent. Paul jubile.

— C'est la première fois qu'on est tous d'accord contre elle.

— C'est la première fois que t'as une bonne idée, mon petit frère.

Ils déposent les morceaux de papier dans le panier et…

— Maman !

Pierre et Paul ont appelé leur mère d'une même voix. Ils partent à rire comme des gamins, croisent leurs petits doigts, ferment les yeux, font un vœu. C'est la première fois que je sens de la complicité entre eux, peut-être même de la fraternité.

La porte de la chambre s'ouvre et Germaine, très digne, très sûre de son pouvoir, prend le panier qu'on lui tend... Elle comprend aux papiers en morceaux que son idée n'a pas fonctionné. Ils n'ont pas voté.

— Quand on veut pas de la démocratie, faut pas se plaindre de la dictature.

Que va-t-elle faire maintenant? Les enfants Maltais vont-ils reprendre la vie comme elle était avant? C'est ce qu'on saura au prochain épisode! Mais non, je suis pas dans la fiction, je suis dans la vraie vie, plus étrange, plus dure que tout ce qu'on peut imaginer. Bon, les préparatifs de départ s'amorcent comme si rien ne s'était passé. Non, ça ne peut pas se terminer ainsi, quoique la vie soit pleine d'histoires entamées et jamais finies, de secrets non dévoilés, de semi-vérités, de mystères, de non-dits.

— Marco est nulle part!

— Odette, ça se peut pas, nulle part. S'il est pas en dedans, il est dehors.

— Je sais bien qu'il est dehors Pierre, mais où? Parti depuis quand? Vous le savez qu'il supporte pas la chicane. Va le chercher.

— Oui, oui.

— Ce serait son petit-fils, son Simon, qui serait en perdition, il courrait après lui nu-pieds sur la glace. C'est rien que son garçon à lui... il prend son temps.

— T'as toujours été jalouse de Simon, Odette.

— Il y a de quoi! Il s'occupait pas de ses propres enfants. Son petit-fils vient au monde. Il capote, il le voit dans sa soupe.

— On parle plus de ça!

— Papa, c'est vrai ce que dit maman. Tu t'es jamais occupé de nous. Simon, c'est ton chouchou.

— Michel, tu commenceras pas à me faire des reproches, aujourd'hui. Va chercher Marco!

— Oui papa...

MICHEL

Il se fraye un chemin à travers les arbres cassés par le poids du verglas. Il glisse sur la glace et tombe, se relève, se rend à la cabane dans l'arbre qu'il a construite pour Marco, il y a de nombreuses années. Il grimpe l'échelle de bois qui sert d'escalier à la maison, frappe à la porte.

— Marco, c'est Michel, je sais que t'es là. Ouvre !

Lui, quand il y a de la chicane, il se cache. J'aimerais ça être capable de faire comme lui, me cacher sous dix pieds de neige. Je peux pas le laisser là, il va geler. Il a beau faire soleil, il fait moins vingt pareil.

— Marco, ouvre ou je vais être obligé de défoncer. Tu sais que je suis sérieux.

J'entends Marco relever le crochet à l'intérieur. Oh, il a les mains pleines de sang : il s'est blessé. Non, ah non, il a étranglé les mulots qui hivernent dans sa cabane chaque hiver.

— Mais qu'est-ce que t'as fait ? Pourquoi t'as fait ça ? Un nid, c'est sacré. On détruit pas un nid. Pleure pas. Je sais pourquoi t'as fait ça, parce que tu peux pas parler, ça fait que ta colère, tu la passes sur des plus démunis que toi. Donne tes mains que j'enlève le sang. Faut que personne sache ce qui vient de se passer, personne, tu m'entends, tu pourrais pas te marier et avoir ton bébé. Eux autres, ils s'expriment par des mots, ils savent pas ce que c'est que de la colère détournée. Moi, je le sais. C'est notre secret, hein, c'est notre secret ? C'est bon d'avoir un secret ensemble, c'est comme un lien de plus entre nous. Bon, calme-toi, donne-moi la main, tu vas tomber dans l'échelle glacée. Isabelle ? Isabelle, où t'étais ? D'où tu viens ? J'ai l'air de quoi, moi ?

Elle me parle pas, comme si j'existais pas. Elle rentre en courant, grimpe deux par deux les marches de l'escalier. Ne pas pleurer, surtout ne pas pleurer devant la famille.

LOUIS

Il boit un café dans la cuisine. Plus personne ne fait attention à lui.

L'air est irrespirable. La tension est si forte que le moindre geste, le moindre mot risque de mettre le feu aux poudres. Je voudrais me voir ailleurs.

— Je ramène Isabelle et Marco à Montréal.

— Michel! Chut! La radio…

« C'est la pire catastrophe météorologique depuis la crise du verglas de 1998. Le ministère des Transports recommande aux gens de rester chez eux jusqu'à ce que les routes soient déblayées. »

— Isabelle était pas loin, elle était partie faire une commission chez Ti-Loup. On s'est inquiétés pour rien. Elle a bien fait de rester là pour la nuit, avec le verglas… Isa, veux-tu un bon chocolat chaud avec des toasts?

Paul tourne autour de Michel et Isabelle comme une mouche à marde.

— Demande-lui donc à ta femme qu'est-ce qu'elle a foutu cette nuit dans le *shack* de Ti-Loup? Hein? Ça manipule des millions, mais ça s'écroule devant sa femme. Demandes-y donc en même temps pourquoi elle a donné Simon à Pierre quand il est né?

— Paul, ferme ta gueule. Laisse mon fils tranquille!

— J'ai pas peur, je suis capable d'y parler à ma femme. Isabelle, pourquoi t'as laissé Simon à son grand-père, à sa naissance?

— C'est bon ça. Tu vois Michel, t'es capable de mettre tes culottes quand tu veux…

— Paul, si tu permets, je vais répondre à mon mari. Je lui dois bien ça. Michel, les jumeaux, c'est pas toi le père, c'est ton père. J'ai couché avec lui au début de nos fréquentations. Comment c'est arrivé? Je veux pas m'en souvenir. C'est arrivé une seule fois et je suis devenue enceinte des jumeaux. Une belle famille, les Maltais! Le père couche avec la blonde de son fils, lui fait des jumeaux, la Germaine qui l'apprend précipite le mariage de son Michel avec moi. Puis, cette chère Germaine me fait jurer le secret pour le bien de tous. Mais mon bien à moi ça l'intéresse pas, ça l'a jamais intéressée. Je suis une «rajoutée», rien qu'une «rajoutée»! Quand les jumeaux naissent, Germaine, pour plaire à Pierre qui s'est comme entiché de Simon, son fils, le lui confie sous prétexte qu'il faut séparer des jumeaux à la naissance, comme ça, la réputation de la sainte famille Maltais est intacte. Pierre est comblé. Les Maltais restent une famille exemplaire et moi, moi je suis sacrifiée au bonheur de la maudite famille. Je dois garder le secret, vivre avec le secret comme une boule sur le cœur. Et on se demande pourquoi je prends des pilules au lieu de manger. Il y a que Ti-Loup qui me comprend, panse mes blessures et me tient en vie. C'est pour vivre que je couche avec lui, c'est pour vivre que je repartirai pas pour Montréal avec toi Michel. Je reste au lac avec Ti-Loup. J'ai fini! Je l'ai dit! Ouf, ça fait du bien.

J'ai peine à comprendre ce qui se passe tant il y a de cris et de pleurs. Odette tapoche son mari qui, lui, frappe Paul. Laurence tente de les séparer. Michel est à genoux, il tape sur le plancher et répète comme un mantra:

— Je suis cocu, et c'est mon père qui m'a fait cocu. Cocu, cocu, cocu!

Marie et sa fille s'enlacent comme pour s'isoler. Éric ne semble pas concerné par le drame. Il a l'air de flotter sur un nuage. On jurerait qu'il a gagné à la loterie. Marco s'est réfugié sous la table, il se balance doucement en comptant ses doigts, comme si de savoir qu'il a dix doigts le protégeait de la souffrance. Isabelle pleure de soulagement. La radio n'arrête pas de conseiller aux gens de ne pas s'aventurer sur les routes. Plus personne ne fait attention à Germaine qui courbée, vieillie, amoindrie, glisse vers sa chambre.

GERMAINE

Quelques heures plus tard. Elle sort de sa chambre, enroulée dans un châle noir, se dirige vers la porte arrière et sort du chalet. Elle descend l'escalier, fait le tour de la maison et s'engage sur le lac glacé, balayé par les grands vents.

Je me suis fait accroire que je pouvais faire le bonheur de mes enfants, malgré eux… alors que ce que je voulais, dans le fond, était d'avoir le contrôle sur eux. J'ai voulu les forcer à s'aimer quand moi j'avais peine à les endurer. J'ai voulu les garder dans l'enfance, comme quand ils dépendaient de moi et que j'avais tout pouvoir sur eux. Je ne les ai pas laissés quitter le nid par peur de me retrouver toute seule. Pour pas qu'ils souffrent de la pauvreté que, moi, j'avais connue, j'ai bâti un empire. Une prison pour eux ! J'ai voulu une famille parfaite alors que j'étais loin de l'être. Je voulais tant qu'ils s'aiment et ils se haïssent. Je me suis trompée sur toute la ligne. Et ça au nom de l'amour… Quel gâchis ! Quel ratage !

SIMON

À l'étage avec sa jumelle.

— Mon père est pas mon père, c'est mon grand-père qui est mon père.

— Pis moi je suis la fille de mon grand-père.

— Il m'a menti depuis que je suis né.

— À moi aussi.

— Toi, c'est pas pareil, toi, tu l'aimes pas comme je l'aime. Plus on aime, plus la trahison est grave.

— Simon, non, pas le fusil! Moi, je t'aime et parce que je t'aime, tu me donnes le fusil. Donne!

— Lâche-moi, j'ai des comptes à régler. Pousse-toi!

— Si tu veux qu'il meure, je vais le tuer moi, pour toi. Donne!

— Pousse! Sangsue!

— Je t'aime Simon.

— C'est un autre mensonge. L'amour existe pas!

GERMAINE

Sur le lac gelé, elle marche droit devant. Elle ralentit le pas, tombe, se relève et continue de marcher. Le frimas que forme son haleine dessine un masque blanc sur son visage. Elle ressemble à la mort, la mort d'un idéal, la mort des illusions, la mort du rêve… d'un rêve… où la famille est amour.

PIERRE

Dans le salon. Vautré dans le sofa, il refuse le scotch qu'Odette lui tend. Elle l'avale d'un trait. Il aperçoit Simon qui descend l'escalier, le fusil pointé vers lui !

— T'es fou, Simon ! Joue pas avec ça, c'est dangereux !

— Je t'admirais, t'étais mon modèle. Tu m'as menti chaque minute de ma vie !

— La famille ! J'ai fait ça pour la famille. C'est important, la famille.

— Plus important que les enfants ?

GERMAINE

Toujours sur le lac gelé. Elle avance avec de plus en plus de difficultés dans la neige et la glace. Ses larmes gèlent sur son visage.

SIMON

Dans le salon, il colle le bout du fusil sur le front de Pierre.

— Comment t'as pu grand-papa me mentir pendant dix-sept ans, me mentir, à moi ? Comment ? Comment ?

— Je t'aimais. J'aimais Odette, j'aimais ma mère et tous les membres de la famille. Ce qui est arrivé avec Isabelle devait pas briser la famille. La famille, il y a que ça dans la vie… C'est par amour que je t'ai menti, pour te protéger, toi, pour nous protéger tous.

— C'est plutôt pour te protéger toi, pour te sortir du pétrin, pour pas nuire à ta carrière…

— Non, c'est pour la famille !

— Menteur !

— Je te jure que c'est pour toi que j'ai menti.

— Je te crois plus.

GERMAINE

Maintenant rendue très loin sur le lac, là où la bourrasque est la plus forte. Elle croule sous le froid et le poids de l'effort. Elle tombe et ne se relève pas.

SIMON

Tenant toujours Pierre en joue.

— Comment, comment t'as pu me cacher à moi que j'étais ton fils ? Que t'étais mon père ?

— C'est ta grand-mère qui m'a fait jurer de me taire. Elle a fait faire le même serment à Isabelle. C'était un secret qu'on emporterait tous les trois en terre. Si ç'avait pas été d'Isabelle et de sa crisse de vérité, personne se serait jamais douté de rien. Je t'ai menti pour ton bien, pour le bien d'Isabelle, pour le bien de Michel. Il faut mentir des fois pour que la famille continue. Je te dis la vérité. Je te supplie de me croire.

— Je te déteste !

— Alors tue-moi ! Vas-y, tire !

LOUIS

Il écrit sur un coin de la table. Il ne lui vient pas à l'esprit d'intervenir tant il est passionné par ce qui se passe.

Simon regarde son grand-père devenu son père, baisse le fusil puis… retourne l'arme contre lui. Juste comme il vient pour se tirer en plein cœur, Valérie saute sur lui et le désarme. Ils roulent tous les deux par terre. Ils pleurent dans les bras l'un de l'autre. Paul s'empare du fusil, le lance au loin. Laurence en retire les balles. Pierre sanglote, et devant cette force de la nature qui pleure comme un bébé, tous s'effondrent.

❧

GERMAINE

Elle est étendue en forme d'ange au milieu du lac. Elle ne bouge pas, ne respire pas, ne respire plus.

❧

LOUIS

Une heure plus tard.

Personne ne se soucie de Germaine. Ils ont trop de blessures pour penser à elle. Prisonniers de la tempête de pluie verglaçante, ils ont décidé de manger. Les femmes font le service, les hommes bouffent en silence. Marco s'empiffre. Michel le laisse faire. Odette refuse le verre de vin que lui offre Pierre. Michel repousse son assiette. Laurence me sourit tendrement. Plus je connais sa famille, plus je l'aime. Ils sont humains, si humains, trop humains? Simon et Valérie sont unis dans la douleur d'avoir été trompés. Marie et sa fille Léa se parlent tout bas en se tenant les mains. Leur bonheur est comme une rose qui aurait poussé dans le fumier.

— Taine ? Il y a quelqu'un qui a vu Taine ? Est pas dans le chalet ni dehors !

C'est la panique générale. Où est Germaine ? Personne ne l'a vue. Éric ressort en vitesse, saute sur une motoneige. Je m'assois derrière lui. On sillonne le lac balayé par la rafale, puis soudain on aperçoit un point noir sur le blanc du lac. On s'approche, le point grossit. C'est elle ! Éric arrête la motoneige, descend, court vers elle, la secoue, tente de la réchauffer. Trop tard, c'est une barre de glace. Il se couche sur elle, l'embrasse comme jamais il n'a pu l'embrasser. La motoneige avec le grand traîneau arrive avec son plein de famille. On s'agenouille sur la glace autour de Germaine. Anéantis !

🐚

PAUL ET TOUS LES AUTRES
Le même soir.

— J'ai trouvé ça. C'était dans la poche de sa robe de chambre. Écrit de sa main avec sa plume fontaine à l'encre verte, c'est daté d'aujourd'hui.

— Donne, Paul ! Maman... partie, c'est moi l'aîné qui prends la relève.

— C'est moi qui a trouvé la lettre, c'est à moi de la lire.

— C'est à moi, c'est ma mère, je suis la seule fille.

— C'est à moi, c'est ma grand-mère.

— C'est à moi, c'est ma grand-mère aussi.

— Moi ! J'étais celui le plus près d'elle, c'est moi qui l'a trouvée sur le lac.

— On va la faire lire par Louis, c'est un étranger.

— Pas pour longtemps, hein, mon amour. Lis-la, Louis.

— « Chers enfants, j'ai passé ma vie à bâtir une famille et une entreprise. Je ne peux pas, même au-delà de la mort, démolir ce que j'ai construit. Alors, pour votre bien et le bien de mon entreprise, je nomme comme président de Familia et comme chef de la famille mon petit-fils Marco et, après lui, son enfant, et l'enfant de son enfant... »

— Content content content.

— Tais-toi Marco !

— « ... veuillez chacun vous considérer tuteur de Marco. Ce sont mes seules volontés. Comme ça, vous en aurez pour des années à vous asseoir à une table, à vous parler, à discuter, à vous haïr, à vous aimer, à continuer la famille Maltais. C'est pour votre bien. Adieu. Germaine qui vous a aimés à mort. »

❦

LOUIS

Il écrit sur la dernière page de son cahier de notes.

« Surprise par ce nouveau revirement, la famille Maltais se tait. Le soleil qui se couche éclaire de rouge une silhouette dehors, devant la fenêtre panoramique. Le reflet aveuglant s'estompe et on découvre Germaine qu'on a assise dans sa berceuse de rotin sur la galerie, en attendant que les routes rouvrent à la circulation et que le corbillard d'un village voisin vienne chercher son corps gelé. La famille est paisible, unie pour la première fois. »